내가 죽인 남자가 돌아왔다

일러두기

- 이 책은 2019년 출간된 《내가 죽인 남자가 돌아왔다》의 개정판입니다.
- 지금은 사용하지 않거나 순화 대상인 차별적인 표현은 극 중 시대상을 보여주고자 그대로 두었습니다.

프롤로그 7

일생 두 번째로 최악의 날 10
이모, 구미호를 죽이다 25
두 구의 변사체 49
원수와 함께 범죄 없는 마을에 갇히다 74
귀신이 곡할 노릇 88
지포 라이터 109
완전범죄를 노리다 132
용의자의 고백 152
악인과 의인은 백지 한 장 차이 181
두 번째 용의자 205

죽음의 양식장 229
덫에 걸리다 251
다섯 개의 살인 방정식 266
악덕 사채업자 292
증거가 너무 많다 315
아이엠에프 나이트 344
최악이 아닌 최고의 날 368
결자해지 388

에필로그 413

작품 해설 417

프롤로그

 밤꽃 향기 흩날리는 중천리 마을회관 앞에 '범죄 없는 마을' 현판들이 줄에 엮인 굴비처럼 줄줄이 걸려 있다. 20대 후반의 여자 순경이 마을회관 앞에 오래도록 서서 범죄 없는 마을 나무현판들을 살피고 있다. 현판은 1987년 것을 제외하고 1981년부터 1997년 것까지 열여섯 개다.
 여경이 헐렁한 모자를 고쳐 쓰며 마을회관 안으로 발길을 옮긴다.
 마을회관 안 역시 범죄 없는 마을 현판식 기념사진들로 도배되어 있다. 1982년 5월에 찍은 1981년 첫 번째 범죄 없는 마을 현판식 사진부터 1998년 6월에 찍은 1997년 마지막 현판식 사진까지 차례대로 벽에 걸려 있다.

낡은 사진에서 범죄 없는 마을 현판이 하나씩 늘어날 때마다 동네 사람들도 점점 나이를 먹어가고, 사람들의 복장 변화가 시간의 흐름과 시대 상황을 생생히 말해주는 듯하다. 1988년에 찍은 사진에는 두 사람이 서울올림픽 마스코트인 호돌이와 오륜마크가 그려진 티셔츠를 입고 있고, 1993년 사진에는 세 사람이 대전엑스포 마크가 박힌 모자를 쓰고 있다.

1998년, 마지막 현판식 기념사진 속 사람들의 표정은 다른 해와 꽤 다르다. 우는 것인지 웃는 것인지 모를 기묘한 표정들….

1998년 사진 옆에 오래된 흑백 사진을 확대해놓은 액자가 하나 걸려 있다. 여경이 그 흑백 사진 앞으로 가서 흰 손수건으로 액자의 유리를 문질러 깨끗이 닦은 뒤 사진 속 인물들을 꼼꼼히 살핀다.

흑백 사진에는 앞줄에 대여섯 살부터 여남은 살까지의 아이 네 명이 서 있다. 가운뎃줄에 침통한 표정의 40대 남자가 해맑게 웃고 있는 젖먹이를 꼭 끌어안고 있다. 그 옆에 그의 아내로 보이는 여자, 그 옆에 다른 젖먹이를 안고 있는 20대 중반의 여자. 그 뒤에 어른 세 명이 사이사이에 끼어 얼굴을 내밀고 있다.

사진 속 인물들은 갓난아이 둘과 어린아이 한 명만 해맑게 웃고 있고 큰 아이들과 어른들은 막 눈물이라도 흘릴 것 같은 표정이다.

낡은 흑백 사진을 오래도록 들여다보던 여경이 고개를 숙이며 손등으로 눈가의 눈물을 훔친다.

아이엠에프의 고통이 한창이던 1998년, 열여섯 번째 범죄 없는 마을 현판식 직전에 일어났던 전대미문의 괴이한 살인 사건. 오래된 흑백 사진 속에서 그 사건의 진범이 해맑게 웃고 있다.

일생 두 번째로 최악의 날

사건 1년 전(1997년 6월), 대전.

"아, 존나 대간하다. 이 개새꺄! 어차피 잡힐 거, 좀 덜 피곤하게 잡히면 어디 덧나냐?"

엘란트라 보조석에 타고 있는 최순석이 등받이를 뒤로 확 눕히며 디스 담배 한 개비를 입에 물었다. 수갑을 찬 채 뒷자리에 앉아 있는 조직폭력배이자 사채업자인 사병채는 체포될 때 저항하다가 맞아서 초주검이 되어 있었다.

"형님, 차에서 담배는 좀 그렇습니다. 우리 애가 담배 냄새를 무지 싫어해서…."

운전 중인 김 형사가 인상을 찡그리며 말했지만 최순석은 잠깐의 망설임도 없이 주머니에서 짝퉁 지포 라이터를 꺼내 담배에 불을 붙였다.

"아, 미안해. 창문 열면 되잖아."

미안한 기색 하나 없이 건성으로 말하고 나서 보조석 창문을 열고 창밖으로 담배 연기를 길게 내뿜는 최순석의 눈에 가로등이 켜져 있는 유등교 풍경이 들어왔다. 몇 사람이 유등교 시멘트 난간에 배를 대고 상체를 숙여 다리 아래를 내려다보고 있었다. 다리 밑에 사람들의 관심을 끌 만한 뭔가가 있는 것 같았다.

최순석과 같은 곳을 보던 김 형사가 브레이크를 밟아 자동차의 속도를 줄였다.

"뭐지?"

그때 구경꾼 사이에 서서 휴대전화를 꺼내 들던 대머리 남자가 원통형 경광등을 번쩍이며 다가오는 엘란트라를 보고 손을 흔들어댔다.

김 형사가 대머리 남자를 지나쳐 엘란트라를 인도 쪽으로 가까이 붙여 세웠다.

"무슨 일이 있는 모양인데, 내려서 담배나 한 대 태우고 가시죠?"

하지만 최순석은 자동차에 그대로 앉아서 뻐끔뻐끔 담배만 피워댔다.

"야 이 새끼! 허튼짓하지 말고 가만있어."

김 형사가 뒷자리에 앉아 있는 사병채에게 화풀이를 하며 차에서 내려 사람들이 몰려 있는 곳으로 걸어갔다. 손을 흔들던 대머리 남자가 김 형사에게 달려와서 무슨 말을 해대며 김 형사를 다리 난간 쪽으로 안내했다.

"야, 사병채!"

최순석이 창밖을 주시하며 뒷자리의 사병채에게 말을 걸었다.

"예, 형사님?"

"너 이번에 들어가면 쉽게 못 나와."

"제발 한 번만 봐주십쇼."

"뉴스에 나온 사건이라 쉽지 않아. 평소 상납이라도 열심히 했으면 이런 일 없잖아. 어른들 기분 상하셔서 나도 어쩔 수 없어."

"풀어만 주시면 최대한 성의를 보여드리겠습니다. 앞으로는 상납도 꼬박꼬박 하겠습니다, 형님!"

"내가 어째서 네 형님이냐? 사람들 괜히 오해한다."

"죄송합니다, 형님!"

"어허, 또…. 급하게 만들 수 있는 게 얼마 정돈데?"

"일단 큰 거로 한 장 준비해 올리겠습니다."

구경꾼들 사이에 서서 다리 아래를 내려다보던 김 형사가 차를 향해 급히 뛰어왔다.

"알았어. 최대한 선처해보도록 할 테니 약속 지켜. 안 그러면 알지?"

"예, 형님!"

최순석이 대화를 급히 마무리했을 때 김 형사가 창문 옆에 와서 멈춰 섰다.

"다리 밑에 사람이 있는데요."

"사람?"

"죽은 것 같습니다."

"어느 쪽이야?"

"예? 어느 쪽이라뇨?"

"중구? 서구?"

김 형사가 고개를 돌려 다리 좌우를 살폈다.

"중간에서 우리 서구 쪽으로 좀 넘어와 있는 것 같은데요."

최순석은 귀찮은 일이 생겼다는 듯이 인상을 구기며 차에서 내렸다. 그는 물고 있던 담배꽁초를 길바닥에 퉤 내뱉으며 사람들이 몰려 있는 곳으로 걸어갔다.

다리 아래를 내려다보니 바로 밑, 유등천 가운데쯤에 건장한 남자 한 명이 엎어져 있었다. 입고 있는 흰색 티셔츠가 붉게 물들어 있었다.

김 형사가 자동차 안에서 손전등을 꺼내 들고 달려와 다리 밑의 남자를 비추자, 팔과 목에 용 문신이 보였다.

"구경꾼들 좀 어떻게 해봐. 에이, 젠장!"

최순석이 다리 밑으로 내려가기 위해 다리 초입 쪽으로 서둘러 가다가 둔치 위에서 다리 난간에 매달려 아래로 펄쩍 뛰어내렸다. 자갈밭으로 뛰어내려 엉덩방아를 찧고 난 그는 운동화를 신은 채로 물속으로 들어가 시체를 향해 다가갔다.

 무릎 정도 깊이의 냇물 한가운데, 시체 옆에 멈추어 선 최순석이 다리 위를 올려다봤다. 구경꾼들이 여전히 시체와 자신을 내려다보고 있었다.

 "김 형사! 구경꾼들 좀 어떻게 하라니까!"

 "예, 알겠습니다! 모두 물러나세요! 현장을 보존해야 합니다. 모두 집으로 돌아가세요!"

 엎어져 있는 시체를 얼굴이 보이도록 젖혔다. 서른 살 정도 먹은 남자였다. 조직폭력배 냄새가 물씬 풍겼다.

 셔츠를 걷고 살펴보니 용 문신이 있는 가슴과 배에 칼에 찔린 자절창이 세 곳 있었다. 조폭들 간의 칼부림 사건 같았다. 시반이나 시체경직 정도로 보아 죽은 지는 서너 시간 내외였다.

 유등교 위에 핏자국이 없었던 것으로 보아 위쪽의 냇가나 둔치 어딘가에서 칼에 찔린 뒤 냇물을 건너 도망치려다 숨이 끊어져 이곳으로 떠내려온 것 같았다.

 "아, 존나 피곤하게 생겼네."

 시체가 확실히 서구 쪽에 치우쳐 있었다. 서부경찰서 관할 사건이다. 서부경찰서에 합동수사본부가 설치되고 수사가 시작되면 범인을 잡을 때까지 잠도 제대로 못 자고 온갖 인간들에게 시달려야 할 게 뻔하다. 무엇보다, 외부에서 온 수사관들이 유흥가 이곳저곳을 들쑤시고 다니면 떡값 상납받는 것조차도 영향을 받을 수 있다. 그러다 재수 없게 꼬리라도 하나 밟히면….

한 5미터만 더 중부경찰서 관할 쪽으로 떠내려가서 발견되었더라면 얼마나 좋았을까. 하지만 시체는 커다란 돌에 걸려 꼼짝도 하지 않고 있었다.

최순석은 다리 위를 다시 한번 올려다보았다. 김 형사가 구경꾼들을 흩어지게 해서 바로 위쪽 다리에는 구경꾼이 없었다.

"어이, 김 형사!"

"예?"

김 형사가 난간 너머로 얼굴을 내밀었다.

"서에 연락했나?"

"아직요. 할까요?"

"아니 됐어! 내가 할게. 구경꾼이나 접근하지 못하게 해."

최순석이 주머니에서 휴대전화를 꺼내 버튼 세 개를 차례로 누르고 통화버튼을 눌렀다.

―예, 112 범죄신고센터입니다.

"여보세요, 저 말입니다. 지나가던 사람인데예. 시, 시체가 있어예. 칼에 찔려 죽은 거 같심더."

최순석은 전화기에 대고 경상도 사투리를 어설프게 흉내 내며 시체의 다리를 잡고 중구 쪽으로 끌고 가기 시작했다.

―거기 위치가 어디죠?

"여기는 유등교 아래… 아니, 시체가 유등교 아래 중구 쪽 물속에 있심더. 삼부아파트 쪽, 중구 쪽인데예. 빨리 중부경찰서에 연락해 형사들 좀 보내주이소."

시체가 중부경찰서 관할 쪽으로 확실히 넘어왔는지 확인하기 위해 최순석이 고개를 앞뒤로 돌려 냇물 양쪽의 거리를 확인했다. 그러다 다리 위를 올려다보는 순간 눈앞에서 불빛이 번쩍했다. 카메라 플래시였다.

"앗! 뭣 하는 짓이야?"

망막이 타버리기라도 한 것처럼 한동안 앞이 보이지 않았다. 눈을 비비고 나서 고개를 쳐드는데 다시 카메라 플래시가 팟 터졌다.

"야, 김 형사! 그 새끼 잡고 있어!"

다리 위를 향해 소리를 치고 난 최순석은 끌고 가던 시체의 다리를 놓고 냇가를 향해 허겁지겁 내달렸다.

"야, 김 형사! 카메라 든 새끼, 어흡!"

다리 위를 올려다보며 달리던 최순석이 발을 헛디뎌 다이빙하듯 앞으로 엎어졌다. 온몸이 물속에 처박힌 최순석이 비틀거리며 급히 일어나 냇가로 기어나갔다.

"야, 김 형사!"

"예? 뭐요?"

그제야 김 형사가 저 멀리서 다리 난간 밖으로 고개를 내밀어 다리 아래를 살폈다.

"카메라 든 새끼 잡고 있어! 어디 못 가게 꼭 잡고 있으라고!"

"카메라 든 사람이요?"

다리 위로 올라가기 위해서는 둔치를 수십 미터 달려서 다리 초입으로 돌아가야 했다. 최순석이 물이 줄줄 흐르는, 몸에 착 달라붙은 옷을 입고 헉헉거리며 다리 위로 올라갔을 때는 아까보다 더 많은 사람들이 다리 위 곳곳에 몰려 있었다. 그러나 카메라를 든 사람은 보이지 않았다.

사건 6개월 전(1998년 1월), 대전.

조은비의 33년 인생 중 최고로 끔찍한, 그 지랄 같은 사건은 그녀가 계약직 꼬리표를 막 뗐을 때 일어났다.
"마감 시간 다 됐어. 빨리들 기사 제출해."
퇴근 후 술 약속이 있는 이 부장이 들뜬 표정으로 사무실을 왔다 갔다 하며 취재부 기자들에게 소리를 질러댔다.
"요즘은 굵직한 정치 경제기사보다 술자리의 마른오징어처럼 맛있게 씹어댈 만한 안줏거리 기사가 더 인기라는 거 잘 알지?"
이 부장의 발길이 사무실 구석 자리, 조은비의 등 뒤에서 멈췄다.
"어이, 조 기자! 오늘 뭐 재밌는 가십 기사 없어?"
조은비는 없다는 듯이 고개를 푹 숙였다.
"책상에만 앉아 있지 말고 나가서 발로 좀 뛰어. 이런 기사 얼마나 좋아!"

조은비가 고개를 옆으로 돌렸다. 그녀의 책상 옆 칸막이에는 신문에서 오려낸 6개월 전의 기사가 붙어 있었다. '경찰이 시체 유기'라는 제목 밑에 물속에서 시체의 다리를 잡고 끌고 가는 최순석 형사의 사진이 얼굴이 모자이크된 채 큼지막하게 실려 있었다.

"이 기사에 감동 먹어서 저번 인사 때 정규직 전환해줬더니 영 물어오는 게 없네. 정말 이럴 거야?"

마감 시간이 좀 남았는데도 유난히 독촉해대는 것을 보면 이 부장의 마음속에는 오로지 술자리밖에 없는 것 같았다. 이 알코올 중독쟁이가 빨리 마감을 치고 술집으로 달려가고 싶어 안달이 난 것이다.

이 부장이 돌아가고 나자 조은비는 자리에서 일어나 출입문 옆의 팩스를 살폈다. 쓸 만한 제보나 보도자료는 없었다. 한숨을 쉬며 자리로 돌아온 그녀는 컴퓨터 메일함을 열었다. 보도자료 몇 개가 새로 들어와 있었고 기사 제보자의 메일 두 개, 이전 기사에 항의하는 메일 하나가 들어와 있었다. 하지만 역시 기사로 내기에는 모두 신통치 않은 것들이었다.

메일함을 닫으려고 하는 그때 '딩동' 소리가 나며 '[보도자료] 금 모으기 운동, 금괴 침몰'이라는 자극적인 제목의 메일이 새로 들어왔다. 순간 조은비의 눈이 기대감으로 빛났다. 보낸 사람의 메일주소는 'sunsok112@cholian.net'이었다.

'112면 경찰 관계자가 보낸 건가?'

메일을 클릭해서 첨부파일을 열자 전복된 배 사진이 먼저 눈에 들어왔다.

부산해양경찰서(서장 홍성준)는 25일(오늘) 오후 부산 남동쪽 33킬로미터 해상에서 대우해운의 백 톤급 고속 화물선 '마린보이호'가 금괴 5.6톤을 싣고 침몰했다고 밝혔다.

마린보이호는 IMF 국가부채를 온 국민이 금을 모아 갚자는 취지의 범국민 운동인 '금 모으기 운동'을 통해 모은 금 5.6톤, 약 860억 원어치를 싣고 부산항에서 일본으로 가던 중이였다.

부산해양경찰서 발표에 따르면, 해경은 25일 오후 4시 30분경 상황실에서 EPIRB 조난신호를 확인하고 조난신호 발신 해역에 경비함정 3척과 해경구조대를 급파했다. 오후 5시 11분, 첫 경비함정이 부산과 대마도 중간의 사고 해역에 도착했을 때 화물선은 이미 완전히 전복되어 선수 일부분만 물 밖으로 드러난 상태였다. 다행히, 해경 경비함정은 인근에서 마린보이호의 선원들이 타고 있는 구명정을 발견, 선장과 선원 8명 전원을 무사히 구조했다.

부산해양경찰서는 선원들 두세 명이 "선미에서 갑자기 쾅 하는 폭발음이 울린 뒤 선체가 급격히 기울며 가라앉기 시작했다", "후미를 향해 빠르게 다가오는 물줄기를 본 뒤 폭발이 일어났다"고 증언하고 있지만, 북한이나 제삼국 잠수함의 어뢰 공격을 받고 침몰했을 가능성은 극히 낮다며, 현재 선원들을 상대로 정확한 사고 경위를 조사 중이라고 밝혔다.

한편 정부 고위 관계자는 "사고 해역의 수온이 매우 낮고 수심이 깊어 인양에 상당한 난항이 예상되지만, IMF 극복을 위해 국민들이 자발적으로 모은 금괴 5.6톤이 실려 있는 상징적인 배인 만큼 침몰한 마린보이호를 최대한 신속히 인양할 계획"이라고 말했다.

청와대는 26일(내일) 오전 10시, 이 사고에 대한 대국민 담화를 발표할 예정이다. 담화문에는 이번 사고의 경위와 함께 IMF 구제금융 상환을 위한 금 모으기 운동이 흔들림 없이 진행되길 바란다는 대국민 호소가 담길 전망이다.

정부가 인명 피해가 없는 해상 사고에 적극적으로 대응하며 담화까지 발표하는 이유는, 며칠 전부터 PC통신을 통해 급속히 퍼지기 시작한 '금 모으기 운동을 통해 모은 금 수천억 원어치가 정부 비자금으로 사라졌다'는 음모론을 조속히 차단하려는 의도로 보인다. 하지만 PC통신에서는 벌써 '정부가 자신들의 비리를 감추기 위해 금괴가 실려 있지 않은 가짜 금괴 운반선을 고의로 침몰시켰다'는 음모론이 급속히 확산하고 있다.

'바로 이거야!'

이 부장이 원하는 바로 그런 종류의 안줏거리 기사였다. 머리기사로 뽑아도 될 만큼 흥미로운 내용이었다.

조은비는 메일을 기사 편집 창에 복사해 넣고 다시 천천히 읽어나갔다. 그런데 뒤쪽으로 갈수록 내용이 이상했다. 보도자료라기보다는 완성된 기사에 가까웠고, 내일 있을 청와대 담화 내용까지 거론한 것을 보면 일개 경찰서의 보도자료라고 보기 어려웠다.

고개를 갸웃거리던 조은비는 전화번호부를 검색해 전화를 걸었다.

"여보세요, 부산해양경찰서죠? 대전 〈대청일보〉인데요, 부산 앞바다에서 침몰한 금괴 운반선, 지금 어떤 상태인가요?"

―예? 금괴 운반선이 침몰했다고요? 여기 부산에서 말입니까?

"대우해운 소속 마린보이호라는 금괴 운반선이 부산 앞바다에서 침몰했다는 제보를 받았는데요. 금 모으기 운동으로 모은 금괴를 수출하려고 일본으로 싣고 가다 침몰했다는…."

―잠깐만요. 확인해보겠습니다.

몇 분 지나서 다시 수화기 너머에서 말소리가 들려왔다.

―확인해봤는데, 오늘 우리 관할뿐만 아니라 그 어디서도 화물선 침몰 사고는 보고된 게 없습니다. 그리고 대우해운 소속의 화물선 마린보이호는 현재 부산항에 정박 중인 거로 파악되었습니다.

맥이 탁 풀렸다.

"확실합니까?"

―신문사 전화라 저도 두 번, 세 번 확인했습니다.

"잘 알겠습니다. 감사합니다."

조은비는 공손하게 말하고 나서 전화를 신경질적으로 탁 끊었다.

"이런 된장! 어떤 쓰레기 같은 새끼가 이런 허위 뉴스를 만들어 다른 곳도 아닌 신문사에 보낸 거야?"

조은비는 두 손으로 자신의 단발머리를 마구 헝클어가며 욕을 해댄 뒤 가짜뉴스를 보낸 메일을 다시 살폈다.

'sunsok112@cholian.net'

"순석112? 혹시, 그 비리 형사 최순석?"

고개를 옆으로 돌려 칸막이에 붙어 있는 신문 기사를 노려보던 조은비가 갑자기 사진 속 모자이크된 얼굴을 손바닥으로 탁 때렸다.

"하! 맞네, 맞아! 아, 쪼잔한 새끼, 나한테 앙심을 품고…. 진짜 어이없네. 1계급 강등되어 시골구석으로 쫓겨나고도 아직도 개 버릇 못 고쳤네! 이런 거 보낸다고 누가 눈 하나 깜빡할 줄 아나?"

놈도 이런 유치한 가짜뉴스에 기자가 속으리란 생각은 하지 않았을 것이다. 그렇다면, 자신의 존재를 각인시키려는 일종의 협박 메일인 셈이었다.

"햐! 하는 짓이 생긴 것 같지 않게 귀엽네, 귀여워! 진짜 어이없다!"

조은비가 인상을 구기며 편집 중이던 기사를 지우려고 하는데 휴대전화가 울렸다.

"여보세요?"

─나, 나야….

순간 조은비가 자리를 박차고 일어났다. 바람기에 질려 며칠 전에 일방적으로 이별을 통보한 전 남자 친구의 전화였다. 그렇지 않아도 짜증이 치밀어 오르던 참인데…. 한판 해야 할 상황이었다.

조은비가 휴대전화를 들고 급히 사무실 밖으로 나갔을 때 이 부장이 다시 사무실을 돌며 외쳤다.

"마감 시간이야. 빨리 기사 넘겨!"

이 부장은 조은비의 자리에 와서 발걸음을 멈췄다.

"조은비 어디 갔어? 마감이 코앞인데 기사 안 내고 어디 간 거야? 정규직 된 지 몇 달이나 지났다고 군기가 빠져가지고…."

그때 이 부장의 눈에 조은비의 모니터에 떠 있는 기사가 들어왔다.

"뭐야? 금 모으기 운동 금괴 운반선이 침몰해…. 이야, 따봉! 역시 조은비야! 이렇게 기사까지 다 작성해놓고 시치미를 뚝 떼고 있었다니…."

이 부장이 벽시계를 쳐다보며 전화 수화기를 집어 들고 조은비에게 전화를 걸었다. 통화 중이었다.

술자리와 기사 마감 시간 때문에 마음이 조급해진 이 부장이 조은비의 책상에 앉아 기사를 직접 편집했다.

그가 기사를 모두 편집했을 때까지도 조은비는 전화를 받지 않았고 사무실에 들어오지도 않았다. 시계를 쳐다보던 이 부장은 결국 편집부로 기사를 직접 송고하고 편집부 김 부장에게 전화해 머리기사로 올려달라고 부탁까지 한 뒤 컴퓨터를 끄며 자리에서 일어났다.

"자, 모두 퇴근하도록 해!"

사무실에 띄엄띄엄 앉아 있는 기자들을 향해 크게 소리치고 난 이 부장은 신이 난 표정으로 급히 사무실을 빠져나갔다.

며칠 전 헤어진 애인과 전화로 대판 싸우고 난 조은비가 씩씩거리며 사무실에 들어왔을 때는 취재부 기자 모두가 이미 퇴근한 뒤였다. 조은비는 화내는 이 부장의 얼굴을 보지 않고 퇴근하게 된 것이 무척 다행이라고 생각했다.

다음 날 아침.

화장실에 앉아 새벽에 배달된 〈대청일보〉를 펼쳐 들던 조은비는 자기 눈을 도저히 믿을 수가 없었다. 1면에 화물선 한 척이 전복되어 있는 사진과 관련 기사가 대문짝만하게 실려 있었고 그 밑에 '취재 조은비'라고 또렷이 인쇄되어 있었다.

"아아악! 이 개자식!"

이모, 구미호를 죽이다

1998년 6월, 중천리.

"물 좀 그만 마셔라. 오줌 싸겠다."

대접의 물을 벌컥벌컥 들이켜는 황은조를 보며 소팔희가 걱정하는 표정으로 말했다.

"팔희, 치킨이 굉장히 짰나 벼."

"그러기에 내가 소금 적당히 찍어 먹으라고 했잖아."

황은조가 이불 위에 엎드려 무서운 그림이 그려져 있는 만화책을 펼치자 소팔희는 라디오를 켠 뒤 은조 옆에 누웠다.

라디오에서 여자 가수의 노래가 끝나며 진행자와 초대가수의 대화가 이어졌다.

―약사 가수인 주현미 씨와 하던 이야기를 계속하겠습니다. 우유와 약을 같이 먹으면 안 된다? 왜 약과 우유를 같이 먹으면 안 되는 거죠?

―외국 의료기관의 연구에 의하면 약과 우유를 같이 먹으면 우유가 약의 흡수를 방해해서 약의 효과가 현저히 떨어진다고 합니다. 감기약이나 어떤 약을 먹을 때, 약의 효과가 떨어지지 않게 하려면 최소한 약 복용 전후로 30분 정도는 우유를 마시지 않는 게 좋을 듯합니다.

―아, 그렇군요. 저는 그런 줄도 모르고 약을 먹어 속이 쓰리면 우유를 마시곤 했거든요. 어떤 때는 속이 쓰릴까 봐 미리 우유를 마시거나, 약을 먹으며 물 대신 우유를 마신 적도 있고요. 그래서 그동안 약 효과가 별로였던 모양입니다….

얼마나 잤을까?

언제 잠들었는지도 모르게 깊이 잠들었던 황은조가 똥이 마려워서 잠에서 깼을 때, 소팔희는 여전히 라디오를 켜놓은 채 저녁에 먹다 남긴 통닭을 안주로 소주를 홀짝이며 즐거운 표정으로 지폐를 세고 있었다. 그녀의 앞에는 5천 원짜리와 만 원짜리 지폐 뭉치가 몇 개 쌓여 있었다. 낮에 홍성 우시장에 가서 소를 팔고 받아온 320만 원이었다.

"54, 55, 56…."

라디오에서는 이제 뉴스 논평이 흘러나오고 있었다. 11시 뉴스가 끝나가고 있는 것 같았다.

─아이엠에프로 경기가 어려운 이때 정치인들은 자신들의 잇속 챙기기에만 급급합니다. 어려운 경제와 여지러운 정치 현실은 돌보지 않고 네 탓이니 네 탓이니 서로 책임 떠넘기기에 여념이 없습니다. 정치인들이 책임을 회피하는 사이 정치와 경제 상황은 점점 더 악화하고 있습니다. 사회 곳곳에서 실업자, 파산자, 심지어 자살자까지 속출하고 있습니다….

"팔희, 응가!"

황은조가 자리에서 벌떡 일어나자 소팔희가 돈 세던 동작을 멈췄다.

"급해?"

"응."

세던 돈을 방바닥에 내려놓고 황은조를 밖으로 데리고 나가려던 소팔희는 방바닥에 쌓여 있는 만 원짜리와 5천 원짜리 지폐 다발이 신경 쓰여 은조가 깔고 자던 이불을 끌어다가 조심스럽게 덮어놓았다.

재래식 화장실은 껌껌한 마당 안쪽 구석에 있었다.

"파, 팔희! 가, 가면 안 돼."

"알았어. 내가 가긴 어딜 가. 똥 다 눌 때까지 여기 이렇게 가만히 서 있을게. 그런데 너는 나이가 몇인데 아직도 아무에게나 반말이냐? 존댓말이 그렇게 어려워?"

존댓말할 줄 모른다고 동네 사람들에게 서양 여자아이라는 뜻의 '양순이'라고 놀림당하는 황은조는 한국 나이로 일곱 살, 미국 나이로는 다섯 살이었다.

화장실 안은 취침등 같은 5촉짜리 붉은 전구가 켜져 있어 꽤 어두웠다. 똥 누는 것을 이모가 쳐다보는 것이 창피해 은조는 화장실 문을 닫기는 했지만 무서워서 완전히 닫지 않고 10센티미터쯤 열어놓았다.

조금 전까지는 금방 쌀 것만 같았는데 똥은 쉽게 나오지 않았다. 무서운 그림이 그려져 있는 만화책에서 본 것처럼 재래식 화장실의 검은 구멍 속에서 손이 쑥 올라와 파란 휴지 줄까, 빨간 휴지 줄까 물어볼 것만 같았다.

은조는 일부러 화장실 변기 구멍을 쳐다보지 않으려고 노력하며 빼꼼히 열려 있는 문으로 이모가 있는 밖을 살폈다. 그러던 어느 순간, 대문 옆의 외양간에서 뭔가가 움직이는 것이 어슴푸레 보였다. 처음에는 소가 움직이는 것이려니 했다. 하지만 낮에 장에 가서 소를 팔았던 일이 떠올랐다. 외양간에 소가 있을 리 없었다.

은조는 작년에 이모와 함께 텔레비전에서 본 '신 전설의 고향'에서 소의 입에 팔을 쑤욱 집어넣어 간을 빼 먹던 무서운 구미호를 떠올렸다. 겁이 덜컥 났다. 낮에 소를 팔아버린 줄도 모르고 구미호가 소의 간을 빼 먹으려고 뒷산에서 내려왔는지도 몰랐다.

"파, 팔희!"

"왜 그래? 이모 여기 있어."

그때 외양간에서 나온 검은 그림자가 대문 쪽으로 재빨리 움직였다.

"팔희! 저, 저기…!"

소팔희는 은조의 말 때문이 아니라 열렸던 대문이 철커덩 닫히는 소리를 듣고 고개를 뒤로 돌렸다.

"뭐야? 도, 도둑!"

그 순간 소팔희의 머리에 떠오른 것은 쇠간을 빼 먹는 구미호가 아니라 구미호보다 더 무섭게 생긴 도둑이었다. 낮에 소를 팔고 받은 목돈을 안방 바닥에 아무렇게나 놔두고 나왔는데 도둑이 그걸…?

소팔희는 화장실 벽에 기대어져 있는 굵은 작대기를 집어 들고 철제대문 쪽으로 뛰어갔다. 하지만 철문은 이미 굳게 닫혀 있었다.

"도둑이야!"

소팔희는 문을 열고 밖으로 달려 나가는 대신 대문 밖을 향해 소리 질렀다. 겁이 났다. 도둑이 부엌칼 같은 흉기를 들고 있을 수도 있었다. 통닭을 안주로 소주를 한 병 마셨다지만 밖으로 나가 도둑과 대적할 용기는 나지 않았다.

"누, 누구냐?"

대문 밖에서 어른거리는 그림자를 본 소팔희가 다시 밖을 향해 외쳤다.

상체를 숙여 대문 밑의 틈으로 밖을 살피려던 그녀는 뒤로 주춤 물러났다. 도둑이 대문 밑의 틈으로 안을 들여다보고 있었다.

"에잇!"

놀라서 뒤로 물러났던 소팔희가 앞으로 튀어 나가며 철제대문을 발로 힘껏 걷어찼다. 대문이 쾅 소리를 내며 활짝 열렸고 문 뒤에 있던 누군가가 갑자기 날아온 철문에 머리를 맞고 나동그라지는 것이 보였다.

"누, 누구냐?"

소팔희가 다시 대문 밖을 향해 외쳤다. 하지만 대문 밖에 쓰러져 있는 사람은 어떤 대답도 하지 않았다.

"이 도둑놈!"

잠시 머뭇거리던 소팔희가 작대기를 든 채 밖으로 뛰어나갔다. 도둑보다 힘이 약한 그녀로서는 선제공격만이 최선의 방어였다. 지금 확실히 기선 제압하지 않으면 도둑이 훔친 돈을 가지고 도망갈 수도 있었고 최악의 경우 역으로 공격받아 자신과 은조가 험한 꼴을 당할 수도 있었다.

화장실에 쪼그려 앉아 있는 황은조의 귀에 대문 밖에서 퍽퍽거리는 소리가 연속으로 들려왔다. 소팔희 이모가 작대기로 대문 밖에 있는 누군가를 사정없이 후려갈기는 소리였다.

"이 도둑놈! 여자 둘이 산다고 깔보고…. 우리가 그렇게 만만하게 보이더냐?"

퍽! 퍽! 퍽…!

매질 소리가 멈추고 소팔희 이모의 목소리가 다시 들려왔다.

"너 누구야?"

소팔희 이모가 숨을 헉헉 몰아쉬고 있었다. 하지만 상대는 신음조차 내지 않았다.

잠시 침묵이 흘렀다. 소팔희 이모가 쓰러져 있는 사람이 누군지 확인하고 있는 것 같았다.

"아, 아니, 신한국!"

소팔희 이모의 목소리가 두려움에서 놀라움으로 바뀌었다.

"어이, 이봐요? 눈 좀 떠봐. 피, 피…!"

소팔희 이모가 대문 안으로 급히 달려 들어와 부엌으로 들어가서 라이터를 찾아 들고 다시 밖으로 뛰어나갔다.

소팔희 이모가 라이터를 켜자 대문 밖이 환해졌다. 하지만 은조의 눈에는 불빛 이외에 아무것도 보이지 않았다.

"주, 죽었다…."

소팔희 이모의 덜덜 떨리는 듯한 목소리가 들려오고 나서 더는 아무 소리도 들려오지 않았다.

"팔희? 은조 응가 다 했어!"

똥을 다 누고 난 은조는 엉덩이를 쳐든 채 이모가 와서 뒤처리해주길 기다렸다. 하지만 이모는 대답이 없었다.

"은조 응가 다 했다니까!"

이모가 오지 않자 은조는 할 수 없이 휴지를 뜯어서 대충 뒤를 닦고 바지를 끌어 올린 뒤 화장실 밖으로 나가며 다시 이모를 불렀다.

"팔희? 팔희?"

은조는 사실 지금 밖에서 일어나고 있는 일보다 자신의 똥을 척척 삼켜버린 재래식 화장실의 시커먼 구멍이 더 무서웠다.

"팔희? 팔희?"

울 듯한 은조의 다급한 외침에 대문 안으로 들어온 소팔희가 은조의 손을 끌고 급히 안방으로 들어갔다.

방에 들어선 소팔희는 이불을 확 떠들고 돈부터 확인했다. 이불을 거칠게 젖히는 바람에 쌓아놓은 돈이 무너지고 서로 섞여 엉망이 되었지만 돈은 아까 그대로, 고스란히 다 있는 것 같았다. 돈의 액수가 맞는지 세어볼 필요도 없었다. 도둑이 들었다면 돈을 다 훔쳐 갔겠지 일부만 훔쳐 가지는 않았을 것이다.

소팔희는 방바닥에 흩어져 있는 5천 원짜리와 만 원짜리 지폐들을 두 손으로 정신없이 긁어모았다. 그런데 그녀가 지폐들을 만질 때마다 지폐에 붉은 핏자국이 선명히 찍혔다. 동작을 멈추고 지폐에서 손으로 시선을 옮겼다. 손이 온통 피투성이였다. 그것은 그녀가 쥐고 있었던 은조의 손목도 마찬가지였다.

"피! 피!"

은조가 자신의 작은 손을 내려다보며 비명처럼 소리를 질렀다.

소팔희는 긁어모은, 피로 얼룩진 돈들을 홑이불에 싸서 장롱 속 이불 사이에 쑤셔 넣고 장롱문을 닫은 뒤 망연자실한 표정을 지으며 은조에게 다가갔다.

"피! 피!"

소팔희가 벽에 걸려 있던 수건을 내려서 울음을 터트리기 직전인 은조의 손을 빠르게 닦아댔다.

"제기랄! 시, 실수…, 아, 아니, 정당방위였어. 하지만…, 사, 사람을 죽였어…. 내가 감옥에 가면 우리 은조는…. 아, 안 돼! 정신 똑바로 차려야 해. 이건 나 혼자만의 문제가 아니야. 난 절대 감옥에 가서는 안 돼…."

은조는 자기 손에 묻은 피를 닦아주며 미친 여자처럼 중얼거리는 이모가 낯설고 무섭게 느껴졌다.

"하필이면 범죄 없는 마을에서, 범죄 없는 마을 시상식 직전에…. 그래, 정신 똑바로 차려야 해. 은조와 나는 절대 신한국 꼴이 되어서는 안 돼. 나와 은조는 절대…. 으, 은조야. 이리 와서 누워!"

소팔희가 은조를 반강제로 이불 위에 눕혔다.

"눈 감고 자고 있어. 이모 잠깐만 밖에 나갔다 올게."

"팔희 없이 호, 혼자 있으면, 무, 무서워. 구미호…."

"구미호 같은 건 없어. 금방 올 거야. 이모 응가 마려워서 화장실 가는 거야."

소팔희는 은조를 혼자 남겨두고 서둘러 밖으로 나갔다.

잠시 뒤 낡은 손수레 바퀴가 굴러가는 소리, 대문이 열리는 소리가 들려왔다. 이모는 화장실에 간 것이 아니었다.

자리에서 일어난 은조는 방문을 열고 밖을 내다봤다.

"팔희? 팔희? 무서워! 무섭단 말이야!"

크게 외치는데도 이모가 대답하지 않자 결국 은조는 방을 나가 신발을 신고 인기척이 들려오는 대문 밖으로 뛰어나갔다. 소팔희가 끙끙대며 손수레에 시체를 싣고 있었다.

"팔희! 팔희!"

"아이참! 제발 좀 들어가서 자라!"

어두워서 이모의 표정이 거의 보이지 않았지만 목소리만큼은 은조처럼 막 울음이라도 터트릴 것만 같았다.

신한국의 시체를 손수레에 겨우 싣고 난 소팔희가 손수레를 대문 안으로 힘겹게 끌어다 놓고 나서 대문을 재빨리 닫았다. 황은조의 손을 잡아끌고 수돗가로 간 그녀는 수돗물에 피가 묻은 자기 손을 먼저 씻고 나서 은조의 손을 다시 씻겼다.

소팔희가 황은조의 손을 이끌고 안방으로 들어갔다.

"은조야, 누워!"

"이모 어디 안 갈 거지?"

"그래. 자장, 자장…."

소팔희는 손으로는 은조의 가슴을 토닥이고 있었지만 시선은 텔레비전 위에 있는 전화기와 시체가 놓여 있는 마당 쪽 출입문을 번갈아 쳐다보고 있었다.

"자장, 자장, 자장…."

소팔희는 충격을 받아 쉽게 잠들지 못하는 은조가 잠들 때까지 마냥 기다리고 있을 수 없었다.

"이모 잠깐만 밖에 나갔다 올게. 텔레비전 보고 있어."

황은조를 텔레비전 앞에 억지로 앉혀놓고 마루로 나서던 소팔희는 벼락이라도 맞은 것 같은 표정을 지으며 동작을 멈췄다. 마당에 있어야 할 손수레가, 시체를 실어놓은 손수레가 사라지고 없었다.

소팔희는 급히 신발을 꿰어 신고 대문 밖으로 달려 나갔다. 하지만 집 주변은 짙은 어둠뿐, 고양이 한 마리 보이지 않았다.

쾅!

시골 초여름 밤의 고요를 깨고 들려온 파열음에, 악몽을 꾸며 선잠을 자던 황은조가 눈을 번쩍 떴다.

"팔희? 팔희?"

"쉿!"

자지 않고 앉아 있던 소팔희가 은조의 얼굴을 내려다보며 입에 손가락을 가져다 댔다. 잠시 고요가 이어졌다. 하지만 더는 그 어떤 소리도 들려오지 않았다.

"이모 화장실 좀 갔다 올게. 누워 있어."

"팔희! 화, 화장실은 아, 아까 갔다 왔잖여. 두서워…."

어쩔 수 없었다. 소팔희가 따라나서는 은조의 발에 신발을 신겼다.

"헛!"

은조의 손을 잡은 채 대문을 나서던 소팔희가 깜짝 놀라며 발걸음을 멈췄다. 대문 앞에 빈 손수레가 덩그러니 놓여 있었다. 두 시간쯤 전 신한국의 시체와 함께 사라졌던 손수레가 다시 돌아온 것이다.

"어, 어떻게…?"

소팔희는 입을 다물지 못한 채 고개를 좌우로 돌려 집 주변을 살폈다. 역시 짙은 어둠뿐, 지나가는 개 한 마리 보이지 않았다.

'내가 귀신에게 홀렸나?'

하지만 착각도 환상도 절대 아니었다. 손수레 바닥에 붉은 핏자국이 선명했다.

생각할 여유조차 없었다.

소팔희는 대문을 활짝 열고 손수레를 집 안으로 재빨리 끌어들였고 이어서 텅 빈 외양간 안으로 끌고 갔다. 살인의 결정적 증거인 손수레의 핏자국부터 없애고 나서 다음 일을 생각해야 했다.

소팔희가 수돗가로 가서 양동이를 집어 드는데 마을 어딘가에서 여자의 비명이 들려왔다.

"아악!"

동작을 멈춘 소팔희는 귀에 온 신경을 집중했다. 사람들의 희미한 말소리가 들렸다. 예사롭지 않은 말소리였다.

양동이에 물을 퍼 담아 허겁지겁 외양간으로 들고 가서 손수레 바닥에 물을 쏟아붓길 몇 번 반복하고 난 소팔희는 벽에 걸려 있는 세 발 쇠스랑을 집어 들었다.

쇠스랑을 앞세운 채 소팔희는 황은조의 손을 꼭 잡고 이장네 집을 향해 달려갔다.

"하악!"

이장네 바깥마당으로 들어서던 소팔희가 발걸음을 멈추며 비명 같은 신음을 흘렸다.

우태우 이장네 1톤 트럭이 바깥마당 아래쪽 고구마밭의 브이(V)자 모양 감나무를 들이받고 멈춰 있었는데 트럭과 감나무 사이에 사람이 끼어 있었다. 사고 난 트럭 주변에 동네 사람 예닐곱 명이 모여 있었고 누군가가 트럭에 치인 피투성이 남자를 흐릿한 손전등으로 비추며 살피고 있었다.

"귀, 귀신이여! 어떻게 이런 일이…? 귀, 귀신의 짓이여…."

"귀신은 무슨! 정신 똑바로 차려!"

손전등으로 시체를 살피던 우태우 이장이 떨고 있는 아내 한돈숙을 향해 손전등을 돌리며 소리를 버럭 질렀다.

누군가가 트럭의 문을 열려고 했지만 잠겨 있었다.

트럭 주변에 모여 있던 검은 그림자들이 하나둘 트럭에 달려들어 트럭을 뒤로 밀었다. 트럭이 뒤로 조금 움직이자 감나무와 트럭 사이에 끼어 있던 피투성이 남자가 옆으로 폭 쓰러졌다. 누군가가 피투성이 남자를 재빨리 옆으로 끌어냈다.

"시, 신한국 맞어?"

이리저리 흔들리던 희미한 손전등 불빛이 다시 쓰러져 있는 남자를 비쳤다.

"마, 맞어유!"

연못집 양식연의 아들 양동남이 피투성이 남자의 얼굴을 들여다보며 대답했다.

"신한국이가 도대체 어떻게…?"

어둠 속에서 '신한국'이란 이름이 들려온 순간 황은조는 이모를 쳐다봤다. 이모는 몸이 얼어붙기라도 한 것처럼 꼼짝도 하지 않고 서 있었다. 어두워서 이모의 표정이 보이지 않았지만 하얗게 질린 이모의 얼굴이 눈에 생생히 보이는 것만 같았다.

"워, 워치게 된 겨?"

"기어가 풀려 굴러간 겨?"

"죽은 겨?"

"누구 심폐소생술 한번 해봐."

어둠 속에서 동네 사람들의 목소리가 연속으로 들려왔다.

"맥이 안 뛰는디유. 몸이 차유."

"차가워?"

"숨도 안 쉬어유."

"하아, 이게 무슨 조환가?"

"이거 참 피곤하게 됐네. 하필이면 범죄 없는 마을 시상식을 코앞에 두고…."

"아이구, 이 술주정뱅이! 마지막까지 속을 썩이네."

"119 부를까유?"

"이미 죽었는디 119 부른다고 되겄어? 경찰을 불러야지."

"어떻게 하쥬?"

"뭘 어떻게 햐. 112로 전화해 경찰 부르라니께."

"아이참! 이 인간, 진짜 끝까지 도움이 안 되네. 죽으려면 혼자 조용히 죽지, 오밤중에 왜 남의 집에 와서 남의 트럭에 치여…."

"어쩌겠어. 빨리 신고해."

"겨, 경찰에 신고하면 이장님 잡혀가지 않나요? 자, 잘못한 게 없어도 과실 치사죄 같은 게 있잖아요?"

뒤쪽에서 안절부절못하며 지켜보던 소팔희의 말에, 희미한 손전등을 손에 든 채 서 있는 우태우 이장에게 사람들의 시선이 쏠렸다. 이장의 검은 얼굴에 공포의 빛이 뚜렷했다.

"이거 참…. 골칫거리 술주정꾼 하나 때문에 태우 형만 정말 골치 아프게 됐네."

민물 양식장을 하는 연못집의 양식연이 시체 옆에 쭈그려 앉으며 중얼거렸다.

"이게 워치게 태우 형만의 문제여. 우리 동네 전체의 심각한 문제지. 범죄 없는 마을 기록 행진도 이제 중단된 거 아녀?"

읍내에서 식당을 하는 왕주영이 검은 얼굴들을 둘러보며 말했다. 그는 갈색 구두에 정장 바지를 입고 있었지만 상체는 황토색 러닝셔츠 차림이었다. 외출했다 집에 돌아와서 소란이 일자 옷을 벗다 말고 달려온 것 같았다.

"에휴, 그렇쥬. 중단된 거쥬. 내년부터는 상금도 못 받는 거고."

"하아, 제기랄!"

사람들의 입에서 묘한 한숨 소리가 연이어 새어 나왔다. 그런데 이상하게도 그 한숨 소리들이 안도의 한숨같이 들려서 은조는 사람들을 둘러봤다.

"참말로 요상허네. 어떻게 이 밤중에 브레이크가 풀린 트럭에 치일 수 있는 겨?"

"아버지, 뭐가 이상하다고 그래유? 사고 나는디 무슨 때가 있고 법칙이 있슈."

"그럼 넌 안 이상허냐? 브레이크가 고장 나 비탈진 밭 아래로 굴러가는 트럭 앞에 때마침 신한국이가 서 있었다는 게 어찌 안 이상혀? 확률로 보면 감나무 위에 매달린 홍시가 하품하는 사람 입속으로 떨어질 확률이지."

"안 좋은 일이 생길 때는 뒤로 넘어져도 코가 깨지는 법이유."

"아, 지금 그런 거로 싸우고 있을 때여? 워치게 하면 원만히, 조용히, 이 상황을 마무리 지을 방법이 없는지 그런 거나 좀 생각혀봐."

"연못집 아주머니 말씀대로, 이장님한테도 피해 안 가고 우리 마을에도 피해 안 가게 일을 원만히 처리할 방법은 없을까요?"

소팔희가 사람들의 눈치를 보며 유도 발언을 했다.

"그럴 방법이 있다면 월매나 좋겠슈. 하지만 그런 방법이 있겄슈?"

왕주영이 고개를 옆으로 천천히 흔들었다.

"이대로 경찰에 신고하면 죄 없는, 아니, 착한 우리 이장님만 잡혀가게 될 거 아뉴. 솔직히, 이장님이 무슨 죄가 있슈? 이 밤중에 남의 집 바깥마당에 와서 차에 치여 죽은 술주정꾼 신한국 아저씨의 잘못이 훨씬 크지. 제기랄!"

"야, 양동남! 지금 그렇게 흥분할 때가 아녀. 네 엄마 말대로, 이 상황을 어떻게 타파할지나 냉정히 좀 생각혀 봐."

"수, 술에 취해 차에 치여 죽은 것이니, 자살바위 같은 데서 떨어트려 실수로 추락사한 것으로 하면 어떨까유?"

왕주영이 파격적인 제안을 했다.

사람들이 서로의 얼굴을 쳐다봤다.

아들 박광규와 나란히 서서 사람들의 이야기를 가만히 듣기만 하던 박달수 노인이 짚고 있던 지팡이를 흔들어대며 나섰다.

"에이, 말도 안 되는 소리! 요즘 과학수사 기술이 월매나 발달했는디 그게 먹혀. 구멍바위에서 추락사한 것과 차에 치여 죽은 것은 전문가들이 보면 금방 척 알 텐디…? 잘못하다가는 일만 커져. 시체 유기가 얼마나 큰 죄인 줄 몰러? 오래된 남의 묘도 뼈를 함부로 파내 옮기면 징역 가잖여."

"그럼 정산이나 청양 읍내 갔다 오다가 뺑소니 교통사고를 당한 것으로 하는 건 어때요? 멀리 떨어진 데, 차가 많이 다니는 큰길에 놔두고 오면…?"

소팔희가 사람들을 둘러보며 다시 조심스럽게 의견을 냈다.

"뺑소니유?"

"그럴듯한 생각이긴 허지만 신한국이 왜 이 밤중에 그렇게 멀리 가서 뺑소니 사고를 당해유?"

식당집 왕주영이 고개를 옆으로 흔들었다.

"나도 그 방법이 좋을 것 같아유. 아, 사람 죽고 사는 게 어떻게 다 일일이 설명이 된대유. 죽으려면 평소 안 하던 짓을 한다잖여유. 신한국이 여기 와서 이렇게 죽어 있는 것도 설명이 안 되는 판인디…. 아, 오늘이 청양 장날이잖유. 청양 장에 갔다가 술을 마시고 취해 길거리 어딘가에서 잠들었다가 깨서 늦게 돌아오다 뺑소니 교통사고를 당할 수도 있는 거 아뉴? 안 그류?"

양식연의 아내 전수지도 찬성하고 나섰다.

"하긴 뭐, 사고란 전혀 예상하지 못했던 상황에서 일어나는 법이니…."

"그래. 아무리 생각해봐도 그게 최선인 거 같아."

"말도 안 돼유. 그러다 잘못되면 여기 있는 사람들 다 교도소 가유."

박 노인의 아들 박광규는 아버지와 마찬가지로 반대 입장을 취했다.

"아 그럼 어쩌자고? 너, 무슨 대안 있냐? 태우 형 교도소 보내자 이거냐?"

왕주영이 박광규에게 따지듯이 물었다.

"그런 건 아니지만…. 자동차 의무보험 들었으니 과실 치사면 집행유예 정도일 텐디…. 시체를 유기하는 건 더 큰 범죄가 되는 거잖유. 왜 화를 자초하려는지 전 이해가 안 돼유."

"야! 그건 솔직히 핑계고, 너 이 일에 휘말리고 싶지 않은 거지? 왜 남의 일로 내가 피해를 봐야 되냐, 이런 심리잖여? 아, 빠지고 싶으면 빠져. 넌 이 자리에 없었던 것으로 해줄 테니."

"그게 아니고…. 저는 단지 잘못되면…."

박광규가 사람들을 둘러보며 말끝을 흐렸다.

"좋아. 이 문제는 우리 마을이 앞으로도 범죄 없는 마을로 남느냐 마느냐, 범죄 없는 마을 기록을 깨느냐 마느냐가 걸린, 우리 마을 전체의 문제이기도 하니 여기 모인 사람들 다수결로 결정하자구. 사실대로 경찰에 신고하는 것이 좋겠다고 생각하는 사람 손!"

왕주영의 말에 박광규가 천천히 손을 들며 사람들의 표정을 살폈다. 그런데 의외로, 박광규의 아버지 박 노인은 우태우 이장의 눈치를 보며 손을 들지 않았다. 결국, 박광규 이외에는 아무도 손을 들지 않았다.

"박광규 한 명. 자 그럼, 태우 형네 집에서 일어난 이 불행한 사건을, 태우 형과 한 가족이나 다름없는 우리 선에서 원만히 해결했으면 좋겠다는 사람 손!"

사람들이 서로 눈치를 보며 하나둘씩 손을 들기 시작했다. 박광규와 박 노인, 황은조를 제외하고 모두가 손을 들었다.

"한 명 반대. 두 명 기권. 나머지는 모두 찬성."

"아뇨. 우리 은조는 미성년자라 투표권이 없으니 빼주세요."

"아녀. 나도 찬성이여."

황은조가 손을 번쩍 쳐들었다.

"결정됐네. 그럼 워치게…?"

"아까 이야기대로 외지인에 의한 뺑소니 교통사고로 처리하쥬. 아무도 피해 안 가게…."

"그러다 뺑소니 수사가 우리 마을에까지 미치면 어쩌구? 이장님 트럭에까지 미치면…?"

식당집 왕주영이 거듭 반대했다.

"그럼 어쩌자구유? 다른 방법이 없잖유?"

"그려. 형사들이 설마 이 시골까지 조사하러 오겠어?"

"이장님네 트럭을 카센터에 맡기지 말고 부품 사다가 우리가 직접 고치면 되는 거 아뉴? 지가 전에 자동차공업사에서 일한 경험이 있으니 부품만 있으면 저 정도는 고칠 수 있을 거구먼유. 이장님 생각은 워뗘유? 워치게 하는 게 좋겠슈?"

"그, 글쎄…? 그려! 내 생각도 차에 치인 것이니 빼, 뺑소니로 처리하는 게 좋을 것 같긴 혀."

우태우 이장까지 그렇게 나오자 왕주영도 더는 반대하지 못했다.

"시체는 멀리 떨어진 길에 가져다 놓을수록 좋을 것 같은디, 신한국이를 어떻게 옮기지? 어깨에 메고 갈 수는 없는 거 아녀?"

양식연의 말에 사람들이 모두 왕주영을 쳐다봤다. 마을에서 이제 차를 가지고 있는 사람은 왕주영뿐이었다.

"아, 안 돼. 내 그랜저에는 절대 시체 못 실어. 뽑은 지 몇 달도 되지 않은 새 찬디…."

"아, 이 사람! 지금 그깟 차가 문젠가? 피 안 묻게 트렁크에 비닐 겹겹이 깔고 잘 실으면 되잖여. 자가용 한 대 있다고 유세 떨겨?"

"나 술 많이 마셨어. 음주 운전이여."

"음주 운전? 그럼 청양 읍내에서 술 드시고 집까지 운전해 오신 거잖유. 아까는 음주 운전했으면서 지금은 왜 못 한다는 거예유?"

양동남이 따지듯이 물었다.

"단속에라도 걸리면…? 내가 면허 따느라 얼마나 고생했는지 너도 잘 알지 않냐. 자그마치 2년이나 걸렸어."

"에이—. 그런 사람이 음주 운전을 해?"

양식연이 아들의 말을 거들었다.

"그리고 뜬금없이 무슨 음주 단속이여? 내가 10년 넘게 음주 오토바이를 탔지만 음주 단속하는 거 한 번도 못 봤는디."

"그, 그게 아녀! 실은, 내, 내 차도 사고가…. 아니, 고장이 났어."

"뭐, 고장? 진짜여? 거짓말 아니지?"

"진짜여! 아까 집으로 돌아오다, 저쪽 제방 위에서 굴러 내린 돌이 도로를 막고 있는 것을 미처 못 보고…. 집에 와서 살펴봤는디, 변속기가 나간 거 같어. 내일 견인차 부를 생각이여."

사실이든 아니든 차 주인인 왕주영이 그렇게 나오니 어쩔 수 없는 일이었다.

"아, 신한국이네 경운기 있잖여. 거기에 싣고 가자구."

"야, 양순이. 그런데 너는 왜 여기 있는 겨?"

연못집의 전수지가 그제야 소팔희의 앞에 서 있는 황은조를 발견하고 당혹스럽다는 듯이 말했다.

"아, 나는 양순이가 아니고 황은조여."

"애한테 이런 흉한 걸 보이면 워쩐디야? 빨리 데리고 들어가!"

"그래유. 나머지 뒤처리는 남자들이 할 테니 여자분들하고 아버지는 그만 집으로 돌아가슈. 야, 황은조. 이모랑 얼른 집에 들어가서 자."

박광규가 황은조와 소팔희를 번갈아 쳐다보며 말했다.

"양순이가 그나마 떠벌릴 친구가 없어서 다행이구먼. 그런디 그 쇠스랑은 뭐여?"

전수지가 소팔희의 손에 들려 있는 쇠스랑을 보며 물었다.

"아까, 여자 비명 소리가 들리기에 겁이 나서…."

"시체 발견하고 이장댁이 많이 놀란 모양이여. 당연허지. 나도 까무러치게 놀랐으니께. 꼭대기집은 애 데리고 빨리 들어가."

"제가 안 거들어도 되겠어요?"

"하나 걱정 마슈. 아무 탈 없게 잘 처리할게유."

박광규가 끼어들어 황은조의 등을 떠밀며 소팔희를 안심시켰다.

소팔희는 마지막까지 남아서 시체 처리 상황을 꼼꼼히 살피고 싶었지만 황은조 때문에 그럴 수가 없었다.

"은조야, 집에 가자."

피투성이 신한국의 시체를 힐끔거리며 공포에 질려 있는 황은조의 손을 쇠스랑을 든 소팔희가 잡아끌었다.

집으로 걸어가는 동안 소팔희는 한마디도 하지 않았다. 그러다 대문 앞에 이르러 그녀는 은조의 손을 잡아채 질퍽거리는 땅 위에 멈춰 세웠다. 대문 앞이 이토록 질퍽거리는 이유는 아까 소팔희가 어떤 흔적을 지우기 위해 많은 양의 물을 뿌려댔기 때문이었다.

"황은조, 이모 눈 똑바로 봐! 너, 오늘 본 거 누구한테도 절대 말하면 안 된다. 말하면 이모와 같이 살 수 없어! 이모는 감옥 가고 넌 고아원에 가야 해!"

소팔희는 무서운 눈으로 은조를 쏘아보며 그렇게 딱 한마디를 했다.

"아, 알았어…."

소팔희가 다시 무슨 말을 하려는데 밤하늘에서 번개가 번쩍했다.

"하앗!"

은조와 소팔희는 동시에 몸을 움찔 떨었다.

콰쾅!

곧장 천둥소리가 울리며 빗줄기가 떨어져 내리기 시작했다. 빗줄기는 금방 거센 소나기로 바뀌었다.

  양철지붕에 빗방울 떨어지는 소리가 요란했다. 마치 무당이 원귀를 부르기 위해 방울이 여러 개 달린 무령을 마구 흔들어대는 듯한 소리였다.

두 구의 변사체

빗줄기가 점점 더 거세지고 있었다.

우비를 입은 네 명의 경찰관들이 전등을 하나씩 들고 산을 올랐다.

"추인락 씨! 추인락 씨!"

손에 빨간색 메가폰을 든 젊은 경찰관이 어둠 속을 향해 외쳐댔다.

"아이, 귀청 떨어지겠네. 귀에 대고 소리 좀 지르지 마. 그리고, 죽은 사람이 그렇게 이름을 부른다고 대답하겠어? 대답하면 귀신이지."

"아직 죽지 않았을 수도 있잖아요?"

"죽지 않을 사람이 집에 유서 써놓고 여긴 뭐 하러 왔겠어. 에이, 처참한 시체 보는 거 정말 싫은데…."

"죽어도 꼭 이런 날 범죄 없는 마을에 와서 죽을 게 뭐람. 잠도 못 자게. 며칠 뒤 중천리 범죄 없는 마을 현판식은 영향 없겠죠? 서장님, 검사장님, 도지사 다 올 텐데 우리에게 불똥 튀는 거 아닌지 모르겠네."

"구멍바위를 자살바위라고도 부르는 걸 보면 여기서 자살하는 사람이 꽤 많은 것 같은데, 그래도 범죄 없는 마을이 꾸준히 잘 유지되네요?"

한 달쯤 전에 공주에서 전근 온 박 경장이 파출소장을 향해 물었다.

"자살을 범죄로 보기도 어렵지만, 범죄 없는 마을하고 외부에서 온 자살자들하고는 아무 상관이 없어. 범죄 없는 마을은 그 마을에 적을 두고 있는 사람들이 1년 동안 범죄만 일으키지 않으면 되는 겨. 다른 동네 사람이 범죄 없는 마을에 와서 범죄를 저질러도 상관없고. 다만 범죄 없는 마을 사람이 옆 동네나 도시에 나가 범죄를 저지르면 그건 안 되지. 헌법으로 치면 속지주의가 아닌 속인주의라고나 할까."

산을 어느 정도 올라가자 20미터 정도 높이의 바위 절벽이 보였다. 바위 한가운데에 여자 성기 모양의 구멍이 뚫려 있었다.

"저게 음기가 강하다는 그 구멍바위인가요?"

"맞아. 구멍바위 전설은 알고 있지?"

"전설이요?"

"구멍바위 전설 몰라? 저기 위에서 애인이나 아내와 관련된 소원을 빌고 떨어져 죽으면 소원이 이루어진다는 전설 몰라? 죽기 전에 어떤 여자 좀 행복하게 해주세요, 빌면 그 여자가 행복해지고, 불행하게 해주세요, 하면 소원대로 불행하게 된다는 전설….'

"그래요? 그런데 여자 때문에 자살하는 사람이면 누구를 행복하게 해달라고 할 것 같지는 않은데요?"

"맞아. 그럴 겨. 어떤 여자든, 자기 때문에 죽은 남자가 여기 와서 소원 빌고 죽었다는 것을 알게 되면 그 자체로도 결코 행복하지는 않을 겨. 뭔가 일이 잘 안 풀리면 원수진 그놈이 여기 와서 몹쓸 소원을 빌고 죽었기 때문이라고 생각하며 평생을 살겠지."

"나 같으면 영양가 없이 누구를 저주하고 죽기보다는 다음 생에는 연예인 누구처럼 잘생긴 카사노바로 태어나서 수많은 여자를 마음대로 후리게 해달라고, 실속 있는 소원을 빌 것 같은데요."

"하하, 이 순경은 생각 하난 참 긍정적이여. 그런데 그런 소원을 비는 사람이라면 삶에 미련이 남아 있는 사람일 텐데 그런 사람이 자살하겠어?"

말하던 파출소장이 갑자기 발걸음을 멈추며 인상을 썼다.

"에이, 저기 있네!"

파출소장이 앞쪽 멀리 누워 있는 물체를 손전등으로 비췄다.

구멍바위 아래 바위 사이에 남자로 보이는 사람이 아무렇게나 쓰러져 있었다.

소장은 끔찍한 시체를 보는 것이 망설여지는 모양이었다. 하지만 마냥 머뭇거리고 있을 수는 없었다. 살아 있다면 빨리 응급처치를 해야 했다. 파출소장을 선두로 경찰관들이 쓰러져 있는 사람을 향해 뛰어갔다.

역시 남자였고 얼굴은 피투성이여서 알아볼 수 없었다. 절벽에서 떨어질 때 머리와 얼굴이 꽤 손상된 것 같았다.

파출소장이 손을 피투성이 남자의 목에 가져다 댔다. 맥이 뛰지 않았다. 다른 경찰관이 남자의 손목을 잡아보았다. 역시 맥이 없었고 차가웠다. 죽고 나서 시간이 꽤 지난 것 같았다. 사망을 확인한 두 사람이 동시에 머리를 옆으로 흔들었다.

신원을 확인해야 했다. 소장이 사체의 주머니를 뒤졌다. 바지 뒷주머니에서 지갑이 나왔다. 지갑 안에 신분증이 들어 있었다.

"추인락, 맞네. 에휴—."

"집에 유서를 써놓고 나갔다니, 더 조사할 필요도 없겠어. 자, 사체 수습해야지. 119에 연락해. 지갑은 따로 잘 챙기고. 주변에 유품이 없는지 살펴보자고."

"저 위에도 한번 올라가 봐야지 않겠슈?"

"그래. 이 순경하고 박 경장이 올라가 봐."

그때 소장에게서 지갑을 건네받은 이 순경이 지갑 안을 살피다가 접힌 종이를 발견하고 꺼내 펼쳤다. 이 순경이 머리와 상체로 빗줄기를 막으며 종이의 글씨를 읽었다.

모든 분들께 죄송합니다. 장례식은 치르지 말고 화장해서 강이나 바다에 뿌려주세요. 세상에 존재했었던 흔적을 깨끗이 지우고, 흔적도 없이 사라지고 싶습니다.

황은조가 다시 잠에서 깼을 때, 방 안이 매우 환했다. 하지만 천장의 형광등은 켜져 있지 않았다. 방 안을 환하게 밝히고 있는 것은 창호지가 발라져 있는 문을 통해 들어오고 있는 밝은 빛이었다. 한겨울 오후, 고도 낮은 해의 햇볕이 봉창을 비추고 있는 것처럼 밝았다.

'벌써 아침인가?'

하지만 아침 느낌과는 사뭇 달랐다. 처음 보는 광경이었다.

방 안을 두리번거려 보았지만 소팔희 이모는 없었다.

"팔희? 팔희?"

방문을 열고 마루로 나가니 여전히 비가 오고 있었고, 밤이었는데 집 앞이 환했다. 담장 너머의 마을 가운데쯤, 신한국의 집 쪽에서 시뻘건 불길이 하늘로 치솟고 있었다.

은조는 신발을 신고 마루 밑에 있는 우산을 찾아 쓰고 이모의 이름을 부르며 대문을 나섰다. 이모를 찾아 불길에 휩싸여 있는 신한국의 집 쪽으로 뛰어갔다.

빗속에서 양동이, 세숫대야 등을 든 동네 사람들이 분주하게 움직이고 있었다. 인근에 있는 논과 연못집 앞에 있는 양식장에서 물을 떠다가 불길에 휩싸인 신한국의 집에 물을 뿌려대고 있었다. 농약을 줄 때 쓰는 농약 기계에서 호스를 길게 늘여 불길에 물을 뿌리는 사람들도 있었다.

하지만 그런 식의 화재 진압은 언 발에 오줌을 누는 정도였다. 물을 떠 오는 곳이 멀어 퍼 나르는 물의 양도 적었고, 센 불길 탓에 접근이 어려워 사람들이 뿌려대는 물의 대부분이 불길에 닿지 못하고 마당에 뿌려지기 일쑤였다.

하늘에서 내리는 빗줄기 역시 별 도움이 되지 못했다. 양철지붕에 떨어지는 족족 증발하거나 처마 끝으로 흘러내렸다.

동네 입구에서 요란하게 앵앵거리는 사이렌 소리가 들려왔다. 불을 환하게 밝힌 소방차 몇 대가 동네로 진입하려 하고 있었다. 하지만 소방차의 진입은 쉽지 않았다. 동네 진입로 한가운데에 빗물에 휩쓸려 언덕 위에서 굴러떨어진 것으로 보이는 돌무더기가 쌓여 있었고 벼락이라도 맞아 넘어진 것처럼 보이는 커다란 나무가 길을 가로막고 있었다. 또 경운기 한 대가 좁은 시멘트 포장도로 한복판에 세워져 있었다.

소방차는 소방관들이 돌무더기를 치운 뒤 부러진 나무를 기계톱으로 자르고, 길을 막고 있는 낡은 경운기를 한쪽으로 끌어내고서야 화재 현장으로 진입할 수 있었다.

소방차가 멈추자 소방관들이 일사불란하게 움직여 소방호스를 늘이기 시작했다. 그런데 바로 그때, 불길에 휩싸인 신한국의 집이 와르르 무너져 내렸다. 주변에 있던 사람들이 놀라서 일제히 뒤로 물러났다.

 번쩍이는 불빛과 요란한 소리를 내는 소방차를 처음 본 황은조는 넋을 잃고 한참을 구경하다가 분주히 움직이는 사람들 속에서 세숫대야를 들고 서 있는 이모 소팔희를 발견하고 달려갔다.

 "팔희!"

 소팔희가 달려드는 은조를 감싸 안았다. 소팔희의 몸은 온통 비에 젖어 있었다.

 "은조야, 왜 나왔어?"

 소팔희가 옆으로 젖혀진 우산을 다시 은조에게 씌워줬다.

 "무, 무서워!"

 소팔희가 난처하다는 듯이 주변을 둘러봤다.

 "얼른 집에 가!"

 "시, 싫어! 무서워….'

 어쩔 수 없었다. 소팔희는 은조의 손을 꼭 잡고 다시 집으로 향했다.

 "팔희?"

 아침에 은조가 눈을 떴을 때도 이모는 방에 없었다.

 방문을 여니 날이 환하게 밝아 있었다. 밤새 양철지붕을 요란하게 때리던 빗소리가 꿈결같이 느껴졌다. 칠갑산 꼭대기에 걸려 있는 안개 같은 구름도 서서히 걷혀가고 있었다.

"팔희?"

이모가 어디 갔는지는 뻔했다.

마루를 내려가 디딤돌 위의 운동화를 신고 어젯밤 불이 난 신한국의 집으로 달려갔다.

집은 흔적도 없이 사라졌고 집터 기단 위에 커다란 기둥과 대들보만이 타다 만 숯 더미가 되어 보기 흉하게 쌓여 있었다. 양철지붕까지도 거센 불길에 녹아서 형체가 거의 없었다. 유일하게 그대로 남아 있는 것은 본체에서 10여 미터 떨어진 곳에 있는, 시멘트 블록을 쌓아 지은 화장실뿐이었다.

화장실 앞쪽에서 잡종 진돗개 한 마리가 사람들과 거리를 두고 이리저리 왔다 갔다 하며 요란하게 짖어댔다. 신한국이네 맹구였다.

밤새 불빛을 번쩍여대던 소방차는 철수했고 마을 진입로 길가에 경찰차와 자동차 몇 대가 서 있었다.

흰옷을 입은 사람들이 화재 현장 한가운데에 모여 숯 더미 속에서 뭔가를 수습하고 있었고 정사복 경찰관들이 그 주변을 살피고 있었다.

황은조의 예상대로, 소팔희 이모는 불탄 집 주위에 늘어선 구경꾼들 사이에서 초조한 표정으로 경찰관들과 소방관들의 일거수일투족을 살피고 있었다.

"팔희!"

소팔희가 달려오는 황은조를 끌어안았다.

"벌써 일어났어. 배고프지? 잠깐만 기다려."

하지만 소팔희는 시선을 외지인들에게 못 박은 채 자리를 뜰 생각을 하지 않았다.

"화재 원인이 뭐랴?"

옆 동네에서 구경 온 70대 노인이 옆에 있는 우태우 이장을 보며 물었다.

"모르쥬. 제가 그걸 워치게 알겄슈."

"비 오는 날 화재라니…? 비 오는 날 집이 이렇게 폭삭 다 탄 것도 이상하고…."

"아, 뭐가 이상혀유. 비 오는 날 아궁이에 불 안 때봤슈. 안 타유? 잘만 타쥬. 비 가려주는 지붕이 있으니 비하고 화재하고는 별 상관이 없는 거유."

"그렇다고 쳐도, 집에서 왜 못 빠져나온 겨? 빠져나올 틈도 없이 갑자기 불이 확 번졌나?"

"그걸 제가 워치게 알겄슈. 노상 술에 찌들어 살던 인간이니 또 술이라도 처마시고 정신을 잃고 있다가 화를 당한 것이겄쥬."

"아, 저놈의 똥개 정말 시끄럽네. 누가 좀 잡아서 붙들어 매놔야지 않겄어?"

노인이 개 짖는 소리 때문에 대화를 못 하겠다는 듯이 인상을 썼다.

"저 개도 자기 주인이 죽은 걸 알고 슬퍼서 저러는 거 아니겠슈."

그 말을 들은 황은조가 이모의 손을 놓고 사람들 주변을 배회하며 요란하게 짖어대는 잡종 진돗개를 향해 다가갔다.

"야, 맹구! 조용히 못 해! 너 계속 떠들면 나한테 꿀밤 맞는다."

황은조의 외침에 맹구가 짖기를 멈추고 은조 앞으로 달려와 꼬리를 살랑살랑 흔들었다. 은조가 맹구의 목을 끌어안고 머리를 쓰다듬었다. 그 순간을 놓치지 않고 우태우 이장이 맹구를 묶어둘 끈을 들고 다가갔지만 눈치 빠른 맹구가 먼저 재빨리 달아났다.

숯 더미 속을 뒤지던 사람들이 크고 작은 뼛조각들을 찾아내 땅바닥에 깔아놓은 하얀 천 위로 옮겼다.

"허허, 완전히 타서 뼛조각만 남았구먼. 올 때는 순서가 있어도 갈 때는 순서가 없다니께. 신한국이가 나보다 먼저 저세상 사람이 될 줄 누가 알았겠어."

옆 동네 노인이 혀를 끌끌 차며 중얼거렸다.

수첩을 든 형사가 구경꾼들이 모여 있는 곳으로 다가갔다.

그들 중에는 붕대 대신 옷에서 찢어낸 흰 천을 손에 감고 있는 남자, 절룩절룩 다리를 저는 청년, 파마머리가 보기 흉하게 불에 그슬린 여자, 허리라도 다쳤는지 손등으로 자신의 허리를 연방 두드려대는 남자가 끼어 있었다.

"손은 왜 다치셨습니까?"

형사가 흰 천을 오른손과 팔에 칭칭 감고 있는 박광규를 보며 물었다. 박광규는 깜짝 놀라는 표정을 지으며 손을 등 뒤로 재빨리 감췄다가 마치 제 발이 저린 도둑처럼 다시 슬그머니 앞으로 내밀었다.

"이, 이거유. 어젯밤에 불을 끄다가 불길에 좀 데었슈."

"병원 안 가봐도 되겠습니까?"

"뭘유, 이까이 꺼 가지구…. 팔이 부러진 것도 아니구…."

"다리 다쳤습니까?"

형사가 다리를 저는 것처럼 보이는 양식연의 아들 양동남에게 물었다.

"별거 아뉴. 불을 끄다가 저 개한테 물렸슈…. 불을 끄려는 걸 자기를 해치려는 걸로 오해했는지 갑자기 덤벼들어 물잖유. 저놈의 똥개!"

양동남이, 여전히 사람들 주변을 서성이는 맹구를 가리켰다.

"아주머니 머리는 왜 그래요?"

우태우 이장의 아내 한돈숙은 파마머리의 일부가 불에 그슬렸는지 머리 모양이 흉했다.

"저도 어젯밤 부, 불을 열심히 끄다가 그슬려서…."

형사는 사람들을 죽 둘러보고는 다른 부상자도 어젯밤에 불을 끄다가 다친 모양이라고 생각하는지 더는 묻지 않고 수첩을 펼쳤다.

"불이 난 시간이 몇 시였습니까?"

"그, 글쎄유? 어젯밤 한 11시쯤 되었나? 시계를 안 봐서…."

우태우 이장이 고개를 갸웃거리며 대답했다.

"아니쥬. 한 12시쯤이거나 1시쯤 되지 않았을까?"

옆에 있던 다른 사람이 끼어들었다.

"뭔 소리여? 2시는 되었었을걸?"

"그려. 한 2시는 되었었을 겨."

"아녀, 1시쯤이었어."

"그려, 1시였던 것 같어."

어떻게 된 일인지 말하는 사람마다 화재 시간을 달리 이야기했다. 형사가 고개를 갸웃거리며 수첩에 화재 발생 시간을 새벽 1시라고 적었다.

"불난 것을 최초로 본 사람은 누구죠?"

"글쎄, 누구지? 내가 여기 왔을 때는 사람들이 불을 끄려고 분주하게 움직이고 있었는디…."

"내가 왔을 때도…."

"이장님이 처음 발견한 거 아녀?"

"아녀! 내가 달려왔을 때도 사람들이 몇 명 나와 있었어."

"그럼 최초 신고자는 누굽니까?"

"그건 내가 했쥬. 불을 끄다 소방차가 오지 않는 것이 이상혀서, 신고가 들어갔나 안 들어갔나, 확인 차원에서 내 핸드폰으로…."

우태우 이장이 긴장한 표정으로 대답했다.

"화재 발생 후 신고가 꽤 늦었던 것 같은데, 왜 다른 사람들은 신고를 안 했을까요?"

"그야, 다른 사람들도 나처럼 누가 이미 신고했겠지 생각허지 않았겄슈."

"불이 최초로 시작된 곳은 어딘가요?"

"부엌 아녔어? 내가 왔을 때는 부엌 쪽 불길이 가장 거셌던 것 같은디?"

"아닐걸? 내가 볼 때는 안방 쪽에서 불이 시작된 것 같았는디…."

"아녀. 내가 볼 때도 부엌 쪽 불길이 거셌어."

"그거야 부엌에 땔감이 가득 쌓여 있어서 그랬겠지."

"불 색깔이나 연기 색깔은 어떻던가요?"

사람들이 다시 서로의 얼굴을 쳐다봤다.

나서는 사람이 없자 우태우 이장이 다시 나섰다.

"그, 글쎄…. 불이야 시뻘겠고 연기 색깔은 어두워서 잘…."

"혹시 기름 냄새가 났다든지 이상한 점은 없었습니까?"

"기, 기름 냄새유? 난 그런 거 못 맡았는디…?"

"나도 기름 냄새 같은 건 못 맡았어."

"다른 분들은요? 뭔가 수상한 점 없었습니까?"

사람들이 모두 고개를 저었다.

"혹 수상한 사람은 없었습니까?"

형사가 질문의 방향을 바꿨다.

"수, 수상한 사람유?"

"사건 전후로 낯선 사람이 방문했다거나, 누군가가 집 주변을 얼쩡거렸다거나…?"

"그, 글쎄…?"

"가만, 낯선 사람이라면 한 명 있지 않았었나? 낮에 못 보던 젊은 남자가 동네 입구에 있는 걸 봤는디. 맞아, 양순아. 너 낮에 누구랑 이야기했지?"

우태우 이장의 아내 한돈숙의 말에 사람들이 황은조를 쳐다봤다.

"아이씨, 난 양순이가 아니고 황은조여. 미국 이름은 은조황. 양놈들은 엔조황이라고 부르기도 하고. 내가 몇 번이나 알려줬는디 바보같이 사람 이름도 몰러."

"아, 알았다, 싸가지 황은조. 너 어제 낮에 누구랑 이야기하지 않았냐?"

"했지."

"누구랑?"

"그건 나도 몰러. 모르는 사람이 길을 묻던디. 구멍바위가 어디냐고."

"그래서?"

"알려줬지. 구멍바위는 저쪽에 있다고. 거긴 음기가 강해서 자살하는 남자가 많으니, 남자들은 조심해야 한다고 일러줬지."

"뭐, 음기? 너 그 말이 무슨 뜻인지나 아니?"

형사의 말에 황은조가 '음기'가 무엇이냐고 묻는 표정으로 소팔희를 돌아봤다.

"그 사람, 그 이후에 본 사람 있습니까?"

누구도 대답하지 않았다.

"어젯밤에 개 짖는 소리 못 들으셨습니까?"

이번에도 사람들이 못 들었다는 듯이 고개를 옆으로 흔들었다.

"저 개, 신한국 씨 개 맞죠? 저 개는 늘 저렇게 풀어놨었습니까?"

"그, 글쎄…?"

사람들이 다시 서로의 얼굴을 쳐다봤다.

"개에게 물렸다고 했죠? 풀린 개에게 물렸습니까?"

형사가 양식연의 아들 양동남에게 물었다.

"아…, 예."

"아, 네가 저 개랑 친하지? 네가 잘 알겠구나. 저 개 늘 저렇게 풀어놨었니?"

형사가 황은조의 앞에 쪼그려 앉으며 물었다.

"아니. 줄에 묶여 있었지. 개집에."

"개집?"

형사가 불탄 집 쪽을 쳐다봤다. 하지만 개집은 존재했던 흔적조차 없었다.

"개집이 어딨었는데?"

"저기, 부엌 앞에."

개는 누군가가 일부러 풀어놓은 것이 틀림없어 보였다. 화재 현장 주변을 여전히 배회하고 있는 잡종 진돗개는 목에 개 목걸이만을 하고 있었다. 불이 난 뒤에 몸부림치다 풀려난 것이라면 목걸이에 목줄이 붙어 있어야 할 것 같은데 없었다.

"화재 원인은 무엇이었을까요?"

형사가 동네 사람들을 노려보며 물었다.

"글쎄, 그걸 우리가 워치게…."

사람들이 다시 서로의 얼굴을 쳐다보며 눈치를 봤다.

"아궁이에서 불씨가 번졌나?"

식당집 왕주영이 고개를 갸웃거리며 말했다.

"날씨가 춥지도 않은데 아궁이에 불을 때요?"

"아, 비가 왔잖유. 습기가 많아서 눅눅해 불을 땠을 수도 있지. 아니면, 안주라도 만들려고 하다가 불을 낸 것일 수도 있고. 술에 취해 안주를 만들려고 가스레인지 불을 켜놓고 방에 들어갔다 잠들었을 수도 있잖유."

"신한국 씨가 안방에서 잠들었다가 변을 당했다고 생각하시는 건가요?"

형사의 질문에 왕주영이 몹시 당황하는 표정을 지었다.

"아, 뼛조각들이 발견된 저기가 안방 아닌가? 저쯤이면 안방일 것 같은데? 저기가 안방 터 같아서 안방이라고 한 거유. 내가 신한국이 워디서 워치게 죽었나 워찌 알겄슈."

그때 연못집 양식연의 아들 양동남이 끼어들었다.

"어쩌면 화재 원인이 번개일 수도 있슈. 불이 나기 직전에 비가 겁나게 쏟아지며 천둥 번개가 겁나게 쳤거든유. 번쩍! 우르르, 쾅쾅!"

"맞아! 그게 아니면 누전일 겨. 비만 오면 이 동네 전기가 나갔다 들어왔다 하지 않남? 같은 전기세 받아 처먹으면서 한전은 뭐 하는지 모르겄어. 시골이라고 무시하는 겨 뭐여…."

"혹시 신한국 씨에게 원한이 있을 만한 사람은 없습니까?"

"워, 원한유? 이런 시골 동네에서 농사짓는 사람에게 원한은 무슨…."

"조회해보니 신한국 씨에게 전과가 하나 있던데, 뭣 때문에 교도소에 들어갔던 거죠?"

형사의 질문이 핵심을 찌른 것 같았다. 사람들이 불안해하는 표정으로 서로 눈치를 봤다.

아무도 나서지 않자 나이가 가장 많은 박달수 노인이 나섰다.

"그건…. 물난리 때문이었쥬. 그때도 어젯밤처럼 비가 많이 왔는디 신한국이 저 칠갑산 위의 저수지, 천장호 수문을 예고도 없이 갑자기 열어서 물난리가 났었쥬. 가을 추수를 앞두고 있던 때였는디 그 물난리로 냇가에 있는 마을들, 우리 동네와 작천리, 지천리, 용두리 등 많은 동네 농작물들이 큰 피해를 봤쥬."

"신한국 씨가 왜 저수지 물을 방류했는디요?"

"그해, 가을이었는데도 태풍이 연속으로 지나가며 비가 꽤 많이 왔슈. 비가 그친 뒤 신한국이가 버섯을 따러 칠갑산 너머까지 갔었는디, 전날 밤에 내린 비로 물이 점점 불어서 만수위가 된 댐이 금방 넘칠 것 같아서 수문을 열었다고 했슈. 물이 넘치면 댐이 무너져 큰 피해가 있을 것 같아서 열었다는 거였쥬. 저수지 둑이 무너지면 상상을 초월하는 피해가 일어날 것이 불 보듯 뻔하니 수문을 열 수밖에 없다고 주장했었쥬."

"수문을 열지 않았으면 정말 댐이 무너졌을까요?"

"그건 아무도 모르쥬. 아무 일도 일어나지 않았을 수도 있고 정말 더 큰일이 났을 수도 있고. 그건 아무도 몰러."

"하여튼 관계자가 아닌 사람이 함부로 저수지의 수문을 열어 농가에 큰 피해를 줬기에 기소되었던 거군요?"

"그렇쥬. 그런데 문제는 그게 아니었쥬. 그건 아주 하찮은 전초전에 불과했지."

"예?"

"그 사건으로 그해 우리 마을이 '범죄 없는 마을'에서 제외되었쥬. 그래서 정부에서 주는 상금을 못 받았는디…. 그런디, 우리 마을을 봐봐유. 한쪽은 높은 산이 막고 있고 나머지 삼면은 반도처럼 냇물에 완전히 둘러싸여 있잖유. 그때는 마을 앞에 제방이 없어서 비만 오면 물이 넘쳐서 크고 작은 피해를 보던 시절인디, 그해 범죄 없는 마을 상금을 받으면 물난리가 나지 않게 제방 공사를 하기로 했겠쥬. 그런디, 신한국의 그 범죄 때문에 상금을 못 받아 돈이 부족해 그해 하기로 했던 제방 공사를 못 한 거유. 그런디 그다음 해 여름 장마철에 엄청나게 큰 비가 왔슈. 그래서 또 물난리가 났는디 그때 피해가 엄청 컸쥬. 마을의 논과 밭이 물에 잠기고, 떠내려가고, 가축은 물론 사람까지 물에 휩쓸려가 죽었으니께."

"아, 그런 일이 있었군요."

"어이, 왕주영이. 그때 자네 집사람이 물에 떠내려가 죽었잖여."

"그, 그랬쥬. 허허, 잠수 세계 신기록이쥬. 그때 잠수를 했는디 아직도 물 밖으로 안 나왔으니께…."

"그래서 어떻게 되었습니까?"

"뭘 어떻게 돼유. 그렇게 되었다는 거지. 사실, 사람들 마음이야 저수지 수문을 열어 감옥에 들어갔다가 집행유예로 풀려난 신한국이를 다시 감옥에 집어넣고 싶어 했지만, 우리 동네가 큰 홍수 피해를 입은 것이 신한국의 직접적인 범죄가 아니라서 감옥에 집어넣지 못하고 화만 삭였쥬. 신한국이 어떤 처벌이라도 받았으면 사람들의 화가 어느 정도 가라앉았을 텐디, 신한국이 감옥에 갔다 와 더 큰 물난리가 났던 그해에는 어떤 처벌도 받지 않아서 신한국이를 더 원망했을 거유. 제방 공사를 못 해 홍수로 큰 재산 피해를 본 사람들이 태반이구, 심지어 아내가 물에 떠내려가 죽었는디도 아무도 처벌받거나 책임지는 사람이 없었으니…. 언제나 그렇듯 큰 피해를 본 사람들은 누군가 원망의 대상이 필요한 법인디, 하느님은 너무 멀리 있고 신한국이가 가까이 있으니 결국 눈앞의 신한국이가 분노의 대상이 되었던 거겠쥬."

"그래서 사람들이 신한국 씨에게 복수라도 했나요?"

"복수는 무슨…. 당시에는 술에 취해 신한국이를 찾아가 멱살 잡고 원수와는 같은 하늘 아래에서 살 수 없다며 죽이느니 살리느니 하는 사람도 있었지만, 그냥 따돌림만 시키고 말았쥬."

"그때 피해를 본 사람들이 누구누구죠?"

"냇가에 집이 있거나 논밭이 있는 사람들, 장자울에서는 소 키우는 우태우네, 양식장을 하는 연못집 양식연네, 식당집 왕주영이네, 안뜸에서는 조경휘네, 한종섭이네, 김옥환이네, 황재순이네, 강희국이네…. 수도 없이 많아유. 5년 전쯤에 외지에서 이사 온 꼭대기집 말고는 동네 사람들 거의 모두가 크고 작은 피해를 봤쥬."

'꼭대기집'은 마을의 가장 위쪽에서 조카 황은조와 함께 사는 소팔희를 지칭하는 말이었다.

"그중에서, 아내를 잃은 왕주영이가 가장 큰 피해자라면 피해자겠지. 안 그려?"

박 노인의 말에 식당집 왕주영이 두 손을 마구 흔들며 맞받아쳤다.

"아, 아뉴! 뭐 그때 나는 마누라와 죽이느니 살리느니 만날 부부 싸움만 하고 살았는디…. 그리고 신한국이가 우리 동네를 물난리로부터 구하려다, 잘해보려다 그런 건디, 내가 뭐 신한국에게 무슨 원한이 있어유. 사실, 그때는 쬐끔 있기는 있었는디, 그게 언제 적 이야기유. 이제 전혀 없슈. 진짜 감정 같은 거 하나도 남은 게 없슈. 내 마음은 아주 깨끗혀유!"

"신한국 씨, 죽은 어제 뭘 하셨죠?"

형사의 말에 왕주영이 화들짝 놀랐다.

"예에? 저야 낮부터 저녁까지 읍내 식당에서 장사했고, 밤에, 밤에는 친구들하고 술을 마셨고…."

"아니, 신한국 씨요. 신한국 씨가 어제 낮에 뭘 했는지, 행적 아시는 분 있습니까?"

하지만 아무도 나서는 이가 없었다.

다시 박 노인이 나섰다.

"신한국이는 그 물난리 이후 지금까지 돈네 사람들에게 완전히 따돌림당하며 혼자서만 지냈슈. 아니, 어찌 보면 한국이 스스로가 외톨이를 자처했지. 그 사건 이후로는 들에 나가 일할 때나 특별한 경우를 제외하고는 집 밖으로 거의 나오지 않았슈. 아, 한때는 돈까지 빌려다 비닐하우스도 시작하면서 재기하려고 노력하긴 했었슈. 하지만 그마저 빚만 지고 실패했지. 신한국이는 그 이후로 알코올 중독자로 살았슈. 집에서 늘 술에 취해 있었지. 어제도 온종일 집에서 술을 마셨지 않았나 싶어유. 누구, 어제 신한국이 밖으로 나오는 거 본 사람 있어?"

서로 얼굴을 쳐다볼 뿐 아무도 대답하지 않았다.

"어제 신한국 씨 만난 사람 있습니까?"

형사가 사람들을 둘러보며 다시 물었다. 그러자 황은조가 손을 번쩍 들었다. 소팔희가 황은조의 팔을 끌어당겨 만류하려 했으나 이미 늦었다.

"내가 봤다, 어제."

"네가? 어제 언제?"

"소 팔러 가서 읍내에서도 봤고, 어제 저녁때 프라이드치킨 뼈다귀를 맹구에게 주려고 왔었는디 신한국이가 술을 마시고 있더라."

"술을? 혼자?"

"응. 혼자 마셨다. 아, 전화도 했다. 누구랑 돈 이야기를 하더라."

"돈 이야기?"

"먹고 죽을 돈이 없다더라."

"먹고 죽을 돈?"

"응. 돈을 먹고 죽으려는 것 같았어. 씨팔, 맘대로 하라고, 전화 수화기에 대고 막 욕하고 그랬다."

"도대체 그게 무슨 말이냐? 어이, 김 형사. 누구랑 통화했는지 통화 내역 좀 조회해봐. 아, 빚이 있는지도 좀 알아보고, 보험 관계도 좀 알아봐."

수첩을 든 형사가 옆에 있는 더 젊은 형사에게 말하고 나서 다시 황은조에게 시선을 돌렸다.

"그런데 넌 어린애가 왜 그리 혀가 짧냐?"

"그걸 몰러? 진짜 몰러? 이런 바보! 어린이니까 키도 작고 혀도 짧은 거지."

 형사가 어이없어하는 그때 우태우 이장의 휴대전화가 울렸다.

 전화를 받고 난 이장이 무궁화 세 개를 달고 있는 정복경찰관에게 달려갔다.

 "과장님! 칠갑산 천장호가 만수위인 데다 태풍이 올라온다는 예보가 있어 곧 저수지 물을 방류할 거라는테유."

 무궁화 세 개짜리가 무슨 말이냐는 듯이 우태우 이장을 쳐다봤다.

 "천장호에서 물을 방류하면 한 20분쯤 뒤 이곳에 도착하는디, 다리가 넘쳐서 이 동네가 고립되쥬. 굳이 외부로 나갈 거라면 험한 산길을 타고 걸어서 산 몇 개를 넘어가면 되긴 허지만 차는 못 다녀유. 자동차는 한 이틀 통행이 불가능할 거구먼유. 다리 통행이 불가능해지기 전에 나가실 분들은 빨리 나가셔야 혀유."

 무슨 말인지 알겠다는 듯이 과장이 뒤돌아서서 사람들에게 외쳤다.

 "마무리하는 데 어느 정도 걸릴 것 같아? 천장호에서 저수지 물을 방류해 곧 이곳이 고립될 거라는데, 서둘러!"

 외지인들에게 저수지 방류 소식을 전달하고 난 우태우 이장이 냇가로 향하며 휴대전화를 꺼내 어딘가로 전화를 걸었다.

 곧 동네 뒷산에 있는 스피커에서 사이렌이 울리기 시작했다.

 10초 남짓의 시끄러운 사이렌이 끝나고 스피커에서 누군가의 목소리가 흘러나왔다.

―아아, 중천리 방송실에서 이장님을 대신해 안내 말씀 드리겠습니다. 지난밤에 많은 비가 온 관계로, 계속 물이 불어나고 있는 천장호를 방류한다고 합니다. 천장호 방류 예정 시간은 오전 9시입니다. 중천교 역시 9시 이전부터, 미리 통제에 들어갈 예정입니다. 동네 밖으로 나가실 분들은 9시 전에 나가주시고, 냇가에 계신 분들은 신속히 높은 지대로 대피하여 주십시유. 중천리 방송실에서 다시 한번 안내 말씀 드리겠습니다….

천장호 방류에 대한 안내방송이 막 끝났을 때 빨간색 티코 한 대가 마을로 들어와 화재 현장 앞쪽 길가에 멈춰 섰다. 곧 경차에서 카메라를 든 단발머리 여자가 내렸다. 조은비 기자였다.

6개월 전 조은비는 최순석이라는 비리 형사가 메일로 보낸 치졸한 협박성 가짜뉴스에 넘어가 '아이엠에프 금 모으기 운동으로 모은 금괴를 싣고 일본으로 가던 화물선이 침몰했다'는 최악의 오보를 낸 뒤 신문사에서 해고되었다. 최악의 오보 기자라는 낙인 때문에 다른 신문사에 재취업조차 할 수 없게 된 그녀는 아버지의 고향인 충남 청양으로 내려와 삼촌이 운영하는 청양군 정보지인 〈청양신문〉 일을 돕고 있었다.

"조은비 기자님! 접근하면 안 돼요!"

조은비가 '접근 금지'라고 쓰인 띠가 둘러쳐져 있는 경찰통제선을 넘어 감식 현장으로 들어가려 하자 청양경찰서의 낯익은 정복경찰관이 급히 앞을 막아섰다.

"사진 몇 장만 찍을게요."

"아이, 지금은 안 돼요. 저분들 빠지걸랑 그때 찍어요."

정복경찰관은 외지에서 온 사람들 때문에 사정을 봐주기가 곤란하다는 듯한 표정이었다.

조은비가 어쩔 수 없다는 듯이 순순히 물러났다.

그때 검은색 낡은 지프 한 대가 동네 입구로 들어와 자동차들이 늘어서 있는 길가의 맨 끝, 조은비의 빨간색 티코 뒤에 멈췄다.

"어? 저 사람은…? 저 인간이 도대체 왜 여기에…?"

지프에서 내려 입에 담배를 물고 지포 라이터로 불을 붙이며 걸어오는 남자를 본 조은비가 어쩔 줄 몰라 하며 중얼거렸다.

"아이씨! 원수는 외나무다리에서 만난다더니…."

그는 바로 조은비의 기사 때문에 1계급 강등되어 홍성경찰서로 좌천된 비리 형사, 또 조은비를 이 시골구석으로 오게 만든 바로 그 치졸한 형사 최순석이었다.

멀리서도 최순석을 단번에 알아본 조은비는 갖은 인상을 쓰며 더러운 똥을 피하듯 구경꾼들 속으로 몸을 숨겼다.

곧 경찰관들과 소방관들이 불에 탄 뼛조각들을 챙겨서 현장을 떠났다. 마을이 고립되기 전에 서둘러 빠져나가려는 것이었다.

원수와 함께 범죄 없는 마을에 갇히다

　신한국의 집터 바깥마당에 서서 뻐끔뻐끔 담배를 피우며 쌓여 있는 숯 더미를 망연히 쳐다보던 최순석이 하늘을 올려다보며 갑자기 욕을 했다.
　"제기랄! 좆같이…."
　욕에 반응이라도 하듯 주머니 속 휴대전화가 시끄럽게 울었다.
　"에이, 찰거머리 같은 새끼!"
　사병채의 전화가 틀림없었다. 받고 싶지 않은 전화였으나 받지 않을 수 없었다. 1년 사이 최순석의 신변에 많은 변화가 있었다.
　"여보세요?"
　―도대체 어떻게 된 거야? 왜 전화를 안 받아?

전화기에서 다짜고짜 호통치는 듯한 사병채의 목소리가 들려왔다.

"아, 귀청 떨어지겠네. 여기가 깡촌이라서 핸드폰 신호가 잡히다 안 잡히다 그래. 지금 여기도 안테나 하나밖에 안 뜨네."

─어떻게 되었어?

"그게 말이야. 어젯밤에 죽었어. 불이 나서…."

─뭐? 죽어? 신한국인가 구한말인가 하는 새끼가 죽었다고? 갑자기 왜?

"사고일 수도 있고 자살일 수도 있고. 하여튼 우리가 그런 것까지 알 필요는 없잖아. 확실한 것은 불에 타죽었다는 거고 뼛조각밖에 안 남았다는 거지."

─돈은 받을 수 있는 거야?

"죽었다고 했잖아. 죽었는데 담보도 없이 어떻게 돈을 받아. 팔아먹을 시체조차 없다고. 뼛조각 몇 개뿐."

─야 이 새꺄, 지금 그 말이 입에서 나와? 우리가 신한국한테 받아야 할 돈이 자그마치 5천만 원이야!

"에이, 못 받은 건 아니지. 천만 원 빌려주고 이자로 2천만 원 넘게 받아냈으면 됐지, 죽은 사람에게 어떻게 원금에 밀린 고리이자까지 다 받아내? 내가 지옥까지 따라가야 되겠어?"

─이 새끼가! 우리가 뭐 불우이웃돕기 하는 사람들인 줄 아나? 어디 돈 나올 구멍 전혀 없어?

"그런 게 있었으면 우리한테 돈 빌렸겠어? 집하고 땅은 다 은행에 담보로 잡혔고 살림살이도 다 불탔는데…."

─그래도 뒤져보면 뭔가 있을 게 아냐?

"개새끼!"

─뭐? 너 이 새끼, 지금 뭐라고 했어?

"아, 사 사장에게 한 말이 아니고, 남은 건 저기 저 개새끼, 똥개 새끼 한 마리뿐이라고. 아, 저 경운기도 신한국이 건가? 경운기도 한 대 있어. 개하고 경운기 팔면 내려온 기름값은 건지겠네."

최순석이 통화하며 불에 탄 신한국의 집 앞쪽 길가에 세워져 있는 경운기를 향해 다가갔다.

전화기 너머에서 몽둥이로 누군가를 때리는 소리와 함께 남자의 비명이 들려왔다. 사채를 빌려 쓰고 갚지 못하는 빚쟁이를 사무실에 잡아다 놓고 돈 내놓으라고 족치고 있는 모양이었다.

─야! 통화할 때는 좀 조용히 해라!

사병채가 빚쟁이를 두들겨 패는 똘마니들에게 소리 질렀다.

─야! 어떻게든 5천 만들어 가지고 올라와. 그 돈 못 만들면 네가 갚아야 하는 거 알지?

"아, 이거 너무하는 거 아냐? 내 빚도 못 갚고 있는데 남의 빚까지 어떻게 갚아?"

─그러니까 새꺄, 대신 갚고 싶지 않으면 어떻게든 5천 만들어 가지고 올라오라고. 문상객 부조금 모조리 챙기는 거 잊지 말고! 현금이라고 삥땅 칠 생각 말아. 신한국, 부모나 형제는 없어?

"없어!"

─먼 친척이라도 있을 거 아냐? 찾아내서 협박을 하든 지랄을 하든 해서 얼마씩이라도 받아내. 빈손으로 올라올 거면 신장 떼서 팔 각오하라고.

"아니, 나 신장 하나밖에 없는 거 몰라? 하나는 이미 떼서 팔아 먹었다고…."

전화가 뚝 끊겼다. 사병채가 일방적으로 전화를 끊은 것이었다.

"이런, 개새끼!"

휴대전화를 귀에서 떼어내 노려보다가 뒷주머니에 넣고 난 최순석이 다시 담배를 입에 물며 신한국의 집터 앞쪽 길가에 세워져 있는 경운기를 살폈다. 낡은 경운기였다. 경운기 머리와 트렁크에 최근에 생긴 사고 흔적까지 있었다. 30만 원이나 받을 수 있을까 싶었다.

경운기를 살피고 있는 최순석에게 마을 사람들이 다가왔다.

"누구슈?"

앞장서서 걸어와 질문을 던진 사람은 연못집의 양식연이었다.

"누구신데 여기서…?"

"아, 최순석 형사님!"

최순석 대신 대답한 사람은 마을 사람들의 뒤를 따라온 조은비였다. 피할 수 없다면 정면으로 부딪쳐라, 이것이 조은비의 신조였다.

"최 형사님이 여긴 웬일이십니까?"

경운기를 살피고 있는 사람이 형사라는 말에 마을 사람들이 주춤 뒤로 물러났다. 사람들의 얼굴에 경계하는 빛과 긴장감이 서렸다.

조은비를 본 최순석의 표정이 심하게 일그러졌다.

"표정을 보니 내가 누군지 바로 알아보신 모양이네요? 그런데 여긴 웬일이세요? 이쪽으로 또 좌천된 겁니까?"

최순석은 조은비의 도발적인 시선을 슬쩍 피하며 대답하지 않았다.

"아, 그때는 좀 미안했습니다. 내가 뭐 사적인 감정이 있어서 생판 모르는 최 형사님을 1계급 강등시켜 시골로 유배 보냈겠어요. 직업이 직업이다 보니…. 아 그리고, 복수심에 불타는 그 치기 어린 메일 아주 잘 받았습니다. 덕분에 회사에서 잘리고 공기 좋은 곳에 내려와 이렇게 즐겁게 지내고 있습니다."

최순석이 인상을 쓰며 담배를 꺼내 입에 물었다.

"뭐, 그 일은 형사님하고 내가 서로 한 번씩 주고받은 것이니 비긴 거로, 아니, 없었던 일로 합시다. 난 이미 오래전에 미친개에게 물렸다고 생각하고 깨끗이 잊었습니다."

"에이씨…."

능글거리는 조은비의 태도에 최순석이 더욱 인상을 쓰며 입에 물고 있는 담배의 필터를 이로 씹어댔다.

"아니, 두 분은 왜 안 나가셨슈?"

우태우 이장이 동네 아래쪽에서 올라오다 두 외지인을 보고 급히 다가와 물었다. 우태우는 천장호 방류로 홍수가 난 동네 앞 하천인 지천_{之川}을 살피고 돌아오는 길이었다.

"안 나가다니요?"

조은비가 그게 무슨 말이냐는 듯이 눈을 동그랗게 뜨고 물었다. 우태우 이장이 동네 앞을 손가락으로 가리켰다. 그의 손가락 방향에 거센 파도를 치며 흘러가고 있는 시뻘건 흙탕물이 보였다.

"어머? 냇물이 언제 저렇게 시뻘겋게 변했죠?"

"큰물 나가는 거잖유. 아까 방송까지 했는디…."

"방송이요? 못 들었는데요."

"아, 큰물 나가기 직전에 들어오신 모양이네. 지금은 다리가 넘쳐서 오도 가도 못 하는디…. 아니, 왜들 가만히 있었어? 이분들에게 빨리 나가라고 말하지 않고?"

우태우 이장이 동네 사람들을 둘러보며 타박했다.

"경찰서나 소방서에서 남겨두고 간 분들인 줄 알았지. 여기 현장 지키라고."

읍내에서 식당을 하는 왕주영이 변명하듯 대답했다.

"그런데 너는 왜 안 나갔냐? 장사하려면 읍내 나갔어야 하는 거 아녀?"

"모, 몸이 안 좋아서, 휴가 가는 셈 치고 한 이삼일 식당 문 닫고 쉬기로 했슈."

"이 마을에서 아무도 못 나간다고요? 언제까지요?"

조은비가 난처하다는 듯이 물었다.

"다리 통행이 다시 가능해지려면 최소한 이틀 정도는 걸릴 텐디유."

"그럼 어떻게 하죠?"

조은비가 미간을 찡그렸다.

"그러게, 어떻게 하나? 우리 동네에 여관이나 민박집이 있는 것도 아니구…."

우태우 이장이 자신도 난처하다는 듯이 동네 사람들을 둘러봤다.

"정말 나갈 방법이 없어요?"

"나가려면 병풍처럼 둘러서 있는 저런 험한 산을 몇 개 넘어서 빙애길로 돌아가면 되기는 하는디, 지금은 아마 길도 없어졌을 걸유? 다리 놓고 자동차 드나들게 된 뒤로는 동네 사람들이 빙애길 다닐 일이 거의 없었으니께."

"맞아유. 길을 아는 동네 청년이 안내해도 위험할 텐디, 안내도 없이 외지인들끼리 밖으로 나가기는 거의 불가능할 거구먼유. 특히 여자는 더욱더…. 비가 많이 와서 산속 계곡물도 많이 불었을 텐디 그런 계곡물도 몇 개 건너야 허구. 저기 저 가파른 산 이름이 비암산인디, 독사나 까치살모사 같은 비암이 우글댄다고 해서 비암산이구먼유. 저런 산도 지나야 허구."

"배 같은 거로 냇물을 건너는 방법은 없나요?"

"엔진 달린 배가 있다면 혹시 몰라도, 노를 저어서는 절대 못 건너유."

"헤엄쳐서는 못 건너갑니까?"

입을 굳게 다물고 있던 최순석이 물었다.

"두 분 헤엄 잘 치슈?"

"아, 아뇨! 전 헤엄은커녕, 물 공포증이 있어요. 어려서 물에 빠져 죽을 뻔했던 적이 있어서…. 사실 그래서, 지금도 아주 큰 유람선 아니고는 배도 못 타요."

조은비가 낙담한 표정으로 말했다.

"헤엄을 아무리 잘 쳐도 저런 물에서는 안 돼유. 저 윗집에 살던 완규 아버지 별명이 헤엄 잘 친다고 물개였는디, 저 아래 냇물 건너 용두리에 사는 작은아버지 환갑잔치에 가겠다고 헤엄쳐 건너가다 급류에 휘말려 떠내려가 죽었쥬. 시체가 금강을 타고 바다와 만나는 금강 하구까지 떠내려가서 보름 만에야 찾았쥬."

"어쩔 수 없지, 뭐. 물이 빠질 때까지 이 동네에서 먹고 잘 수밖에. 누구 이 두 분 재워줄 방 있는 사람? 우리는 빈방에 메주며 냄새 나는 것들이 가득 차 있어서 말이여. 남녀가 같은 방에서 잠을 잘 수는 없구, 방이 두 개는 있어야 할 텐디?"

우태우 이장이 사람들을 둘러보며 물었다. 하지만 동네 사람들은 서로의 눈치를 볼 뿐 누구도 나서지 않았다.

"누구, 이분들 재워줄 사람 없슈? 이거 참 난감하네."

이장이 다시 물었을 때, 황은조의 손을 꼭 잡은 채 사람들의 눈치를 보던 소팔희가 앞으로 나섰다.

"우, 우리 집에 비, 빈방이 두 개 있기는 있는데, 반찬이 없어서…."

"아, 잘됐네. 그럼 잠은 꼭대기집에서 자고 밥은 우리 집에 와서 먹으면 되겠네유. 우리라고 별 반찬이 있는 것은 아니지만서두."

우태우 이장의 말에 아내 한돈숙이 이장의 옆구리를 손으로 꾹 찔렀다. 하지만 우태우는 잠깐 인상을 찡그렸을 뿐 아내의 행동을 무시했다.

"자자, 그럼 짐 챙겨서 꼭대기집으로 올라가슈. 거기, 자동차 세울 데가 마땅치 않을 테니 차는 그대로 두고 가는 게 좋을 거유. 곧 점심 먹어야 허겠네. 두 분 혹시 핸드폰 있슈? 식사 준비되면 전화할게유."

조은비와 최순석이 우태우 이장에게 휴대전화 번호를 알려 줬다.

"그런데, 죽은 신한국 씨, 보험 같은 건 안 들었습니까?"

소팔희를 따라나서던 최순석이 중요한 것을 잊었다는 듯이 가던 길을 돌아와서 동네 사람들을 둘러보며 물었다.

"보험유? 난 그런 거 들었다는 소리 못 들었는디?"

"저도유. 시골 사람이 무슨 보험을 들었겠슈. 그런 건 보험회사 통해 조회해보면 되는 거 아뉴?"

"그야, 그렇죠…."

소팔희와 조은비를 따라 꼭대기집을 향해 걸어가는 최순석의 뒷모습을 잠시 지켜보던 한돈숙이 남편 우태우의 옆구리를 다시 꾹 찔렀다.

"아 왜 그려?"

"아니, 우리 집이라고 무슨 반찬이 있다고 와서 밥을 먹으라는 겨, 번거롭게…. 게다가 형사를…."

"아, 다 이유가 있어."

"이유? 무슨 이유?"

우태우가 동네 사람들의 눈치를 보며 한돈숙의 손을 집 쪽으로 이끌었다.

집 앞에서 발걸음을 멈춘 한돈숙이 다시 우태우 이장의 옆구리를 꾹 찔렀다.

"무슨 이유?"

"아, 이번 사건을 수사하러 내려온 형사잖여. 옆에 두고 무엇을 수사하는지 잘 감시해야지. 안 그려?"

남편의 말에 한돈숙이 일리가 있다는 듯이 고개를 끄떡였다.

"나는 우리 집에 방만 있었으면 재우고 먹이며 옆에서 일거수일투족을 감시할 생각이었어. 방이 마땅하지 않으니 잠은 그렇다 치고, 밥이라도 먹여가며 돌아가는 상황을 파악해야 할 거 아녀. 안 그려?"

"아, 맞네유. 내 생각이 좀 짧았슈. 저 사람들이 우리 동네를 떠나기 전까지 철저히 감시 잘해야 혀유. 아무것도 못 알아내게 해야 혀유. 동네 사람들 입단속도 철저히 해야 허구."

"그려. 이제야 머리가 좀 돌아가는 모양이네. 잘못하면 우리 콩밥 먹어."

"시체가 완전히 불에 타 뼛조각 몇 개 밖에 안 남았는디 어떻게 죽은 줄 알구…?"

"그래도 몰러. 과학수사라는 게 있잖여. 하여튼 아무것도 못 알아내게 수사를 철저히 방해해야 혀."

"암유! 그래야지유."

두 명의 사복경찰관 뒤를 따라 추인락의 부모와 형이 청양장례식장 안치소 안으로 들어왔다. 젊은 아들이 죽은 만큼 50대 어머니의 통곡 소리는 더욱 크고 애절했다. 남편이 부축하고 있는 그녀는 금방이라도 주저앉을 것만 같았다.

"아이고, 인락아! 아이고! 내 새끼! 아이고, 아이고…."

"자, 고정들 하세요. 소지품부터 살펴보시죠."

젊은 형사가 비닐봉지에 든 지갑을 유족들에게 건넸다. 가죽 지갑은 빗물에 축축하게 젖어 있었다.

"지갑 안에 신분증과 유서가 들어 있습니다."

추인락의 형이 비닐봉지에서 지갑을 꺼내 신분증을 확인하고 유서를 조심스럽게 펼쳐서 읽었다.

나이 많은 40대 형사가 관리인을 향해 고개를 끄떡이자 관리인이 시체 냉장고 한 칸의 문을 열고 남자 시신을 밖으로 끌어냈다.

사망자의 형이 아버지에게 어머니와 함께 뒤로 물러나 있으라는 손짓을 한 뒤 혼자서 시신으로 다가갔다. 끔찍한 몰골의 시체를 보고 어머니가 큰 충격을 받을까 봐 그러는 것 같았다.

시신은 누구인지 단번에 알아보기 어려울 정도로 머리와 얼굴에 손상이 심했다.

시신의 얼굴을 들여다보던 추인락의 형이 뭔가 이상하다는 표정을 지었다.

"…인락이가 아닌 것 같은데요?"

"뭐어?"

추인락의 아버지와 어머니가 급히 다가와 시신을 들여다봤다. 어머니의 울음이 뚝 그쳤다. 그들 역시 이상하다는 듯한 표정을 지었다.

"인락이가 분명 아니죠?"

"아녀. 인락이가 아녀. 우리 인락이와 머리 모양, 키, 몸집은 비슷해 보이는데 분명 아녀."

두 명의 형사가 그럴 리 없다는 듯이 서로의 얼굴을 쳐다봤다. 분명 몸에 지니고 있던 지갑에서 신분증까지 나왔는데….

"그럼 그 유서 필적은요?"

나이 많은 형사가 추인락의 지갑과 유서를 들고 있는 추인락의 형에게 물었다.

추인락의 형이 유서를 다시 펼쳐서 어머니와 아버지에게 보였다. 세 사람이 한참 동안 유서를 들여다봤다.

"집에 써놓은 것하고 내용은 똑같은데…. 글씨도 그런 것 같고…? 아이고, 아이고…."

추인락의 어머니가 다시 통곡하려고 했다. 하지만 통곡해야 할 상황인지 아닌지 몰라 울음소리는 아까처럼 크지 않았다.

"가슴을 한번 살펴봐. 점이 있나 없나…?"

아버지가 아들에게 말하자 관리인이 피가 묻어 있는 시신의 상의를 위로 걷어 올렸다.

"아니…?"

"이거 뭐야?"

관리인과 젊은 형사가 동시에 신음 같은 소리를 냈.

시신의 배 부분에 자동차의 타이어에 깔려서 생긴 듯한, 검붉은 타이어 자국이 선명하게 찍혀 있었다.

"이거 타이어 자국 맞죠?"

"그런 것 같은데…."

"도대체 어떻게 된 거죠? 절벽에서 떨어져 죽은 사람의 몸에 왜 타이어 자국이…?"

"여보, 점이 없어요! 가슴에 점이 없어요!"

시신의 배에 있는 타이어 자국을 살피는 형사들과 달리 시신의 가슴 부분을 살피던 추인락의 어머니가 우는 것 같기도 하고 웃는 것 같기도 한 표정으로 남편을 바라보며 말했다.

"우리 인락이가 아녜요!"

"맞아요, 아버지. 이 사람은 인락이가 분명 아니에요."
나이 많은 형사가 바지 주머니에서 급히 휴대전화를 꺼냈다.
"제기랄! 자살이 아니고 살인 사건이야!"

귀신이 곡할 노릇

　충남 청양군 장평면 중천리는 장자울, 안뜸, 고무래봉, 가리정, 네 개의 작은 집촌으로 이루어진 농촌이었다. 장자울은 중천리 동쪽에 있는 외떨어진 동네였다.
　서른여덟의 젊은 과부 소팔희가 조카인 황은조와 함께 사는 꼭대기집은 장자울 초입에서 경사진 길을 따라 1백 미터쯤 올라가야 했다. 안채의 마루에 올라서면 담 너머로 마을 집들의 지붕이 내려다보였고 울타리 대신 대나무 숲이 집 뒤쪽을 감싸고 있었다. 그 뒤로는 높은 산이 병풍처럼 둘러서 있었다.
　소팔희네 집은 지은 지 50년쯤 되어 보이는 한옥이었고 대문 옆에 있는 외양간을 제외하고는 안채와 별채가 기역 자 모양으로 붙어 있었다. 최순석과 조은비가 묵을 별채에는 방이 두 개 있었다.

"이 방 하고 이 방을 사용하시면 돼요."

소팔희가 별채의 방문 두 개를 차례로 활짝 열어 보였다. 방 하나에는 그림을 그리는 화구와 서양화 몇 점이 벽에 기대어져 있었다. 서재로 보이는 다른 방에는 앉은뱅이책상 하나가 방 가운데에 놓여 있었고 꽤 많은 책이 꽂힌 책꽂이가 벽에 붙어 있었다. 화실과 서재라니, 시골 농가에 어울리지 않는 풍경이었다.

"화가세요?"

조은비가 소팔희를 보며 물었다.

"아니, 남편이 서양화가였었죠. 저는 시를 써보려 했는데 지금은 쓰지 않아요."

"남편께서는…?"

"죽었어요. 서울에 살았는데 남편이 암에 걸려서 공기 좋고 인심 좋은 곳을 찾다가 범죄 없는 마을이라는 말에 끌려 연고도 없는 이 동네로 이사를 왔죠. 그런데 이사 온 다음 해에 결국…."

"아—, 그러셨군요."

조은비가 안됐다는 듯한 표정을 지었다. 반면 최순석은 표정에 어떤 변화도 없었다.

"남편이 죽고 다시 서울로 돌아갈까 생각도 했었는데, 이런 시골집 팔아봤자 몇 푼이나 받겠어요. 전세는커녕 1년 월세도 안 되는 돈으로 어떻게 도시에 나가 살아요. 외지인에 대한 동네 사람들의 관심을 빼면 그런대로 살 만해서, 그래서 그냥 눌러앉았죠."

"시는 왜 안 쓰세요?"

"시라는 게 먹고사는 데 도움이 되는 것도 아니고, 사치 같기도 하고…. 화실하고 서재 중에, 어느 분이 어느 방 쓰실래요?"

그 순간, 화실로 들어가려던 최순석이 방향을 바꿔 조은비가 기웃거리고 있는 서재의 출입문으로 성큼 다가서며 신발을 벗었다.

"잠깐만요. 제가 이 방을 먼저 찜했는데…."

하지만 최순석은 조은비의 말을 무시하고 방 안으로 들어섰다.

"아이씨, 최 형사님! 이 방, 내가 먼저 찜했잖아요!"

조은비의 목소리가 커졌다.

"아, 싸우실 필요 없어요."

두 사람이 신경전을 벌이는 것을 보고 소팔희가 재빨리 끼어들었다.

"우리 남편, 건강해서 그림을 그릴 때만 화실을 사용했고, 아플 때는 서재를 이용하다가 죽을 때는 병원에서 죽었어요."

"예에?"

너무나 직설적인 화법에 두 사람이 거의 동시에 놀라는 표정을 지었다.

"병이라도 옮을까 봐, 병으로 죽은 사람이 쓰던 방이라니 찜찜해서 서로 서재를 차지하려는 거 아닌가요?"

"아니, 그런 게 아니라…. 저는 저 방에 귀한 그림들이 있는 거 같아 조심스러워서…. 최 형사님이 먼저 서재를 차지했으니 어쩔 수 없이 제가 화실을 사용해야겠네요."

조은비가 변명하며 화실로 들어가려 하자 소팔희가 손을 저으며 말렸다.

"아직 들어가지 마세요. 오랫동안 안 쓰던 방들이라 먼지가 많을 거예요. 걸레질하는 동안 마루에서 잠깐 기다리세요."

"제 방은 제가 청소할 테니 걸레 주세요."

"아니에요. 손님인데…."

소팔희가 두 사람을 마루에 앉혀놓은 뒤 걸레를 빨아 들고 화실로 들어갔다.

"얘, 너 참 예쁘구나. 몇 살이니?"

조은비가 몇 미터 거리를 두고 서서 경계하는 눈빛으로 자신과 최순석을 살피고 있는 황은조에게 물었다.

"일곱 살. 니는?"

"나? 호호. 너 참 당돌하구나. 나는 서른셋이야."

"니는?"

황은조가 이번에는 최순석을 작은 검지로 가리키며 물었다. 하지만 최순석은 어린 녀석이 버릇없다는 듯이 한번 쳐다보고 나서 고개를 옆으로 돌려 외면했다.

"너 몇 살이냐니께? 너 귀머거린 겨?"

누구에게 배운 말투일까?

최순석이 다시 외면하자 황은조가 종종걸음으로 재빨리 최순석의 시선 안으로 자리를 옮겨 얼굴을 노려봤다.

"호호. 빨리 대답해줘요."

하지만 최순석은 황은조를 노려볼 뿐 여전히 말이 없었다.

"내가 대신 대답해줄까? 이 아저씨, 인상이 좀 더럽고 늙어 보이긴 해도 나랑 같은 서른셋이야. 한국 나이로."

그걸 어떻게 알고 있냐는 듯이 최순석이 조은비를 노려봤다.

"아, 그럼 내가 그런 치졸한 메일 보내 회사 잘리게 한 사람 호구조사도 안 했겠어요. 지피지기 백전불태라는 말도 있는데."

"…."

"너네 외양간도 있네. 소도 키웠니?"

조은비가 최순석의 시선을 피하며 화제를 바꿨다.

"응. 소 키웠다."

"언제?"

그 순간 소팔희가 반쯤 열려 있던 화실의 문을 활짝 열며 소리쳤다.

"황은조, 이리 와! 손님들 귀찮게 하지 말고."

"아뇨, 안 귀찮아요. 말투가 참 재미있는 꼬마네요. 은조야, 너 언제부터 이 동네에 살았니? 동네 사람들하고 친해?"

"은조야, 손님들 귀찮게 하지 말고 빨리 이리 오라니까!"

다시 소팔희가 인상을 쓰며 버럭 소리를 지르자 아이가 이모 앞으로 쪼르르 달려갔다.

손님들과 이야기한다는 이유로 아이에게 화를 내는 소팔희의 행동에 조은비의 얼굴에서 미소가 사라졌다.
 띠리리링— 띠리리링—.
 조은비의 카메라 가방 속에서 휴대전화 벨이 울렸다.
 조은비가 마루에서 일어나 마당 쪽으로 걸어가며 전화를 받았다.
 ―도대체, 어디 가서 안 돌아오는 거야?
 전화를 건 사람은 청양신문사의 사장이자 편집장이자 삼촌인 조국발이었다.
 "삼촌. 그렇지 않아도 전화 걸려고 했었어. 사진 몇 장 찍으려고 중천리 화재 현장 들어왔다가 천장호 방류로 발이 묶여 못 나가고 있어. 이틀 정도는 지나야 다리 통행이 가능하다는데."
 ―장평면 중천리?
 "응."
 ―그렇다면, 불행 중 다행이다.
 "불행 중 다행?"
 불행 중 다행이라는 조은비의 목소리에 최순석과 소팔희가 조은비를 주시했다.
 ―어젯밤 거기 중천리, 구멍바위라고도 부르고 자살바위라고도 부르는 데서 떨어져 죽은 사람, 그 사건 뭔가 수상해. 그게, 단순한 자살 사건인 줄 알고 경찰이 시체를 청양장례식장으로 옮겨다 놨는데 대전에 사는 가족들이 와서 보고, 이 세상에 왔었

던 흔적을 깨끗이 지우고 싶다며 화장해서 강물에 뿌려달라는 유서를 남기고 집을 나간 자기 아들이 아니라는 거야.

"그래? 그럼 다른 사람이 와서 죽은 거야?"

―아니, 그게 중요한 게 아니라, 구멍바위 밑에서 발견된 사체의 몸에 차에 치인 듯한 흔적과 타이어에 깔린 듯한 흔적이 남아 있다는 거야.

"뭐? 그럼 자살이 아니고 타살이야?"

'타살'이냐는 조은비의 목소리에, 그녀를 힐끔거리며 걸레질하던 소팔희가 갑자기 온몸이 마비된 것처럼 모든 동작을 멈췄다.

―당연히 타살이지! 교통사고를 내고 절벽에서 떨어져 죽은 자살로 위장했거나, 어쩌면 고의로 살인을 저지른 뒤 자살로 위장한 살인 사건인지도 모르지.

"살인 사건!"

조은비의 목소리가 다시 튀었다.

―청양경찰서 지금 난리 났어. 사체가 누구인지 확인하려고 급히 지문 감식에 들어갔고, 사체를 대전으로 옮겨서 검안하고 부검할 거래.

"수사본부 꾸려졌어?"

―아니, 아직은…. 전문가가 검안이라도 해봐야 수사 방향이 정해지겠지. 살인 사건이라는 의심이 생기면 바로 수사본부 꾸리겠지.

"그럼 여기로 형사들 들어오겠네?"

―아마 그러겠지.

"홍수로 차량 통행이 불가능한데 어떻게? 헬리콥터라도 타고 올까? 잘됐다! 그때 같이 나가야겠다."

―야, 청양경찰서에 헬기가 어디 있다고 오버냐?

"살인 사건이면 충남지방경찰청이나 본청 지원받을 거 아냐?"

―그렇겠지만 아직 수사본부조차도 안 꾸려졌다니까.

"아이참! 그럼 꼬박 이틀을 이곳에 갇혀 있어야 하는 거야? 올라오는 태풍이 일본 쪽으로 빠지지 않고 이쪽으로 방향이라도 틀면 아주 여기서 살아야겠네."

―야, 투덜거리지 말고 구멍바위에 갈 수 있으면 가서 사진이나 몇 장 박아봐. 동네 사람들 인터뷰 같은 것도 좀 따놓고. 혹시라도 살인 사건이면 우리 청양신문 대박 나는 거야. 살인 사건 기사 특집으로 한 일주일, 아니, 한 달은 잘 우려먹을 수 있어. 언제 여기 청양에서 사람들이 관심 가질 만한 살인 사건 한번 발생한 적 있냐? 이게 살인 사건이면 우리 신문 판매 부수 늘릴 수 있는 절호의 기회야. 한 달간은 부고 기사 받아오라고 들볶지 않을 테니 대박 기사 한번 써봐. 알았지?

"구멍바위가 자살바위잖아. 이름만 들어도 무서운데…."

―네가 무서워하는 것도 다 있냐? 네가 무서워하는 건 물뿐인 줄 알았는데?

"이 동네는 사방이 다 물이란 말이야. 게다가 홍수까지 났는데…. 하여튼 알았어, 삼촌. 전화 끊어."

전화를 끊고 난 조은비가 좋은 일이라도 생긴 것처럼 실실 웃으며 마루로 가서 최순석의 옆에 다시 앉았다.

"기자님, 무슨 일이에요? 뭐 재밌는 일 있어요?"

소팔희가 걸레를 들고 방에서 나오며 물었다.

"재미있는 일이 아니고 무서운 일이에요."

불길한 느낌에 소팔희의 표정이 더욱 굳었다.

"무슨…?"

"말씀드리기 전에, 최 형사님하고 타협할 게 있어요."

최순석이 호기심 가득한 눈으로 조은비를 노려봤다.

"뭐 사실 나도 최 형사님하고 협상하는 게 그리 탐탁지는 않지만, 프로가 뭐 달리 프론가요. 감정은 감정이고 일은 일이고. 내 이야기 들어보면 최 형사님도 내 마음과 같을 겁니다. 최 형사님, 지금 홍성경찰서에서 근무하고 있죠?"

"그게 무슨…?"

소팔희가 눈을 동그랗게 뜨고 물었다.

"아, 이분이 저 때문에 강등당한 뒤 시골로 좌천되었거든요. 대전에서 홍성경찰서로 발령이 나서 한 1년, 조용해도 너무 조용한 시골구석에서 썩었으니 아마 지금은 몸과 마음이 근질근질할 거예요. 예전에는 피곤한 사건 터지는 게 싫었을 테지만 지금은 반대로 큰 사건 하나 터져서 해결하고 다시 대전으로 돌아가고 싶은 마음이 굴뚝같을 겁니다. 하지만 옆 동네 홍성군이라는 곳이 여기 청양군처럼 태반이 범죄 없는 마을들이니 무슨 사건이 있겠어요. 안 그래요? 호호호."

조은비는 표정이 굳은 두 사람을 앞에 두고 재미있다는 듯이 혼자서 낄낄 웃었다. 황은조도 조은비를 따라 실실 웃었다.

"그래서 말인데, 제가 어떤 정보를 가지고 있는데 최 형사님에게 말해줄까요, 말까요? 관할은 달라도 이 사건을 최 형사님이 해결하면 진급이나 전출에 꽤 도움이 될 것 같은데…."

하지만 최순석은 여전히 별 흥미 없다는 듯한 표정이었다.

"그게 뭔지 무척 궁금해요, 빨리 얘기해봐요."

소팔희가 이야기를 재촉했다.

"최 형사님, 내가 이 정보를 알려드릴 테니 최 형사님이 앞으로 조사해서 알아내는 것들을 우리 신문사가 제일 먼저 기사화할 수 있게 배려해주겠다고 약속해주시겠어요?"

"내가 쓸데없이 왜 그런 약속을 합니까? 그 사건이 뭔지 궁금하면 청양경찰서에 전화해보면 되는데…."

"아이씨, 뭐야? 내 전화 엿들었어요?"

"엿듣긴 뭘 엿들어요. 뚫려 있는 귓구멍으로 그냥 흘러들어온 거지."

"아이씨…."

"뭔데 그래?"

조은비가 짜증 내는 것을 보고 이번에는 황은조가 어른 같은 말투로 물었다.

"여기 구멍바위가 어딨죠?"

조은비가 소팔희에게 물었다.

"구멍바위요?"

"어제 구멍바위에서 남자 한 명이 떨어져 죽었는데, 그 사람이 자살하겠다고 유서를 써놓고 나간 대전 사람인 줄 알았는데 아니래요. 몸 어딘가에 차나 뭐에 부딪혀서 죽음에 이른 것 같은 흔적들, 그리고 타이어 자국 같은 게 남아 있대요. 살인 사건인지도 모른대요."

"예에?"

소팔희가 비명을 지르듯 큰 소리를 냈다.

"놀라셨죠? 저도 무지 놀랐어요. 이런 시골 동네에서 살인 사건이라니…. 살인범이 이 동네를 빠져나가지 못하고 이곳 어디에 숨어 있으면 어떻게 해요? 최악의 경우 이 동네 사람 누군가가 살인범일 수도 있잖아요?"

걸레를 쥐고 있는 소팔희의 손이 미세하게 떨렸다.

"무섭죠? 저도 무서워요. 다리가 끊겨 밖으로 나갈 수도 없는데…. 하지만 다행히, 대전에서 범인 잘 잡는 거로 명성을 떨치던 강력계 베테랑 형사님이 마침 이곳에 있으니 범인이 아직 이 동네에 있다면 독 안에 든 쥐나 마찬가지죠. 고양이와 함께 독 안에 갇혀 있는 생쥐…. 안 그래요, 최 형사님?"

조은비의 말에 최순석이 대답 대신 인상을 찡그렸다. 조은비의 말에는 비웃음이 섞여 있었다. 하지만 최순석의 이력을 모르는 소팔희는 조은비의 말을 모두 진담으로 알아들었다.

"부, 불행 중 다행이네요."

소팔희가 굳은 표정의 얼굴에 억지 미소를 띠며 중얼거렸다.

점심을 먹으러 오라는 전화를 받은 최순석과 조은비는 황은조를 따라 우태우 이장네로 갔다.

우태우 이장의 집은 중천리 장자울의 서쪽 가운데쯤에 있었다. 집 뒤쪽에 소를 키우는 축사가 있어 쇠똥 냄새가 심했다.

집 앞에 넓은 바깥마당이 있고 마당 아래쪽 비탈에 고구마밭이 있었는데 밭 일부의 고구마 줄기들이 여러 사람의 발에 짓밟힌 것처럼 훼손되어 있었다. 그리고 그 아래 서 있는 브이(V)자 모양의 감나무 한쪽에 시뻘건 황토가 발라져 있었다. 황토가 채 마르지 않은 것으로 보아 바른 지 얼마 되지 않은 것 같았다.

우태우 이장이 대문 앞에 서서 두 사람을 기다리고 있다가 최순석이 고구마밭을 유심히 쳐다보는 것을 보고 한마디 했다.

"먹이가 귀한 철도 아닌디 멧돼지들이 마을까지 내려와서 난리유. 흙을 마구 파헤쳐 고구마를 캐 먹고, 운동회라도 한 것처럼 줄기를 죄다 밟아놓은 것도 모자라 송곳니로 감나무 껍질까지 벗겨놓고…."

"이 동네도 멧돼지 피해가 심한가 보죠?"

조은비가 물었다.

"어디나 마찬가지쥬, 뭐. 개체 수가 워낙 늘어서. 고기 귀할 때 같았으면 동네 사람들이 덫이라도 놔서 잡아먹었을 텐디…."

"난 그만 갈겨."

황은조가 급한 일이라도 있는 것처럼 우태우 이장의 말을 잘랐다.

"야, 양순이. 우리 집에 온 김에 밥 먹고 가라?"

"아, 아녀! 난 그냥 갈래…."

바깥마당에 들어설 때부터 고구마 밭쪽을 계속 주시하던 황은조가 도망치듯이 뒤돌아서 왔던 길을 뛰어갔다.

"저 애 왜 저래요?"

황은조의 행동이 이상하다 싶었는지 조은비가 우태우에게 물었다.

"글쎄유? 공짜라면 양잿물도 큰 그릇에 있는 걸 먹을 앤디…. 똥이라도 마려운가 보쥬, 뭐."

조은비와 최순석이 서먹한 분위기를 피하려고 우태우네 안방 벽에 걸려 있는 가족사진들을 올려다보고 있을 때 우태우와 아내 한돈숙이 밥상의 양쪽을 나란히 잡고 방으로 들어왔다.

"아들은 대전 목원대 다니는 대학생이고 딸은 충남여고 다니는 고등학생이쥬."

한돈숙이 밥상을 내려놓으며 사진 속 인물들에 관해 설명했다.

상에는 쌀밥, 돼지고기 두루치기, 상추, 버섯 된장국, 나물 반찬, 버섯 무침, 깻잎장아찌, 마늘장아찌 등 먹음직스러운 반찬들이 잔뜩 차려져 있었다. 그리고 특이하게도 물잔 대신 우유가 든 사발이 놓여 있었다.

"막 짜낸 소젖을 팔팔 끓인 거구먼유. 젖소 키우는 집 아니면 이런 거 먹어볼 기회 드물 거유. 농촌 체험한다 생각하고 한번 드셔보슈. 찬은 없지만 많이들 드슈."

"어휴, 진수성찬인데요. 버섯이 무척 맛있네요. 된장에 든 건 표고 같은데, 이건 무슨 버섯이에요?"

조은비가 고추장에 묻혀놓은 버섯을 젓가락으로 집어 들고 물었다.

"싸리버섯이유. 며칠 전에 애들 아빠가 직접 딴 거유."

"철이 좀 이른디 났더라구유. 시골 산에는 흔한디 도시에서는 귀할 거유. 가끔 모르는 사람들이 붉은 싸리버섯이나 노랑싸리버섯을 먹고 죽기도 하쥬."

"조심해야겠네요."

"그럼유, 호호호. 생각만 해도 우습네."

한돈숙이 갑자기 음식이 든 입을 손으로 가리고 위태위태하게 웃어댔다.

"호호호. 작년, 범죄 없는 마을 현판식 잔치 때, 이 사람이 미치광이버섯을 먹는 버섯인 줄 알고 따 왔지 뭐유. 그걸 국에 넣었다가 동네 사람들 전부 다 큰일 날 뻔했쥬. 많이 안 넣어서 그 정도였지…. 호호호."

"미치광이버섯요?"

"예. 이름처럼, 그 버섯을 먹으면 사람들이 미쳐유. 마약이라도 먹은 것처럼 즐거워하는 사람, 갑자기 미친 듯이 웃는 사람, 갖은 환각에 시달리는 사람, 눈이 안 보인다고 난리 치는 사람, 술에 만취한 것처럼 행동하는 사람, 별별 사람이 다 있더라구유. 외계인을 잡아 죽이겠다고 낫을 들고 설치는 사람도 있고, 죽은 할머니가 목을 조른다고 지랄발광을 하는 사람…. 호호호, 이런 말을 해도 되려나 모르겠네. 생각만 해도 웃겨서…. 꼭대기집 여자는 옷까지 홀라당 벗어 던지고 마치 술집 여자처럼 난리를 쳤쥬. 아주 난리 부르스였슈. 호호호, 진짜 막 나가는 술집 여자 같았슈."

"막 나가는 술집 여자요?"

"아, 그게 워치게 내 탓인가? 연못집 양식연이가 남자 몸에 좋은 무슨 버섯이라고 잘못 알려줘서 동네 남자들에게 인기 좀 얻으려다 그랬던 거지."

"하여튼 진짜 재밌었슈. 지나갔으니 하는 말이지만서두…."

"그려. 재미는 있었어. 꼭대기집 여자, 얼굴도 반반하지만 몸매도 아주 훌륭하더라구유. 허허허. 살결이 아주…."

"이장님!"

조은비가 소리를 버럭 지르며 우태우를 쏘아보자 한돈숙이 조은비의 눈치를 보며 재빨리 끼어들었다.

"그려, 말조심혀유. 동네 사람 누가 들으면 어쩌려구 그랴? 그거 성폭행유."

"아, 알았어. 성희롱적인 언사라 이 말이지? 별 이야기도 아닌디 꼭대기집 여자 이야기만 나오면 괜히 민감해가지구…. 혹시

자기보다 얼굴 이쁘다고 질투하는 거 아녀?'

"질투유? 누가유? 내가유? 이 양반이 눈이 삐었나…. 꼭대기집 여자 정도는 청양 장날 장에 나가봐유. 쎘슈. 이 양반이 시골에서만 살다 보니 진짜 이쁜 여자 구경을 못 했나? 젊은 거하고 예쁜 걸 당최 구분을 못 하네. 여기 여기자님 미모 정도는 돼야 이쁜 거지. 안 그래유, 형사님?"

하지만 최순석은 조은비를 힐끔 쳐다보고 말았다.

"호호호, 아주머니야말로 젊었을 때 무ㅈ 미인이셨겠어요."

조은비가 장단을 맞췄다.

"그렇쥬. 나도 기자님 나이 때는 이쁘다는 말 많이 들었슈. 땡볕에서 농사일 하다 보니 피부가 이리 망가진 거지."

"아, 그려, 그려. 이 동네에서는 당신이 최고로 이뻤어. 그러니 이 근방에서 최고 미남인 나한테 시집온 거지."

"나 참, 말을 말아야지. 그나저나 올해는 범죄 없는 마을 잔치를 할 수 있으려나 모르겠네?"

"뭐여? 그게 시방 무슨 말이여?"

아내의 말 한마디에, 웃으며 농담을 주고받던 우태우 이장의 표정이 차갑게 변했다.

"아, 벼, 별말 아뉴. 동네 이장이랍시고 민감하기는…. 비가 많이 와서 저렇게 큰물이 나가니 하는 말이잖유. 물이 빠져서 다리 통행이 가능해야 외지인들이 들어올 거 아닌감. 올해는 범죄 없는 마을 신기록이라고 경찰서장, 검사장님뿐만 아니라 도지사까지 온다고 했잖유."

"입조심햐. 말이 씨가 된다고…. 부정 타! 그리고 신기록이 아니고 타이기록이여. 강원도 어디하고 범죄 없는 마을 현판 수가 같다잖여. 내년까지 범죄 없는 마을이 유지되면 내년이 신기록이랴. 신한국이가 그해 범죄만 안 저질렀어도 올해 벌써 신기록을 세웠을 텐디 말여."

"아, 밥 먹는디 죽은 사람 얘기는 왜 꺼내고 그래유."

"아, 미안혀. 그나저나, 올해는 높은 분들께 상금 대신 제대로 된 다리나 하나 놔달라고 떼써봐야 쓰겄어. 무슨 놈의 다리가, 비만 오면 물이 넘쳐서 오도 가도 못하니. 다리 놓는 데 돈이 얼마나 드나…?"

그때 우태우 이장의 말을 자르며 조은비의 휴대전화가 요란하게 울렸다.

띠리리링― 띠리리링― 띠리리링….

조은비가 카메라 가방 속에서 휴대전화를 꺼내 마루로 나가며 전화를 받았다.

"뭐? 구멍바위 밑에서 발견된 사람이 대전 사람이 아니라 중천리 신한국 씨라고? 뭔가 잘못된 거 아냐? 이 동네 신한국 씨는 집에서 화재로 죽었잖아?"

조은비의 목소리에 사람들이 밥 먹던 동작을 일시에 멈추고 문밖에서 들려오는 목소리에 귀를 기울였다. 조용한 시골인 데다 휴대전화의 통화 볼륨을 최대로 높여놔서 상대방의 목소리까지 또렷하게 들렸다.

―지문 감식 결과가 그렇게 나왔다니까.

"도대체 뭐야? 그럼 신한국 씨네 집에서 발견된 불에 탄 뼛조각은? 동물 뼈였던 거야?"

―그야 나도 모르지. 그 뼈는 국과수로 보내 유전자 감식을 할 모양인데 쉽지 않을 거라고 하더라고. 고온에 오래 노출되었던 뼈는 디엔에이 검출이 불가능할 수도 있다는 거야. 그게 가능해야 사람 뼈인지 동물 뼈인지, 누구인지 확인할 수 있을 텐데 말이야. 하여튼 뭔가 엄청난 사건이 벌어진 것만은 틀림없어. 20년 전통의 우리 청양신문 역사상 전대미문의 엽기적인 사건이 틀림없어. 네가 거기 갇힌 것은 우연이 아니고 필연이야. 신이 너에게 재기할 기회를 준 거지. 물 빠져서 형사들 몰려가기 전에 뭐라도 좀 찾아내봐.

"찾아내긴 내가 뭘 어떻게 찾아내. 무서워 죽겠구먼. 부검은 어떻게 됐어?"

―사체가 자살하러 나간 사람이 아닌 다른 사람으로 확인되었으니 곧 영장 발부받아 실시하겠지.

"그럼 검안은?"

―그건 영장 없이도, 유족 참관 없이도 가능하니 경찰서에서 돌팔이 의사라도 불러다가 곧 하지 않겠어? 아니, 국과수로 옮겨서 하려나? 국과수 가서 한다면 시간이 좀 더 걸릴 테고….

"알았어. 내 생각에도 뭔가 큰 사건이 벌어진 것 같아. 이 범죄 없는 마을에서 어떤 일이 벌어졌던 건지, 여기 홍성경찰서에서 근무하는 성질 더럽고 치졸한 비리 형사도 한 명 같이 갇혀 있으니 잘 꼬여서 뭔가 알아내볼게. 삼촌, 새로운 소식 들어오면 바로 알려줘야 해."

방에 목소리가 들리지 않도록 하기 위함인지 조은비는 비리 형사 어쩌고는 낮게 속삭였다. 하지만 그 목소리마저도 방 안에서 또렷이 들을 수 있었다.

"도대체 그게 무슨 말이유?"

조은비가 전화를 끊자마자 세 사람이 방문을 활짝 열고 밖으로 튀어나왔다.

"아, 신한국 씨 시체가 지금 청양장례식장 안치소에 있대요. 불에 타 죽은 것이 아니라 자살바위에서 떨어져 죽었대요."

"예에?"

우태우와 한돈숙이 동시에 비명에 가까운 소리를 질렀다.

"진짜 신한국이 맞대유?"

"지문으로 확인했다니 틀림없겠죠."

"어찌 그런 일이?"

우태우와 한돈숙은 도저히 믿을 수 없다는 표정이었다.

"혹시 쌍둥이라도 있는 겨?"

결코 있을 수 없는 일이라는 듯이 우태우가 한돈숙의 얼굴을 빤히 쳐다보며 말했다.

"아니죠. 쌍둥이라도 지문은 다르죠. 그렇죠, 최 형사님?"

조은비의 말에 최순석이 고개를 끄떡였다

"그럼 어떻게 신한국이…?"

"혹시 신한국 씨가 절벽에서 떨어져 죽으면 안 될 무슨 이유라도 있나요?"

두 사람의 지나친 반응에 조은비는 뭔가 숨기는 것이 있는 게 아닌가 하는 생각이 들었다.

"아, 아뉴! 농촌 사람들이라고 자살을 꼭 농약만 먹고 해야 하나유. 시골 사람이라고 아파트같이 높은 저 절벽에서 떨어져 죽지 말란 법은 없지유."

"자살이 아닐 확률이 높다던데요. 곧 전문가가 검안한다니 더 자세한 상황을 알 수 있겠죠. 차에 치인 듯한 흔적이 몸에 있는 거로 봐서는…."

"예에? 차, 차에 치인 흔적이유?"

"예. 그런 게 있다는데요."

"거, 검안이 뭐유?"

"의사나 검시관이 시체의 옷을 모두 벗겨놓고 외상이 있는지 없는지, 눈으로 꼼꼼히 살피는 걸 말할걸요. 어디 상처 난 데는 없는지, 멍든 데는 없는지…. 부검은 몸을 해부해서 장기 등 몸속을 꼼꼼히 들여다보며 죽음에 이르게 된 원인을 조사하는 거고. 맞죠, 최 형사님?"

최순석이 놀란 표정의 우태우와 한돈숙을 쳐다보며 고개를 한 번 끄떡였다.

조은비는 큰 걸 한 건 물었다는 표정이었다.

"이거 뭔가 상상 이상으로 큰 사건 같은데요? 신한국 씨 죽음이 자살이든 아니든 결국 신한국 씨가 자살바위에서 죽어서 경찰에 발견되어 구급차로 실려 간 뒤에, 신한국 씨네 집에서 불이 났다는 얘기잖아요? 신한국 씨의 방화나 실화로 불이 난 것이 아니라는 이야기죠. 왜 불이 났을까요? 혹시 증거 인멸…?"

하지만 최순석은 흥분한 조은비와 달리 그걸 내가 어떻게 알겠냐는 듯이 고개를 한 번 갸웃해 보였을 뿐이었다.

"아, 그리고, 신한국 씨네 집에서 사람 뼈로 추정되는, 불탄 뼛조각도 나왔잖아요. 도대체 어떻게 된 걸까요?"

"글쎄요?"

최순석은 역시 별 흥미가 없다는 듯이 다시 방으로 들어가 밥상 앞에 앉았다.

"아휴, 물어본 내 입만 아프지…."

지포 라이터

"먼저 올라가세요. 담배 한 대 피우고 가겠습니다."

우태우 이장네 집에서 밥을 먹고 나오다 바깥마당에서 발걸음을 멈춘 최순석이 담배와 지포 라이터를 꺼내며 조은비에게 말했다.

조은비는 별말 없이 혼자 바깥마당을 벗어났다.

최순석은 바깥마당에 서서 무심히 담배 연기를 내뿜어대는 것 같았지만 그의 시선은 멧돼지 떼의 공격을 받았다는 마당 아래쪽의 밭과, 밭의 가장자리에 서 있는 붉은 황토가 칠해진 감나무를 향해 있었다.

담배 한 대를 오래도록 피우고 난 최순석은 우태우 이장네 집에서 벗어나 1백 미터쯤 떨어져 있는 불탄 신한국의 집으로 향했다.

조은비가 먼저 와서 현장 상황을 카메라에 열심히 담는 중이었다.

집 주변을 살피고 난 최순석이 나무막대기 하나를 주워 들고 기둥과 대들보 등이 숯으로 변해 있는 숯 더미 사이를 헤집고 다녔다.

보물찾기라도 하듯 이곳저곳을 뒤지던 최순석이 숯 더미 속에서 라이터 하나를 긁어냈다. 고온에 오래 노출되어 있어 도금이 벗겨지고 색깔이 변했지만 쇠로 된 라이터여서 형체는 그대로였다.

"라이터네요. 지포 라이터 아니에요?"

조은비가 쪼르르 달려와서 라이터를 들여다봤다.

최순석이 라이터를 손으로 집어 입으로 재를 불어내고 옷에 문지른 뒤 엄지로 지포 라이터 뚜껑을 밀어 올렸다. 철컹! 경쾌한 쇳소리가 나며 뚜껑이 열렸다. 심지나 부싯돌은 불에 타 사라지고 없었다.

"이거 진짜 지포예요? 진짜면 꽤 비쌀 텐데?"

최순석이 지포 라이터의 밑부분 등 구석구석을 살피다 주머니에서 다른 지포 라이터를 꺼내 두 개를 서로 비교했다.

"둘 다 정품인가요?"

"아뇨. 내 것은 길거리에서 2천 원에 산 짜갑니다. 이건 정품이고."

최순석이 주머니에서 담배를 꺼내 중국산 모조품 지포 라이터로 불을 붙였다. 담배 연기를 싫어하는 조은비가 뒤로 물러나며 최순석을 향해 셔터를 눌렀다.

찰칵!

최순석이 한 손으로 얼굴을 가리며 매운 담배 연기가 눈에 들어가기라도 한 것처럼 인상을 썼다.

"나 참! 설마 내가 최 형사님 사진을 찍었겠어요. 불에 그슬린 그 지포 라이터 찍은 거예요. 그거 가격은 얼마쯤 해요?"

최순석이 라이터에 쓰여 있는 글씨들을 다시 살폈다.

"1993년, 할리 데이비슨 90주년 기념모델이면 한 10만 원 가까이 하겠군요."

"농부가 10만 원짜리 라이터로 담배를…?"

조은비가 고개를 갸웃거렸다.

최순석이 내려놓았던 나무막대기를 집어 들고 다시 숯 더미 여기저기를 뒤지기 시작했다. 곧 숯 더미 속에서 나무막대기에 스테인리스 그릇 하나가 끌려 나왔고 이어서 납작한 돌덩이 몇 개가 끌려 나왔다.

그가 납작한 돌덩이들을 나무막대기로 툭툭 쳐서 재와 다른 이물질들을 털어냈다. 그것은 돌덩이가 아니라 녹은 유리 덩이였다. 유리병이 녹은 것 같았다. 살짝 푸른색을 띠고 있는 것 몇 개, 갈색을 띠고 있는 것이 두 개였다. 소주병과 맥주병이 녹은 것이 아닌가 싶었다.

조은비는 이게 소주병과 맥주병이 녹은 거라면 신한국이 죽기 전에 혼자서 술을 마신 것이 아닐 수도 있다고 생각했다. 혼자서 술을 마실 경우 보통 좋아하는 한 종류의 술만을 마시지, 이것저것 섞어서 마시는 경우는 드무니까.

혼자 마셨는지 다수가 마셨는지, 술병 주변에 흩어져 있는 숟가락이나 젓가락을 찾아내 그 수를 확인해보면 알 수 있을 것 같았지만 전문가라면 몰라도 형사나 일반인이 할 수 있는 일은 아니었다.

"이 유리 덩이들, 빈 소주병과 맥주병이 녹은 거로 보이죠?"

추측을 확인하는 차원에서 조은비가 최순석에게 말을 걸었다. 하지만 숯 더미를 나무막대기로 뒤지던 최순석은 말없이 고개를 갸웃할 뿐이었다.

'모르겠다는 뜻이야, 아니면 소주병이나 맥주병이 아니라는 뜻이야?'

부엌이었을 것으로 짐작되는 다른 곳에서 불에 탄 가스레인지, 식칼, 숟가락, 젓가락, 사기그릇 등등을 좀 더 찾아내고 난 최순석은 숯 더미에서 벗어나 불에 타지 않은 화장실 쪽으로 갔다.

"요란하게 짖어대던 개가 없어졌네요. 맹구라고 했던가? 밥 줄 사람도 없을 텐데…."

"임자 없는 개는 먼저 잡아먹는 사람이 임자 아니겠습니까."

"예에?"

조은비가 발걸음을 멈추고 최순석의 뒷모습을 어이가 없다는 듯이 쏘아보았다.

본채에서 떨어져 있어 불에 타지 않은, 시멘트 블록으로 지어진 작은 건물의 문 하나는 화장실이었고 하나는 창고였다.

창고 문을 열자 바닥에 삽과 곡괭이 같은 연장들이 무질서하게 놓여 있었다. 기계톱과 풀을 베는 예초기, 농약 기계도 있었다.

문밖에서 창고 안을 잠시 살피던 최순석이 안으로 들어가 예초기의 기름통 뚜껑을 열고 킁킁 냄새를 맡았다. 곧 조은비의 코에도 휘발유 냄새가 풍겨왔다.

"뭐 하는 거예요?"

하지만 최순석은 대답하지 않고 예초기 옆에 엎드리다시피 쪼그리고 앉아 시멘트 바닥에 남아 있는 어떤 흔적을 살폈다. 먼지가 만들어낸, 어떤 네모난 통이 꽤 오래 놓여 있었던 자국이 있었다.

"휘발유를 쓰는 기계들이 세 개나 있는데 휘발유 통이 없어서 이상하다고 생각하는 거죠? 만약 방화라면, 통의 재질이 불에 타는 플라스틱일 가능성이 크겠군요. 쇠로 된 통이 발견되지 않은 거로 봐서."

최순석은 조은비의 말에 대꾸하지 않고 벽에 붙어 있는 선반 위에 놓여 있는 갈색의 농약병들을 살폈다. 제초제, 살충제, 살균제….

"어? 농약병도 맥주병처럼 갈색이네요. 안방이 아니었을까 싶은 곳에서 발견된 그 갈색의 녹은 유리 덩이, 맥주병이 아닐 수도 있겠는데요?"

"소주병하고 같이 있었는데 맥주병일 확률이 높을까요? 농약병일 확률이 높을까요?"

"아, 그래도 모든 가능성을 따져봐야죠."

"하여튼, 여기 놓여 있던 농약병 두 개가 최근에 없어진 것 같기는 한데, 농사철이니…."

최순석이 여러 개의 농약병이 놓여 있는 선반 가운데를 가리키고 나서 그 선반 아래, 먼지로 만들어진 동그란 자국을 가리켰다. 조은비가 카메라의 셔터를 눌러댔다.

두 사람이 화장실 옆의 창고에서 나왔을 때 동네 사람 몇 명이 마치 단체로 산책이라도 하듯 어슬렁거리며 걸어오는 것이 보였다. 두 외지인이 화재 현장에서 무엇을 하는지 살펴보러 오는 것 같았다.

"똥파리들이 꼬이는군."

손에 들고 있던, 숯과 재가 묻은 시커먼 나무막대기를 옆으로 툭 던진 최순석이 볼일 다 봤다는 듯이 두 손을 마주쳐 탁탁 털었다.

"저 우리, 자살바위에 한번 가보지 않을래요?"

"거긴 음기가 강해서 남자들이 가면 자살하고 싶은 충동이 든다잖아요. 가고 싶으면 혼자 가십쇼. 난 가서 낮잠이나 자렵니다."

"자살바위가 어디에 있는지도 모르는데…."

"자살바위인지 구멍바위인지, 모르긴 나도 마찬가지입니다. 저기 몰려오는 저 사람들, 할 일 없는 사람들 같은데 저 사람들에게 같이 가자고 해보시든지…."

"어휴, 살인 사건일 수도 있는데…."

"마을 사람 중에 살인자가 있다고 생각하는 모양이죠?"

"꼭 그런 건 아니지만…. 최 형사님은 이 사건에 별 흥미 없어요? 해결하고 싶어 몸이 근질거리지 않아요?'

"전혀요."

무뚝뚝하게 말하고 난 최순석이 꼭대기집을 향해 발걸음을 옮겼다. 그는 걸어가면서 화재 현장에서 발견한 라이터의 뚜껑을 계속 열었다 닫기를 반복했다.

철컹 철컹 철컹…!

"그거 화재 현장에서 발견한 거니 중요한 단서 아닌가요? 증거물을 그렇게 맨손으로 막 만지고 함부로 다뤄도 돼요?"

최순석은 이번에는 말대꾸조차 하지 않았다.

두 사람이 꼭대기집 철대문 안으로 들어서자 밥을 먹던 잡종 진돗개가 고개를 쳐들고 으르렁거렸다. 신한국이 키우던 맹구였다.

"야, 맹구! 뚝!"

황은조의 말에 잡종 진돗개가 입을 다물고 꼬리를 내렸다.

"괜찮아, 나쁜 사람들 아니야. 손님이야, 손님. 밥 먹어."

잡종 진돗개가 낯선 사람들의 눈치를 힐끔힐끔 보며 다시 밥을 먹기 시작했다. 사료가 아닌 물에 만 맨밥이었다.

115

낮잠을 잘 것이라던 말과 달리 최순석은 마루에 걸터앉아 숯더미 속에서 꺼낸 라이터 뚜껑을 철컹거리며 맹구와 놀고 있는 황은조를 표정 없이 마냥 지켜봤다. 어쩌면, 부모가 아닌 이모의 손에 크면서도 근심 걱정 없어 보이는, 천진난만한 황은조를 보며 어렸을 적 일들을 회상하고 있는지도 몰랐다.

소팔희가 부엌에서 나와 조은비에게 다가왔다.

"며칠 뒤 있을 범죄 없는 마을 잔치 때문에 마을회관에서 회의가 있어서 그러는데, 저 좀 나갔다 올게요. 은조 좀 잠깐 봐주세요. 지루한 건 조금도 못 참는 애라, 데려가자니…."

"예, 그러세요."

"은조야, 말썽 부리지 말고 맹구랑 얌전히 놀고 있어."

소팔희가 대문을 나가고 나자 최순석이 앉아 있던 마루에서 일어나 황은조에게 다가갔다.

"야, 양순이."

맹구와 놀던 황은조가 최순석을 노려봤다.

"양순이 아니고 황은조라니께! 남의 이름도 모르는 바보 멍청이!"

"하핫, 미안하다, 싸가지 황은조. 그런데 너 어제 낮이나 저녁때 신한국 아저씨 봤니?"

"봤다."

"어디서?"

"읍내 장터에서 봤다. 저녁때도 보고."

"그래? 아저씨한테 그 얘기 좀 해줘."

"싫다."

"왜?"

"나보고 양순이라고 불렀잖여."

"너 뒤끝 좀 있구나. 이야기해주면 아저씨가 천 원 줄게."

최순석이 지갑에서 천 원짜리를 꺼내 흔들었다.

"참 나! 어린애한테 좋은 거 가르친다! 만사가 늘 그런 식이에요?"

조은비가 옆에서 투덜거렸지만 최순석은 들은 체도 안 했다.

"좋아."

황은조가 활짝 웃으며 천 원짜리를 낚아채서 마치 위조지폐를 감별이라도 하듯 요리조리 들여다봤다.

"자, 거금을 받으셨으니 이제 이야기해야지?"

"어제 우리 금순이를 차에 싣고 장에 가서 팔았다."

"금순이?"

"금순이는 우리 누렁이 소여. 저기 대문 옆에 금순이 집 있잖여."

황은조가 쇠똥 하나 없이 깨끗한 빈 외양간을 가리켰다.

어떤 동물이건 키우던 가축을 내다 판다는 것은 결코 유쾌한 일이 아니다.

돈이 필요한 소팔희가 3년 가까이 정성껏 키운 금순이를 장에 내다 판다고 했을 때 황은조는 십 원짜리와 백 원짜리가 수십 개 들어 있는 돼지저금통을 이모에게 내밀었다. 하지만 이모는 빙그레 웃으며 은조를 품에 꼭 끌어안았을 뿐이었다.

소팔희는 황은조와 함께 홍성 우시장으로 소를 팔러 가는 동안에도, 팔고 나서도 한동안 웃지 않았다. 정든 소를 사지로 내몬 후유증이었다. 아마도 세 살짜리 금순이는 며칠 안에 도축장으로 끌려가리라.

소팔희와 은조는 타고 갔던 소 운반 트럭을 타고 청양 읍내로 돌아왔다.

청양 오일장에 도착하자 소팔희가 은조에게 무엇이 먹고 싶냐고 물었다. 금세 표정이 밝아진 은조는 이모의 마음을 헤아리지 못하고 프라이드치킨이 먹고 싶다고 대답했다.

"오늘 같은 날은 살생을 안 했으면 싶다만…."

하지만 무럭무럭 크는 황은조를 생각하면 고기를 먹이지 않을 수도 없었다. 오랜만에 읍내에 나온 건데….

소팔희가 은조의 손을 잡고 장터 통닭집으로 향했다. 인근에 프라이드치킨집이 있었지만 양도 적고 값도 비쌌다.

"미리 잡아놓은 닭은 없어요?"

소팔희가 닭장을 힐끔거리며 주인에게 묻자 주인은 고개를 옆으로 흔들었다.

"다들 건강한 산 닭을 찾는데, 왜요?"

하는 수 없이 소팔희가 닭장에 갇혀 있는 닭 한 마리를 지목했다.

바로 잡아서 기름에 튀긴 커다란 통닭을 한 마리 사고 난 소팔희와 은조는 시장 안의 대형 슈퍼에 들렀다.

"안녕하세유!"

소팔희와 은조가 술, 과자, 음료 등이 가득 담긴 바구니를 계산대에 올려놓고 계산하려는데 등 뒤에서 누군가가 인사했다. 신한국이었다. 그는 어디서 한잔 마시고 왔는지 눈이 살짝 풀려 있었고 입에서 술 냄새가 났다.

신한국이 왼손에 들고 있는 바구니 안에는 소주병이 가득했다. 오른손에는 1.5리터짜리 콜라병 여섯 개 세트가 들려 있었다.

먼저 계산을 마친 소팔희는 계산대 옆에 서서 신한국이 계산을 마치길 기다렸다.

"오늘 밤에 추첨하는 거, 지난달에 새로 나온 복권 있잖유? 1등 3억 원짜리. 아, 월드컵복권. 여태 팔아유?"

물건값을 치르려던 신한국이 계산원에게 물었다.

"예, 아직 있어요."

"열 장만 주세유. 야, 황은조. 은조도 월드컵복권 한 장 사줄까?"

"그만두세요. 애가 무슨 복권을…."

소팔희가 말렸지만 신한국은 복권 한 장을 더 사서 황은조에게 건넸다. 은조는 떨떠름한 표정으로 복권을 받아 들었다. 돈도 아니고 이딴 걸 어디에 쓴담.

"이번 버스 타실 거쥬?"

"그래야죠. 이번 버스 놓치면 두 시간을 더 기다려야 하는데…."

세 사람은 완행버스 정류장에서 30분쯤 기다려 버스에 올랐다. 장날이었지만 줄을 섰던 덕분에 버스 뒷자리에 나란히 앉을 수 있었다.

하지만 곧 낯선 노인이 다가왔고 소팔희가 노인에게 자리를 양보하려고 하자 신한국이 나섰다.

"야, 황은조. 은조가 할아버지께 자리 양보하고 은조는 아저씨 무릎 위에 앉자. 응?"

은조가 자리에서 일어나자 신한국이 은조의 몸을 번쩍 들어서 무릎 위에 앉혔다. 신한국이 은조를 편하게 끌어안고 있어 자세가 불편하지는 않았지만 술 냄새가 심해 인상을 찡그리지 않을 수 없었다.

신한국을 아는 사람들은 그와 시선이 마주치면 형식적으로 인사할 뿐 말을 걸지 않았다. 그에게 유일하게 말을 걸고 대화하는 사람은 몇 년 전에 외지에서 이사 온 소팔희뿐이었다. 소팔희를 보고 말을 걸러 오던 사람들도 신한국을 보고 도로 뒤돌아갔다.

"장에는 웬일이슈?"

신한국이 소팔희에게 물었다.

"홍성 우시장에 가서 소를 팔고 왔어요."

"금은 잘 쳐 받았슈?"

"잘 받긴요. 한 3백만 원 챙기긴 했지만 송아짓값, 사룟값 제외하면 남는 게 하나도 없는 거 같아요. 몇 푼 손에 쥐자고 정든 짐승을 도살장으로 보내고 오려니 마음이 참 착잡하네요. 차라리 도시에 나가 식당에라도 취직해야 하나 싶어요."

"삶이 다 그렇쥬 뭐. 돈이 원수쥬. 돈만 많으면 못 볼 꼴 덜 보고 살 수도 있을 텐디…."

"웬 콜라를 이리 많이 사셨어요?"

"술을 좀 줄이려구유. 술 대신 마셔보려구…. 콜라 좋아하시면 한 병 드릴까유?"

"아, 아뇨!"

그 대화를 끝으로 두 사람은 한동안 말을 하지 않았다.

신한국의 품에서 은조가 꾸벅꾸벅 졸기 시작하자 마냥 창밖을 바라보던 소팔희가 은조에게 무서운 이야기를 해주겠다고 했다. 하지만 소팔희가 해준 이야기는 어린 은조가 이해할 수 있는 이야기가 아니었다. 소팔희는 어쩌면 신한국에게, 아니 어쩌면 자신에게 그 이야기를 들려주고 싶었는지도 몰랐다.

"옛날 옛적에 어느 마을에 새로 시집을 온 새색시가 있었어. 그런데 얼마 지나지 않아 남편이 죽고 말았어. 그러자 남편의 엄마인 시어머니가 아들이 며느리 때문에 죽었다며 며느리에게 밥을 주지 않는 거야. 키우는 개에게는 꼬박꼬박 밥을 주면서도 말이야. 며느리와 달리 개는 키워서 잡아먹으려면 밥을 주지 않을 수 없었거든. 그래서 며느리는 결국 개밥을 훔쳐 먹고 목숨을 연명했어. 그러던 어느 날, 자기 밥을 며느리에게 양보했던 개가 그러는 거야. 오늘이 복날이다. 내가 그동안 내 밥을 너에게 먹여 키웠으니 오늘 널 잡아먹겠다. 그렇게 말하고는 개가 며느리를 냠냠 잡아먹었대."

이모의 그 이야기를 들은 은조는 화가 났다. 그동안 텔레비전에서 본 만화나 이모가 읽어준 동화책 속의 이야기는 모두 착한 사람이 잘되는 권선징악뿐이었다. 그런데 개가 악독한 시어머니를 잡아먹지 않고 며느리를 잡아먹다니….

은조의 화난 표정을 살피던 이모가 다시 입을 열었다.

"은조야, 어때? 남편 엄마인 시어머니가 나빠, 며느리가 나빠?"

"시어머니."

"그럼, 네가 개라면 개 입장에서는 어떨 것 같아?"

"음, 그건…, 자기 밥 뺏어 먹은 며느리."

"그럼 개가 자기 밥을 줘서 며느리를 키웠으니 개가 며느리를 잡아먹는 게 당연하다고 생각하니?"

"아니. 나빠!"

"그럼, 사람들이 개나 소 같은 동물에게 밥을 주고 키워서 잡아먹는 것은 어떨까?"

"나빠!"

"밥도 안 주고, 키우지도 않은 동물들을 산이나 들, 강이나 바다에 가서 잡아먹는 것은?"

"그것은 더 나빠!"

"하아! 그래. 네 말이 맞다."

말을 하며 이모가 한숨을 크게 쉬었다. 아마도 아까 팔고 온, 도살장으로 끌려갈 금순이 때문일 터였다.

"하지만 산다는 것 자체가 다른 생명을 먹어야만 가능하니, 선과 악이 어딨겠니."

그 이야기를 듣고도 은조는 집에 와서 장터에서 사 온 통닭을 아주 맛있게 먹었다.

소팔희 이모가 닭 뼈는 개를 주는 것이 아니라고 말렸지만 은조는 통닭 뼈를 비닐봉지에 담아서 신한국의 집으로 향했다. 자신을 잘 따르는 맹구에게 모처럼 맛있는 것을 먹여주고 싶었다.

나무 대문을 밀고 안으로 들어섰다. 라디오 음악 소리 사이로 격앙된 신한국의 목소리가 들렸다.

"아이참, 찾아와봤자 소용없어. 먹고 죽으려고 해도 농약 살 돈조차 없다니까!"

신한국은 방문이 활짝 열린 안방에 앉아 소주를 마시며 누군가와 통화하고 있었다. 두 사람의 시선이 마주쳤지만 신한국은 은조를 지나가는 옆집 고양이 보듯 했다. 그만큼 심각한 통화를 하는 것 같았다.

부엌 앞에 묶여 있는 맹구가 은조의 방문에 꼬리를 흔들며 이리저리 날뛰었다.

"맹구! 맛있는 프라이드치킨 먹어봐. 팔희가 오늘 돈 많이 생졌다고 사준 겨. 내가 너 주려고 팔희 눈치 보며 살점 많이 남겼어. 나, 무지 고맙지?"

고맙다는 듯이 맹구가 더욱 꼬리를 흔들어댔다.

은조가 비닐봉지에 든 닭 뼈를 개밥 그릇에 털어넣자 맹구가 달려들어 으드득으드득 깨물어 먹기 시작했다.

"아이씨, 맘대로 해. 배 째고 신장을 꺼내 가든, 눈깔을 뽑아 가든…."

말없이 한동안 상대의 말을 듣기만 하던 신한국이 수화기를 탁 내려놓았다.

"기생충 같은 새끼들!"

전화벨이 다시 요란하게 울렸지만 신한국은 소주잔만 기울일 뿐, 전화를 받지 않았다.

"이게 다여. 맹구가 프라이드치킨을 맛나게 먹는 것을 보다 졸려서 금방 돌아왔구먼."

황은조가 최순석이 건네준 천 원짜리를 만지작거리며 말했다.

"혹시 너, 이 마을에서 신한국 아저씨랑 사이가 가장 나쁜 사람이 누군지 아니?"

"사이 나쁜 사람?"

"그래. 근래에 누구랑 싸웠다거나…?"

"싸워? 난 잘 모르는디."

최순석의 질문에 황은조가 진지한 표정으로 대답했다.

"그럼 신한국 아저씨를 죽였을 것 같은 사람이 누군지 아니?"

"죽여?"

"아이참, 애한테 물을 게 있지…."

조은비가 어이없다는 듯이 최순석을 흘겨보고 나서 황은조 앞에 쪼그려 앉아 눈높이를 맞췄다.

"은조야, 어제 낮에 낯선 사람이 와서 너에게 길을 물었다며? 누구였니?"

"모르는 사람인디."

"처음 보는 사람이었어?"

"응."

"어떻게 생긴 사람이었니?"

"어른이었어."

"아이참, 정확히 좀 대답해 봐. 언제, 어디서, 누가, 무엇을, 어떻게, 왜? 그런 거 모르니?"

황은조가 어리둥절한 표정을 지었다. 이번에는 최순석이 한심하다는 눈빛으로 조은비를 쳐다봤다.

"그래, 미안하다. 그 사람 남자였니, 여자였니?"

"남자."

"언제쯤이었니? 저녁 먹고 나서였어, 먹기 전이었어?"

"먹기 전이었지. 청양 읍내에서부터 우릴 따라왔어."

"그래?"

"응. 버스 탈 때부터 따라왔어. 버스에서 내려서도 따라왔고."

"그 사람이 어디에서 길을 물었니?"

"냇가에서."

"냇가?"

"응."

"뭘 물었어?"

"구멍바위가 어디냐고 묻던디."

"그래서?"

"알려줬지. 저어쪽이라고. 거긴 음기가 강해서 죽는 남자들이 많으니, 남자들은 조심해야 한다고 일러줬지."

"그 사람 그리 갔어?"

"응. 구멍바위 쪽으로."

"그래? 그럼 그 사람은 도대체 어디로 간 거야? 대전에서 부모가 시체를 확인하러 온 것을 보면 집으로 돌아간 것 같지는 않은데…?"

최순석이 들으라는 듯이 조은비가 중얼거렸다.

"어제 신한국 씨네 집에 불났을 때 사람들이 불 끄는 거 봤니?"

최순석의 질문에 황은조가 잠시 머뭇거리다가 대답했다.

"못 봤다. 난 아무것도…."

"자고 있었어?"

"응."

"소방차가 오고 요란했을 텐데?"

"그래도 못 봤다, 나는 아무것도."

"너 이런 라이터 가지고 있는 사람 못 봤니? 혹시 어제 길 물어본 아저씨가 이런 라이터로 담배 안 피우든?"

최순석이 황은조 앞으로 불에 그슬린 지포 라이터를 내밀었다. 황은조가 지포 라이터를 힐끔 쳐다봤다.

"글쎄?"

"잘 봐봐. 뚜껑을 이렇게 열어서 이렇게 불을 켜서 이렇게 담배에 불을 붙이는 라이터야."

최순석이 주머니에서 담배와 자신의 모조품 지포 라이터를 꺼내 담배를 한 대 입에 물고 불을 붙였다.

"어허, 이 양반 보게. 어린이 앞에서 담배를 피우네. 에휴—."

황은조가 할머니 같은 말투로 말하며 한숨을 쉬었다.

"아, 아니야. 이 아저씨가 제아무리 막돼먹은 사람이기로서니 설마 어린이 앞에서 담배를 피우겠니. 그냥, 지포 라이터로 담배에 불붙이는 시범을 보이려는 거겠지."

조은비가 이기죽거리며 쏘아보자 그는 재빨리 담배 연기 한 모금을 볼이 쏙 들어가도록 빨아들이고 나서 담배를 마당에 던진 뒤 발로 비벼 껐다.

"제길, 담배 가게도 없는데…."

이틀 동안 피워야 하는데 이제 남은 담배는 열 개비도 안 되었다.

"…젠장! 아아, 너한테 욕한 거 아냐. 이런 라이터 가진 사람 못 봤냐고?"

"봤어."

"그래? 누구?"

"박광규."

"박광규?"

"저쪽 집에서 할아버지하고 사는 사람. 그 할아버지가 박광규 아버지다."

황은조의 말에 최순석은 오늘 오전에 70대 중반 정도의 노인 옆에 서 있던, 오른손과 팔에 붕대를 칭칭 감고 있던 마흔 살 정도의 남자를 떠올렸다.

"그 라이터, 박광규가 나한테 자랑했었다. 누군가에게 선물로 받았다고."

"누구에게?"

"처음엔 비밀이라더니 나중엔 천사에게 받은 소중한 거라 말하던디."

"천사? 그게 언제였니?"

조은비가 끼어들었다.

"한 열 밤 전에. 아니, 더 전이다. 백 밤."

황은조가 들고 있던 천 원짜리를 이 손 저 손으로 옮겨 쥐어가며 작은 열 손가락을 몇 번 접었다 폈다 했다.

"박광규 씨 라이터가…."

조은비가 추가 질문을 하려는 그때, 마을회관에 갔던 소팔희가 대문 안으로 들어섰다.

"무슨 이야기를 그리 진지하게 하고 계세요?"

"아, 일찍 오셨네요."

조은비는 도둑질이라도 하다가 들킨 사람처럼 어색한 미소를 지으며 황은조에게서 물러났다.

"그 돈은 뭐야?"

"저 사람이 줬다."

황은조가 최순석을 손가락으로 가리켰다.

은조에게 왜 돈을 줬냐고 묻는 표정으로 소팔희가 최순석을 쳐다봤다.

"귀여워서 그냥 사탕이나 사 먹으라고 줬어요."

최순석이 그답지 않게 변명을 했다.

"마을 회의에서 무슨 얘기들을 했어요?"

조은비가 재빨리 끼어들어 소팔희의 관심을 다른 곳으로 돌렸다.

"별 얘기 없었어요. 모두들 합심해서 범죄 없는 마을 현판식 잔치 준비 잘하자, 가족이나 친척이 없는 신한국 씨 장례식은 범죄 없는 마을 시상식 이후 마을에서 주관해 치르는 거로 하자, 뭐 그런 이야기들…."

"신한국 씨는 먼 친척도 없습니까?"

최순석이 호기심을 보이며 물었다.

"없다는 것 같더라고요."

"그럼 재산 처리는요?"

"재산이 뭐 있겠어요? 집과 땅은 은행에 다 잡혀 있을 테고…."

최순석이 실망한 표정으로 마루로 가서 걸터앉았다. 그리고 먼 산을 바라보며 화재 현장 숯 더미 속에서 꺼내온 지포 라이터의 뚜껑을 버릇처럼 여닫기를 반복했다. 철컹, 철컹, 철컹….

"그게 뭐죠?"

소팔희가 최순석에게 다가서며 불에 그슬린 지포 라이터를 유심히 쳐다봤다.

"신한국 씨네 집 화재 현장에서 발견한 겁니다."

최순석이 소팔희 앞으로 지포 라이터를 내밀었다.

"이런 라이터 가지고 있는 사람 못 봤습니까?"

"그, 글쎄요. 아니, 못 봤어요. 시골 사람이 쓰기에는 좀 비싸 보이는 라이터군요."

"지포 라이터에 대해 잘 아시는군요. 혹시 담배 피우세요?"

"아, 아뇨. 안 피워요. 한때 피웠지만…. 예전에, 남편 병원 검진 결과가 암이라는 판정이 나온 바로 그날, 남편이 담배를 끊은 날이기도 한 그날, 그날이 남편 생일이었는데 내가 생각 없이 남편에게 이것과 비슷한 지포 라이터를 선물로 사줬었거든요. 하필이면 그날…. 내가 라이터를 건네자 남편이 라이터를 쳐다보며 우는 것인지 웃는 것인지 알 수 없는 묘한 표정으로 무지 갖고 싶었던 라이터라고 말하더군요. 그런데 그다음 말이, 암에 걸려서 이제 담배를 끊어야 한다고….”

"아―."

조은비가 입을 살짝 벌리며 그 가슴 아픈 심정 이해하겠다는 듯한 표정을 지었다. 하지만 최순석의 표정은 여전히 차가웠다.

"혹시 그 라이터 아직 보관하고 계세요?"

최순석이 다시 라이터를 철컹거리며 물었다.

"아, 아뇨. 남편이 한 번도 사용하지 않은 새것이었는데, 남편 죽고 유품 정리할 때 어딘가에 버렸을 거예요."

"이런 고가 라이터를 버려요?"

"담배 피우는 사람에게나 가치 있는 물건이지 안 피우는 사람에겐 그냥 쇳덩어리일 뿐이잖아요."

"남편분 돌아가시고 난 뒤면…, 이 마을에서 살 때죠?"

"그, 그렇죠. 하지만 이 라이터가 내가 버린 라이터일 가능성은 거의 없어요. 생긴 것부터가 꽤 달라 보이네요. 이 라이터가 혹시 화재하고 무슨 상관이 있나요?"

"글쎄요. 화재 현장에서 발견된 것이니 상관이 있을 수도 있고 없을 수도 있겠죠."

완전범죄를 노리다

 낮잠을 자는 황은조를 물끄러미 바라보던 소팔희가 문을 빼꼼히 열고 슬며시 밖을 살폈다. 조은비와 최순석은 각자의 방에서 낮잠이라도 자는지 조용했다. 마당 개밥 그릇 주변에서 놀던 맹구조차 어디로 갔는지 보이지 않았다.
 텔레비전 옆에 있는 라디오를 켰다. 프랑스 월드컵과 아이엠에프에 관한 이야기가 흘러나왔다. 다른 때 같았으면 아이엠에프의 '아이' 자만 나와도 듣기 싫어 채널을 돌렸겠지만 지금은 사람 말소리가 필요했다. 라디오 볼륨 다이얼을 아주 천천히 돌려 소리를 조금씩 조금씩 높였다. 라디오 소리에 은조가 깰 것처럼 몸을 뒤척이자 다시 소리를 조금 낮췄다.

텔레비전 위에 있는 전화기의 수화기를 집어 들고 조심스럽게 숫자 버튼을 눌러 전화를 걸었다. 곧 누군가가 전화를 받았다.

―여보세요.

박광규의 목소리였다.

"저예요."

―팔희 씨….

박광규의 목소리에 반가움이 묻어났다.

"저, 라디오 때문에 좀 시끄러운데, 조용히 이야기할게요."

―무슨…?

박광규의 목소리가 덩달아 조심스러웠다. 뭔가 심상치 않은 일이라는 것을 눈치챈 것 같았다.

"몇 달 전에 제가 준 지포 라이터 가지고 있어요?"

―그, 그게….

"없어요?"

―예.

"잃어버렸어요?"

―예.

"어디서 잃어버렸는데요? 혹시 신한국 씨 집에서요?"

―예. 그걸 워치게…?

대답하는 목소리에 당혹감이 서려 있었다.

"혹시 신한국 씨네 집에 불난 거하고 그 라이터하고 상관있는 거예요?"

문밖을 살피며 통화를 하는 소팔희의 목소리가 더욱 작아졌다.
―그, 그게…. 예.
"아이참! 우리 집에서 묵고 있는 형사가 신한국 씨네 집 화재 현장에서 그 라이터를 찾아내 가지고 다니며 이게 누구 거냐고 사람들에게 꼬치꼬치 묻고 있단 말이에요. 우리 은조가 광규 씨가 가지고 있는 것을 봤다고 대답했대요."
―예에? 정말이유?
"형사가 분명 광규 씨를 찾아가 그 라이터를 보자고 할 텐데…. 이를 어쩌죠?"
―그, 글쎄유.
"혹시 그 라이터와 비슷한 거, 누구에게 빌리거나 구할 수 없어요?"
―동네 밖으로 나갈 수 있다면 몰라도 지금은 그럴 상황이 아닌디, 누구에게 빌려유?
"아이참! 지포 라이터를 가지고 있지 않다고 하면 분명 형사가 광규 씨를 의심할 텐데…. 그런데 신한국 씨 집에 불은 왜 질렀어요?"
―사, 사정이 그렇게 됐슈. 한국이 형 시체와 집에 휘발유를 뿌리고 불을 지를 수밖에 없었던 사정이 있었슈.
"불탄 시체가 신한국 씨가 아니라면서요? 신한국 씨 시체는 구멍바위 밑에서 발견되어 지금 청양장례식장 안치소에 누워 있다면서요? 아니, 지금쯤은 국과수나 어디로 실려 갔을 테지만…."

―예, 나도 그 이야기는 이미 이장님에게 들었는디, 나도 도대체가 어떻게 된 건지 모르겄슈. 진짜 귀신이 곡할 노릇이쥬…. 지금 형사하고 기자는 어딨슈?

소팔희가 귀에서 수화기를 떼고 문밖을 살폈다.

"저쪽 방에…."

―자세한 이야기는 나중에 해드릴게유.

"그래요. 지금은 길게 통화 못 해요. 당장 발등에 떨어진 불부터 끌 궁리를 좀 해보세요."

―예, 알겠슈. 전화 주시고 걱정해주셔서 굉장히 고마워유. 사실 어젯밤, 동네 사람들이 한국이 형 시체 처리를 논의할 때, 내가 반대했던 이유는 아무 죄도 없는 팔희 씨가 그 자리에 있었다는 것만으로 별 상관도 없는 동네 사람들 사건에 연루되어 곤란한 일을 겪게 될까 봐 그랬던 거구먼유. 내 걱정대로 팔희 씨에게 결국 이렇게 피곤한 일이 생겼네유. 내가 어젯밤 불길 속에서, 팔희 씨가 선물로 준 그 라이터만 잘 챙겼더라도 이런 피곤한 일은 안 생겼을 텐데…. 미안혀유, 팔희 씨.

"아, 아뇨. 절대 미안한 마음 안 가지셔도 돼요. 동네 일이고 나도 이 동네 사람인데요. 동네 사람들 대다수가 그렇게 하자고 하면 하는 거지 어쩌겠어요. 그럼 나중에 봬요."

통화를 끝내고 난 소팔희는 수화기를 조용히 내려놓고 다시 문밖을 살피고 나서 라디오 소리를 천천히 줄였다. 수화기를 잡고 있던 손에 식은땀이 홍건했다.

'살인범은 바로 난데 아무 죄도 없는 광규 씨가 내게 미안해하다니….'

참 아이러니한 일이었다.

그런데 정말 귀신이 곡할 노릇이었다. 원한으로 썩지 않는 시체가 된 아랑처럼 신한국 씨가 원귀라도 되었단 말인가? 자신이 실수로 죽인 사람이 감쪽같이 사라졌다가 한참 만에 이장네 집에 나타나 교통사고를 당한 것도 그렇고, 불에 태웠다는 시체가 장례식장 안치소에 멀쩡히 누워 있는 것도 그렇고….

'혹시 마을 사람들이 모두 짜고 내게 어떤 수작을 부리고 있는 것이 아닐까? 아, 아냐! 그 정도로 나쁜 사람들 절대 아냐.'

소괄희는 동네 사람들에 대한 의심을 떨치기 위해 머리에서 벌레라도 털어내듯 머리를 흔들어댔다.

신한국의 집에 불이 났을 때 신한국의 시체가 불에 완전히 탔더라면 살인의 모든 증거가 사라졌을 텐데 결과는 그렇게 되지 못했다. 이제 신한국의 사체를 국과수에서 부검하면 사망 원인이 교통사고가 아니라는 것이 밝혀질 것이다. 머리에서 철문 문짝에 맞은, 교통사고와는 다른 외상이 발견될 테고 몸 곳곳에서 몽둥이로 맞은 흔적들이 발견될 것이다. 죽기 전에 생긴 상처와 죽은 뒤에 생긴 상처는 완전히 다르다지 않던가. 차에 치인 교통사고의 흔적은 죽은 뒤에 생긴 것이고 머리의 치명적인 외상과 온몸의 몽둥이 자국들은 살아 있을 때 생긴, 사망에 이르게 된 흔적이었다.

'내가 교도소에 들어가면 은조는 어떻게 될까?'

그녀가 교도소에 가면 돌봐줄 사람이 없는 황은조가 갈 수 있는 유일한 곳은 보육원뿐이었다. 불쌍한 은조….

소팔희는 아무 걱정 없이 천사처럼 평화로운 얼굴로 자는 황은조를 물끄러미 내려다봤다. 눈에서 눈물이 났다.

'어쩌다가 내가 사람을 죽이게 됐단 말인가? 그것도 평소 가깝게 지내던 동네 사람을….'

지옥에 갈 것이다. 하지만, 지옥에 갈 때 가더라도 황은조를 데리고 있는 지금 당장은 절대 교도소에 갈 수 없었다. 펑펑 울기라도 하고 싶었지만 일거수일투족을 감시하려고 데려다 놓은 기자와 형사가 옆방에 있으니 맘대로 울 수조차 없었다.

'그래, 은조를 지키려면 정신 똑바로 차려야 해. 살인과 관련된 증거를 모두 없애야 해. 살인과 관련된 증거들이 무엇 무엇이 있더라? 살인의 도구였던 철문과 작대기, 시체를 옮길 때 쓴 손수레….'

문짝과 손수레는 물로 몇 번이나 닦아냈고 작대기는 이미 불에 태웠다. 피가 흘렀던 대문 앞에도 물을 여러 번 뿌렸고 비까지 왔다.

하지만 과연 모든 혈흔이 완전히 사라졌을까? 문의 틈새 같은 어딘가에 혈흔이 남아 있으면 어쩌나 걱정이 되었다.

'철대문을 문틀에서 떼어내 완전히 없애버릴 수만 있다면 얼마나 좋을까….'

하지만 그것은 당장은 불가능한 일이었다.

'그래, 일단 할 수 있는 것부터 하나씩 처리해야 해.'

시체를 실어 날랐던 손수레를 없애는 것은 어려운 일이 아니니 기회를 봐서 성난 파도처럼 흘러가는 시뻘건 냇물 속에 처넣든지 해서 완전히 없애야 할 것이다.

'아, 그렇지! 신한국의 피가 묻어 있는 돈뭉치!'

소를 팔고 받은, 피 묻은 손자국이 선명히 찍힌 돈뭉치가 아직 장롱 속에 그대로 있었다. 그거야말로 살인의 빼도 박도 못할 결정적인 증거였다.

"어디 가세요?"

최순석이 방에서 나오는 소리를 들은 소팔희가 재빨리 안방에서 마루로 나가며 물었다.

"답답해서 동네나 한 바퀴 돌아볼까 하고요. 제게 무슨 볼일 있으십니까?"

"아, 아뇨!"

두 사람의 대화를 들은 조은비가 문을 활짝 열며 밖을 내다봤다. 낮잠을 자고 있었는지 단발머리가 아무렇게나 헝클어져 있었다.

"최 형사님, 잠깐만요, 잠깐만!"

소팔희와 최순석을 번갈아 쳐다보던 조은비가 갑자기 카메라 가방을 집어 들고 방에서 후닥닥 뛰어나왔다.

"기자님도 산책하시게요?"

소팔희가 물었다.

"예, 헤헤."

"저, 입가에 침이…."

조은비가 손등으로 입가를 쓱 훔치며 이미 대문 밖으로 빠져나간 최순석을 뒤쫓아 달려 나갔다.

대문 밖으로 따라 나가 두 사람이 멀어져가는 것을 지켜보던 소팔희가 다시 집 안으로 들어와 녹이 슬어 잘 잠기지 않는 대문의 잠금장치를 손으로 탁탁 쳐대며 대문을 잠갔다.

"팔희, 문은 왜 잠그는 겨?"

낮잠을 자고 일어난 황은조가 방에서 나오며 소팔희에게 물었다. 그동안 이모는 단 한 번도 대문을 잠근 적이 없었다.

"야, 은조야. 너 마루에 서서 그 형사 아저씨랑 기자 아줌마가 집에 오는지 잘 지켜보고 있어."

"왜?"

"그럴 이유가 있어. 이모 빨래하고 있을 테니, 하여튼 망보고 있다가 오면 이모한테 빨리 말해줘야 해. 알았지?"

소팔희는 황은조의 대답도 듣지 않고 안방으로 뛰어 들어가 장롱문을 열고 홑이불로 싸서 이불 사이에 감추어둔 돈다발을 끌어냈다. 검붉은 핏자국이 하얀 홑이불에까지 배 있었다.

그녀는 홑이불을 한 번 더 둘둘 말아서 가슴에 끌어안고 수돗가로 향했다.

주위를 살피고 나서 홑이불을 조심스럽게 펼치니 손바닥 자국, 손가락 자국 등 핏자국으로 붉게 얼룩진 지폐들이 아무렇게나 흐트러져 한데 뭉쳐 있었다. 320만 원이었지만 만 원짜리와 5천 원짜리가 섞여 있어 5백 장 가까이 되었다. 누군가가 오기 전에 한 장씩 일일이 물과 비누로 씻어내기에는 무리가 있었다.

소팔희는 수돗가 바로 옆, 비 맞지 않는 곳에 놓여 있는 세탁기의 뚜껑을 열고 홑이불 속의 돈을 모두 털어 넣었다. 이어서 가루세제 통을 집어 평소 두 숟가락 정도 쓰던 세제를 다섯 숟가락이나 세탁기 안에 떠 넣고도 모자랄 것 같아 두 숟가락을 더 추가한 뒤 동작 버튼을 눌렀다.

모터로 끌어 올린 지하수가 그녀의 죄를 사해줄 성수라도 되는 것처럼 핏자국들이 선명한 돈뭉치 위로 떨어져 내리기 시작했다.

세탁기 뚜껑을 덮고 난 소팔희는 세탁기 옆에 놓아둔 피 묻은 홑이불을 다시 뭉쳐 들고 부엌으로 달려 들어가 화목보일러 아궁이 속 깊이 밀어 넣고 부엌을 나와 다시 세탁기를 향해 달려갔다.

"팔희, 돈은 왜 빨아?"

"아ㅡ. 도, 돈이 더러워서 깨끗하게 만들려고 세탁하는 거야."

"아, 돈세탁!"

은조는 텔레비전 뉴스에서 돈세탁이라는 말을 들어본 적이 있었다.

"그래, 도, 돈세탁!"

소팔희는 세탁기 앞에 붙어 서서 대문 쪽을 계속 힐끔거리며 돈세탁이 잘 되는지 틈틈이 세탁기의 뚜껑을 열고 안을 들여다봤다.

그때 마당 구석에 엎드려 있던 맹구가 자리에서 벌떡 일어나 대문 쪽으로 가서 밖을 향해 컹컹 짖어댔다.

"팔희, 누가 온다!"

황은조의 외침이 있자마자 누군가가 대군을 열려고 손잡이를 잡아당겨 댔다. 하지만 잠긴 문이 열릴 리 없었다.

"문이 고장 났나?"

우태우 이장의 목소리였다.

우태우 이장이 몸을 숙여 대문 밑으로 집 안을 들여다보려다가 여의치 않자 까치발을 하고서 대문 위르 집 안을 넘어다봤다. 곧 마루에 서 있는 황은조와 시선이 마주쳤다.

"야, 양순아! 너희 집 대문 고장 났냐?"

이미 집 안에 황은조가 있는 것을 본 이상 소팔희는 문을 열어 주지 않을 수 없었다. 대문으로 다가가서 녹슨 빗장을 흔들어 힘겹게 열었다.

맹구가 이빨을 보이며 우태우를 향해 으르렁거렸다.

"이놈의 똥개! 저리 가!"

우태우가 맹구를 향해 발로 찰 것처럼 위협했다.

"맹구! 조용!"

황은조의 외침에 맹구가 황은조가 서 있는 마루 밑으로 기어

들어 갔다.

"신한국이네 저 똥개 키울 거유?"

"밥 줄 주인을 잃었으니 어쩌겠어요."

"키우는 거 부담되면 범죄 없는 마을 잔치 때 된장 바르는 건 어때유?"

"안 돼! 된장 바르면 냄새나."

황은조가 마루 위에서 크게 외쳤다.

"아, 농담이여, 농담! 근디, 문을 왜 잠그셨슈?"

"모, 목욕할까 했거든요."

소팔희가 덜덜거리고 있는 세탁기 쪽을 힐끔 쳐다보며 말했다.

우태우 이장이 덜덜거리는 소리를 쫓아 세탁기 쪽으로 시선을 돌렸다. 세탁기 뚜껑 사이로 거품이 부글부글 흘러나오고 있었다. 세제를 너무 많이 넣은 탓이었다.

"세탁기가 왜 저래유? 고장인가?"

"예?"

우태우가 세탁기 쪽으로 발걸음을 옮겼다. 그러자 소팔희가 먼저 뛰어가서 우태우의 앞을 가로막았다.

"왜 그류?"

"소, 속옷을 빨고 있어서…. 민망해서…."

"고장 났나 한번 살펴보려 했는디 나중에 봐야겠네유."

세탁기의 통이 돌아가던 것이 멈추며 세탁기의 배수구에서 수돗가로 분홍색 비눗물이 주르르 흘러나왔다.

"무슨 일로 오셨어요?"

"별일은 아니고, 그 강력계 최 형사하고 조 기자, 낌새가 어떤가 싶어 그냥 둘러보러 왔슈."

"아까 지천 쪽으로 내려가던데요."

"아, 나도 봤슈. 지천이 아니라 박광규네 집으로 가더라구유. 그거 보고 얼른 이리로 달려온 거유. 이상한 낌새 없었쥬?"

"불탄 신한국 씨네 집터에서 박광규 씨가 쓰던 라이터를 발견했다고 하던데요."

"그 이야기는 아까 박광규에게 들었슈. 일단 딱 잡아떼라고 단단히 일러는 놓았는디…. 아, 그때 왜 라이터를 놓쳐가지고 참…. 어, 저거 뭐여? 만 원짜리 아뉴?"

세탁기 배수구에서 만 원짜리 한 장이 흘러나와 수돗가 거름망에 걸려 분홍색 비눗물이 하수구로 흘러 들어가는 것을 막고 있었다.

우태우가 수돗가로 성큼 다가가서 비눗물 속에 손을 집어넣어 만 원짜리를 집어 들었다.

"빨랫감 주머니에 돈이 들어 있었나 보네유. 어라? 그런데 어떻게 이게 세탁기 안에서 흘러나왔지? 어디 구멍 났나?"

소팔희가 말릴 사이도 없이 우태우가 세탁기 뚜껑을 열었다. 세탁기 바닥에 물에 젖은 5천 원짜리와 만 원짜리가 가득했다.

"어? 이게 뭐유? 돈을 왜 빨고 있는 거유?"

"그, 그게…."

"팔희가 돈세탁하는 거다!"

마루에 있던 황은조가 외쳤다.

"돈에 피가 묻어, 피 묻은 돈을 돈세탁하는 거다!"

"뭐? 피?"

"은조야! 어른들 말할 때는 끼어들지 마!"

얼굴이 사색이 된 소팔희가 황은조의 입에서 다른 말이 나오기 전에 얼른 큰소리를 쳐서 입을 막았다.

"어젯밤에 은조가 또 코피가 나서 돈에 피가 묻었거든요."

소팔희가 당황해하는 모습에 자신이 뭔가 실수한 것을 깨달은 은조는 울상이 되었다.

"그렇다고 돈을 세탁기에 넣고 빨면 어떻게 해유. 훼손될 수도 있는디…."

"피 묻은 돈을 그대로 사용할 수는 없잖아요. 돈 받는 사람이 찝찝해하거나 오해할 수도 있는 거고요."

"그렇긴 하쥬. 그런디 피 묻은 건 비누로 빨아도 흔적이 완전히 없어지지 않는다고 하던디유?"

"예?"

소팔희의 목소리가 튀었다.

"아, 아뉴. 별 이야기 아뉴. 내가 요즘 '경찰청 사람들'을 너무 많이 봤더니…."

이번에는 우태우가 말을 얼버무리며 당황한 표정을 지었다. 그 순간 소팔희는 우태우가 뭔가 아는 게 아닌가 싶었다. 어떻게 모든 것을 다 아는 것처럼 핵심을 짚어 말하는 거지? 세탁기에 피 묻은 손자국이 찍힌 돈들을 집어넣는 것을 어디서 훔쳐보고 있었던 건 아닐까? 아니면 단순히 그냥 우연…?

"저에게 무슨 하실 말씀 있으세요?"

소팔희가 조심스럽게 물었다.

"아뉴. 난 그냥…. 저번 주던가, 텔레비전에서 '경찰청 사람들'을 보니, 살인범이 피 묻은 돈을 열심히 빨았는디, 전문가들이 세탁한 지폐 조직 속에 미세하게 남아 있던 혈흔을 분석해 그것을 증거로 범인을 잡더라구유. 그 생각이 나서, 돈을 세탁하는 걸 보니 그냥 그 생각이 나서…."

"아, 예…."

"신한국이는 왜 죽어가지고 범죄 없는 다을에 이 분란을 일으키는지 참…."

소팔희는 우태우 이장이 분명 뭔가 알고 있다는 생각이 다시 강하게 들었다. 이럴 때일수록 정신 똑바로 차리고 냉정해야 한다.

소팔희는 우태우 이장이 설령 자신의 비밀을 안다고 해도 다른 생각 못 하도록 그의 약점을 한번 각인시켜 둘 필요가 있다는 생각이 들었다.

"그나저나, 사망 사고를 낸 이장님 트럭은 어떻게 하실 건가요?"

"사망 사고유?"

"기어가 풀려서 굴러가 신한국 씨를 칠 때 앞이 크게 찌그러졌잖아요."

"그, 그렇긴 하쥬."

바로 그때 마루 밑에 있던 맹구가 뛰어나와 대문 쪽으로 달려가 컹컹 짖어댔다. 그 바람에 두 사람의 대화가 중단되었다.

"맹구! 조용히 해!"

황은조가 소리치자마자 연못집 양식연이 대문을 열고 안으로 들어왔다.

"이장님, 여기 있었네."

"왜? 나 찾으러 왔나?"

"아니, 지나가다 형 목소리가 들리기에 들러봤어. 무슨 이야기를 그리 심각하게 하고 있었던 겨?"

"아니, 별 얘기 아녀."

"설마 두 사람만의 은밀한 이야기…?"

양식연이 짓궂게 웃으며 농담을 했다.

"아, 아녀요, 무슨 말씀을…."

소팔희가 두 손을 흔들며 과장되게 부인했다.

"그럼 무슨 얘기들을 하고 계셨나?"

"아 사실, 사고 난 내 트럭을 어떻게 할까 고민하던 중이었어."

"그래, 맞어. 그거 빨리 처리해야 혀. 지금 어딨어? 형사나 기자 눈에 띄면 진짜 큰일 아닌감."

"축사에 잘 숨겨놨어. 포장으로 덮고 짚을 겹겹이 쌓아놨어."

"그러다 그런 상태로 발견되면 더 의심받을 거 아녀. 숨겨져 있는 트럭의 앞부분이 찌그러져 있는 것을 보고 이상하다 싶어 조사하면 죽은 신한국이 혈흔도 나올 테고…."

"나도 마음이 무진장 조마조마혀. 그래서 그 최 형사하고 조 기자를 수시로 감시하고 있는 거 아닌감."

"그 트럭, 형사에게 들키면 빼도 박도 못혀. 다리 통행이 불가능하니 부품을 사다 수리할 수도 없고, 외지로 끌고 나갈 수도 없고 참 답답하네그려. 시방 사방이 다 물 천지니 어디 냇물 속에라도 집어 처넣어야 허지 않겄어? 운전 미숙으로 물에 빠지는 사고가 났다고 둘러대면 될 거 아녀. 앞부분이 찌그러진 거야, 물에 빠질 때 바위에 부딪혀 그런 거라고 둘러대면 될 테고. 지금은 견인도 못 할 테니 흙탕물에 오래 잠겨 있으면 여기저기 숨어 있는 혈흔까지도 싹 씻겨나갈 거 아닌감?"

"그럼, 트럭을 완전히 폐차시켜야 하는 거 아녀? 의무보험만 들고 자차는 들지도 않았는디…. 폐차는 절대 안 되여!"

"지금 그까짓 트럭이 문젠가? 교도소 가서 하룻밤만 차디찬 마룻바닥에서 자며 콩밥 먹어봐, 어디 그런 소리가 입에서 나오나…."

"그래요. 교도소 가는 것보단 트럭을 폐차시키는 것이 낫지 않겠어요?"

"물에 빠트릴 거면 가능한 한 깊은 곳에 빠트려야 혀. 하지만 그냥 물에 빠트리면 형사들이 증거를 없애려고 일부러 쇼한다고 생각할 수도 있으니 확실히 처리해야 혀. 형사와 기자가 멀리서 지켜볼 때, 그들이 보는 앞에서 차를 몰고 가다 그럴싸하게 연기를 해서 물에 빠트리는 게 어떻겄어? 그런디, 트럭이 움직이기는 하던가? 고장 났으면 냇가 언덕배기 같은 데서 굴려야 할 텐디…."

"시동은 걸리더라고. 그럼 나는? 물에 빠진 차에서 탈출은 어떻게…?"

"아, 그런 것까지 면허도 없는 내가 일일이 말해줘야 혀. 그 정도는 형이 알아서 해야지. 안전띠 풀어두고 문 조금 열어놓고 있다가 차가 물속에 빠지기 시작하면 얼른 차에서 빠져나와야지. 영화도 안 봤남."

"면허 아직 못 땄던가?"

"아, 쪽팔리게…."

양식연이 소팔희를 힐끔 쳐다봤다.

"면허 땄으면 동네방네 플래카드 걸었지. 나, 필기시험만 여섯 번 떨어졌잖여. 내 생전 그렇게 어려운 시험은 첨 봤어. 그래도 내가 청양농고를 우수한 성적으로 졸업한 사람인디, 50점이 다 뭐여. 운전면허는 내 체질에 정말 안 맞는 거 같어."

"그럼 여태 운전대도 못 잡아봤겠네?"

"그렇지 뭐. 내 사정 잘 알면서 모르는 사람처럼 왜 묻는 겨?"

"아주머니는 운전할 줄 아슈?"

갑작스럽다 싶게, 우태우 이장이 소팔희에게 물었다.

"저도 운전할 줄 모르는데요. 면허를 따보려고 한 적도 없어서…."

"진짜, 전혀유? 운전면허는 없어두 운전할 줄 아는 사람은 꽤 있던디."

"저는 한 번도 해본 적이 없는데요. 그런데 왜 그런 걸…?"

"아, 아뉴. 그냥 궁금해서 물어봤슈."

"형! 설마, 누가 그 트럭을 고의로…?"

양식연이 눈을 동그랗게 뜨고 무슨 말을 하려다 말았다.

"설마 트럭을 뭐?"

"아, 아녀. 나도 그냥 해본 말이여…. 그나저나, 트럭은 언제 냇물에 집어넣을 겨? 어차피 해야 할 일, 빨리 할수록 좋아. 그래야 하루라도 빨리 두 다리 뻗고 마음 편히 잘 수 있을 거 아녀. 그 차 때문에 나까지 마음이 조마조마하다구. 언제 할 겨? 내가 시간 맞춰서 형사와 여기자 데려갈 테니 준비하고 있다가 땡 하면 실행하기만 하면 되는 겨. 아, 까짓거, 말 나온 김에 당장 실행하자구."

"아, 안 돼! 아무리 생각해두, 트럭을 물속에 집어넣어 완전히 못 쓰게 만드는 건 절대 안 돼…. 축사 일 하려면 그 트럭이 꼭 필요하단 말여."

"트럭이야 새로 사면 되잖여."

"지금 같은 아이엠에프에 새 트럭 살 돈이 워딨어? 그러지 말고, 그냥 형사들 앞에서 내 트럭으로 바위나 벽 같은 걸 들이받는 거로 하자구. 그래서 트럭의 앞부분이 크게 파손되어 사람 친 흔적을 감추기만 하면 되는 거 아녀? 안 그려?"

"아, 형도 참…. 정말 말이 안 통하네. '소탐돼실' 몰라. 소 한 마리 지키려다 돼지까지 다 잃는다고. 이 일이 잘못되면 가장 피곤해지는 사람은 바로 형이여. 차로 사람 치어 죽이고, 시체 유기에 방화에…. 살인죄 못지않다구."

"하여튼 물속에 집어넣는 건 절대 안 돼! 그냥 바위를 들이받는 거로 하자구. 응? 알았지?"

우태우 이장과 연못집 양식연이 실랑이를 벌이다가 돌아간 뒤 소팔희는 세탁기의 멈춤 버튼을 누르고 세탁과 탈수가 한 번씩 끝난 깨끗해진 지폐들을 들여다봤다.

"세탁해도 혈흔을 찾아낼 수 있다고?"

생각이 너무 짧았다. 단순히 돈을 세탁하는 것으로 해결할 수 있는 문제가 아니었다. 피 묻은 돈만 따로 골라 불에 태워 없앴어야 했다. 그런데 이제는 그마저도 불가능했다. 피 묻은 돈이 모두 세탁되어 맨눈으로는 어느 돈이 피가 묻었던 것인지 확인할 수 없었다. 피가 묻었던 돈과 그렇지 않은 돈이 전부 뒤섞여 버렸다.

"바보! 바보! 반은 건질 수 있었는데…."

소팔희는 고개를 푹 숙이며 낮게 중얼거렸다. 눈에서 눈물이 핑 돌았다. 그녀에게 320만 원은 남들 3천2백만 원 이상의 큰돈이었다.

'3년 동안 가족처럼 보살펴온 금순이를 도살장에 보낸 대가로 받은 피 같은 돈인데….'

용의자의 고백

 박달수 노인과 사는 박광규의 집은 장자울의 서쪽에 있었다. 오래된 한옥이었지만 근래 손을 본 흔적들이 곳곳에 남아 있었다.
 개 한 마리가 집을 지키고 있을 뿐 집 안에 사람은 없었다.
 최순석과 조은비가 발길을 돌리려고 하는데 외출했던 박 노인이 허둥거리며 나타났다. 누군가에게 형사와 기자가 자기네 집으로 향하더라는 말을 듣고 부랴부랴 뒤따라온 것 같았다.
 "우리 집에 무슨 볼일이 있는 거유?"
 두 사람에게 다가온 박달수 노인이 근심 어린 표정으로 다짜고짜 물었다.
 "별일 아닙니다. 아드님께 잠깐 물어볼 게 있어서…."

"광규는 지금 구기자밭에 있을 텐디…. 나한테 말해보슈. 내가 대답할 수 있는 일이면 해줄 테니…."

최순석이 잠시 머뭇거리다가 주머니에서 불에 그슬린 라이터를 꺼내 박 노인 앞으로 내밀었다. 박 노인이 라이터를 받아서 눈을 끔뻑이며 살폈다. 시력이 좋지 않은 모양이었다.

"이 라이터가 뭔디유?"

"신한국 씨네 화재 현장에서 발견한 건데, 사람들 말이 박광규 씨 라이터라고 하더라고요."

"동네 사람들이…?"

박 노인은 믿을 수 없다는 표정을 지었다.

"광규가 이와 비슷한 라이터를 가지고 있는 걸 보긴 봤는디 이것하고는 전혀 다른 거 같은디…."

"그래요? 아드님이 일 나간 밭이 어디에 있죠. 직접 만나서 물어보면 알겠죠."

"따라오슈. 내가 안내할 테니."

"아닙니다. 걸음도 불편하신 듯한데, 방향만 알려주시면 저희가 찾아보겠습니다."

최순석은 지팡이를 짚은 채 굳이 따라오겠다는 박 노인을 떼어놓기 위해 발걸음을 빨리했다. 조은비도 박 노인에게 고개를 꾸뻑 숙이고 나서 걸음을 빨리했다.

동네를 조금 벗어나자 계단식 논이 나타났고 어느 논에서 한 남자가 일하는 것이 보였다. 꽤 평화로운 풍경이었다.

걸음을 멈추고 주변을 둘러보던 조은비가 최순석에게 말을 걸었다.

"찰리 채플린이 '인생은 멀리서 보면 희극인데 가까이 가서 보면 비극이다'라고 말했다죠. 농촌도 그런 것 같아요. 이렇게 멀리서 보면…. 바람이 불 때마다 푸른 벼들이 사르르 하얀 물결을 일으키고, 저렇게 논 한가운데서 아무 근심 걱정 없어 보이는 농부가 평화롭게 일하는 그림 같은 풍경. 하지만 가까이 다가가서 보면 검게 탄 농부들의 주름진 얼굴에서는 비 오듯 땀이 흐르고 있고, 휜 허리에서는 고통의 냄새가 역력하고, 손톱이 다 닳아버린 손은 발인지 손인지 구별조차 되지 않을 만큼 거칠기만 하죠. 농촌 풍경이든 바닷가의 어촌 풍경이든 멀리서 지켜보는 여행자들의 눈에는 한없이 평화로워 보이지만 클로즈업해보면 진실은 결코 그렇지 않죠. 이 범죄 없는 마을도 클로즈업해보면 결코 평화롭지만은 않을 것 같아요. 안 그래요?"

"조 기자님은 다른 사람들의 인생을 거리를 두고 멀리서 보니 정말 행복하고 아름답게 보이던가요? 만약 그렇다면 그건 조 기자님 스스로가 행복한 사람이어서 그럴 겁니다. 나는 가까이서 보건 멀리서 보건 그 누구의 인생도 결코 행복하거나 아름답게 보이지 않더군요. 아무리 멀리서 봐도 그 사람의 찌든 인생과 일그러진 표정만 눈에 선할 뿐."

"정말이요?"

조은비가 이해 못 하겠다는 표정을 지었다.

"사람은 자란 환경과 사는 환경이 다른 만큼이나 머릿속에 든 생각과 선입관도 제각각인 겁니다. 남들의 시각이나 생각이 모두 나와 같다고 생각하는 것은 큰 오산입니다."

"도대체 얼마나 특별한 환경에서 자라셨기에 인생관이 그렇게 비관적이신가요?"

조은비가 비아냥거리듯이 말했다.

"난 말입니다, 고아입니다. 태어나자마자 어머니란 년이 얼어 죽으라고 눈구덩이 속에 내다 버렸던…."

"예에?"

조은비는 입을 다물지 못할 정도로 놀랐다.

"미안해요. 괜히 가슴 아픈 일을 들춰서…."

"그 일은 내게 가슴 아픈 일도 아닐뿐더러, 조 기자님이 미안해할 일도 아니죠. 누군가가 미안해해야 한다면 얼어 죽으라고 핏덩이를 길거리에 버리고 간 년, 재미 보려고 콘돔도 안 끼고 그런 년과 붙어먹은 새끼가 미안해해야 할 일이죠. 조금이라도 미안해할 연놈이었으면 애초에 버리지도 않았겠지만…. 그리고 또, 얼어 죽어가는 나를 길거리 눈구덩이 속에서 구한 그 누군가가 미안해해야 할 일이죠. 아무것도 모르던 그때, 더러운 세상 보지 말고 태어나자마자 얼어 죽었어야 했는데…."

조은비는 할 말을 잃었다.

"그런데 왜 내게 그런 말을…?"

"조 기자님이 너무 철이 없어 보여서, 세상 물정 너무 모르는 것 같아서, 사람들을 너무 쉽게 믿는 것 같아서 해주는 충고입니다. 난 나 이외에는 결코 아무도 믿지 않습니다. 누군가를 믿었더라면 난 이미 서너 번은 얼어 죽었거나 굶어 죽었겠죠."

"…."

한동안 두 사람 사이에 침묵이 이어졌다. 둘은 싸움이라도 한 사람들처럼 말없이 시골길을 걸어갔다.

조은비와 최순석이 구기자밭 밭두렁에 가서 서자 잡풀을 뽑고 있던 박광규가 그들을 보고 기다렸다는 듯이 밭두렁으로 나왔다. 박광규는 아직도 오른손과 팔에 천을 찢어 만든 붕대를 감고 있었다.

"저한테 볼일 있어서 오신 규? 무슨 일인감유?"

최순석이 지포 라이터를 박광규의 앞으로 내밀었다. 하지만 그것은 숯 더미 속에서 찾아낸 라이터가 아니라 그가 평소 사용하던 중국산 모조품 지포 라이터였다.

"이 라이터 아시죠?"

박광규가 지포 라이터를 왼손으로 집으려고 했지만 최순석은 그에게 라이터를 건네지 않고 그냥 앞면과 뒷면을 번갈아 보여주기만 했다.

"증거물이라 지문이 남거나 오염되면 곤란해서…."

긴장한 표정으로 라이터를 살펴보던 박광규의 얼굴에 금방 여유가 감돌았다. 분명 자신의 라이터가 아니었다.

"이 지포 라이터, 사람들이 박광규 씨 것이라고 하던데요?"

"아, 아뉴! 내 건 이렇게 밋밋한 게 아니고 날개 모양의 양각에 90이라고 쓰여 있는 거구먼유."

"정말입니까?"

"예. 내가 지포 라이터를 가지고 있는 걸 봤다고 말한 사람이 누군지 모르겠지만, 그 사람이 내 라이터가 어떻게 생겼는지 이야기하지 않던가유?"

"아, 이런! 라이터를 잘못 꺼냈네. 이게 아니고 이건데."

최순석이 주머니 속에서 불에 그슬린 지포 라이터를 꺼내는 순간 박광규의 얼굴에서 웃음기가 싹 사라졌다.

"1993년, 할리 데이비슨 90주년 기념모델…. 맞죠?"

"아, 아뉴! 비, 비슷하게 생기긴 했는디, 달라유…. 제 거는 몇 달 전에 냇물에 버렸구먼유. 담배 끊으려고 작심했을 때…. 지금은 다시 피우지만서두…."

"어디에 버렸죠?"

"저기 아래쪽에…."

"장소를 정확히 말씀해주셔야 합니다. 잠수부 동원하고 수중 금속탐지기 동원해서 그 라이터를 찾아내면 용의선상에서 벗어날 수 있지만 만약 못 찾아내면 곤란해집니다. 박광규 씨가 지금 살인 및 방화사건의 유력한 용의자인 건 아시죠?"

"예에?"

"어디다 버렸죠?"

"아, 아니, 버린 게 아니고… 잃어버렸슈. 사, 사실은, 산에 약초 캐러 갔다가…. 어디서 잃어버렸는지는 잘 몰라유. 진짜유."

"정말이죠?"

"저, 정말유."

"그 라이터를 찾아내지 못하면, 방화 살인 사건 현장에서 발견된 이 라이터가 박광규 씨 라이터가 된다는 건 아시죠? 방화 살인 사건은 형량이 살인보다 더 무거워서 대부분 무기징역입니다. 무기징역이나 사형 안 당하려면 지금이라도 정확히 말씀하셔야 합니다. 경찰서 가면 거짓말탐지기도 사용할 텐데 거짓말로 드러나면 그때는 정말 빼도 박도 못 하게 됩니다."

최순석의 엄포에 화상을 입어 붕대를 감고 있는 박광규의 손이 미세하게 떨렸다.

"아 참, 미란다원칙을 고지 안 했네. 귀하를 방화 살인죄를 범한 혐의로 형사소송법 212조에 의거해 영장 없이 체포합니다. 변호인 선임 및 적부심을 청구할 수 있습니다. 변명할 말씀이 있으면 해주시기 바랍니다. 이상."

"나를 방화 살인죄로 체포한다구유? 난 죄가 없는디…."

"지금은 길이 막혀 경찰서로 이송할 수 없으니 구금하는 것은 잠시 보류하겠습니다만, 길이 뚫리면 바로 유치장에 갇혀서 조사받게 될 겁니다. 하실 말씀이 있으면 지금 하는 게 좋을 겁니다. 경찰서에서 조사받은 뒤 검찰로 넘어가 추가 조사를 받게 될 텐데, 그때는 잠도 안 재우고 신문합니다. 강도 살인범, 방화 살인범, 강간 살인범 같은 강력범들을 주로 취급하는 그 사람들은 어떤 말을 해도 믿어주지 않죠. 거짓말쟁이라는 낙인이 찍히면 더욱더. 교도소를 제집 드나들듯 하는 전과 10범 이상의 흉악범들은 물론 연쇄살인마들까지도 결국은 없는 죄까지 만들어내 술술 자백하는 곳이니 어떤 곳인지는 잘 아시겠죠."

"나, 난 죄가 없는디…."

"화재 현장에서 박광규 씨 라이터가 나왔는데 그 말을 누가 믿겠습니까. 죄가 없으면 말만 하지 말고 왜 없는지 증명해야 할 것 아닙니까? 지금 모든 걸 다 털어놓는다면 자수한 거로 해드리죠. 그냥 체포된 것과 자수는 형량이 천지 차이입니다. 형사나 검사가 신문할 때 받는 대접도 그렇고. 묶어놓고 밤새 몽둥이질 당하며 진술서를 쓰느냐, 설렁탕 먹고 맞담배 피워가며 쓰느냐…."

"그래요, 다 털어놓으세요. 다 털어놓고 나면 마음이 편해질 거예요. 사실대로 말하세요."

조은비가 동정 어린 목소리로 최순석을 거들었다.

최순석이 몇 개비 안 남은 담배 중 한 개비에 불을 붙여 박광규에게 내밀었다. 박광규가 덜덜 떨리는 왼손으로 받아서 한 모금 깊이 빨았다. 박광규의 눈에서 눈물이 뚝뚝 떨어지기 시작했다.

바로 그때, 언제 왔는지 박 노인이 최 형사와 박광규 사이에 끼어들었다.

"아뉴! 광규는 죄가 없슈."

"아, 아버지…."

"그, 그게 말이유. 살인 사건이 아니고 그냥 사, 사고였슈."

"아, 아버지, 그만…."

"어르신, 계속 말씀하시죠."

"어젯밤에 마당 구석에 있는 변소에 들어가 있는디, 밖에서 무슨 소란이 일어난 것 같아서 변소에서 나와 애하고 같이 이장네 집으로 가봤슈. 그랬더니 바깥마당에 세워놓았던 이장네 트럭이 굴러가서 신한국을 치어 죽였더라구유. 아휴—."

최순석과 조은비는 금방이라도 쓰러질 것 같은 표정의 박 노인을 나무 그늘 밑으로 데려갔다. 박 노인이 이미 자백해버렸기에 어쩔 수 없다는 듯 박광규가 사실대로 털어놓기 시작했다.

"아버지와 제가 도착했을 때, 집 밖으로 나와 넋이 나간 사람처럼 귀신이다, 귀신이다, 헛소리를 하며 부들부들 떨고 있던 이장님네 부부 말고도 몇 사람이 더 있었슈. 사람들이 곧장 트럭에 치인 사람이 한국이 형이라는 걸 확인하고 또 트럭과 감나무 사이에 끼어 있는 한국이 형을 끄집어냈는디 이미 죽어 있었슈. 나랑 우리 아버지는 그냥 경찰에 신고하자고 주장했는디, 거기 있던 다른 사람들은 모두 단순 사고이기는 해도 이장님이 교도소에 가게 될 거라며, 죄도 없는디 교도소에 가야 하는 이장님이 불쌍하다며, 사고를 은폐하자는 식으로 이야기들을 해서…. 며칠 뒤 범죄 없는 마을 시상식도 있는디 그것도 취소되고 범죄 없는 마을 타이기록도 깨질 거라고들 하구…."

"거기 있던 마을 사람들 모두가 하나 같이 이 사건을 은폐하자고 했다고요?"

조은비가 마을 사람들의 행동이 이해가 가지 않는다는 듯이 끼어들었다.

"예, 그랬슈. 그때 거기 있던 사람들은 다 그러자고 말했슈."

"왜요? 그 사건은 이장네 부부를 빼고 거기 있던 다른 마을 사람들과는 전혀 상관없는 사건인데 경찰에 신고하지 않고 왜 사건을 은폐해요? 가족이 아닌 사람이 사건 은폐를 돕거나 시체 유기를 돕게 되면 그 사건의 공범으로 엄한 처벌을 받게 되는 위험한 일인데, 왜…? 혹시, 우태우 이장이 이 마을에서 영향력이 매우 큰 사람인가요?"

"이장님의 영향력이 없다고 할 수는 없지만 모두가 스스로 알아서 길 정도는 아니쥬."

"그런데 왜요?"

"범죄 없는 마을 시상식은 상금도 꽤 되니 돈 때문일 수도 있구…. 아니면 누군가가 의리니, 우리 모두 한 가족이니 하며 분위기를 몰아가자 그냥 분위기에 휩쓸려서 그랬던 것 같기도 하구…. 저도 이해는 잘 안 가지만 하여튼 그 사건과 상관없는 마을 사람들이 먼저 나서서 그렇게 하자고 제안했던 건 사실이유."

"최초로 그렇게 하자고 했던 사람이 누구였죠?"

"글쎄…. 기억이 잘 안 나유."

박광규가 고개를 갸웃거리며 말끝을 흐렸다. 뭔가 숨기고 싶은 것이 있는 것 같기도 했다.

"그렇게 처음 말한 사람은 소팔희였슈.'

박 노인이 재빨리 나섰다.

"소팔희 씨가요?"

의외라는 듯이 조은비가 고개를 갸웃거렸다.

"그래서 어떻게 했습니까?"

"차에 치여 죽은 것이니 한국이 형 시체를 경운기에 싣고 가서 차가 많이 다니는, 청양에서 공주로 이어지는 큰길가에 옮겨놓아 뺑소니 사고를 당한 것처럼 위장하려고 했었쥬. 식당집 주영이 형이 그 방법에 반대했지만 다른 대안이 없으니 결국 그렇게 하기로 결정이 된 거였쥬."

박광규가 눈을 끔뻑이며 당시 상황을 자세히 이야기했다.

"누구 신한국이네 가서 경운기 좀 끌어와."

양식연의 말에 아들 양동남과 박광규가 신한국의 집으로 향했다. 우태우네 집에서 신한국의 집까지는 약 백 미터 정도 떨어져 있었다.

우태우, 양식연, 왕주영은 신한국의 시체를 경운기에 싣기 좋게 고구마밭에서 우태우 이장네 바깥마당으로 들어 옮겼다.

"잠깐!"

신한국의 집으로 향하던 박광규가 갑자기 발걸음을 멈췄다. 양동남도 따라 멈췄다.

"왜유?"

"경운기 열쇠가 있어야 하는디…. 주머니에 있을 수도 있잖여."

두 사람은 다시 우태우 이장네 바깥마당으로 되돌아갔다.

양동남이 갖은 인상을 쓰며 피투성이 신한국의 바지 주머니를 뒤졌다. 두 개의 주머니 중 한쪽은 비어 있었고 다른 한쪽에는 빨간색 콜라병 뚜껑 하나가 달랑 들어 있었다.

"이건 뭐여?"

양동남이 신한국의 바지 주머니에서 꺼낸 빨간색 병뚜껑을 이리저리 살피다 마당 구석으로 휙 집어 던졌다.

"주머니엔 열쇠가 없슈."

갑자기 번개가 번쩍하고 이어서 콰쾅 천둥이 쳤다. 빗줄기가 후드득 떨어져 내리기 시작했다.

"서두르자구."

박광규와 양동남이 신한국의 집을 향해 뛰어갔다.

신한국은 평소 대문을 잠그지는 않았어도 꼭꼭 닫고 살았는데 평소와 달리 대문이 활짝 열려 있었고 마루의 백열등이 켜져 있었다.

두 사람이 집 안으로 들어서자 부엌 앞에 목줄로 묶여 있던 잡종 진돗개 맹구가 요란하게 짖어댔다.

"이놈의 똥개, 조용히 못 해!"

양동남이 달려들어 발로 걷어찰 것처럼 위협을 가하자 맹구가 짖는 것을 멈추고 끼깅거렸다.

경운기는 마당에 세워져 있었다. 낡은 경운기였지만 열쇠로 시동을 거는 방식이어서 열쇠를 찾아야 했다.

박광규가 라디오와 불이 켜져 있는 안방 문을 열었다. 순간 술 냄새 속에 섞인 이상한 악취가 얼굴로 훅 달려들었다. 방 안은 고약한 냄새만큼이나 난장판이었다. 혼자 사는 노총각의 방이라서 평소에도 지저분했던 것 같은데, 지저분한 정도가 도를 넘었다. 도둑이라도 들어 일부러 헤집어놓은 것처럼 엉망이었다.

방 아랫목 쪽에 요와 이불이 깔려 있었고 그 주변에 빨랫감으로 보이는 옷가지와 양말들이 아무렇게나 널려 있었다. 빈 소주병들과 뚜껑이 열린 여러 개의 1.5리터 콜라병들이 여기저기 나뒹굴고 있었다. 콜라병에서 콜라가 흘러나와 이불과 방바닥을 흥건히 적시고 있었다. 또 쉰 김치 냄새를 풍기는 안주 그릇과 먹다 남은 과자들이 사방에 흩어져 있었고 오징어채, 땅콩 등이 조금 남아 있는 봉지, 곰팡이가 핀 딸기가 여기저기 널려 있었다. 그리고 그 사이사이에 복권이 몇 장 흩어져 있었다.

맨발로 방에 들어가는 것조차 꺼려졌다. 신발을 벗고 마루로 올라온 것이 실수였다. 신발을 신고 올라왔어야 했다.

'이런 쓰레기 더미 속에서 경운기 열쇠를 어떻게 찾아내지?'

열쇠보다 훨씬 큰 물건도 찾기가 쉽지 않을 것 같았다.

"열쇠 찾았슈!"

박광규가 안방으로 들어가려는데 양동남이 뒤에서 외쳤다. 경운기 열쇠는 마루의 벽에 박혀 있는 못에 걸려 있었다.

박광규가 경운기를 운전해서 우태우 이장네 바깥마당으로 몰고 갔다.

거센 빗줄기 속에서 사람들이 경운기 트렁크 바닥에 가마니를 몇 장 깔고 그 위에 신한국의 시체를 실은 뒤 검은 포장을 가져다 잘 덮었다.

박광규가 다시 운전을 맡았고, 시체가 누워 있는 트렁크에 연못집의 양식연과 양동남, 우태우 이장, 식당집 왕주영이 탔다. 소팔희와 황은조, 양식연의 아내 전수지는 이미 집으로 돌아갔고 박광규의 아버지와 우태우의 아내 한돈숙은 경운기에 타지 않고 남았다.

비가 점점 더 거세게 내렸다. 박광규는 비를 그대로 맞으며 하나뿐인 흐릿한 전조등에 의지해 경운기를 몰았다. 여간 고역이 아니었다. 가능한 한 멀리 가야 하는데 속력을 안 낼 수도 없어 기어를 3단으로 해 최고 속도로 빗길을 내달렸다. 트렁크에 타고 있는 사람들도 모두 비에 흠뻑 젖어 물에 빠진 생쥐 꼴이었다.

경운기가 동네 입구를 빠져나가 구멍바위 쪽으로 향하는데 모퉁이를 돌자마자 밝은 불빛이 빠르게 덮쳐왔다.

"하앗!"

박광규가 급히 경운기의 핸들을 꺾으며 브레이크를 밟았다. 경운기 앞바퀴가 도로 옆 배수로에 빠지며 경운기 머리가 축대에 쿵 부딪히는 순간 밝은 불빛이 경운기 옆을 아슬아슬하게 스쳐 지나갔다. 하지만 연이어 또 하나의 불빛이 코너를 돌아 경운기를 덮쳐왔다.

"아악!"

경찰차를 뒤따르던 119 구급차의 운전기사가 뒤늦게 경운기를 발견하고 급히 브레이크를 밟으며 핸들을 돌렸다. 하지만 너무 늦었다. 구급차가 빗물에 미끄러지며 경운기 트렁크에 부딪히고 나서 반 바퀴를 돈 뒤 전복될 것처럼 휘청거리다가 경운기의 반대쪽 배수로에 가서 쿵 소리를 내며 처박혔다.

두 번의 큰 충격을 경운기 핸들을 잡고 버틴 박광규가 살았다고 안도하며 뒤를 돌아보니 사람들이 트렁크에서 떨어져 도로 여기저기에 널브러져 있었다.

"이, 이런…!"

박광규가 급히 경운기에서 뛰어내려 달려갔다. 다행히 사람들은 스스로 몸을 일으켰다. 하지만 우태우는 뒷목을 잡은 채 얼굴을 찡그렸고, 양식연은 구부정한 허리를 부여잡은 채 곧게 펴지 못했다. 왕주영은 무릎을 다쳤는지 다리를 절뚝거렸다.

경운기 뒤쪽 멀찍이 멈춰선 경찰차에서 우비를 입은 경찰관 네 명이 내려서 뛰어왔다.

경운기의 반대쪽 배수로에 바퀴가 빠져 기우뚱 기울어 있는 119 구급차에서도 운전기사를 포함해 구조대원 세 명이 조수석 쪽으로 힘겹게 내렸다. 운전석 문은 배수로에 걸려 열 수 없었다.

"다친 사람 없슈? 도대체 이 밤중에 위험하게 어디를 가시느라고…?"

 경찰관들이 경운기로 다가오자 그제야 새로운 위기감을 느낀 박광규는 급히 트렁크를 살폈다. 헉! 트렁크에 실려 있어야 할 신한국의 시체가 사라지고 없었다. 고개를 좌우로 돌려 재빨리 주변을 살폈다. 한쪽만 불이 켜져 있는 구급차의 전조등이 도로 일부를 밝게 비추고 있어 더욱더 어두운 경운기 뒤쪽 배수로 속에 뭔가 시커먼 것이 보였다. 신한국의 시체가 틀림없었다. 머릿속이 아찔했다.

 박광규가 종종걸음으로 달려가 경찰관들을 막아서며 꾸벅 인사를 했다.

 "안녕하세유. 날씨가 아주 지랄 같쥬?"

 "어? 저게 뭐여?"

 경찰관 한 명이 박광규의 옆쪽을 가리켰다.

 도로 위에 환자 이송용 들것이 떨어져 있었다.

 "저, 저거, 시, 시체 아녀?"

 다른 경찰관이 구급차 뒤쪽을 보며 소리쳤다.

 구급차 뒷문이 활짝 열려 있었고 시체 한 구가 구급차 바로 뒤 배수로 속에 아무렇게나 처박혀 있었다.

 "아이구 이런!"

 구급대원들이 길 위에 떨어져 있는 환자이송용 들것을 시체 옆에 가져다 놓고 그 위에 시체를 눕힌 두 핏자국이 선명한 하얀 천을 머리끝까지 덮어씌웠다.

"지나가던 사람이 보면 우리가 사고 내서 이 사람 치어 죽인 줄 알겠네."

구급대원들과 경찰관들이 시체를 구급차에 싣느라 정신이 팔려 있는 사이 우태우, 양식연, 양동남, 왕주영이 그들의 옆에 서서 그들의 시야를 가렸고 박광규가 경운기를 살피는 척하며 트렁크에 실려 있던 검은 포장을 끌어다 배수로 속에 아무렇게나 쓰러져 있는 신한국의 시체를 덮어 폐비닐 쓰레기처럼 위장했다.

"아이참! 뭐가 보여야 피하든지 말든지 하지."

시체 싣는 작업을 끝낸 구급차 운전기사가 구급차와 경운기를 번갈아 쳐다보며 투덜거렸다.

"이런 경우 사고 책임이 어떻게 되는 겁니까?"

구급차 운전기사가 경찰관 한 명을 잡고 물었다.

"글쎄, 제가 교통과가 아니라서요. 경운기 사고는 우리 경찰차와 과실 비율을 따져야 할 것 같은데, 구급차 사고는 이미 사고가 나서 멈춘 경운기를 들이받은 것이라 아마도…."

옆에서 그 이야기를 듣고 있던 우태우 이장이 재빨리 두 사람 사이에 끼어들었다.

"중천리 이장 우태우구먼유. 액땜했다 치고, 그냥 쌍방과실로 해서 자기 차는 자기가 고치는 거로 합시다. 구급차 과실이 크다고 해도 좋은 일 하다 사고 낸 거고, 경운기야 어디 긁히고 부서졌어도 굴러만 가면 사용하는 데는 지장 없으니, 뭐…."

"그럼, 그럴까요."

구급차 운전기사의 얼굴에 그나마 다행이라는 표정이 떠올랐다.

총 열두 명의 남자들이 힘을 모아 경운기 머리를 배수로 밖으로 들어낸 뒤, 경운기로 구급차를 배수로에서 끌어냈다.

경운기는 축대에 부딪힌 우측 앞부분과 구급차에 부딪힌 트렁크 일부가 찌그러져 있었지만 성능은 이상 없었다.

구급차도 앞 범퍼가 심하게 부서지고 오른쪽 전조등이 깨지고 운전석 문짝이 경운기의 트렁크에 찍혀 철판이 찢어지기는 했지만 병원이나 장례식장까지 가는 데는 지장 없을 것 같았다.

구급차가 출발했다. 그러나 경찰차는 출발하지 않고 남았다.

"중천리 이장님이시면, 다들 중천리 분들이죠? 이렇게 비가 지랄같이 내리는 한밤중에 비를 그대로 다 맞으며 도대체 어디를 가시는 거요?"

"아, 아뉴. 어디 가던 길이 아니라 장곡리 환갑집에 갔다가 돌아오는 길이구먼유. 갈 때는 비가 안 왔었는디…."

"장곡리는 이쪽이 아니라 저쪽인데요?"

"아, 저 사람이 잔칫집에 지갑을 놓고 왔다고 해서 찾으러 다시 돌아가던 길이었슈."

"술 많이 마셨습니까?"

하체는 외출복 바지에 구두를 신은 반면 상체는 황토색 러닝셔츠 차림인 왕주영을 보며 경찰관이 물었다.

"벼, 별로 안 마셨슈. 나는 몇 잔 마셨지만 경운기 운전한 박광규는 단 한 잔도 안 마셨슈."

"그런데 상의는 왜…?"

"뭐, 뭐가 묻어서 벗어서 버렸슈. 넘어졌는디 쇠, 쇠똥이 묻어서…."

"피가…."

경찰이 왕주영의 옆구리를 가리켰다. 러닝셔츠 일부분이 붉은 피로 얼룩져 있었다.

"이, 이거…. 아까 경운기에서 떨어져 넘어질 때 살짝 까졌나 봐유."

"피가 꽤 나는 것 같은데, 옷 좀 걷어보시죠?"

"괘, 괜찮아유. 많이 안 다쳤슈."

"그래도 혹시 모르니 옷 걷어보시죠."

경찰의 재촉에 왕주영이 손바닥으로 피 묻은 옆구리를 움켜쥔 채 난감해하자 우태우가 그를 향해 크게 외쳤다.

"지갑은 나중에 찾고, 오늘은 그냥 돌아가자구! 사고도 났는디. 빨리 올라타!"

"그래, 알았슈…."

왕주영이 다리를 절룩거리며 경운기 쪽으로 달려갔다.

"경운기 트렁크에 사람 태우면 절대 안 돼요. 사고 나도 보상 못 받아요."

"알았슈. 시골에서 살다 보니 교통편이 마땅치 않아서…. 앞으로는 사람 절대 안 태울 테니 한 번만 눈감아주슈."

우태우가 경찰관에게 사정하듯 말했다.

"단속하자고 드린 말씀이 아닙니다. 안전 차원에서 드린 말씀이죠. 조심해서 돌아가십쇼."

드디어 경찰차가 출발했다.

경찰차 불빛이 멀리 사라지고 나자 다섯 사람이 배수로 속 신한국의 시체를, 시체를 덮고 있던 검은 포장으로 둘둘 말아서 다시 경운기 트렁크에 실었다.

"어떻게 하쥬?"

경찰관들 앞에서 중천리 방향으로 경운기 머리를 돌려놓았던 박광규가 트렁크에 타고 있는 사람들에게 물었다.

"아휴, 살 떨려서 더는 못 가겠어. 온몸이 아프지 않은 데가 없고…."

왕주영이 고개를 옆으로 흔들어대며 말했다.

"나도 심장이 벌렁벌렁 떨리기는 마찬가지여. 하지만 그렇다고 어떻게 여기서 그만둬. 시체는? 산에 몰래 묻기라도 할 건감?"

"아버지, 시체를 산에 묻는다고 이 사건이 묻히는 게 아뉴. 그럼 실종 사건이 되는 건디, 시골에서 누가 실종되면 수많은 경찰이 동원되고 탐지견까지 끌고 와서 온 동네를 뒤지고 주변 산들을 이 잡듯 뒤지지 않던감유. 그러다 시체라도 발견되면…."

양동남의 말이 끝나기 무섭게 왕주영이 다시 재빨리 입을 열었다.

"에이 그래. 그럼 가서 불에 태워버리자구. 집에 불이 나서 타

죽은 거로 하는 겨. 시체가 완전히 불에 타면 차에 치인 흔적이건 뭐건 모든 흔적이 사라질 거 아녀. 범죄와 관련된 모든 흔적이 깨끗이….”

왕주영의 새로운 제안에 사람들이 서로의 얼굴을 쳐다봤다.

"어쩔 겨? 왜들 말이 없어?"

우태우 이장이 자기 의견을 말하지 않고 사람들을 둘러보며 물었다.

"어쩌긴 뭘 어째유. 더 좋은 방법이 있슈?"

"다, 다른 대안이 없다면 어쩔 수 없지유, 뭐."

박광규가 동의했다.

"그래. 그게 이 방법보다는 나을 거 같어."

양식연도 동의했다.

신한국의 시체를 실은 경운기가 중천리 신한국의 집을 향해 출발했다.

경운기가 마을에 들어서자, 네 사람은 중간중간 경운기를 멈추고 사전작업을 했다.

그들이 화재 신고를 하기 전에 동네 사람 누군가의 신고를 받고 소방차가 계획보다 일찍 출동할 것에 대비해, 빗물에 휩쓸려 언덕 위에서 돌무더기가 굴러떨어진 것처럼 마을 입구의 도로에 크고 작은 돌들을 아무렇게나 쌓아놓았다. 또 번개나 강풍에 쓰러진 것처럼 도끼를 가져다 길가의 커다란 나무를 찍어 쓰러트려 길을 막았다. 신한국의 경운기는 집 안으로 끌고 들어가지 않고 소방차가 진입하지 못하도록 집 앞 도로 한복판에 세워뒀다.

짙은 어둠 속에서 다섯 사람은 비에 젖은 검은 포장에 둘둘 말려 있는 신한국의 시체를 경운기에서 내려 들고 신한국의 집으로 향했다.

그들이 시체를 싼 검은 포장을 힘겹게 들고 대문으로 들어서자 부엌 앞에 목줄로 묶여 있는 맹구가 요란하게 짖어댔지만 누구 하나 신경 쓰지 않았다.

무거운 시체를 든 사람들이 신발을 신은 채 마루로 올라가 좁은 방문을 통과해 쓰레기장 같은 안방으로 들어갔다. 발에 다른 사람의 발이 차이고 또 누군가의 발에 소주병과 콜라병, 반찬 그릇, 라디오 등이 차여 요란한 소리를 내며 이리저리 나뒹굴었다.

번쩍!

콰쾅!

벼락이 마을 인근 어딘가에 내리꽂히며 귀청이 찢어질 것 같은 천둥소리가 났다.

자신의 머리에 벼락이 떨어지기라도 할세라 사람들은 아무렇게나 깔린 이불 위에 신한국의 시체를 검은 포장째 내던지다시피 내려놓고 앞서거니 뒤서거니 안방을 빠져나왔다.

방을 마지막으로 빠져나오던 양식연이 방바닥에 나뒹굴고 있는 몇 장의 월드컵복권 중에서 한 장을 주워 들고 밖으로 나와 마루의 백열전등 밑에서 들여다봤다.

"오늘 건데…."

하지만 복권 당첨 번호에 검은 볼펜으로 가위표가 크게 그어져 있었다.

우태우가 화장실 옆 창고로 가서 플라스틱 휘발유 통을 들고 와 안방 문턱 앞에 서서 방 안에 휘발유를 마구 뿌려댔다. 휘발유 통이 비자 우태우는 빈 통을 안방에 던져 넣었다.

"누구 라이터 있어?"

양식연이 주머니에서 일회용 라이터를 꺼내 우태우에게 건넸지만 물에 젖어 있어 불이 켜지지 않았다.

박광규가 지포 라이터를 꺼내 뚜껑을 열고 불을 켜보았다. 불이 켜졌다.

"자, 불붙여, 빨리!"

하지만 박광규는 불이 켜진 라이터를 덜덜 떨리는 손으로 들고 있을 뿐 불을 붙이지 않았다.

"야, 빨리 불붙이라니까!"

우태우 이장이 정신 차리라는 듯이 박광규의 손을 쳤다. 그 순간 박광규가 라이터를 놓쳤다. 라이터는 휘발유가 흥건한 문턱 밑으로 떨어졌고 불길이 폭발하듯 확 번졌다. 불길을 피하느라 우태우 이장이 뒤로 넘어지며 엉덩방아를 찧었다.

"앗! 내 라이터!"

박광규가 달려들어 라이터를 집으려고 불길 속으로 손을 뻗었다. 소팔희가 준, 그에게는 의미가 큰 라이터였다. 불길이 얼굴을 덮쳤고 머리카락이 치지직 타는 소리가 났다.

"앗, 뜨거!"

참을 수 없는 열기에 박광규가 불길 속을 더듬던 손을 **빼내며** 급히 뒤로 물러났다. 손에 휘발유가 묻어 불이 붙어 있었다. 손을 거칠게 흔들었지만 꺼지지 않았다.

"아아아앗!"

박광규가 불이 붙은 손을 흔들어대며 부엌 옆의 수돗가로 달려갔다. 그리고 곧장 물이 반쯤 들어 있는 고무통에 손을 집어넣었다.

불이 꺼진 뒤에도 박광규는 한동안 찬물에 화끈거리는 손을 담그고 있었다.

'이게 뭐야?'

수돗가 역시 난장판이었다. 설거지할 때 쓰는 주방세제 통이 넘어져서 내용물이 줄줄 흘러나와 있었고 비가 와서 어느 정도 씻겨 나가긴 했지만 누군가가 토한 것 같은, 소화되다 만 음식물 찌꺼기들이 거름망에 수북이 쌓여 있었다.

'이거, 비눗물이잖아.'

손을 담그고 있는 고무통 속의 물이 이상하다는 생각이 들자 박광규는 화상을 입지 않은 왼손을 물속에 넣어 엄지와 검지를 비벼보았다. 미끄러웠다. 손으로 물을 저어보았다. 거품이 일었다. 비눗물이었다. 설거지하고 난 더러운 물이 아닌가 싶었다. 화상을 입은 피부가 세균에 감염될까 걱정되었지만 지하수를 새로 끌어 올려 씻을 시간은 없었다. 시뻘건 불길이 금방 안방 문밖으로 치솟아 나오고 있었다.

마루에 있던 사람들이 불길을 피해 마당으로 뛰어 내려왔다.

부엌 앞에 묶여 있는 잡종 진돗개 맹구가 더욱 요란하게 짖어댔다.

"저, 저 개…."

양식연의 아들 양동남이 개를 향해 다가가자 개가 더욱 크게 짖으며 날뛰었다.

"야, 야, 가만히 있어!"

양동남을 피해 물러났던 개가 갑자기 달려들어 그의 종아리를 물었다.

"아악!"

양동남이 손바닥으로 개의 머리를 후려친 뒤 종아리를 감싸 쥐고 뒤로 물러났다.

"이런 똥개 새끼!"

양동남이 통증을 참으며 다시 개를 향해 발길질하며 다가갔다.

"야 이 잡종 똥개야! 목숨을 구해주려는 은인도 몰라보고 감히 물어!"

양동남이 개가 다가오지 못하도록 계속 발길질로 위협하며 기둥에 박힌 못에 걸려 있는 목줄을 빼내 잡아당겨 개를 꼼짝하지 못하게 제압하고 개 목걸이에서 목줄을 완전히 분리해냈다.

"잡종 똥개 새끼! 이제부터 넌 자유다! 목숨 구해줬으니 가서 박씨라도 하나 물어와."

양동남이 다시 발길질을 해 보이자 잡종 진돗개는 비가 내리고 있는 어둠 속으로 재빨리 달아났다.

"그렇게 된 거구먼유."

아버지를 대신해 전후 사정을 이야기하고 난 박광규가 주머니에서 담배를 꺼내 입에 물었다.

"아버지, 담배 한 대 피울게유."

"나도 한 대 주슈."

최순석이 몇 개비 안 남은 담배를 아끼려고 박광규에게 손을 벌렸다.

"우리 아버지는 아무것도 한 게 없슈. 시체를 유기하는 데도 가담하지 않았구유. 제발 아버지는 빼주세유."

박광규가 최순석에게 담배를 건네며 사정했다.

이야기를 듣고 난 조은비가 당시의 상황을 추리했다.

"뭐, 그다음은 어떻게 되었는지 대충 알겠네요. 불이 났는데 아무도 신고하지 않으면 이상하니 우태우 이장님이 적당한 시간에 119로 전화를 걸어 화재 신고를 했을 테고, 소방차가 빗물에 휩쓸려 언덕에서 굴러떨어진 것처럼 보이는 돌무더기 등 몇 가지 장애물을 뚫고 마을로 진입하자 동네 사람들이 같이 불을 끄는 척하며 오히려 화재 진압을 방해했겠죠?"

"대충 그렇구먼유."

박광규가 담배 연기를 길게 내뿜으며 고개를 끄떡였다.

"그럼, 경운기와 구급차가 충돌한 그때 시체가 바뀐 건가요? 신한국 씨의 시체가 청양장례식장 안치소에 가서 누워 있었던 이유가…? 화재 현장에서 나온 뼈는 구멍바위에서 떨어져 자살한 남자의 것일 테고. 이 세상에 왔었던 흔적을 깨끗이 지우고 싶다며 화장해서 강물에 뿌려달라는 유서를 남겼다던데, 어쨌든 뼈 일부를 제외하고는 흔적도 없이, 깨끗이 화장되긴 했네요."

"그런디 그때 말이유. 시체 한 구는 경운기 앞쪽 배수로 속에 떨어져 있었구, 한 구는 길 건너편 배수로에 처박힌 구급차 뒷문 밑에 떨어져 있었는디, 시체가 바뀔 상황이 절대 아니었는디 어떻게 바뀌었는지 참…?"

"그때 시체가 바뀐 것이 아니라면 처음부터 어떤 착오로 시체 두 구의 신원을 잘못 파악했던 걸까요?"

"…"

"시체의 몸에 나 있는 타이어 자국도 아마 그때 생긴 것이겠죠? 구급차나 경운기의 타이어에 깔려서…. 아마도 경찰차와의 첫 번째 접촉사고 때 경운기 트렁크에서 떨어진 시체가 경찰차를 뒤따라오던 구급차 바퀴에 깔린 것이 아닌가 싶은데요?"

조은비가 자신의 추리를 말해놓고 최순석의 표정을 살폈다. 하지만 최순석은 눈을 가늘게 뜬 채 담배만 피울 뿐 어떤 대답도 하지 않았다.

"이제 어떻게 하죠?"

조은비가 최순석에게 다시 물었다.

"뭘 어떻게 해요?"

"이 사건과 관련이 있는 마을 사람들을 모두 구속할 건가요?"

하지만 이번에도 최순석은 대답하지 않았다.

"그런데 도대체 왜, 너도나도 나서서 우연히 일어난 사고를 그리 적극적으로 은폐하려고 했는지 나는 아직도 이해가 안 되네."

조은비가 언제 비가 왔냐 싶게 맑고 푸른 하늘을 올려다보며 중얼거렸다.

"범죄 없는 마을 현판식인지 시상식인지, 그거 상금이 얼맙니까?"

최순석이 피우던 담배꽁초를 땅에 버리고 발로 비벼대며 박광규에게 물었다.

"작년까지는 천만 원이었는디, 타이기록을 세운 올해는 특별히 2천만 원이라고 하는 거 같던디유. 내년에 신기록을 세우면 상금뿐 아니라 여러 가지 혜택을 준다는 것 같더라구유. 마을 숙원사업이 있으면 그런 것도 정부에서 해결해준다는 것 같구. 우리 마을이야 이제 다 끝장난 거지만…."

"마을 사람들이 상금이나 그 어떤 혜택 때문에 그런 행동을 한 거로 생각하세요? 돈 욕심 때문에?"

하지만 최순석은 이번에도 그냥 기분 나쁘게 후후후 웃을 뿐이었다.

'도대체 이 인간은 왜 이리 사람을 기분 나쁘게 하는 거야?'

최순석은 분명 직장에서 왕따일 것이다. 틀림없었다. 조은비 역시도 이 시골구석 낯선 마을의 같은 집에 함께 고립되지만 않았다면 그를 상대하지 않았을 것이다. 피할 수 없는 외나무다리에서 조우한 것만 아니었으면….

"특별히 더 하실 말씀 없으시죠?"

이야기를 다 듣고 난 최순석은 별말 없이 박광규와 박 노인을 집으로 돌려보냈다.

악인과 의인은 백지 한 장 차이

조은비와 최순석이 불탄 신한국의 집 앞을 지나가는데 연못집 양식연과 양동남이 언쟁을 하고 있었다.

"아니라니께유!"

"맞다니께!"

"그게 운석이면 수십억 원 짜리게유?"

"그게 하늘에서 떨어진 것이 아니면 갑자기 어디서 나타난 거여?"

"흙 속 어딘가에 묻혀 있다가 어젯밤 비 올 때 물줄기에 휩쓸려 굴러 나온 거겠쥬."

언쟁을 하다 조은비와 최순석을 본 양식연이 두 사람에게 쪼르르 달려왔다.

"형사님, 기자님. 돌 좀 볼 줄 아슈?"

"돌이요?"

"저기 냇가의 길가에 운석처럼 보이는 돌이 하나 놓여 있는디, 분명 운석 같은디, 아들놈이 아니라고 우기네유."

"운석처럼 생겼다고 다 운석인가유. 운석이 그렇게 흔하면 어찌 그리 비싸겠슈."

"아, 그렇지. 그럼 되겠네. 기자님, 가서 사진 좀 찍어주슈. 사진을 찍어 전문가에게 보이면 운석인지 아닌지 알 수 있을 거 아뉴?"

양식연이 조은비의 카메라 가방을 낚아채 들고 냇가 쪽으로 종종걸음을 쳤다.

호기심에 최순석도 조은비의 뒤를 따랐다.

"바로 저 돌이유."

냇가에 정말 농구공 두 개쯤 되는 크기의 검은색 돌 하나가 놓여 있었다. 생긴 모양이 독특해서 수석 수집가가 보면 탐낼 만했다.

조은비와 최순석이 검은 돌을 꼼꼼히 살폈다. 돌을 만져보던 최순석이 무게를 가늠하려고 조금 들었다가 내려놨다.

"꽤 무겁네. 일반 돌보다 좀 더 무거운 거 같은데…."

조은비가 카메라 가방에서 카메라가 아닌 캠코더를 꺼내 들었다.

"제가 운석 전문가는 아니지만, 제가 볼 땐 철분을 많이 포함하고 있을 뿐 운석은 아닌 것 같은데요. 둥글고 반들반들한 것은 고온에 녹아서 그런 것이 아니라 오랜 세월 물에 깎여서 그런 것이 아닌가 싶고요. 아무튼 영상을 찍어서 이 방면 전문가에게 보여줘 볼게요. 사진보다는 영상으로 보는 게 더 생생할 테니…."

조은비가 캠코더로 검은색 돌을 촬영하고 있는데 냇가를 따라 구불구불 뻗어 있는 도로 멀리서 1톤 트럭 한 대가 달려왔다. 트럭은 앞에 장애물이 없는 데도 시끄럽게 빵빵거려댔다.

"똥이라도 마려운가, 왜 저렇게 시끄럽게 구는 거야?"

최순석이 달려오는 트럭을 보며 중얼거렸다.

빵빵! 빠아앙!

이번에는 좌측이 아닌 우측에서 요란한 경적 소리가 들려왔다. 사람들이 트럭의 반대쪽으로 고개를 돌리자 50미터쯤 떨어진 곳에서 검은색 자가용 한 대가 달려오는 것이 보였다.

"알아서 서로 비켜 갈 일이지, 누군데 저캐?"

조은비가 투덜거렸다.

바로 그때, 달려오던 검은색 자가용이 차도를 벗어나는가 싶더니 길옆의 커다란 바위를 쿵 들이받았다.

"뭐, 뭐야!"

양식연이 깜짝 놀라서 자신도 모르게 크게 소리쳤다.

"저런! 사고 났어요."

"저 차, 식당집 그랜저 같은디유. 이 동네에서 자가용은 저 차

뿐인디."

 최순석이 먼저 사고 차를 향해 뛰어갔고 조은비가 캠코더로 영상을 찍으며 종종걸음으로 뒤따랐다.

 바위를 들이받고 잠시 멈췄던 그랜저가 몇 미터 후진하더니 다시 앞으로 튕겨 나가 한 번 더 바위를 쿵 들이받으며 멈췄다.

 "저, 저런!"

 잠시 뒤, 멈춰선 차 안에서 왕주영이 뒷목을 잡은 채 절뚝거리며 내렸다.

 "그, 급발진이여, 급발진!"

 "다치지 않았습니까?"

 "별로 다, 다치지는 않았는디, 그, 급발진이유, 급발진! 차, 차가 지 맘대로 막 움직였슈."

 하지만 양식연과 그의 아들 양동남은 사고 난 그랜저 쪽으로 곧장 발걸음을 옮기지 못하고 고개를 앞뒤로, 좌우로 번갈아 돌려댔다. 경적을 요란하게 울리며 달려오던 우태우 이장의 트럭은 왕주영의 차 사고 장면을 목격한 뒤 속도를 천천히 줄이고 있었다.

 "제길, 뭐가 어떻게 된 겨?"

 양식연이 인상을 쓴 채 양동남을 보며 중얼거렸다.

 최순석이 바위와 충돌한 그랜저의 앞부분을 이리저리 살폈다.

 "어휴, 많이 부서졌네요. 수리비가 꽤 나오겠는데요."

 "그, 급발진이었다니께유. 차가 갑자기 말을 안 듣더니 바위에 쿵 부딪치고 나서 다시 뒤로 갔다 앞으로 갔다 했다니께유. 그래서 두 번이나 부딪친 거유. 보셨쥬?"

최순석이 곧바로 대답하지 않고 차 안을 들여다봤다.

"이 차는 수동 변속기인데요? 요즘 언론에서 떠들고 있는 급발진 사고는 자동 변속기 문제라던데…?"

"그, 그래유? 이상허네? 그럼, 내가 가속 페달을 브레이크인 줄 알고 잘못 밟았나…?"

바로 그때 다시 빠아앙— 하는 경적이 울렸다. 사람들의 시선이 우태우 이장의 트럭으로 향했다. 속도를 줄여 천천히 달려오던 트럭이 갑자기 도로를 벗어나고 있었다

"어어어, 저 차는 또 왜 저러는 겨?"

빵-빵, 빵-빵-빵!

마치 구조신호라도 보내듯 경적을 울려대며 길가를 벗어난 트럭이 기우뚱하며 비탈을 타고 내려가 붉은 흙탕물 속으로 첨벙 처박혔다.

"아이참, 오늘 무슨 날이여? 왜들 이러는 거여?"

사람들이 다시 트럭을 향해 내달리기 시작했다. 트럭 사고야말로 급박해 보였다. 물에 빠진 트럭에서 운전자가 탈출하지 못하면 익사할 수도 있었다.

물속으로 들어간 트럭이 시뻘건 흙탕물에 3분의 2쯤 잠기고 나서 멈췄다. 아니, 완전히 멈춘 것은 아니었다. 트럭이 앞으로 나아가던 것을 멈춘 대신 시뻘건 흙탕물에 휩쓸려 옆쪽으로 떠

내려가기 시작했다. 그러면서 점점 가라앉고 있었다.

"어어어! 빨리 차에서 탈출해!"

상황이 예상을 벗어나 급박해지자 양식연은 그랜저 사고 때와는 달리 손까지 마구 흔들어대며 뛰어갔다.

우태우 이장이 운전석 문을 열려고 하는 것 같았지만 차 안으로 흘러들어오는 물의 압력 때문에 쉽지 않은 것 같았다. 설상가상으로, 떠내려가던 트럭이 옆으로 기울고 있었다. 운전석 쪽이 점점 물 밑으로 향하고 있었다.

"아이구, 이 일을 워쩐디야. 이장님! 이장님! 빨리 탈출하셔유!"

냇가에 제일 먼저 다다른 양동남이 어쩔 줄 몰라 하며 마냥 소리를 질러댔다.

급기야 우태우 이장이 운전석 문을 열기도 전에 차가 옆으로 누워버렸다. 이제 운전석 문으로 탈출하는 것은 불가능했다.

트럭이 옆으로 넘어진 채 점점 더 거센 물줄기 속으로 빨려 들어갔다. 차가 완전히 뒤집히기라도 하면 탈출은 불가능했다.

잠시 뒤 하늘 쪽 조수석 문이 들썩거리며 쿵쿵 소리가 났다. 우태우 이장이 조수석으로 옮겨가 머리 위에 있는 문을 열려고 하는데 무슨 이유로 열리지 않는 것 같았다. 차가 물속에 처박힐 때 차 문이 찌그러졌을 수도 있었다.

떠내려가고 있는 트럭의 백 미터쯤 아래쪽은 곳곳에 커다란 바위들이 늘어서 있는 여울목이었다. 냇물의 폭이 좁아지고 물의 흐름이 급격히 빨라지는 여울목에 들어서면 트럭이 세탁기 속에 든 장난감 자동차 꼴이 될 것 같았다.

"아이씨!"

보다 못한 양동남이 신발을 벗으며 시뻘건 흙탕물 속으로 뛰어들었다.

"안 돼!"

아버지 양식연이 비명처럼 소리를 질렀다. 하지만 양동남은 이미 거친 물살을 가르며 헤엄을 치고 있었다.

"아이구, 저, 저놈의 자식…. 아이구…."

양동남의 몸이 거친 물살에 빠르게 떠내려가고 있었다. 트럭에 닿지 못하고 그대로 떠내려가 시뻘건 물살 속으로 빨려 들어가 사라질 것만 같았다. 그나마 다행인 것은 트럭도 느리게나마 양동남과 같이 떠내려가고 있다는 것이었다.

"힘내! 힘내요!"

물 공포증이 있는 조은비가 혹이라도 물에 빠질까 봐 냇가에서 멀찍이 떨어진 채 소리를 질러댔다.

팔과 다리를 빠르게 휘젓고 있는 양동남이 트럭을 코앞에 두고 거센 물줄기에 휩쓸려 점점 빠르게 떠내려갔다. 양동남이 트럭을 잡아보려고 손을 뻗었지만 트럭과의 거리가 너무 멀었다.

"아아아, 안 돼!"

아버지 양식연이 다시 비명 같은 소리를 내질렀다.

양동남이 트럭에 도달할 가망은 물론 생존 가능성마저 사라졌다고 사람들이 생각했을 때 양동남이 트럭 바로 아래쪽 와류 속으로 들어가 트럭을 향해 위쪽으로 헤엄치기 시작했다. 트럭이 물길을 가로막아 트럭 아래쪽에서 빙글빙글 돌고 있는 와류는 물의 흐름이 완전히 반대였다. 곧 양동남이 트럭의 짐칸을 손으로 움켜잡았다.

"와! 잘했어요, 잘했어!"

조은비가 운동경기를 응원하는 소녀팬처럼 펄쩍펄쩍 뛰며 환호성을 질렀다.

양동남이 트럭의 짐칸을 잡고 옆으로 이동해 가서 물속에서 몸을 빼내 보조석 쪽 트럭 위로 올라갔다. 양동남이 숨을 헉헉 몰아쉬며 문짝 손잡이를 잡아당겼다. 하지만 문은 꿈쩍도 하지 않았다. 양동남이 몸을 세우고 발뒤꿈치로 문짝을 몇 번 쿵쿵 찍어댄 뒤 다시 문손잡이를 잡고 힘을 줬다. 문짝이 하늘 쪽으로 활짝 열렸다. 그와 거의 동시에 차 안에서 물에 젖은 손 하나가 툭 튀어나왔다. 양동남이 문이 다시 닫히지 않도록 엉덩이로 문을 받치며 그 손을 잡고 우태우 이장을 힘겹게 끌어냈다.

트럭 안에서 겨우 빠져나온 우태우 이장이 컥컥 물을 토해냈다.

잠깐 숨을 돌린 우태우 이장이 걱정하지 말라는 듯이 냇가에 있는 사람들을 향해 손을 흔들어 보였다. 하지만 위험은 여전히 그대로였다. 트럭은 계속 떠내려가고 있었고 냇가에서 점점 멀어져가고 있었다. 트럭에서 냇가를 향해 헤엄치기에도 물살이 너무 거셌고 그대로 있으면 트럭이 여울목에 다다라 거센 급류에 휩쓸려 데굴데굴 구르다 물속으로 흔적도 없이 사라질 것만 같았다. 어떻게든 트럭이 급류에 도달하기 전에 탈출해야 했다.

냇가에 있던 양식연과 최순석, 그리고 사고로 다리를 절뚝거리고 있는 왕주영이 사람들에게 던져줄 뭔가를 찾기 위해 사방팔방으로 뛰어다녔다. 하지만 주변 어디에도 밧줄 같은 것은 보이지 않았다. 사람들은 뭔가를 찾기 위해 냇가에서 점점 더 먼 곳으로 달려갔다. 하지만 인가까지 갔다 올 시간은 없었다.

물가의 허둥거리는 사람들을 트럭 위에서 지켜보며 안절부절 못하고 있던 양동남이 다시 물에 뛰어들어 트렁크 난간을 잡고 트럭 뒤쪽으로 이동해 갔다. 그리고 잠시 두 트렁크 뒤에 묶여 있던 밧줄 타래를 풀어서 목에 걸고 우태우 이장 쪽으로 돌아갔다.

트럭 보조석 위로 다시 올라간 양동남이 밧줄을 뭉쳐 잡고 냇가 쪽으로 힘껏 던졌다. 뭉쳐 있는 밧줄 타래 일부가 냇가에 겨우 걸렸다. 하지만 냇가에는 사람이 없었다. 조은비가 멀찍이 떨어져서 지켜보고 있을 뿐이었다.

"밧줄이 있어요! 여기 밧줄 있어요!"

조은비가 밧줄을 찾아 헤매고 있는 사람들을 향해 소리쳤다. 하지만 그들이 달려와 냇가에 걸려 있는 밧줄을 잡기에는 너무 멀리 있었다. 기회는 단 몇 초의 시간밖에 없었다. 밧줄이 물살에 떠내려가며 물가에 아슬아슬하게 걸려 있는 밧줄 타래가 점점 풀려 물속으로 빨려 들어가고 있었다. 이번 기회를 못 살리면 밧줄을 다시 추려서 던졌을 때는 냇가에 도달하지 못할 수도 있었다.

"잡아요! 밧줄 잡아요!"

"기자 아가씨가 잡아! 잡으라고!"

트럭 위에 서 있는 양동남과 우태우 이장이 조은비를 향해 소리를 고래고래 질러댔다. 하지만 어렸을 때 사고 후유증으로 물공포증이 있는 조은비는 어쩔 줄 몰라 하고 있을 뿐, 좀처럼 급경사 비탈 아래 냇가로 내려가려 하지 않았다.

"조 기자님! 빨리, 빨리요!"

"아이씨, 빨리 잡아!"

조은비가 빠르게 뛰어오고 있는 최순석과 물속으로 점점 빨려 들어가고 있는 밧줄을 번갈아 쳐다보며 발을 동동 굴렀다. 하지만 최순석이 뛰어와서 밧줄을 잡을 확률은 거의 없었다.

"아이씨!"

급기야 조은비가 물가를 향해 비탈을 뛰어 내려갔다. 물가에 다다른 그녀가 동작을 멈추며 물속으로 끝이 끌려들어 가고 있는 밧줄을 잡으려고 손을 뻗었다. 그때 그녀의 발이 진흙에 미끄러지며 몸이 물속으로 풍덩 빠졌다. 급히 몸을 일으키려고 했지만 발이 땅에 닿지 않았다. 그녀는 수영을 할 줄 몰랐다. 두 손과 두 발을 허우적거리기 시작했다. 머리가 물속으로 쑥 가라앉았다. 살려달라고 외치려는데 입속으로 흙탕물이 밀려들어 왔다. 뭔가에 얼굴을 강하게 맞은 것처럼 머리가 아찔했다. 어렸을 때 물에 빠져 죽어가던 기억이 생생히 떠올랐다.

"어푸! 어푸!"

어릴 적 집 앞 공사장 물웅덩이에 빠져 익사 직전에 구조된 이후 그녀는 수영장 물에조차 들어가 본 적이 없었다. 몇 번이나 들어가려고 노력했지만 실패했다.

어디가 하늘이고 어디가 물이고 어디가 땅인가?

세상이 빙글빙글 돌았다.

"우흡! 우흡!"

살려달라고 소리를 질러대는 입으로 흙탕물이 계속 밀려들어 왔다. 숨을 쉬려고 하자 흙탕물이 기도로 넘어왔다. 폐로 물을 몇 번 들이켜고 나니 정신까지 혼미해져 왔다.

거친 물살에 떠내려가며 흙탕물 속으로 들어갔다 나오길 반복했다. 눈앞이 점점 깜깜해져 왔다. 그때 뭔가가 단발머리를 꽉 움켜잡았다. 허우적거리던 손에 뭔가가 잡히자 그녀는 물에 빠진 사람이 지푸라기라도 움켜잡는 심정으로 손에 잡히는 것을 젖 먹던 힘까지 내서 움켜잡았다.

"놔! 이 손 놔! 죽고 싶지 않으면 이 손 놔!"

하지만 그 목소리가 들릴 리 없었다. 손을 놓는 순간 저승행인데 손에 움켜잡은 것을 어떻게 놓는단 말인가? 극심한 물 공포증까지 있는 사람이.

퍽! 갑자기 관자놀이에 아찔한 통증이 일어났다. 그 바람에 엄청난 양의 물이 기도와 폐, 식도 속으로 왈칵 밀려들어 왔다. 그때 다시 한번 더 엄청난 충격이 머리를 강타했다. 퍽!

가슴에서 통증이 일었다. 바위에 가슴이 깔리기라도 한 것 같았다. 아니, 단순한 통증이 아니다. 뭔가가 엄청난 압력으로 가슴을 반복해 짓눌러댔다. 갈비뼈가 부러질 것 같았다.

입속으로, 목구멍 속으로 뜨거운 뭔가가 훅훅 밀려들어 왔다. 폐가 한껏 부풀어 오르며 가슴이 불룩 치솟았다가 푹 꺼졌다.

"컥, 컥컥!"

조은비가 입으로 폐에서 나온 물과 위에서 나온 토사물을 왈칵 토해냈다.

"정신 차려요!"

"컥컥, 컥컥컥!"

조은비가 기침을 하며 옆으로 몸을 뒤틀었다. 기침은 좀처럼 그치지 않았다.

"컥컥컥, 컥컥컥…."

"아휴, 깨어났네유. 정말 다행이네."

조은비가 게슴츠레 눈을 뜨자 발을 절뚝거리며 그녀의 주변을 왔다 갔다 하던 왕주영이 기쁜 목소리로 외쳤다.

정신은 들었지만 몸에 기운이 하나도 없었다. 머리가 어질어질했다. 시선을 옆으로 돌려보니 상체를 벗은, 물에 빠진 생쥐 꼴의 최순석이 그녀 옆에서 그녀를 내려다보며 엎드려 있었고 조금 떨어진 곳의 도로 위에 역시 물에 빠진 생쥐 꼴의 양동남과 우태우 이장이 드러누워 숨을 헉헉 몰아쉬고 있었다.

조은비는 도로 위에 다시 반듯이 누워 파란 하늘을 올려다보며 숨을 헉헉 몰아쉬었다. 그러면서도 걱정되는 것이 있어 손을 가슴으로 올려 가슴을 더듬어보았다. 다행히 브래지어는 납작한 가슴에서 이탈하지 않고 제자리에 그대로 있었다.

"오늘 모두들 일진이 왜 이리 사나운 겨? 어휴, 까딱 잘못했으면 줄초상 날 뻔했네."

양식연이 물에 젖은 밧줄을 사리기 위해 집어 들며 중얼거렸다.

잠시 뒤 조은비가 상체를 일으켜 앉으며 냇물을 살폈다. 트럭은 아래쪽 여울목 속으로 떠내려갔는지 완전히 사라지고 없었다.

조은비의 카메라 가방과 캠코더는 도로 한쪽에 온전히 놓여 있었다.

최순석은 그제야 생각났다는 듯이 바지 뒷주머니에서 물에 젖은 휴대전화를 꺼내 물기를 털어대며 살폈다. 하지만 이미 먹통이었다.

"흡흡, 으음, 어떻게 된 거예요? 최 형사님이 날 구한 거예요?"

"말도 마슈. 최 형사님까지 죽다 살아났다니께유."

왕주영이 대신 대답했다.

"고마워요. 그런데 머리가…."

"아마 최 형사님께 주먹으로 얻어맞아서 그럴 규."

"예?"

"아, 물속에서 물귀신처럼 최 형사님을 끌어안고 놔주질 않으니 어쩌겠슈? 같이 죽지 않으려면 기절이라도 시켜야지."

양식연이 최순석 옆으로 다가와 실실 웃으며 그의 알몸 상체를 힐끔거렸다. 아들 양동남이 물에서 무사히 나온 덕에 여유를 되찾은 것 같았다.

"최 형사님, 여자 좀 따르겄슈. 허허허허. 이두박근 삼두박근, 몸이 아주 실하네. 그런디, 옛말에 여자 때리는 남자는 거들떠보지도 말라고 했는디…."

양식연이 최순석과 조은비를 번갈아 쳐다보며 능글맞게 웃었다.

그제야 자신이 옷을 벗고 있다는 것을 깨달은 최순석이 자리에서 일어나 냇가로 내려가서 진흙 묻은 티셔츠를 털어 입은 뒤 신발 두 짝을 찾아들고 돌아왔다.

"고마워요."

조은비가 얼굴을 붉히며 최순석에게 빙그레 웃어 보였다.

"아이 아파라. 멍들었나 보네. 어떻게 연약한 여자를 주먹으로 그리 무지막지하게 때려요? 아무리 급해도 그렇지, 좀 살살 때리지…."

저승 입구까지 갔다가 돌아온 조은비가 손으로 머리를 만지며 농담을 섞어 투덜거렸다. 죽다 살아나니 세상이 좀 달라 보이는 것 같기도 했다.

마을 쪽에서 우태우 이장의 아내 한돈숙과 양식연의 아내 전수지가 나물 바구니를 들고 걸어오다 길 위에 사람들이 널브러져 있는 것을 보고 걸음을 빨리했다. 풀이 죽은 모습의 박광규가 두 사람의 뒤를 따라왔다.

"아니, 워치게 된 거유? 왜 전부 물에 빠진 생쥐 꼴인 거유?"

우태우의 아내 한돈숙이 어이없다는 표정으로 물었다.

"식당집 그랜다이저는 왜 저기 저렇게 처박혀 있는 거유? 차를 산 지도 얼마 안 되었는디…. 또 사고 낸 거유?"

양식연의 아내 전수지가 왕주영과 바위를 들이받고 멈춰 있는 왕주영의 자가용을 번갈아 쳐다보며 물었다.

"또유? 또라니유? 내가 언제 사고 내는 거 봤슈?"

또 사고를 냈다는 말에 왕주영이 다리를 절뚝거리며 민감하게 반응했다.

"아, 아니, 모, 못 봤슈…. 내 말은 내가 뭘 봤다는 게 아니라…."

"차 사고는 이번이 처음이유. 생전 처음!"

"당신은 왜 여기 이러고 있는 거유? 몰고 나간 트럭은?"

한돈숙이 최순석과 조은비의 눈치를 살피며 아직도 얼굴이 하얗게 질려 있는 우태우에게 물었다.

"사고로 물에 빠졌어."

"예에?"

"트럭이 냇물에 빠져 깨끗이 떠내려가 버렸어."

"예에? 깨, 깨끗이…, 떠내려가유?"

"태우 형. 그런디 그 트럭은 워치게 된 겨? 아까 왜 갑자기 멀쩡한 트럭이 물속에 처박힌 겨?"

왕주영이 최순석의 눈치를 슬금슬금 보더 우태우 이장에게 물었다.

"틀림없이 급발진이었구먼! 갑자기 엔진에서 굉음이 나더니 차가 앞으로 팍 튀어 나가더라고. 브레이크를 밟았는디 소용없었어."

"혀, 형도 급발진?"

왕주영이 당혹스러워하는 표정으로 물었다.

"그럼 너, 너도 급발진 사고여? 아이구, 국산 차 영 못 쓰겄네."

"그, 그러게 말이여."

두 여자 뒤에서 돌아가는 상황을 불안한 표정으로 지켜보고 있던 박광규가 무슨 말을 꺼내려다가 못하고 계속 머뭇거렸다. 그것을 본 최순석이 박광규에게 손짓했다.

"어이, 박광규 씨. 앞으로 나와보쇼. 할 말이 있을 텐데, 그만 망설이고 이쯤에서 해야 할 것 같은데요. 이장님이 트럭을 일부러 물속에 처박는 바람에 네 명이나 물귀신이 될 뻔했습니다."

"예에?"

"이, 일부러요?"

최순석의 말에 마을 사람들의 표정이 도둑질이라도 하다 들킨 것처럼 일시에 일그러졌다.

"뭐, 뭐여? 뭔디 그랴? 얼른 말해봐."

벌레 씹은 표정의 우태우가 박광규를 재촉했다.

"죄, 죄송혀유. 아까, 형사님하고 기자님에게 다 실토해버렸구먼유."

박광규는 막 울음을 터트릴 것 같은 목소리였다.

"실토?"
"이, 이미 모든 걸 다 알고 와서 추궁하는디, 어쩔 수 없었구먼 유. 이장님네 트럭이 저 혼자 굴러가서 한국이 형을 치어 죽인 것이라고, 사실대로 다 말했슈. 어쩌다 보니 사건을 숨기려고 동네 사람들이 한국이 형네 집과 시체에 불까지 지르게 되었다는 것두유…. 아까 이장님께 전화 걸어 말씀드리려고 했는디…, 전화를 안 받아서 말씀 못 드린 거유…. 흐흑, 정말, 정말, 죄송혀유…."

"하아! 범죄 없는 마을이란 게 참 무색하네. 이 동네 사람들 참…. 무식한 거야, 용감한 거야? 아니면, 단순한 거야?"
조은비가 소팔희네 집으로 향하며 어이가 없다는 듯이 중얼거렸다. 물속에서 최순석에게 세게 얻어맞은 관자놀이 주변이 아파서 계속 손으로 문질러댔다.
"혹시 권투 했어요?"
조은비의 질문에 최순석이 말없이 자신의 주먹 쥔 손을 내려다봤다.
"그런데 정말 우연이었을까요? 이장님 사고는 틀림없이 기획된 연극이었을 테고…. 그랜저 사고도 수상하지 않아요? 급발진? 꼭 꾸며대는 것처럼 들리는 게…."
"그 사람들이 짜고 범죄를 은폐하려고 하는 거라면 바보가 아닌 이상 같은 곳에서 같은 시간에 똑같은 사고를 두 번이나 일부러 냈겠습니까?"

"그렇긴 하지만, 서로의 계획을 몰랐을 수도 있잖아요?"

"뭐, 그랬을 수도 있긴 하죠."

"그런데 우리, 우태우 이장네서 계속 밥 먹어도 되는 거예요? 곧 피의자로 검거해야 할 사람인데 형사가 피의자의 집에서 밥을 얻어먹어도 되냐는 거지요."

"그럼 오늘 저녁부터 굶을래요? 벌써 배가 고파오는데."

"아니, 굶는 게 아니라, 다른 사람네 집에 가서 얻어먹어도 되잖아요."

"누구네요? 우리가 잠자는 집인 소팔희 씨도 범죄 은폐에 가담했고…. 잠이야 차 안에서 대충 잔다고 해도 오늘 저녁부터 몇 끼니 거를 자신 있어요?"

"뭐, 굶자는 게 아니라 범죄에 가담한 증거가 확실한 사람한테 신세 지는 건 좀 피해야 하는 게 아닌가…."

"…."

"어쨌든 아까는 정말 고마웠어요. 한편으로는 뜻밖이었고요."

"…."

"아니, 별 얘기는 아니고, 이런 얘기 다시 꺼내기는 뭣하지만, 갓난아기 때 엄마가 얼어 죽으라고 눈 속에 버린 사람이라기에 냉담할 줄 알았거든요. 최 형사님이 세상을 혐오하려고 무진장 노력하는 사람처럼 보였고요. 솔직히, 그런 분이 다른 사람을 구하기 위해 목숨을 걸고 물속에 뛰어들 거라고는 생각 못 했거든요."

"후후. 그건 마음에 담아둘 필요 없습니다. 그리고 그건 오해입니다. 그건 단지 내 목숨이 별로 아깝지 않아서, 가치 없는 인생이어서 그랬던 것뿐입니다."

"정말이요? 하지만 내 귀에는 그 말이 그 말로 들리는데요. 내 목숨이 귀하지 않아서 그랬다는 것은 다른 사람 목숨이 내 목숨보다 더 귀했기 때문이었다, 다른 사람 목숨도 내 목숨만큼 귀한 줄 알았기 때문이었다, 뭐 이런 말로…."

"난 그런 쓸데없는 말 들으면 배가 아픈 체질입니다."

최순석이 화장실에 가기 위해 발걸음을 재촉했다.

"혹시 흙탕물 많이 마셔서 배탈 난 거예요? 난 아까 다 토해냈는데…."

젖은 바지를 입은 채 종종걸음을 치는 최순석의 뒷모습을 물끄러미 바라보고 있던 조은비가 걸음을 멈추고 카메라 가방에서 휴대전화를 꺼내 전화를 걸었다.

―여보세요?

"응, 나야."

―아니, 누나가 웬일이셔? 내게 연락을 다 하고? 무슨 일이 있어야만 전화하는 누님인지라, 누나 전화만 받으면 가슴이 다 철렁한다니까. 혹시 집에 무슨 일 있는 건 아니지?

"짜샤! 너는 언제 내게 안부 전화 한 통 했냐? 명절 때조차도 집에 오지 않는 놈이…."

―무슨 일로 전화했는데?

"응. 네가 좀 조사해줘야 할 것이 있어서."

―무슨 조사? 난 바쁜 몸이야. 검사가 동네 신문 사이비 기자 따까리나 하는 사람인 줄 알아?

"중요한 일이야. 자, 받아 적어봐. 이름 최순석. 적고 있지? 나이는 나랑 동갑이야. 생년월일은 모르고. 1년쯤 전에, 대전 서부경찰서에서 형사로 근무하다 홍성경찰서로 발령이 났었는데…. 하여튼 이 사람이 누군지 알아내서, 신원 조회에서부터, 아니, 이 사람 출생부터 모든 걸 좀 조사해줘. 아 그래, 출생이 특히 중요해…."

―출생?

"고아래. 태어나자마자 엄마가 얼어 죽으라고 이 사람을 버렸다는데, 사실인지, 엄마가 누구인지, 살아 있는지, 죽었으면 언제 죽었는지 그런 것들 모두 꼼꼼히 알아보고, 아버지도 알 수 있으면 알아보고, 할아버지나 친척이 있는지 그런 것도 알 수 있으면 좀 알아보고, 고아원은 어디서 자랐는지, 학교는 어디를 어떻게 다녔는지, 어떻게 경찰이 되었는지, 하여튼 그런 것 좀 세세히, 꼼꼼히, 틀림없이, 확실히 알아봐 줘."

―아휴, 내가 그럴 시간이 어디 있어? 중요한 일이면 돈 주고 심부름센터에 맡겨. 그런 거 다 알아보려면 한 달은 걸려. 그리고 요즘은 사람들 개인 정보 검색하는 게 제약이 얼마나 많은데. 쌍팔년도 같은 줄 아나.

"심심풀이로 이러는 거 아냐. 너, 내 말 안 들으면 비리 검사라고 민원 넣는다. 무지무지 중요한 일이니까 잽싸게 알아봐. 너네 특수부 검사들을 다 동원하든, 어디 유명한 심부름센터를 협박하든, 그건 네 역량이니까 알아서 해. 그래, 오는 게 있으면 가는 것도 있어야지. 네가 가져오는 정보가 마음에 들면 내가 뭐든 네 소원 하나쯤은 들어줄게."

─정말? 내 소원이 누나 시집가는 것이어도?

"그, 그건 좀 곤란한데…. 하여튼 최대한 빨리 좀 알아봐. 알았지?"

─오케이!

소팔희네 철대문 안으로 급히 들어선 최순석은 본채 쪽을 한 번 살피고 나서 대문 옆에 있는 화장실로 다가갔다. 최순석을 보고 마루 밑에서 기어 나온 맹구도 이제 짖지 않았다. 하지만 반갑다고 달려들지도 않았다.

화장실 안으로 급히 들어가서 젖은 팬티와 바지를 한꺼번에 끌어 내리며 재래식 변기에 쪼그리고 앉자마자 설사가 줄줄 쏟아졌다. 그런데 그때, 안채 부엌 쪽에서 누군가 훌쩍훌쩍 우는 듯한 소리가 들려왔다. 그 울음소리를 듣고 있으려니, 참았던 똥을 누는 순간 함께 내려갔던 근심이 다시 고개를 드는 듯해 마음이 착잡해졌다.

안채의 젊은 과부 소팔희가 울고 있는 것 같은데 무슨 일로 우는 걸까? 누군가가 소리 죽여 울 때는 모르는 체하는 것이 좋은데….

하지만 호기심이 가만히 있게 하지 않았다.

화장실에서 나온 최순석은 조심스럽게 부엌으로 다가갔다. 소팔희가 화목보일러 앞에 쪼그려 앉아서 불을 때고 있었다.

더위가 한창 시작되는 유월이었다. 여름에 왜 보일러에 불을 때는 거지? 비가 와서 습기가 많다고 해도 난방을 하려는 것은 아닐 테고, 뜨거운 물로 목욕이라도 하려는 걸까?

'헛!'

최순석은 한순간 깜짝 놀랐다. 등을 보인 채 쪼그려 앉아 있는 소팔희 옆에 넓은 고무통 하나가 놓여 있었는데 소팔희가 그 속에서 만 원짜리와 5천 원짜리 지폐를 한 움큼 쥐어 화목보일러의 아궁이 속에 던져 넣는 것이 아닌가! 돈은 물에 젖었는지 활활 타고 있는 불길 속에서도 한동안 형체를 유지하며 버티다 점차 불길에 휩싸여 재로 변해갔다.

'아니, 미쳤나? 왜 돈을 불에 태워?'

가만히 있을 수 없어 최순석이 부엌으로 뛰어 들어갔다.

"아니, 지금 뭐 하는 겁니까? 왜 돈을 태워요?"

최순석이 부엌으로 달려 들어오는 것을 본 소팔희가 자리에서 뻘떡 일어나 고무통을 집어서 화목보일러 안에 탁탁 털어 넣었다.

최순석이 소팔희를 옆으로 떠밀며 불길 속으로 손을 뻗어 불길에 휩싸여 있는 돈뭉치 일부를 끄집어내 부엌 바닥에 내던졌다. 다행히 물에 젖은 돈이어서 불이 옮겨붙지 않았다.

최순석이 다시 화목보일러 안으로 손을 뻗으려는데 소팔희가 그를 옆으로 밀쳤다.

"내버려 둬요! 제발!"

소팔희의 외침이 너무 완강해 최순석이 동작을 멈췄다.

"이거 돈입니다, 돈! 몇백만 원은 되겠는데 왜 불에 태워요?"

"알아요, 나도 돈인 거! 3년 키운 금순이 몸값, 그 피 같은 돈인 줄도 알고!"

소팔희가 발악하듯 외쳤다.

"그런데 왜?"

"으흐흐흑, 어젯밤에 꿈을 꿨는데 죽은 남편이, 죽은 남편이 나타나 돈을 내놓으라고 모질게 닦달해대더라고요. 내게 그럴 남편이 아닌데 욕까지 해가며. 너무 춥고 배고프다며 돈을 불에 태워 저승으로 보내 달라는 거예요, 돈을!"

소팔희의 이야기에 최순석은 말을 잃었다.

"그래도 그렇지…."

"뭐가 그래도 그래요. 최 형사님은 죽은 아버지나 엄마가 한 3년은 굶은 상거지 꼴로 꿈에 나타나 너무 춥고 배고파 죽겠다며 돈을 보내 달라고 하면 어떻게 할 건데요? 모르는 체하고 가만히 있을 수 있어요?"

소팔희는 최순석이 불 속에서 꺼내놓은 돈들을 다시 화목보일러 불길 속으로 던져 넣었다.

"나도 정말 돈이 무지 필요한 사람이에요. 먹고 죽을 돈도 없는 사람이라고요. 하지만 상황이 이러니 어쩌겠어요, 상황이 이런데…. 으흐흐흐흑….”

소팔희는 부지깽이로 불길에 휩싸인 돈을 헤집어가며 손등으로 눈물을 연이어 훔쳤다.

두 번째 용의자

 젖은 바지를 빨아 널은 뒤 소팔희에게 빌린 알록달록한 몸뻬를 칠부바지처럼 입은 최순석이 소팔희의 집을 나섰다. 그의 뒤를 소팔희에게 빌린 체육복을 입은 조은비가 카메라 가방을 들고 따라갔다. 두 사람의 목표는 냇가의 바위를 들이받고 멈춰 있는 왕주영의 그랜저 자동차였다.
 최순석은 그랜저의 찌그러지고 파손된 앞부분을 꼼꼼히 살피고 나서 땅바닥에 드러누워 자동차 밑바닥으로 머리를 들이밀고 자동차 밑바닥 곳곳을 오래도록 살폈다. 또 타이어 네 짝도 안쪽까지 빠짐없이 살폈다.
 최순석이 자동차의 곳곳을 손가락으로 가리켰고 조은비가 카메라와 캠코더로 그가 가리키는 곳을 근접 촬영했다. 찰칵! 찰칵! 찰칵!

타이어 무늬도 카메라에 담았다.

그들이 다음으로 간 곳은 청양 읍내에서 식당을 한다는 왕주영네 집이었다.

왕주영은 10년 전 물난리 때 아내를 잃고 혼자 살고 있었는데 집에 없었다.

"어디 갔을까요? 마을회관에 있을까요?"

조은비가 발길을 돌리며 말했다.

"찾으러 갈 필요 없습니다. 저기 평상에 앉아서 잠시 기다립시다."

"예? 언제 올 줄 알고요?"

"금방 옵니다."

"그걸 어떻게 아세요?"

두 사람이 마당에 놓여 있는 평상에 앉자마자 정말 왕주영이 초조한 표정으로 대문 안으로 들어섰다. 아마도 어딘가에 숨어서 두 사람이 자신의 자동차를 꼼꼼히 살펴보는 것을 지켜보고 있다가 두 사람이 자기 집으로 향하자 집 안을 뒤지기라도 할세라 급히 뒤따라온 것 같았다.

"어쩐 일로 형사님하고 기자님이 우리 집엘 다…?"

"그렇게 서 있지 말고 이리 와서 앉아요."

최순석이 평상의 한쪽을 가리키자 왕주영이 다가와 조심스럽게 앉았다.

"우리가 왜 찾아왔는지는 잘 아시죠?"

"예?"

"자동차 열쇠 가지고 있죠?"

"예?"

"사고 난 그랜저 열쇠요."

"예."

"이리 줘보세요."

왕주영이 머뭇거리다 주머니에서 자동차 열쇠를 꺼내 내밀었다.

"이거 말고 하나 더 있죠. 그것도 가져오세요."

영문도 모르는 채 왕주영이 방으로 들어가 자동차 열쇠 하나를 더 가져왔다.

자동차 열쇠 두 개를 모두 받아든 최순석이 열쇠를 잠시 살펴보다 몸뻬 주머니 속에 넣었다.

"자동차 키는 왜…?"

"압수품입니다."

"아, 압수품이요?"

"왕주영 씨! 아내가 죽은 것이 신한국 씨 탓이라 생각하고 살아왔다면서요?"

"아, 아닙니다. 그게 천재지변이지 워치게…."

"그런데 왜 죽였죠?"

"예에?"

왕주영이 기겁하는 표정을 지었다.

"아까 일부러 낸 자동차 사고, 어젯밤에 신한국 씨 치어 죽인 흔적을 없애려고 그런 거잖습니까? 아니지. 사고의 흔적을 완전히 없애는 것은 그 누구도 불가능하니, 사고의 흔적을 다른 사고 때문에 생긴 흔적으로 위장하려고…."

"뭐, 뭐라구유? 아, 아닙니다. 그건 급발진 사고였슈…."

"어허 참! 증거가 다 있는데 그렇게 오리발 내민다고 됩니까! 아무리 변명해봤자 과학수사는 못 이겨요. 증거가 수없이 많은데 오리발이 통하겠습니까? 괜히 형사들, 검사들 앞에 가서 그렇게 뻔뻔하게 뻗댔다가는 얻어맞고 괘씸죄만 추가돼요. 징역 10년 살 걸 20년 살게 된다고요. 아까 자동차 여기저기 꼼꼼히 살펴보니 곳곳에 사람을 친 흔적이 고스란히 남아 있고 부품 이음매나 틈새에 혈흔도 남아 있더군요. 다리 통행이 가능해지는 대로 차를 국과수로 끌고 가 조사할 텐데, 차 여기저기서 신한국 씨 혈흔과 디엔에이가 나와도 그렇게 계속 발뺌할 수 있겠습니까?"

"아, 아니라니까유…."

왕주영이 울 것 같은 표정을 지었다. 이쯤 되면 머릿속이 하얗게 변해 아무것도 생각나지 않을 터였다.

"우태우 이장네 집으로 시체 옮길 때 트렁크에 시체를 실었었죠? 전문가들이 샅샅이 조사하면 아마 거기 스페어타이어 덮개와 그 밑에서 혈흔과 머리카락 같은 증거들이 수없이 나올 겁니다. 밥 먹고 하는 일이 혈흔 찾고 증거 찾는 귀신같은 사람들인데 그런 걸 못 찾아내겠습니까. 또 죽은 신한국의 피부에 자동차 타이어 자국이 선명히 남아 있다는 이야기 들으셨죠? 왕주영 씨 그랜저의 타이어 자국! 이래도 아니라고 발뺌하겠습니까? 세 살 먹은 애도 아닌데, 눈 가리고 아웅 한다고 통할 것 같아요? 당신이 신한국을 죽였잖아!"

"나, 난 살인자가 아닌디, 무슨 말씀을…"

왕주영이 자리에서 뻘떡 일어나서 억울하다는 표정으로 부인했다. 하지만 목소리가 목구멍 속으로 기어들어 가고 있었다.

"아 참! 살인범, 중범죄자를 체포하는데 미란다원칙을 고지하지 않았네. 왕주영 씨, 귀하를 살인 및 사체 유기, 사체 훼손죄를 저지른 혐의로 형사소송법 212조에 의거해 영장 없이 체포합니다. 변호인 선임 및 적부심을 청구할 수 있습니다. 변명할 말씀이 있으면 해주시기 바랍니다. 지금 자백하면 법에 따라 자수한 거로 인정하지만, 증거물들과 귀하의 신병이 경찰서로 넘어가는 순간부터는 자수가 인정되지 않습니다. 이상입니다."

"나를 살인죄 및 사체 훼손죄로 체포한다구유? 그, 그게 아닌디…"

"왕주영 씨는 과거 아내를 물에 빠져 죽게 만든 신한국에 대한 복수심에 신한국을 차로 치어 죽인 뒤 사체를 옮겨서 다른 사람의 트럭에 치여 죽은 것처럼 위장하는, 살인 및 사체 훼손죄를 저

질렀습니다. 게다가 방화까지…. 증거와 살인 동기까지 명확한데 뭐가 아닙니까?"

최순석이 윽박지르듯이 말했다.

"아, 아닙니다…."

"또 신한국 씨가 우태우 이장의 트럭에 치여 죽은 것으로 믿는 동네 사람들이, 차에 치여 죽었으니 시체를 큰길에 가져다 놓아 외부인에 의한 뺑소니로 위장하자고 했을 때, 그 방법을 유일하게 반대한 사람이 왕주영 씨였다고요? 그건 왕주영 씨의 자가용에 신한국을 치어죽인 흔적들이 고스란히 남아 있는 상황에서 경찰이 인근 동네를 돌아다니며 뺑소니 조사를 하게 되면 신한국을 차로 치어 죽인 진범이 자신이라는 것이 들통 날 위험이 커서 그런 거였잖습니까? 안 그래요?"

"그, 그게, 아, 아니라니까유! 어휴! 그건 그냥 사, 사고였슈. 그렇게 어두운 한밤중에, 한적한 곳에서 갑자기 차로 달려드는 미친놈을 누군들 감당할 수 있었겠슈. 그건 살인이 아니라 어쩔 수 없는 단순 사고였슈, 사고!"

"말도 안 되는 소리 마세요. 단순 사고였는데 왜 사건을 그렇게 복잡하게 은폐했습니까? 잘못한 것이 없고 종합보험 들었으면 별문제도 아닌데…?"

"그, 그건 다 사정이…."

"그래요. 틀림없이 단순 사고였을 거예요. 아저씨 같은 분이 설마 살인을 저질렀겠어요. 다 털어놓으세요. 다 털어놓고 나면 마음이 편안해지실 거예요. 사실대로 말씀하세요."

조은비가 박광규의 자백을 받아낼 때 했건 것처럼 동정 어린 목소리로 최순석을 거들었다.

최순석이 상의 티셔츠 주머니에서 몇 개비 안 남은 담배를 꺼내 한 개비를 입에 물고 불을 붙여 왕주영에게 내밀었다.

"담배 안 피워유."

최순석이 왕주영에게 내밀었던 담배를 자기 입에 도로 물었다.

"자, 말씀하세요."

"정확히는 모르겠지만, 밤 11시가 좀 넘었을 때쯤이었을 거유."

쿵!

제방 위에서 굴러오듯 느닷없이 달려든 시커먼 것이 자동차와 부딪혀 쿵 소리가 나고서야 왕주영은 급히 브레이크를 밟았다. 하지만 자동차는 앞바퀴 한쪽이 시커먼 물체를 덜컹거리며 타넘고서야 멈춰 섰다. 느낌만으로도 무엇인가 커다란 동물을 치었다는 생각이 들었다.

왕주영은 급히 자동차에서 내려 자동차 앞과 밑을 살펴보았다.

처음에 멧돼지를 친 것으로 생각했다. 그러나 자동차 밑에 누워 있는 것은 긴 팔과 다리가 있는, 옷을 입고 있는 사람이었다. 목이 뒤틀리고 머리가 돌아가 있는 것을 보면 살펴보지 않아도 즉사했음이 분명했다.

"제기랄!"

이런 한밤중에 제방 위에서 뛰어 내려와 자동차로 달려드는 인간이라면 분명 죽기로 작정한 놈이거나 미친놈이 틀림없었다.

왕주영은 귀신이라도 만난 것 같아 그대로 달아나고 싶은 마음뿐이었다. 하지만 그럴 수는 없었다.

시체의 다리를 잡고 자동차 밑에서 질질 끌어냈다. 시체는 물에서 막 기어 나온 물귀신처럼 흠뻑 젖어 있었다. 들여다보고 싶지 않은 얼굴을 들여다봤다.

"헉! 시, 신한국!"

같은 동네에 사는 술주정뱅이 신한국이었다.

시체의 정체를 확인하고 난 왕주영은 신한국의 목에 손을 가져다 댔다. 역시 맥이 없었다. 손발이 아무렇게나 뒤틀리고 머리가 깨진 것을 보면 심폐소생술을 한다고 다시 살아날 수 있는 상태가 아니었다.

어떻게 할까, 망설이지 않을 수 없었다. 시체를 싣고 병원으로 가야 할까, 경찰서로 가야 할까? 신한국이 달리는 자동차 앞으로 갑자기 뛰어들었다고 하면 사람들이 믿어줄까? 과거 악연까지 있는데…. 제길!

그는 술을 꽤 많이 마신 상태였다. 음주측정기에 대고 불면 면허 취소 상태, 즉 만취 상태로 나올 것이다.

그는 시체를 병원이든 경찰서든 그 어디든 싣고 가려고 그랬저 뒷자리에 밀어 넣으려다 멈칫했다. 피투성이인 시체를 자동차에 그대로 실으면 값비싼 가죽시트를 모두 버릴 게 분명했다. 할부로 구매한 지 몇 달도 지나지 않은, 애지중지하는 자동차였다.

"하아! 사람을 치어 죽인 마당에 자가용 걱정이나 하고 있다니…."

왕주영은 일생일대의 사고를 저질러놓고 하찮은 자가용 시트나 걱정하는 자신이 한심스러워 한숨을 쉬며 다시 시체를 자동차 뒷자리에 실으려고 들어 올렸다. 그러다 다시 동작을 멈췄다.

'한밤중에 한적한 길을 달리고 있는 자동차로 갑자기 뛰어드는 놈을 누군들 감당할 수 있겠어….'

억울했다. 아니, 화가 났다. 이건 야밤에 산길에서 차 앞으로 갑자기 달려드는 멧돼지를 친 것과 별반 다르지 않은 사고였다. 자신은 잘못한 것이 전혀 없는데, 불가항력적인 상황에서 낸 사고인데, 자신이 모든 책임을 져야 한다고 생각하자 법이 불공평하게 느껴졌다. 그는 오히려 자신이 사고의 피해자로, 자동차로 달려든 신한국에게 찌그러진 보닛과 깨진 전조등의 수리비를 받아야 마땅하다는 생각이 들었다.

"빌어먹을 자식! 10년 전에는 물난리를 일으켜 마누라를 죽게 만들더니 이제는 나까지…. 끝까지 속을 썩이네."

그때, 술에 만취해 있는 그의 머릿속에 불쑥 며칠 뒤 있을 범죄 없는 마을 현판식이 떠올랐다. 자신이 음주 사망 사고를 냈기 때문에 이제 범죄 없는 마을은 끝이었다. 동네 사람들의 화난 얼굴이 하나씩 빠르게 머릿속을 스쳐 지나갔다. 더는 이 마을에서 살 수 없을 것이다. 죽은 신한국이 지난 10년 동안 왜 그런 따돌림을 당하며 어렵게 살았던가? 바로 범죄 없는 마을 기록을 중단시켰기 때문이었다.

이런저런 생각을 하던 왕주영은 근처의 밭에서 폐비닐을 가져다 트렁크 바닥에 깐 뒤 시체를 그 위에 실었다.

아무래도 시체를 차가 많이 다니는 큰 도로에 가져다 놓아 뺑소니 사고를 당한 것으로 위장하는 것이 좋을 것 같았다.

그런데 그게 통할까? 아니, 그전에 큰길을 헤매다 음주 운전 단속에라도 걸리면 어떡하지?

흔한 일은 아니었지만 자정이 넘으면 차가 많이 다니는 큰길에서 가끔 경찰이 기습적으로 음주 운전 단속을 한다는 사실을 그는 잘 알고 있었다. 경찰관들은 음주측정기를 내밀기 전에 범퍼가 깨진 것을 보고 차에 사람을 친 듯한 흔적이 왜 있는지부터 묻고 조사할 것이다. 어떻게 말을 잘 둘러대서 면허만 취소되고 트렁크에 싣고 있는 시체가 발각되지 않는다고 해도 그 이후 어딘가에서 뺑소니 사고를 당한 시체가 발견된다면 뺑소니범으로 체포되는 건 시간문제였다.

술에 취한 머리였지만 이 좁은 바닥에서는 범인이 명확할 때만 뺑소니 용의 선상에서 벗어날 수 있을 것 같았다. 그런데 이 동네에서 차를 가진 집은 자신과 소를 키우고 있는 우태우 이장네밖에 없었다.

'그래! 음주 운전이 아니고, 세워둔 트럭의 기어가 풀려 굴러가서 사람을 친 것으로 하면 큰일 없이 넘어갈 수 있을 거야. 자동차 관리 부실로 생긴 사고니 종합보험 들었겠다…. 신한국은 트집 잡을 가족조차도 없으니 쉽게 해결될 거야. 합의금이나 변호사 비용이 필요하다면 인심 쓰는 척하며 내가 좀 빌려주지 뭐. 또, 음주 운전과 달리 재수가 없어서 벌어진 우연한 사고로 범죄 없는 마을 기록이 깨진 것이니 사람들이 이장을 모질게 대하지는 못할 거야. 이장은 신망도 좋으니 나처럼 마을에서 쫓겨날 염려도 없고.'

결심이 서자 왕주영은 중천리 장자울을 향해 시체를 실은 자가용을 천천히 몰아갔다.

동네에 가까워지자 왕주영은 전조등까지 끄고 차를 몰았다.

왕주영은 사람들의 눈에 띄지 않을 만한 으슥한 곳에 차를 세우고 신한국의 시체를 트렁크에서 내려 어깨에 둘러멨다.

무거운 시체를 메고 비틀거리며 힘겹게 우태우 이장네 집 앞에 도착한 그는 집 앞의 텃밭에 서 있는 감나무의 브이(V)자 모양 가지 사이에 신한국의 시체를 끼우다시피 세워놓은 뒤 지문이 남지 않도록 양말 두 짝을 벗어 한 손에 하나씩 끼고 바깥마당에 세워져 있는 우태우 이장의 트럭을 힘껏 밀어보았다. 하지만 트럭은 꿈쩍도 하지 않았다. 기어가 주차에 놓여 있는 데다 사이드 브레이크까지 채워져 있었다.

차 문을 열어야 해결할 수 있는 문제였다. 문을 열려면 열쇠나 어떤 도구가 필요했다.

왕주영은 도둑고양이처럼 우태우 이장네 집으로 숨어 들어갔다. 늦은 밤인데도 안방에 불이 환하게 켜져 있었다. 불을 켜놓고 자는 모양이었다.

왕주영은 살금살금 부엌 쪽으로 다가갔다. 그가 기어서 안방 문 앞을 지나가려는데 갑자기 안방에서 우태우 이장의 목소리가 들려왔다.

"누, 누구유?"

왕주영은 재빨리 마루 밑으로 기어들어 갔다. 서두르다 마루 밑의 날카로운 뭔가를 손으로 짚는 순간 뭔가가 얼굴을 후려쳤다. 코에서 통증이 일고 눈에서 불이 번쩍했다. 하지만 신음조차 낼 수 없었다.

곧 안방 문이 활짝 열리며 마당이 환하게 밝아졌다.

누군가가 안방에서 마루로 나와 마루 위를 걸어 다니는 발소리와 마루가 삐걱거리는 소리가 났다. 마루에 서 있는 사람이 전등을 등지고 있어 마당에 그림자가 영사되었다. 마루로 나온 사람은 남자였고 손에 긴 뭔가를 들고 있었다. 야구 방망이나 홍두깨가 아닌가 싶었다.

"여, 여보, 밖에 누구 왔어?"

방 안에서 들려온 한돈숙의 목소리는 꽤 낮고 조심스러웠다. 아니, 겁에 질려 있는 것 같기도 했다.

삐걱삐걱 마루 위를 걸어 다니던 발소리가 왕주영의 머리 바로 위에서 뚝 멈췄다.

들킨 건가?

바로 그때, 마루 밑 저쪽에서 두 개의 파란 불빛이 반짝이더니 그 불빛이 마당을 향해 확 튀어 나갔다.

야옹!

"아이구 깜짝이야! 저 쥑일 놈의 고양이!"

잠시 뒤 몽둥이를 든 우태우가 안방으로 들어가며 문을 닫자 마당이 다시 깜깜해졌다.

"그놈의 도둑고양이 때문에 십년감수했네. 앞으로는 밥을 주지 말아야지."

안방에서 투덜대는 한돈숙의 목소리가 들려왔다.

"아무 생각 말구 그만 자자구. 날을 샐 수는 없잖여."

"잠이 와야 말이지. 아, 그 홍두깨나 저리 치워유."

집 안이 다시 조용해지자 왕주영은 조금 전에 자신의 얼굴을 때린 것이 무엇인지 확인하기 위해 오른손의 양말을 빼내고 맨손으로 마루 밑을 더듬었다. 뾰족한 날이 만져졌다. 쇠스랑이었다. 쇠스랑 날을 짚어서 기역 자로 구부러져 있는 쇠스랑 자루가 얼굴을 때린 것이었다. 쇠똥 묻은 쇠스랑을 짚은 것은 아닌지 손을 코에 대고 냄새를 맡아보았다. 다행히 쇠똥 냄새는 나지 않았다.

'재수가 없으려니 자빠지지도 않았는데 코가 깨지네. 아이구 아파라!'

코에서 뭔가가 주르륵 흘러내렸다. 코피였다.

무엇 때문인지는 몰라도 우태우 이장 부부가 민감한 상태인 만큼 마루 밑에 더 숨어 있어야 한다는 생각이 들었지만 밖에 놔둔 시체가 걱정되어 가만히 있을 수 없었다. 양말을 다시 손에 끼웠다.

"어?"

더듬거리며 조심스럽게 기어나가는 왕주영의 손에 뭔가가 집혔다. 다시 오른손의 양말을 벗고 조심스럽게 더듬어 보았다. 30센티미터 플라스틱 자였다. 우태우 이장네 아들이나 딸이 어렸을 때 마루 틈으로 흘린 것 같았다.

플라스틱 자를 들고 우태우네 집에서 조심스럽게 빠져나온 왕주영은 바깥마당에 세워진 트럭으로 다가갔다. 그는 소리를 내지 않으려고 노력하며 자를 트럭 운전석의 유리창 창틀 아래 틈으로 밀어 넣고 이리저리 쑤셔댔다.

철커덕!

한참 만에 경쾌한 소리가 나며 잠금장치가 풀렸다.

두 손에 양말을 낀 채 트럭의 문을 열고 안으로 들어간 왕주영은 사이드브레이크를 풀고 기어를 중립으로 놓은 뒤 핸들을 틀어, 차가 움직이면 신한국의 시체가 끼워져 있는 감나무를 향해 곧장 돌진하도록 조준했다. 이어서 그는 문의 잠금장치를 잠근 뒤 소리가 나지 않게 문을 닫았다. 사고 난 차의 문이 잠겨 있어야 완전범죄가 성립되는 것이다.

왕주영이 기어가 풀린 트럭을 힘껏 밀자 트럭 바퀴가 천천히 움직이기 시작했다. 마당을 지나 비탈진 고구마밭으로 접어들며 트럭의 속도가 점점 빨라졌다. 더는 밀 수 없을 정도로 가속이 붙은 트럭이 왕주영의 손을 떠나 신한국의 시체를 향해 돌진했다.

쾅!

트럭이 감나무를 들이받는 순간 왕주영은 차에 두 번이나 치여 죽은 신한국의 귀신이 쫓아와 목덜미를 움켜잡을세라 트럭 반대쪽 어둠 속으로 정신없이 내달렸다.

"그, 그렇게 된 거유. 수, 술에 취해 있어 심신미약으로 사리 분별을 못 했던 거구먼유. 사고 났을 때 바로 119에 연락했어야 했는디…."

왕주영이 두 손으로 얼굴을 감싸고 세수하듯 비벼대며 후회한다는 듯이 말했다.

"그렇게 도망갔다가 우태우 이장네 바깥마당으로 사람들이 하나둘 모여드는 것을 보고 태연히 다시 현장으로 돌아갔던 거군요? 사람들이 사건을 어떻게 처리하는지 지켜보고, 실수한 것이 없는지도 다시 살펴볼 겸?"

조은비였다.

"예. 죄송혀유."

"그래서 그때 복장이 하의는 구두와 양복바지 차림인 반면 상의는 러닝셔츠 차림이었던 거고요?"

"예. 시체를 옮길 때 윗도리에 피가 많이 묻었는디 옷을 갈아입으러 집에 갔다 올 시간이 없었슈. 일이 어떻게 돌아가는지 지켜봐야 해서…."

"바지에도 피가 좀 묻었을 것 같은데요?"

최순석이 물었다.

"그랬겠쥬. 하지만 바지는 검은색이라 어두운 데서 보니 핏자국이 거의 보이지 않았슈. 빤스만 입고 있을 수도 없고 혀서…. 메리야스도 다행히 황토색이었구유. 동네 사람들이 내 옷에 묻어 있는 핏자국을 봤다고 혀도 신한국이 시체를 감나무와 트럭 사이에서 끌어낼 때 묻은 피라고 생각했을 거구먼유. 경운기 사고 때는 경찰관에게 넘어져서 옆구리가 까진 거라고 대충 둘러댔구…."

왕주영의 이야기를 들으며 조은비가 한숨을 쉬었다.

"죽을죄를 졌슈. 음주 운전을 하다 동네 사람을 차로 치고 친형 같은 동네 형에게 누명이나 씌우고. 하지만 정말 태우 형이 변호사 비용 같은 게 필요하면 내가 다 내주려고 했슈. 음주 운전으로 사망 사고를 내서 이 마을이 범죄 없는 마을에서 제외되면 정말 나는 동네에서 쫓겨날 거라고 생각했슈. 제길! 왜 음주 운전은 해가지고…. 앞으로 다시는 술을 안 마실 거유. 술 마실 수 있는 자유가 내게 언제 다시 주어질지 모르겠지만."

"아, 이제야 좀 이해가 가네요. 그래서, 양심에 찔려서, 누군가가 이장님 트럭에 치인 신한국 씨의 시체를 사고사로 위장하자고 했을 때 적극적으로 나서서 동의했던 거로군요?"

조은비가 어려운 문제 하나를 풀어냈다는 듯이 고개를 끄떡이며 말했다.

"맞아유. 동네 형에게 사람 죽인 죄를 뒤집어씌웠으니 마음이 얼마나 찔리고 불편했겠슈. 그래서 죄 없는 이장님이 피해 안 보는 쪽으로 일을 처리했으면 좋겠다는 말이 누군가의 입에서 흘러나왔을 때 정말 사막에서 오아시스라도 만난 것 같았구먼유. 누구도 피해 안 보고 이 일이 끝날 수 있다면 내 입장에서는 얼마나 좋은 일이겠슈. 결국, 일이 이렇게 걷잡을 수 없이 커져 버렸지만."

"하지만 처음 계획대로 동네 사람들이 큰길가에 시체를 내다 버려 뺑소니 사고로 위장하면, 아저씨 자가용에 사람을 친 흔적이 그대로 남아 있으니 용의 선상에 오를 위험이 있었을 텐데요? 왜 완강히 반대를 못 했죠?"

조은비가 다시 물었다.

"그, 그래서 시체를 싣고 가던 경운기가 경찰차와 충돌한 뒤 살 떨려서 더는 못 가겠다고, 그냥 다시 시체를 싣고 동네로 돌아가서 집에 시체를 놔두고 부, 불을 지르자고, 그 제안을 했던 사람이 바로 나구먼유."

자신에게 불리한 진술까지 술술 말하는 것으로 봐서 왕주영은 정말 그 일을 후회하고 반성하는 기색이 역력했다.

하지만 최순석은 자신과 상관없는 남의 이야기를 듣듯 아무 표정 없이 이야기를 들으며 담뱃갑을 꺼내 안을 들여다봤다. 이제 남은 담배는 여섯 개비뿐이었다. 아껴 피워야 했다.

"…신한국 씨를 차로 치는 사고가 났을 때, 신한국 씨가 물에 흠뻑 젖어 있었다고 말했죠? 그때 비가 왔었습니까?"

최순석이 표정 없이 물었다.

"그때는 비가 오기 전이었쥬."

"그럼 사고가 난 그곳이 냇가입니까?"

"냇가는 냇간디 물하고는 좀 멀어유. 제방을 넘어가거나 제방을 쭉 따라가면 냇가가 나오긴 하지만 냇물에서는 꽤 떨어진 곳이쥬. 저도 곰곰이 생각해보았는디 통 모르겠더라구유. 신한국이가 그 밤중에 왜 그 둑방에서 물에 빠진 생쥐 꼴을 하고 마치 굴러오듯 차에 뛰어든 것인지…. 죽으려고 일부러 달려들었거나 미치지 않고서야…."

"거기 사고 현장으로 안내해주시죠."

"걸어가려면 좀 먼디…."

"얼마나 먼데요?"

조은비가 물었다.

"그게 아니라, 아까 그 가짜 차 사고 내다가 다리를 좀 다쳐서 걷기가 불편하구먼유."

"그럼 최 형사님 차 타고 가죠?"

조은비의 말에 최순석이 그녀를 노려봤다

"조 기자님도 차 있잖아요?"

"내 차는 경차라 건장한 남자 둘 태우고 시골길 가면 쿵 쿵 쿵 쿵, 크고 작은 돌들이 모두 과속방지턱 같아서…."

말도 안 되는 변명이었지만 어쩔 수 없다는 듯이 최순석이 신한국의 집 앞으로 가서 세워둔 차를 가져왔다. 낡은 지프였다.

곧 낡은 지프가 왕주영이 신한국을 치었다는 장소에 도착해 멈췄다.

"여기서, 마을 쪽으로 콧노래를 흥얼거리며 운전해가고 있는디 저 위에서 시커먼 것이 갑자기 차를 향해 뛰어들었다니께유. 굴러오는 것처럼 달려들기에 처음에는 멧돼지 같은 동물인 줄 알았슈…."

"굴러오듯 달려들어요?"

조은비가 물었다.

"예. 무슨 동물처럼 낮은 자세로 달려들었슈. 그랬으니 백미러나 앞 유리는 안 깨지고 범퍼와 전조등만 부서진 거 아니겄슈?"

지프에서 내린 최순석이 허리를 숙이고 도로 위의 흔적들을 살폈다. 지난밤에 비가 많이 왔음에도 도로 위에 범퍼와 전조등, 깜빡이등이 깨진 작은 파편들이 널려 있었다.

"여기, 사고의 흔적이 미세하게 남아 있군요. 큰 파편들은 어떻게 했죠?"

"치, 치웠슈. 아침에 다시 와서 눈에 띄는 것들만 대충 주워서…."

"버린 거 찾아서 내일까지 내게 가져오세요."

"아, 알겠슈. 그럼, 자, 자수한 거로 해주시는 거쥬?"

왕주영의 물음에 최순석이 말없이 고개를 끄떡였다.

조은비가 도로 위의 미세한 흔적들과 그 주변을 카메라에 담는 사이 최순석은 도로에 가만히 서서 제방 위쪽을 올려다보았다. 제방에 풀이 무성했는데 일부의 풀이 위에서 아래쪽으로 누워 길이 나 있었다. 위에서 누군가가 아래로 내려온 흔적이었다. 하지만 한 사람이 뛰어 내려왔다고 보기에는 풀이 누워 있는 범위가 넓었다. 정말 굴러 내려왔나? 하지만 딱히 굴러 내려온 단순한 자국도 아니었다.

"아까 증거 없애려고 여기 왔을 때 저리로 올라갔었죠?"

최순석이 왕주영에게 물었다.

"예. 몇 번 올라갔다 내려왔다 했쥬. 신한국이 한밤중에 도대체 왜 저 위에서 뛰어 내려왔는지 알아보려구유."

최순석이 사람들이 오르내린 흔적을 통해 제방 위로 올라가려 하자 조은비가 카메라를 들이대며 막아섰다.

"잠깐만요! 형사가 현장의 증거 훼손에 왜 그리 무신경해요? 흔적들이 사라지기 전에 사진 좀 찍고…."

조은비가 제방의 흔적을 향해 카메라 셔터를 눌러댔다.

"필름도 아껴야겠네. 넉넉히 가져올걸."

잠시 조은비의 사진 찍는 모습을 물끄러미 지켜보던 최순석이 풀이 누워 있지 않은 곳을 통해 제방 위로 올라갔다. 조은비와 왕주영도 최순석을 따라 제방 위로 올라갔다.

제방 위에는 경운기 한 대가 다닐 수 있을 정도의 좁은 길이 있었고 그 너머로 시뻘건 물줄기가 흘러가고 있었다. 여기서 사건이 일어났을 때는 비가 오기 전이니, 비가 오기 전의 냇물은 제방에서 7, 80미터쯤 멀리 떨어져 있었을 것 같았다.

최순석은 냇물 쪽 제방의 비탈에 풀이 누워 있는 곳이 있는지 꼼꼼히 살폈지만 근래에 누군가가 냇물 쪽에서 올라온 흔적은 없었다.

조은비는 물 공포증 때문인지 시뻘건 흙탕물이 흐르고 있는 내 쪽으로는 다가가지조차 않았다.

'신한국은 어젯밤 도대체 어디서 물에 빠졌던 것일까?'

냇물 쪽이 아닌 마을 쪽을 살펴보니 마을 한쪽에 지름 30미터 정도의 연못이 보였다. '연못집'이라고 불리는 양식연네 민물 양식장이었다.

세 사람은 차를 타고 다시 마을로 향했다. 왕주영을 집 앞에 내려주고 난 최순석은 조은비를 태운 채 연못집의 민물 양식장으로 향했다.

띠리리리링—.

조은비의 카메라 가방 안에서 휴대전화 벨이 울렸다.

조은비가 최순석의 눈치를 보며 전화를 받았다.

—나다.

"응, 삼촌?"

―야, 그 사건 진짜 대박이다. 왕건이야!

'왕건이'는 삼촌이 자주 쓰는 말로, '왕 건더기'라는 뜻이었다.

―그 동네 신한국이 사건 말이야. 부검 전에, 검안 막 끝났다는데 진짜 대박이다.

"대박이라니, 뭐가?"

―배에 타이어 자국. 그리고 옆구리, 허벅지, 다리에 차에 치인 흔적들. 등과 어깨, 엉덩이에 사정없이 매질을 당한 여러 개의 몽둥이 자국. 머리에 모서리가 있는 날카로운 쇠붙이에 맞아 찢어진 절창. 이마에 커다란 둔기로 얻어맞은 것 같은 피멍 자국. 등에 네 발 쇠스랑에 찍힌 것으로 보이는 깊은 자창. 입과 코, 귓구멍 속에 쇠똥이 가득하고, 피부에 전기에 감전된 자국들까지…. 아, 감전은 그냥 감전이 아니라 피부에 물결무늬 같은 것이 남아 있는 것으로 봐서 물속에서 전기에 감전된 것 같다더군. 정말 엄청나지? 검안을 한 이 분야 베테랑 의사도 이렇게 잔인하게 살해된 시체는 처음이라고 하더래.

"예에? 아휴…. 그래서, 사망에 이른 결정적 사인은 뭔데?"

―그건 아직 몰라. 정밀 부검을 해봐야 알 수 있는 모양이던데. 사망 원인이야, 겉으로 보이는 상처들 중에서 치명적인 하나가 원인이겠지. 내 생각엔 차에 치인 흔적, 머리에 있는 상처, 등에 있는 깊은 쇠스랑 자국, 감전 흔적 중 하나가 아닐까 싶은데?

"부검 결과는 언제 나오는데?"

―부검이야 오늘 중으로 끝나겠지만 결과가 나오는 데는 좀 걸리지 않을까? 피부에 물속에서 감전된 흔적이 남아 있다니 부검할 때 익사인지 뭔지 확인해서 폐에 물이 차 있다면 부검 후 물의 성분 검사와 플랑크톤 같은 미생물 검사도 할 테고, 입속과 콧속, 귓속에 들어 있다는 쇠똥이 뭔지도 분석해야 할 테고, 위나 대장의 내용물, 혈액까지 꼼꼼히 분석해서 종합적인 결과를 도출해야 할 테니까 말이야. 하여튼 검안에서 엽기적이고 잔인한 살인 사건으로 드러난 이상 부검 결과도 1순위로 신속히 발표하지 않을까 싶긴 해.

"부검 결과 나오면 그것도 나한테 제일 먼저 알려줘, 삼촌."

―그래 알았다. 넌 별일 없는 거지? 취재도 좋지만, 주변에 잔인한 살인마가 돌아다니고 있을지도 모르니 몸조심해라.

"사, 살인마? 설마…. 하여튼 조심할게, 삼촌."

조은비가 전화를 끊었다.

"어휴, 손이 다 떨리네."

"무슨 일인데 그럽니까?"

최순석이 호기심 어린 표정으로 물었다.

조은비가 청양신문 사장이자 편집장인 삼촌에게 들은 이야기를 최순석에게 했다.

"더 자세히 알고 싶으면 청양경찰서에 전화해보세요. 지금 충남대학교병원에서 부검 중이라니, 아직 새로운 소식이 있을 것 같지는 않지만요."

"형사들은 언제 여기 들어온답니까?"

"글쎄요? 지금은 다리 통행이 불가능하니 내일이나 모레는 되어야 하지 않겠어요?"

"그렇겠군요."

"정말 기묘한, 아니, 괴기한 사건이죠? 삼촌과 통화하면서, 살인범이 신한국 씨를 차로 치어 죽인 왕주영 씨가 아닐 수도 있겠다는 생각이 들더라고요. 내 말이 맞죠? 그럼 사고사가 아니라 진짜 살인 사건일까요? 정말 이 동네에 사이코패스 같은 살인범이 돌아다니고 있을까요?"

"그걸 내가 어떻게 알겠습니까. 나는 믿어요? 혹시 내가 살인범일 수도 있다는 생각은 안 해보셨습니까?"

"예에에?"

조은비가 기겁했다.

"내가 어젯밤 이 동네에 와서 신한국 씨를 죽인 뒤 오늘 아침에 태연히 나타나 형사 노릇을 하는 것일 수도 있잖습니까?"

"그렇지 않아도 심장 떨리는데 무서운 농담 하지 마세요. 그런 분이 급류에 뛰어들어 목숨을 걸고 날 구했겠어요?"

"사건 현장에서 보면 천사와 악마는 백지 한 장 차이입니다. 평소의 천사가 어떤 이유로 악마가 되기도 하고, 악마가 평소에는 천사의 얼굴을 하고 있기도 하죠."

죽음의 양식장

지프가 양식연의 집 앞 연못가에서 멈췄다.

차에서 내린 최순석과 조은비가 연못을 살폈다. 민물 양식장이라는 연못에는 어떤 생명체도 살고 있지 않은 것처럼 보였다. 물 위에 죽은 물고기 몇 마리와 황소개구리 몇 마리가 둥둥 떠다니고 있었다.

최순석이 먹다 만 건빵 봉지를 차에서 들고나와 건빵을 입에 한가득 밀어 넣고 우적우적 씹어대다가 연못에 퉤퉤 뱉었다. 하지만 어떤 물고기도 건빵을 먹으려고 입을 내밀지 않았다.

최순석은 굴러다니고 있는 막대기를 겹어서 연못에 떠다니고 있는 죽은 황소개구리를 건져내 들여다봤다. 아직 부패하지 않은 것으로 봐서 죽은 지 하루 이상은 되지 않은 것 같았다.

최순석이 황소개구리를 유심히 살피고 있자 조은비가 황소개구리를 향해 카메라 셔터를 눌러댔다.

그때 양식연의 아들 양동남이 집에서 나와 불안한 표정으로 두 사람에게 다가왔다.

"우리 양식장에는 웬일들이슈? 방역 때문에 외부인이 양식장에 접근하면 절대 안 되는디…."

"물속에 감염될 물고기가 한 마리도 없는 것 같은데요?"

최순석이 들고 있던 막대기로 양식장 물을 휘휘 저으며 말했다.

"출하, 모두 출하했슈. 며칠 전에…."

"그러고 나서 물에 농약이라도 풀었습니까?"

"예에?"

"물속에 살던 모든 생명체가 모조리 죽은 것이 이상해서 하는 말입니다."

"서, 설마 다 죽기야 했겠어유. 눈에 보이지는 않지만 물속에 물고기 몇 마리 정도는 살고 있겠쥬."

"아, 배고프다. 기운도 없는데 말 돌리지 않고 직설적으로 말하겠습니다. 방금 신한국 씨의 사체를 부검하고 있는 국립과학수사연구소에서 막 연락이 왔는데 죽은 신한국 씨 폐에 물이 가득 차 있어서 그게 무슨 물인지 정밀 분석하고 있답니다. 민물인지 바닷물인지, 냇물 물인지 양식장 물인지, 물의 성분과 플랑크톤 검사 같은 것을 하면 바로 답이 나온답니다. 그리고 신한국

씨 몸에 전기에 감전된 흔적이 있는데 물속에서 감전된 흔적이
랍니다."

신한국의 부검은 국립과학수사연구소 서울 본원이나 서부분
소가 아니라 충남대학병원에서 하고 있었다. 그런데도 최순석은
양동남을 압박하기 위해 귀에 익은 '국과수'를 거론했다.

최순석의 작전은 먹혀들어 가고 있는 것 같았다. 뻥이 섞인 최
순석의 말에 양동남의 표정이 하얗게 질렸다.

"어이, 조 기자님. 혹시 빈 생수병 같은 통 좀 없습니까?"

"통은 왜요?"

"국과수에서 이 양식장 물을 떠서 보내 달라니 보내야죠. 신한
국 씨 폐에 든 물과 성분이 같은지 다른지 비교한다잖아요. 양동
남 씨, 너무 걱정하지 마십쇼. 물의 성분이 같으면 빼도 박도 못할
테지만 성분이 다르다면야 곧장 용의 선상에서 제외될 겁니다."

"아, 이 통은 어때요?"

최순석이 연기를 하고 있다는 것을 눈치챈 조은비가 카메라
가방에서 필름 통 하나를 꺼내 내밀었다.

"이거, 밀봉도 아주 잘돼요."

"아, 그거 좋군요."

최순석이 필름 통에 양식장 물을 떠서 담고 뚜껑을 닫아 주머
니에 넣었다.

"비닐봉지 같은 건 없어요? 죽은 물고기랑 황소개구리도 국
과수로 보내야 할 텐데…. 감전사가 아닌지 확인해야죠."

"그런 건 없는데요."

"양동남 씨, 혹시 무슨 봉지나…, 아니, 이왕이면 통이 좋겠군요. 반찬통이나 밀폐 잘되는 고무통 좀 있으면 며칠만 빌립시다."

"토, 통이유?"

"그렇게 인상 쓰지 말아요. 나도 양동남 씨 아버지를 교도소에 보내고 싶지는 않지만 직업이 직업이니만큼 어쩌겠습니까."

"아, 아버지가 교도소에 가야 한다구유?"

"다른 죄도 아니고, 사람을 죽였는데 어쩌겠습니까. 신한국 씨에게 무슨 원한이 있기에 살인까지 저질렀을까요? 10년 전 그 원한 때문이었을까요?"

"전기 사용량도 조사해야지 않겠어요? 물속에 있는 사람을 감전사시켰을 정도면 일시적으로 꽤 많은 전기를 사용했을 텐데?"

조은비가 거들었다.

"당연히 그래야죠. 그건 내일이나 모레, 전문가들이 장비 들고 직접 와서 검사할 겁니다. 집 안 어딘가에 전선이 있나, 그것도 찾아내 압수하라던데…. 양동남 씨, 어머니께 말씀드려 아버지께 오늘하고 내일, 맛있는 것 좀 많이 해드리세요. 혹시라도 범인으로 밝혀지면 앞으로 최소한 10년은 효도하고 싶어도 못할 테니."

"아, 아뉴. 아버지는 죄, 죄가 없슈. 아무 죄도 없슈."

양동남이 울 것 같은 표정으로 말했다.

"아들의 도리로 당연히 그렇게 말하고 싶겠지만 증거가 수없이 많은데, 어쩔 수 없습니다."

"아뉴, 아버지는 아무도 안 죽였슈. 시, 신한국 아저씨를 죽인 건 저예유, 저란 말여유. 제가 범인이구먼유. 흑흑흑…."

양동남이 털썩 무릎을 꿇었다.

순간 조은비는 최순석을 돌아봤다. 비록 비리 형사여도 범죄에 대한 감과 수사 실력만큼은 비범하다는 생각이 들었다.

최순석은 양동남이 그렇게 나올 줄 이디 예상하고 있었다는 듯한 무덤덤한 표정으로 담뱃갑을 꺼내 담배 한 개비에 불을 붙여 그에게 내밀었다.

"담배 피우쇼?"

양동남이 담배를 받아들고 한 모금 빤 뒤 이내 기침을 했다. 담배에 익숙하지 않은 것 같았다.

"담배 못 피우면 안 피워도 됩니다."

최순석이 양동남에게서 담배를 다시 건네받아 입에 물고 깊이 빨았다.

"어떻게 된 일인지 대충 설명해보쇼."

"며칠 전에, 키우던 양식장 물고기들을 모두 출하했슈. 이제 새로 물고기 새끼들을 사다 넣어 키워야 하는디, 양식 물고기들을 잡아먹거나 괴롭히는 황소개구리나 기생충 같은 것들을 깨끗이 박멸하고 싶었슈. 생각해본 결과, 전기선을 끌어다 물속에 넣고 전기를 흘리면, 자동차 빠떼리로 지져서 크고 작은 물고기를 잡을 때처럼 물속에 있는 모든 것들이 깨끗이 제거될 것 같았슈. 책에서 보니 실제로도 담수 또는 해수 양식장에 사용할 양식수를 약으로 소독하는 대신 전기를 흘려서 해로운 바이러스를 사멸시킨 뒤 사용하기도 하더라구유. 그런데, 제가 아버지께 말씀드리니 아버지가 위험하다고 못하게 반대하시는 거유. 변압기에 과부하가 걸리면 마을 전체의 전기가 나갈 수도 있고 최악의 경우 감전 사고가 날 수도 있다고 못 하게 하시는 거유. 하지만 제 과학상식으로 볼 때 별문제 없을 것 같았고 효과도 확실할 거 같았슈. 그래서 아버지가 안 보는 밤에 몰래 하려고 그랬던 건디…."

양동남이 눈가에 흐르는 눈물을 손등으로 닦았다.

"아버지와 어머니가 주무시느라 전기를 전혀 안 쓰는 시간에, 두꺼비집을 내리고 미리 만들어둔 전선을 연결해 양식장에 담가두고 집에 들어가 두꺼비집을 올렸슈. 양식장 물에 전기가 흐르자 전기계량기가 팽이 회전하듯 뱅글뱅글 돌아가기 시작하더라구유. 그렇게 한 5분쯤 양식장 물에 전기를 흘린 뒤, 두꺼비집을 내리고 전선을 분리한 뒤 다시 양식장으로 나왔슈. 그런데 글쎄, 그 5분 사이에 누군가가 연못에 빠져 죽어 있었슈. 급히 건져보니 술주정뱅이 신한국 아저씨였슈. 곧바로 인공호흡을 했지만 소용없었슈. 우리 연못에 오기 전에 술에 취해 넘어져서 머리를 다쳤는지 머리에 큰 상처가 있었슈. 술주정뱅이가 술을 마시다 안주가 떨어지자 우리 양식장 물고기를 잡아서 술안주라도 하려고 했는지, 왜 그 시간에 우리 연못에 뛰어들어 감전사했는지는 잘 모르겠지만, 아버지가 절대 하지 말라고 했는디, 내가 똥고집을 피우다 결국 사람을 죽인 거쥬. 그 사실을 알면 아버지와 어머니가 얼마나 상심하실까, 범죄 없는 마을 현판식이 코앞에서 취소되면 동네 사람들이 우리 가족을 과연 가만히 둘까. 배상하고 재판하느라 재산을 모두 잃고 알거지가 될 텐디, 살던 동네에서까지 죽은 신한국 아저씨처럼 따돌림당하게 되면 우리 가족은 어떻게 살아야 한단 말인가…? 갖은 생각을 하다, 물에 빠져 죽은 것이니 시체를 냇물로 가져가 익사한 것처럼 꾸며야겠다, 생각했슈. 그래서 아버지, 어머니 몰래 시체를 업고 집 앞 지천으로 가고 있는디 제방 밑 어디쯤 갔을 때 뒤에서 다가오고 있는 자동차 불빛이 보이는 거유. 그대로 있다가는 들킬 것 같아 시체를 업은 채 힘겹게 제방 위로 올라가는디, 거의 다 올라가서 밑으로 지나가는 차의 운전자 눈에 띌까 봐 몸을 납작 엎드리지 않을 수 없었슈. 그때 미끄러운 풀에 발이 미끄러지는 바람에 시체가 제 몸에서 떨어져 나가 밑으로 데굴데굴 굴러간 거유. 그리고 달려오던 그랜저에 그대로 치인 거유. 읍내에서 식당을 하는 왕씨 아저씨 그랜저였슈. 내가 왕씨 아저씨한테 누명을 씌우려고 했던 것이 아니라 우연히 그렇게 된 거유. 흑흑. 아버지, 어머니는 이 일과 아무 상관이 없슈. 나만 잡아가시면 돼유. 아버지, 어머니는 정말로 아무 상관이 없슈, 흑흑흑 ….”

"하아!"

이야기를 듣고 난 조은비의 입에서 한숨이 새어 나왔다.

시뻘건 냇물에 뛰어들어 목숨 걸고 우태우 이장을 구하는 양동남을 보며 의인 이상의 멋진 청년이라 생각했는데 한순간의 판단 미숙으로 이런 우매한 짓을 하다니….

"어떻게 하실 거예요?"

조은비가 최순석에게 물었다. 최순석이 잠시 양동남을 쳐다보다 말했다.

"일단 집에 들어가 있어."

"그래. 실수로 벌어진 일이니까 집행유예 정도로 잘 처리될 거예요. 다른 생각 말고 집에 들어가 있어요."

조은비는 혹여 양동남이 자살 같은 극단적인 선택을 하거나 엉뚱한 짓을 벌일지도 모른다는 생각에 달래듯이 말했다.

양동남이 잘 봐달라는 듯이 두 사람에게 허리를 크게 숙이고 나서 고개를 푹 숙인 채 집으로 들어갔다.

"정말 저 사람, 양동남이 혼자 한 짓일까요?"

조은비가 최순석에게 물었다.

"저 사람 혼자 한 게 아니면?"

"아버지와 같이 벌인 일일 수도 있고…. 어쩌면 아버지 혼자서 한 일인데 자신이 죄를 뒤집어쓰려고 자수한 것일 수도 있죠. 아까 최 형사님이 효도 어쩌고저쩌고할 때 저 사람 눈빛이 변하던데요. 한 10년은 효도 못 할 테니, 아버지에게 맛있는 거 해먹이라는 얘기, 자극해서 자수시키려고 일부러 꺼낸 말 맞죠?"

하지만 최순석은 조은비의 질문에 대답하지 않고 무덤덤한 표정으로 마을의 다른 집들을 쳐다봤다.

"일부러 감정을 자극하려고 그랬던 거 맞죠?"

조은비가 다시 물었다.

"부모도 없는 놈이, 부모를 극도로 증오하는 놈이 어찌 효도 어쩌고저쩌고, 그런 잔머리를 굴리겠습니까. 자, 다음은 어디로 갈까요?"

"예?"

"머리에 있는 상처, 몸 곳곳에 있는 몽둥이 자국, 입과 콧속의 쇠똥, 등의 쇠스랑 자국…."

"그럼, 이게 끝이 아니라고 생각해서 양동남 씨 가족 중에 누가 진범인지 확인하지 않고 대충 넘어간 건가요?"

"뭐, 틀린 말은 아닙니다만…. 가족 중에 한 사람이 이미 자수했으니 나머지는 저 가족에게 맡겨두면 알아서 하지 않겠습니까. 가족 중 누가 범인이 될 것인지 회의를 해서 결정하겠죠. 너는 젊고 앞날이 창창하니 내가 대신 감옥에 가겠다. 아니면, 아버지는 나이가 있어 감옥 생활을 견디기 힘들 테니 젊고 건강한 제가 대신 가겠습니다, 뭐 이러지 않겠어요. 후후후."

"그거 진담이에요, 농담이에요?"

"진담으로 들립니까, 농담으로 들립니까?"

"진담으로요."

"농담입니다."

"다음은 어디죠?"

"다음은…, 소팔희!"

"예에? 소팔희 아줌마요?"

"낮에 우연히 돈을 불에 태우는 걸 봤거든요. 아마도, 피 묻은 돈을 물에 세탁한 뒤 그래도 증거가 될 것 같으니까 태우는 것 같더군요. 그 집에서는 어제까지 소도 키웠다고 했잖습니까. 그러니 당연히 쇠똥과도 관련이 있을 테고 쇠스랑도 있겠죠. 어딘가에 숨기거나 버리지만 않았다면…. 신한국 씨의 머리에 치명상을 가한 각이 진 흉기도 찾아보면 어디서 굴러 나오겠죠."

"그렇게 연약하고 마음씨 착해 보이는 소팔희 아줌마가 신한국을 죽여서 시체를 이곳으로 가져와 연못 속에 집어넣었다는 이야긴가요? 설마?"

"후후후…. 사람의 인성을 외모로 판별할 수 있으면 사기 같은 것은 절대 안 당하게요? 우태우 이장의 트럭에 치인 신한국 씨의 시체를 조용히 처리하자고 제일 먼저 이야기를 꺼낸 사람이 바로 소팔희 씨라고 박광규 씨 아버지가 말하지 않았습니까? 우리에게 선뜻 방을 내준 것도 나름 어떤 음흉한 의도가 있었기 때문일 겁니다."

"우리를 옆에 두고 우리가 무엇을 하는지 감시하려고요?"

"그 이유가 아니면 왜 번거로운 일을 자청했겠습니까."

"소팔희 씨가 시체를 연못집 양식장에 빠트린 범인이라면 시체를 옮길 때 여자가 건장한 남자를 들거나 업어서 옮기지는 못했을 테니 뭔가 운반 도구가 있었어야 할 것 같은데요? 경운기나 손수레 같은 거. 도와준 공범이 없다면 말이죠."

"공범이라…?"

"지금까지의 상황을 정리해보면, 신한국 씨의 몸에 있는 치명적인 상처들 중에 신한국 씨를 사망에 이르게 한 원인이 교통사고나 익사, 감전사는 아니라는 얘기군요? 이제 남은 치명적인 흔적은 머리의 상처와 등에 있는 쇠스랑 자국뿐인데…."

최순석과 조은비가 꼭대기집 소팔희네로 돌아왔을 때 소팔희는 저녁을 하는지 부엌에 있었고 황은조는 마루에서 스케치북에 색연필로 그림을 그리고 있었다. 맹구는 두 사람이 집으로 들어오자 마루 밑에서 나와 적당한 거리를 두고 꼬리를 흔들어댔다.

최순석과 조은비는 소팔희가 있는 부엌을 들여다봤다. 서로 눈길이 마주치자 소팔희가 어색하게 웃었다.

"어디 갔다 오시는 거예요? 하지감자 삶고 있는데 거의 다 익었으니 저녁 드시기 전에 맛 좀 보세요. 아, 이 동네 사람들은 감자를 하지감자라고 하더라고요. 마루에 잠깐만 앉아 계세요."

조은비와 최순석이 마루에 있는 황은조에게 다가갔다.

"이야, 그림 잘 그리는구나. 그런데 이 네모난 게 뭐니?"

"세탁기. 팔희가 빨래하는 거야."

"지금 뭘 빨고 있는데?"

"돈세탁하는 거다."

황은조의 말에 최순석과 조은비가 서로의 얼굴을 쳐다봤다.

"너희 집에 리어카 있니?"

최순석이 부엌에 있는 소팔희에게 안 들릴 정도로 낮은 목소리로 물었다. 하지만 황은조는 두 사람의 얼굴만 멀뚱멀뚱 쳐다볼 뿐 뭔가 망설이는 듯한 표정으로 대답하지 않았다.

"리어카 몰라? 손수레 말이야? 이 아저씨가 손수레를 좀 빌려 쓸 일이 있어서 그래."

"리어카는 나도 안다. 하지만 없다."

"없어? 왜 없어? 있을 것 같은데? 외양간 치우거나 할 때 썼을 것 같은데?"

"나는 모른다. 그런 거 없다."

황은조가 겁먹은 표정으로 집 뒤쪽을 자꾸 쳐다봤다. 또 불안한 시선으로 대문을 쳐다보기도 했다.

"너 왜 자꾸 집 뒤쪽을 쳐다보니? 집 뒤에 뭐가 있는데?"

최순석이 낮은 목소리로 황은조에게 다그치듯이 물었다.

"아, 아무것도 없다. 뒤에 아무것도 없다."

"그럼 있긴 있었어? 어제까지는 있었지?"

"몰라, 난 아무것도 모른다."

조은비와 최순석이 서로 시선을 주고받았다.

"그럼 너희 집에 쇠스랑은 있어?"

조은비가 물었다.

"쇠스랑? 그건 있다."

"어디?"

"저기!"

황은조가 대문 옆의 외양간을 가리켰다. 최순석이 부엌 안을 살핀 뒤 외양간으로 가서 쇠스랑을 찾았다. 벽에 쇠스랑이 하나 걸려 있기는 했지만 날이 세 개짜리였다. 최순석이 마루에 있는 조은비를 보며 고개를 옆으로 흔들었다.

잠시 뒤 최순석이 황은조 옆으로 돌아왔다.

"너희 집에 있는 쇠스랑은 저것뿐이니?"

"응. 왜?"

"별거 아냐. 아저씨 자동차가, 바퀴가 도랑에 빠져서 꺼내야 하는데 날이 네 개인 쇠스랑이 필요해서. 그런 거 없어?"

최순석이 손가락을 네 개 펴서 네 발 쇠스랑처럼 구부려 보였다.

"네 개짜리는 없다. 세 개짜리로는 안 돼?"

"안 돼."

"팔희! 우리 집에 혹시 네 발 쇠스랑 있나?"

황은조가 갑자기 자리에서 벌떡 일어나 부엌 쪽으로 뛰어가며 외쳤다.

"아, 아니다. 그거 없어도 되겠다."

최순석이 급히 황은조의 손을 잡으며 말을 얼버무렸지만 부엌에서 소팔희가 부리나케 나왔다.

"뭘 찾는다고요?"

"아, 별거 아닙니다. 차가 동네 입구 도랑에 빠져 꺼내려면 땅을 팔 연장이 필요해서요."

"우리 집에 네 발 달린 쇠스랑 없나?"

황은조가 다시 소팔희에게 물었다.

"네 발은 없고 세 발은 있는데."

소팔희가 외양간 쪽을 쳐다봤다.

"아, 저거면 되겠군요."

최순석이 다시 외양간으로 가서 세 발 쇠스랑을 꺼내왔다.

"자, 가서 차 꺼냅시다."

"예? 예."

"감자 삶은 거 드시고 가세요."

"차부터 꺼내야 할 것 같아서요. 감자는 야식으로 먹죠, 뭐."

최순석이 앞서 대문을 나가자 조은비가 그 뒤를 따랐다.

최순석은 대문 밖에서 잠시 대문 이곳저곳을 살폈다. 아까 황은조에게 손수레에 관해 물었을 때 황은조가 초조해하는 표정으로 집 뒤꼍과 대문을 반복해 쳐다봤다.

철로 된 녹색 대문이 비정상적으로 깨끗했다. 대문을 1년에 한두 번이라도 걸레와 비눗물로 깨끗이 청소하는 사람은 거의 없을 텐데 대문에 오래된 먼지는 물론 얼룩덜룩한 무늬조차도 거의 없었다. 비 맞은 자동차의 찌든 때가 그렇듯, 어젯밤에 비가 왔어도 걸레로 문질러 청소하지 않으면 찌든 먼지와 때가 그대로 남아 있기 마련인데, 소팔희네 대문은 매우 깨끗했다. 반면, 철문 옆의 양쪽 시멘트벽은 오래된 먼지가 수북이 쌓여 있었다.

최순석이 철대문의 모서리를 살피려다가 소팔희가 대문 쪽으로 다가오는 발소리가 들리자 서둘러 물러났다.

두 사람은 소팔희에게 말해둔 대로 마을 입구 쪽으로 향했다.

"배고프다면서 감자는 왜 안 먹고 나왔어요? 햇감자라던데. 난 먹고 싶었는데."

"범죄와 연관이 있는 사람 집에서 밥을 먹어도 되냐고 따지던 사람이 조은비 씨 아니었습니까?"

"어휴, 내가 말을 말아야지…."

꼭대기집에서 그들의 모습이 보이지 않는 곳에 이르자 최순석이 발걸음을 멈췄다.

"자, 이쯤에서 지켜봅시다."

"뭘요?"

"우리와 무슨 이야기를 했는지 황은조에게 캐물었을 테니 소팔희 씨가 아마도, 뒤꼍에 감추어둔 손수레를 다른 곳으로 옮길 겁니다. 버리려고 어딘가로 끌고 갈 수도 있고."

바로 그때 연못집 양식연과 전수지, 그들을 뒤따라 양동남이 황급히 달려왔다.

"형사님, 그게 아뉴! 우리 아들은 아무 죄가 없슈! 신한국이는 우리 아들이 그런 게 아니라 내가 그런 거우. 내가 양식장에 전기를 끌어넣었던 거유. 제발 날 잡아가슈."

"아뉴, 아뉴, 형사님! 우리 아버지는 아무 죄가 없슈. 다 내가 했고 죽은 신한국 아저씨도 내가 내다 버린 거유. 아버지 말 절대 믿지 마세유, 형사님!"

서로 자신이 범인이라고 주장하고 있는 두 사람 옆에서 그들의 아내이자 어머니인 전수지는 누구 편도 들지 못하고 꺼이꺼이 울기만 했다.

"아, 조용히 좀 하세요!"

최순석이 소팔희네 집 쪽을 살피며 버럭 소리를 질렀다. 세 사람이 동작을 멈추고 그를 쳐다봤다.

"아, 좋습니다. 과실 치사죄나 살인죄 같은 건 면하게 해줄 테니 조용히 좀 하세요."

"저, 정말이유?"

"자세한 것은 나중에 말씀드릴 테니, 일단 돌아가세요. 집에 가서서 누가 사체 유기죄로 징역을 한 1, 2년 살고 나올 것인지 가족들끼리 상의해서 결정하세요."

"사, 사체 유기죄유?"

"징역을 1, 2년씩이나유?"

"그나마 살인죄나 과실 치사죄가 빠져서 그 정도입니다. 다행이라고 생각하세요. 아, 참! 그리고 하나 더, 지금부터 동네 사람 누구를 만나거나 누가 묻거든 어젯밤에 멀리서 봤는데, 소팔희 씨 같이 생긴 어떤 젊은 여자가 손수레에 뭔가를 싣고 양식장으로 가더라고 말하세요. 소팔희 씨에게도 그렇게 말하고. 그것만 잘하면 징역이 좀 줄어들 수 있도록 노력해보겠습니다."

"예? 그게 무슨 말씀이신지?"

"자세한 것은 나중에 말씀드릴 테니 묻지 말고 일단 그렇게만

하세요. 알았죠?"

"아, 예…."

연못집 사람들은 영문을 몰라 하면서도 고개를 끄떡였다.

"자, 이만 집으로 돌아가세요. 우리는 마을 입구에 급한 볼일이 있어서…."

최순석과 조은비는 연못집 사람들을 돌려보내고 나서 마을 길이 아닌 밭두렁을 따라 다시 소팔희네 집 근처로 갔다.

"아, 배고프다. 빨리 좀 움직여라!"

"혹시 사람들 눈에 띄지 않는 밤에 손수레를 버리려고 하지 않을까요?"

"그러지는 않을 겁니다. 황은조 얘기를 듣고 언제 우리가 뒤꼍을 뒤질지 몰라 마음이 급할 겁니다."

잠시 뒤, 동네 뒷산에 있는 스피커에서 '노세 노세 젊어서 노세, 늙어지면 못 노나니….' 노랫소리가 흘러나오다 멈추며 우태우 이장의 목소리가 들려왔다.

―아아, 중천리 이장 우태우가 중천리 방송실에서 안내 말씀 드리겠습니다. 오늘 저녁 7시에 마을회관에서 범죄 없는 마을 현판식 공연을 대비하여 풍장 연습을 합니다. 이와 함께, 마을회관 앞에 충분한 양의 삼겹살과 술을 준비해놓을 예정이오니 동네 주민들께서는 한 분도 빠짐없이 참석하시어 준비한 삼겹살을 드시고 귀가하시기 바랍니다. 아아, 중천리 방송실에서 이장 우태우가 다시 한번 안내 말씀 드리겠습니다….

"에이, 다 틀렸네. 갑시다."

방송이 끝나자마자 최순석이 들고 있던 소팔희네 세 발 쇠스랑을 밭두렁에 기대놓으며 조은비에게 말했다.

"그냥 가려고요?"

"방송 나왔잖습니까. 소팔희, 지금 안 움직입니다. 마을 사람들이 모두 마을회관에 모여 삼겹살 굽고 술 마시며 풍물놀이 연습할 때, 그때 슬쩍 빠져나와서 처리할 겁니다."

"정말 그럴까요? 그래도 아직 시간 좀 남았잖아요. 마을회관에 빨리 가봐야 눈칫밥만 먹을 텐데…. 산책이나 하다 시간 맞춰 가죠."

조은비와 최순석은 목적지를 정하지 않고 천천히 걷기 시작했다.

"어? 저게 뭐죠?"

멀리 산 밑 어느 나무에 빨간 꽃이 흐드러지게 피어 있었다.

"아, 뭔지 알겠다. 우리 가서 저거나 몇 개 따 먹어요."

조은비가 앞장서서 산 밑으로 갔다.

빨간 꽃나무는 빨간 열매가 흐드러지게 열린 보리수나무였다.

조은비가 잘 익은 보리수 열매를 몇 개 따서 입에 넣었다.

"음, 살짝 시지만 맛있네요."

최순석도 다가가서 검붉은 보리수 열매를 따서 입에 넣었다.

그때 산에서 개가 컹컹 짖는 소리가 들려왔다. 낯선 사람을 보고 단순히 짖는 것이 아니라 마치 관심을 끌려고 짖어대는 것 같았다.

어디서 어떤 개가 짖는지, 개에게 무슨 일이 일어난 건 아닌지 싶어 조은비가 목을 길게 빼고 나무들 사이를 살폈다.

"어? 저 개, 맹구 아녜요? 왜 저렇게 짖지?"

조은비가 고개를 갸웃거리며 산길을 따라 맹구 쪽으로 다가갔다.

"이리 좀 와 봐요!"

개 짖는 소리가 멈춘 직후 조은비가 숲속에서 최순석을 불렀다.

최순석이 산길을 조금 올라가자 조은비와 그녀에게서 몇 미터 거리를 유지한 채 꼬리를 흔들고 있는 맹구가 보였다.

"이거 봐요."

조은비가 가리키는 곳에 쇠스랑 일부가 흙 밖으로 삐져나와 있었다. 맹구가 발로 흙을 파서 네 발 쇠스랑 일부를 흙 밖으로 꺼내놓고 관심을 끌려고 짖어대고 있었던 것이다.

최순석이 다가가서 쇠스랑을 흙 속에서 완전히 꺼내놓고 들여다봤다.

"사진부터 찍어야지 그렇게 막 잡아 꺼내면 어떻게 해요…."

조은비가 뒤늦게 카메라의 셔터를 눌러댔다.

"멀쩡한 쇠스랑을 이곳까지 가져와 땅속에 묻은 걸 보면 이 쇠스랑이 신한국 씨를 살해한 바로 그 살인 도구…? 그렇다면 범인이 신한국 씨를 이 쇠스랑으로 찍어 죽인 뒤 산속으로 도망가다 이곳에 묻은 걸까요?"

조은비가 쇠스랑을 향해 계속 셔터를 눌러대며 말했다.

"흙을 보면, 땅을 파서 묻고 비를 맞은 것이 아니라 비가 그친 뒤에 땅을 파고 묻은 흔적이군요. 어제가 아닌 오늘 언제 묻었다는 얘기죠. 그리고 쇠스랑에 쇠똥 부스러기 하나 묻어 있지 않은데요."

"정말 깨끗이 씻어서 묻은 거 같네요. 그렇다면, 살인을 저지르고 도망가던 살인범이 이곳에 이 쇠스랑을 묻은 것이 아니라 마을 사람 누군가가 살인을 저지른 뒤 이 쇠스랑을 깨끗이 씻어서 보관하고 있다가 오늘 언제 이곳에 와서 몰래 묻었다는 얘긴데…. 마을 사람 누군가가…."

상황을 추리하던 조은비가 거리를 두고 꼬리를 흔들고 있는 맹구를 향해 다가갔다.

"야, 이 쇠스랑 누가 여기에 묻었어? 네가 아는 사람이야, 모르는 사람이야?"

하지만 맹구는 뒤로 물러나 조은비와 몇 미터 거리를 계속 유지하며 꼬리를 흔들어댈 뿐이었다.

"그래, 그래. 네가 내 질문에 대답까지 한다면 그건 개가 아니라 개의 탈을 쓴 사람이겠지. 그래, 이걸 찾아낸 것만 해도 넌 정말 천재 개다. 큰 공을 세웠으니 내가 은조에게 말해서 맛있는 거 많이 주라고 할게."

"그런데 이 쇠스랑이 은조 이모 소팔희가 묻은 거라면…?"

"뭐야, 그럼…? 저 개가 똑똑한 게 아니라 바보 멍청이란 말인가요? 앞으로 밥을 줄 주인의 범죄를 밀고했으니…. 아니지, 지금까지 먹여주고 키워준 주인은 신한국 씨였으니 이건 밀고가 아니라 신의를 지켰다고 봐야 할 것 같은데요?"

"이 주변에 쇠스랑을 묻은 사람의 발자국이 찍혔을 법도 한데 저 개가 이리저리 땅을 파헤쳐놓아 보이지 않는군요. 희미한 발자국이라도 남아 있었으면 범인이 남자인지 여자인지 정도는 알 수 있었을 텐데."

"이 쇠스랑을 가져다 지문 검사를 하면 지문이 나올까요?"

"글쎄요. 젖은 흙이 묻어 있어서 흙을 어떻게 털어내느냐가 관건일 것 같군요."

"여기 어디 숨어서 보고 있으면 이 쇠스랑을 묻은 사람이 다시 와보지 않을까요? 범죄자는 반드시 범죄 현장으로 다시 온다잖아요?"

"설령 그렇다 쳐도 언제 올 줄 알고요? 조은비 씨가 한번 잠복해볼래요?"

"아이, 내가 경찰인가요? 그런 건 경찰이 해야지. 이 쇠스랑은 어떻게 하죠?"

"살인 흉기를 손에 들고 마을을 돌아다니는 것도 그렇고, 흙 속에 다시 묻어두는 것도 그렇고…. 그냥 저쪽 어디에 놔뒀다가 나중에 이 사건 담당 형사들에게 찾아가라고 하죠, 뭐."

"예에? 형사 맞아요? 이렇게 중요한 증거를 산속에 아무렇게나 방치한다고요?"

"그게 불만이면, 그럼 조은비 씨가 알아서 보관하세요. 아, 배고프다. 난 마을회관으로 삼겹살이나 먹으러 가야겠다. 산속에 살인마가 돌아다닐지 모르니 조심하세요."

최순석이 성큼성큼 걸어서 산길을 빠져나갔다.

최순석의 상식적이지 않은 행동에 당황한 조은비가 쇠스랑을 어떻게 할까 고민하다가 카메라 가방에서 휴지 몇 장을 꺼내 쇠스랑 손잡이에 감은 뒤 집어 들었다. 쇠스랑은 보기보다 무겁지는 않았다. 1킬로그램 남짓 될 것 같았다.

"무슨 남자가 저리 책임감이 없어. 같이 좀 가요! 맹구야 너도 따라와. 삼겹살 몇 점 줄게."

하지만 맹구는 쇠스랑을 꺼낸 흙구덩이에 코를 대고 킁킁 냄새를 맡다가 다시 땅을 이리저리 파헤칠 뿐이었다.

덫에 걸리다

　중천리 마을회관은 불에 탄 신한국의 집에서 1킬로미터 남짓 떨어진 안뜸에 있었다. 중천리의 가운데쯤이긴 했지만 주변에는 인가가 없었고 논과 밭뿐이었다.
　베니어합판에 다리를 붙인 간이 테이블들이 늘어서 있는 마을회관 앞에는 우태우 이장네 부부를 비롯해 꽤 많은 사람이 이미 모여 있었다. 음식을 준비하는 사람도 있었고 한쪽에서 벌써 안주도 없이 막걸리를 마시는 남자들도 있었다.
　푸른색 한복을 입은 남자들 몇 명은 농악기를 살피며 풍물놀이 준비를 하고 있었다.
　조은비가 맹구가 발견한 네 발 쇠스랑을 자신의 경차에 실어놓은 뒤 걸어서 중천리 마을회관에 도착했을 때 낡은 지프를 타고 먼저 도착한 최순석은 빈 테이블 하나를 혼자 독차지하고 앉아 안주도 없이 소주를 홀짝이고 있었다.

조은비가 최순석의 옆에 자리를 잡았다. 테이블 위에는 미니 가스레인지와 불판이 놓여 있었고 소주, 맥주가 한 병씩 놓여 있었다.

"차 타고 올 거면 나 좀 싣고 오면 어디 덧나요?"

"티코 있잖아요. 걸어왔어요?"

"술 마시러 오면서 차를 끌고 와요?"

화라도 식히려는 것처럼 조은비가 맥주를 따서 종이컵에 따라 벌컥벌컥 들이켰다.

"배들 고프시쥬?"

양식연의 아내 전수지가 삼겹살과 양념장 등이 담겨 있는 쟁반을 들고 다가왔다. 그 어느 테이블보다 먼저 음식을 가져온 것을 보면 최순석에게 아부하려는 것 같았다.

"이 삼겹살은 이장님이 내는 거유. 키우는 암퇘지를 한 마리 잡았슈. 많이들 드시고 부족하신 거 있으면 바로바로 말씀하세유."

테이블에 음식을 모두 내려놓고 난 전수지가 잘 봐달라는 듯이 최순석을 보며 비굴한 웃음을 흘렸다.

"예, 맛있게 먹겠습니다."

조은비가 무뚝뚝한 최순석 대신 고개를 숙이며 웃어 보였다.

최순석과 조은비는 삼겹살을 구우며 마을 사람들을 살폈다.

막 울음이라도 터트릴 것 같은 표정의 왕주영, 양식연네 가족, 박광규와 박달수 노인도 마당 구석에 자리를 잡고 앉아 있었다. 그들은 최순석과 조은비의 눈치를 살피는 동시에 자신들이 시체를 떠넘긴 사람, 즉 양식연네 가족은 왕주영의 눈치를, 왕주영은 우태우 이장과 한돈숙의 눈치를 살펴댔다. 분위기로 봐서 아직은 아무도 자신이 신한국을 죽인 범인이라고 다른 사람들에게 밝히지 않은 것 같았다.

그런데 이상하게도 마을 사람들은 그들의 최고 관심사일 터인, 어젯밤에 죽은 신한국에 대해서 거의 말을 꺼내지 않았다. 테이블 하나를 차지하고 앉아 있는 두 외지인을 의식하고 있다고 해도 그 정도가 지나친 것 같았다. 마을 사람들은 범죄 없는 마을 현판식이나 농사일, 프랑스 월드컵 이야기, 어젯밤의 인기 연속극을 화두로 소곤소곤 대화할 뿐이었다.

술기운이 오른 마을 사람들이 앞다투어 목소리를 키울 때쯤, 최순석의 눈치를 보던 양식연이 황은조와 삼겹살을 구워 먹고 있는 소팔희에게 다가갔다. 떨어져 앉아 있는 최순석과 조은비에게도 시끄럽게 떠들어대는 마을 사람들의 말소리 사이로 그들의 대화가 또렷이 들려왔다. 양식연이 일부러 크게 말하고 있었다.

"저… 아주머니, 어젯밤 늦게, 꼭대기집 앞을 지나가다가, 리어카를 끌고 어딘가 급히 가는 것을 봤는디, 한밤중에 어딜 가시는 길이었슈?"

253

"예에? 저를 봤다고요?"

소팔희가 들고 있던 젓가락까지 떨어트리며 기함했다.

"아주머니 아니었슈? 아주머니 같았는디유? 내가 잘못 봤나?"

양식연이 연기를 잘하고 있는지 확인이라도 하려는 것처럼 최순석과 조은비 쪽을 힐끔 돌아봤다.

"잘못 보셨어요. 제가 밤에 리어카를 끌고 어딜 가겠어요?"

그렇게 말하며 소팔희가 자리에서 벌떡 일어났다.

"아, 갑자기 배가…. 은조야, 너 여기서 아저씨하고 잠깐만 있어. 화장실 좀 얼른 다녀올게."

하지만 소팔희는 마을회관 화장실 쪽이 아닌, 자기 집이 있는 장자울 쪽으로 발걸음을 옮겼다.

잠시 뒤 최순석도 비틀거리며 자리에서 일어났다.

"아, 벌써 취했네. 바람 좀 쐬고 와야겠다."

최순석 역시 소팔희네 집이 있는 장자울을 향해 천천히 걸어갔다. 하지 무렵의 6월이라 이제 막 어둠이 짙어지고 있었다.

최순석이 소팔희네 집 근처 어두운 나무 그늘 속에 숨어 잠시 기다리고 있자 소팔희가 대문을 열고 고개를 내밀어 밖을 살핀 뒤 조심스럽게 손수레를 끌고 나왔다.

최순석은 거리를 두고 소팔희를 따라갔다.

소팔희는 마을 가운뎃길이 아닌 옆길을 돌아 지천 쪽으로 향했다. 손수레를 지천에 처넣으려는 것 같았다.

소팔희가 냇가에 이르자 최순석이 걸음을 빨리했다. 뒤에서 누군가가 쫓아오는 발소리를 들었는지 소팔희 역시 걸음걸이가 빨라졌다. 조금만 가면 제방이 없는, 낮에 우태우의 트럭이 빠진 장소였다.

"어이, 아줌마!"

최순석의 외침에 손수레를 끌고 가던 소팔희가 화들짝 놀라며 발걸음을 멈추고 뒤를 돌아봤다.

"이 밤중에 손수레를 끌고 어딜 가시는 겁니까?"

"바, 밭에요. 낮에 감자 캐놓은 것이 있는데 멧돼지가 걱정돼서…."

옅은 어둠 속에서 소팔희의 얼굴에 어떻게 할까 망설이는 듯한 빛이 서렸다. 그 표정을 읽은 최순석이 재빨리 다가가서 손수레를 잡으려는데 소팔희가 조금 더 빨랐다. 손수레를 길옆으로 확 밀었다. 손수레가 길을 벗어나 비탈을 타고 내려가 물속에 풍덩 처박혔다.

"앗! 리어카!"

일부러 그런 것이 아니라 실수인 것처럼 소팔희가 소리를 질렀다.

최순석이 재빨리 길을 벗어나 비탈로 발을 내디뎠다. 하지만 어두운 데다 흙이 젖어 있어 미끄러웠다.

힘겹게 냇가로 내려간 최순석이 비탈에서 자라고 있는 어린 버드나무를 왼손으로 움켜잡고 상체와 오른손을 내뻗어, 물속으로 점점 가라앉으며 떠내려가고 있는 손수레의 손잡이를 겨우 움켜쥐었다.

그는 어린 버드나무가 뽑히지 않게 조심하며 손수레를 천천히 끌어당겼다. 무거웠다. 손수레가 천천히 물 밖으로 3분의 2쯤 끌려 나왔다. 하지만 그것이 한계였다. 어린 버드나무가 뿌리째 뽑히려 하고 있었고 경사면의 흙이 미끄러워서 손수레를 더는 밖으로 끌어낼 수 없었다. 소팔희가 도와주면 손수레를 길 위로 끌어낼 수 있겠지만 그녀에게 도와달라고 했다가는 다가온 그녀가 오히려 그의 등을 물속으로 떠밀지도 몰랐다.

방법을 생각하던 최순석은 소팔희에게 빌려 입고 있는 몸뻬의 허리끈을 푼 뒤 한쪽을 쭉 잡아당겨 빼냈다. 몸뻬 허릿단 속에는 끈 외에도 고무줄이 들어 있어 바지가 밑으로 흘러내리지 않았다.

최순석은 허리끈의 한쪽을 손수레 손잡이에 재빨리 감아 묶고 반대쪽을 작은 버드나무 줄기에 걸어서 단단히 묶었다.

이제 손수레가 떠내려갈 염려는 없었다. 이대로 시간이 흐르면 물의 수위가 낮아지며 손수레 전체가 물 밖으로 드러날 테니, 물이 빠진 뒤 손수레를 수거하면 된다. 아니, 지금 당장 마을로 가서 긴 밧줄을 가져와 손수레를 끌어내는 방법도 있었다. 하지만 그의 목적은 손수레를 확보해 경찰에 넘기려는 것이 결코 아니었다.

최순석은 냇가 비탈에서 자생하는 풀을 잡고 미끄러지지 않게 조심하며 길 위로 올라갔다.

"저대로 둬도 이제 떠내려갈 걱정은 없습니다."

뭔가 큰일을 해낸 듯한 최순석의 표정과 달리 소팔희의 얼굴에는 절망의 빛이 역력했다.

"그런데, 어젯밤에 저 손수레에 뭘 실어 날랐습니까?"

"예에?"

"아까 옆에서 들으니 아주머니가 저 손수레에 뭔가를 싣고 양식장 쪽으로 가는 것을 양식연 씨가 봤다던데…?"

"마, 말했다시피 자, 잘못 본 거라고…."

"신한국 씨는 왜 죽였습니까?"

최순석이 당돌하다 싶을 정도로 소팔희를 노려보며 물었다.

"예엣? 제, 제가 신한국 씨를 죽였다고요?"

"피 묻은 돈을 세탁했는데 그것으로는 완벽한 증거 인멸이 안 될 것 같으니 불에 태웠고, 시체를 실어 나른 손수레를 숨겨두었다가 마을 사람들이 마을회관에 모여 있는 이 밤중에 몰래 꺼내와 냇물 속에 밀어 넣고…. 아까 보니 황은조가 저 손수레하고 대문을 꽤 무서워하는 것 같던데, 우연일까요? 증거를 아무리 완벽히 없애도 전문가들이 와서 집 안 곳곳, 피가 스며들었을 땅바닥까지 꼼꼼히 검사하면 혈흔이건 뭐건 다 나오게 되어 있습니다. 소용없어요. 저 손수레만 해도 상당량의 혈흔이 나무 바닥판에 스며들어 있을걸요. 물로 씻어낸다고 해결할 수 있는 일이 절대 아닙니다. 왜 죽였죠?"

최순석이 다그치자 소팔희가 눈을 질끈 감으며 고개를 푹 숙였다.

"불쌍한 은조…. 여기까지가 너의 운인가 보다…."
"…."
"내가 감옥에 가면 우리 불쌍한 은조는 어떻게 되나요?"
"여동생 애라고 했죠? 여동생 형편이 그리 어렵습니까?"
"죽었어요. 생활고로 자살했어요. 저 애랑 같이 죽으려고 했던 모양인데 아이만 극적으로 살아남았죠."
"애 아빠는…?"
"정욕에 눈이 멀어 잠깐 풋사랑을 나누다 임신한 아이인데, 어떤 남자 새끼가 끝까지 책임지려 하겠어요? 여자가 피임을 잘못해서 그런 거라고 떠넘길 뿐. 은조, 아무에게나 반말하는 거, 왜 그런지 아세요? 태어나서 아빠를 한 번도 본 적이 없는 은조는 지금 아빠가 미국에 살고 있는 미국 사람인 줄 알아요. 여섯 살 때, 미국 말에는 존댓말이 없다고 농담을 했더니 그 뒤부터 저렇게, 미국 말을 쓴다며 아무에게나 반말하는 거예요. 지금은 자기 말이 잘못되었다는 것을 알 테지만, 커갈수록 아빠의 정체에 대한 믿음이 불안해서 일부러 반말에 집착하고 있는지도 몰라요."
"담배 피웁니까?"
최순석이 이제 서너 개비밖에 안 남은 담배 중에 한 개비를 꺼내 입에 물고 불을 붙였다.
"한 대 주세요. 남편이 암에 걸렸을 때 같이 끊었는데 오늘은 한 대 피우고 싶군요."
최순석이 담배 한 대를 꺼내 건네주고 불을 붙여줬다.

멀리서 라이터 불빛을 본 누군가가 손전등을 그들 쪽으로 비췄다. 손전등이 흔들리며 그들을 향해 다가왔다. 조은비였다.

"돌아올 때가 되었는데 안 와서 찾으러 왔어요. 술에 취해 무슨 일이 생겼나 싶어서…. 아, 술 몇 잔 마셨더니 다리가 다 휘청거리네. 그런데 리어카는?"

술기운에 얼굴이 발그레해진 조은비가 최순석을 보며 물었다.

최순석이 담배를 물고 있는 입으로 냇물 쪽을 가리켰다. 조은비가 손전등으로 냇가에 묶여 있는 손수레를 비췄다. 더 물어보지 않아도 어떻게 된 일인지 알 수 있을 것 같았다.

소팔희가 담배 연기를 깊이 들이마셨다가 길게 내뿜으며 캑캑 기침을 했다.

"오랜만에 피우는 거라 몸이 거부하네요. 리어카 찾으러 왔죠? 오자마자 리어카 안부부터 묻는 걸 보니 기자님도 내 이야기가 꽤 듣고 싶겠군요?"

소팔희가 다시 담배를 깊이 빨았다. 눈가에 눈물이 고였다.

"가난한 여자가 혼자 어린 조카 데리고 살며 힘들게 키운 소를 팔아 목돈을 마련했는데, 집에 모처럼 목돈이 있는 상황에서, 한밤중에 몰래 집에 들어왔던 누군가가 도둑놈처럼 대문을 빠져나가는 걸 보고 어찌 도둑이라 생각하지 않을 수 있겠어요. 어제 홍성 우시장에 가서 소를 팔고 청양 읍내에 들렀다 집으로 돌아올 때, 청양 읍내에서부터 도둑놈같이 생긴 낯선 남자가 줄곧 우리 뒤를 졸졸 따라왔고 우리 마을까지 따라와 은조에게 구멍바위가 어디냐고 길을 묻는 시늉까지 했었거든요. 어젯밤에 도둑맞았다고 생각한 320만 원, 나와 은조에겐 정말 큰돈이죠. 목숨을 걸고라도 지켜야 할 만큼. 그런 큰돈을 도둑맞았다고 생각한 순간 눈이 뒤집혔지만 흉악한 도둑놈을 쫓아갈 용기까지는 나지 않았어요. 그런데 도둑이 도망가지 않고 대문 밑에 엎드려 문틈으로 집 안을 들여다보고 있는 것을 본 순간, 도둑이 뭔가 다른 것까지 노리고 있는 게 아닌가 하는 더욱 아찔한 생각이 들었죠. 그때 너무 무섭기도 했지만 도둑에게 본때를 보여줘야겠다는 생각이 들었어요. 오기랄까. 술도 한잔 마셨겠다, 술기운에 대문으로 달려들어 있는 힘껏 철문을 걷어찼죠. 문짝 모서리에 놈이 머리를 정확히 맞고 나동그라졌어요. 그 순간 나는 놈이 일어나 달려들기 전에 제압해야 한다는 생각으로, 들고 있던 몽둥이로 대문 밖에 쓰러져 있는 남자를 죽어라 두들겨 팼죠. 머리에 이미 치명상을 입고 꿈쩍도 하지 않았지만 일어나면 힘이 약한 내가 공격을 받아 목숨을 잃을 수도 있다는 공포심에 반격을 못 하게 죽도록 두들겨 팼어요."

소팔희가 말을 멈추고 담배 연기를 폐 속 깊이 빨아들였다가 내뿜었다.

최순석이 이해하겠다는 듯이 고개를 끄떡였다.

"여자가 남자를 죽일 때 더 잔인한 면이 있죠. 칼로 한두 번 찔러도 충분한데 열 번, 스무 번 반복해 찔러대죠. 그 이유는, 그 여자들의 인성이 잔인해서가 아니라 공포 때문이죠. 힘센 상대가 일어나 반격하면 오히려 자신이 죽을 것이라는 공포심 때문에."

"맞아요. 바로 그 심정이었어요. 그런데 뒤늦게 쓰러져 있는 사람이 신한국 씨라는 것을 확인하는 순간 뭔가 크게 잘못되었다는 것을 깨달았죠. 신한국 씨는 동네 사람들에게 따돌림당하는 술주정뱅이기는 해도 절대 도둑질하거나 우리에게 해를 끼칠 사람은 아니에요. 빚쟁이에다 가난뱅이지만 불쌍한 아이들을 돕는 후원금만큼은 다달이 꼬박꼬박 내는 사람이거든요. 어제도 읍내에 나갔으니 아마 입금했을 거예요."

소팔희가 다시 말을 멈추고 꽁초가 된 담배를 필터 직전까지 빨았다.

"그때 119를 부르고 경찰에 신고했어야 했는데…. 하지만 그때는 그럴 수가 없었어요. 신한국 씨가 죽은 것을 확인하는 순간 제일 먼저 떠오른 것이 바로 돌봐줄 사람 없는 우리 은조였거든요. 내가 사람을 죽였으니 이제 은조는 고아원에 가게 되겠구나…."

"그래서 시체를…?"

"맞아요. 문짝에 머리를 세게 맞고, 또 내가 휘두른 몽둥이에 맞아 죽었으니, 자살바위는 아니더라도 어디 높은 곳으로 옮겨 가 떨어트리면 맞은 흔적들이 감춰지는 마법이 일어나 실족사나 추락사 같은 것으로 위장할 수 있지 않을까 싶었어요. 그래서 시체를 옮기려고 리어카에 실어놓았는데, 방에 들어가 은조를 달래고 나오는 사이 그 시체가 감쪽같이 사라지고 없었어요."

"시체가 감쪽같이 사라졌다고요?"

"예, 정말이에요. 집 주변을 샅샅이 찾아보았지만 흔적도 없었어요. 내가 사람을 죽인 것이 꿈이 아니었던가 싶을 정도였죠. 그런데 그 시체가 약 두 시간쯤 뒤 우태우 이장님네 집에 가서 차에 치여 죽어 있는 것을 보고 어찌 놀라지 않을 수 있었겠어요. 정말 귀신이라도 보는 것 같았죠. 내가 때려죽인 시체가 어떻게 거기까지 걸어가서 트럭에 치여 더 끔찍한 몰골로…."

말을 끝내고 나서 소팔희가 하아 한숨을 쉬었다.

"죽은 신한국 씨의 입과 코, 귓속에 쇠똥이 들어 있고 등에 네 발 쇠스랑에 찍힌 상처가 있다던데, 그건…?"

"그래서 아까 우리 집에서 네 발 쇠스랑을 찾으셨던 거군요? 하지만 저희는 네 발 쇠스랑도 없을뿐더러, 어제저녁 이후로는 집 안에 쇠똥이 있을 리 없어요. 어제 소를 팔고 와서 외양간을 아주 깨끗이 물청소했거든요. 파리가 꼬이지 않게."

"그럼 이 동네에서 소를 키우고 있는 집이 또 어디죠?"

조은비가 물었다.

"예전에는 우리처럼 집마다 누렁이 한 마리씩 키웠다던데, 지금은 소 키우는 집이 거의 없을 거예요. 제가 아는 집은 우태우 이장님네밖에 없어요."

"뭐야, 그럼? 설마…?"

그때 최순석이 조은비의 말을 끊었다.

"자! 술 마시다 왔는데 가서 마시던 술이나 마저 마시죠. 소팔희 씨도 은조가 눈이 빠져라 기다리고 있을 테니…."

마을 사람들 대부분이 마을회관에 그대로 모여 있었다. 마을 회관 앞을 빙글빙글 돌고 있는 풍물놀이패의 악기 연주에 흥이 난 사람들이 자리에서 일어나 덩실덩실 춤을 추기도 하고 어깨를 들썩이며 나무젓가락으로 테이블을 두드려 장단을 맞추기도 했다.

그때, 술에 취한 40대 남자 한 명이 테이블 하나를 와장창 뒤엎으며 풍물놀이패 앞으로 뛰어 나갔다.

연주하던 사람들이 놀라서 연주를 멈췄다.

"아니, 지금 뭐 하는 짓들이유? 아무리 꼴 보기 싫은 사람이 죽었어도 그렇지, 같은 동네 사람이 갑자기 죽었는디 지금 흥이 나유? 지금 곡을 해도 부족할 판에 북 치고 장구 치고 놀아도 되는 거유?"

동네 남자들이 술 취한 사람을 말리기 위해 달려들었다.

"아 이 사람, 또 왜 이러나? 지금 우리가 신이 나서 이러는 건가? 범죄 없는 마을 현판식 행사가 있으니 예행연습이나 좀 하자는 거지."

"아니 그래두 그렇쥬. 초상이 났는디 지금 이렇게 흥을 낼 때냐구유?"

"누가 흥을 냈다고 그랴? 그리고 초상집에서는 원래 좀 먹고 마시고 떠들어줘야 하는 법이여. 그래야 가는 사람도 쓸쓸하지 않지."

"어디가 초상집인디유? 마을회관 구석에 영정이라도 하나 걸구 그런 말을 하슈."

"장례식은 사건 조사가 마무리된 뒤 우리 중천리에서 비용을 대, 마을장으로 치르기로 하지 않았나. 지금은 시체도 없고, 다리 통행도 불가능한데 어떻게 장례를 치러. 울고 싶은 사람은 그때 실컷 울면 되는 겨."

소란을 피운 남자는 웃통을 벗고 특수부대가 어쩌고저쩌고 떠들며 군가를 부르다가 아내에게 개 취급을 당하며 집으로 끌려갔다.

소란이 끝났을 때 양식연의 아내 전수지가 유리병 하나를 들고 최순석과 조은비에게 다가왔다. 병 안의 갈색 액체 속에 약초와 버섯, 나무껍질 등이 들어 있었다.

"한동안 안 보이기에 그냥 자러 가신 줄 알았네. 이 술은 작년에 동남이 아버지가 담근 것인디 오늘 처음 개봉하는 거구먼유. 특별히, 형사님하고 기자님에게 드리려고 가져왔슈. 칠갑산에서 동남이 아버지가 직접 채취한 여러 가지 약초에 버섯에…. 하여튼 산삼하고 백사만 빼고 몸에 좋다는 건 다 들어갔으니 한 잔씩 들어보세유."

전수지가 잘 봐달라는 듯이 다시 비굴한 웃음을 흘리며 최순석과 조은비의 잔에 술을 한 잔씩 따라준 뒤 술병을 놓고 돌아갔다.

"크으! 이 담금주, 독하긴 해도 맛이 꽤 괜찮군요. 한번 마셔보세요."

최순석이 술잔을 단번에 비우고 나서 술을 따르며 말했다.

"아까 아줌마 말씀하시는 게, 남자용 술인 것 같던데…."

조은비가 미간을 찡그리며 잔을 들어 맛을 봤다.

"음, 정말 괜찮네요. 맛이 참 묘하네. 약초 향과 버섯 향이 진하게 나요."

조은비가 남은 술을 홀짝 마시고 다시 잔을 내밀었다. 최순석이 병을 집어서 조은비의 잔에 술을 가득 따라줬다.

"술기운도 슬슬 오르는데 이제 시작해볼까요."

"뭘요?"

대답 대신 최순석이 우태우 이장에게 가서 무슨 말을 속삭이자 우태우 이장의 표정이 차갑게 변했다.

이장은 곧 마을 사람들 사이를 돌아다니며 귓속말을 속삭여 장자울 사람들을 마을회관 안으로 들여보냈다.

다섯 개의 살인 방정식

 마을회관 안에 모인 사람들은 이장 우태우와 아내 한돈숙, 박광규와 아버지 박달수, 식당집 왕주영, 연못집 양식연과 아내 전수지, 아들 양동남, 꼭대기집 소팔희와 황은조, 조은비, 최순석이었다.
 모일 사람들이 다 모이자 최순석이 사람들 앞으로 나갔다.
 "여기 이렇게 모인 분들은 어젯밤 신한국 씨의 시체가 우태우 이장님네 트럭에 치여 있는 현장을 목격하신 분들입니다. 그런데 여기 있는 분들은 그 누구도 경찰이나 119에 신고하지 않고 신한국 씨의 시체를 유기하고 불을 질러 사체를 훼손하고 증거를 인멸하는 데 적극적으로 가담했거나 교사, 최소한 동조 및 묵인을 했습니다. 사체 유기, 훼손, 방화 등의 죄가 얼마나 큰 죄인지는 모두 알고 계시죠?"

아무도 대답하지 않았다.

"그런데 이상하죠? 사체 유기나 훼손, 방화가 얼마나 큰 죄인지 모두 알고 있으면서 그런 위험 부담을 무릅쓰고 남의 일에 그렇게 적극적으로 가담해서 사건을 왜 은폐했을까요? 그렇습니다. 이 사건은 겉보기와 달리 그리 단순한 사건이 아닙니다. 그래서 모두 모이시라고 한 겁니다. 자 일단, 어떻게 된 사건인지부터 정리해보겠습니다. 술을 몇 잔 마셨더니, 아, 갑자기 취기가 오르네. 말발 좋은 조 기자님이 간단히 좀 정리해주시겠습니까?"

조은비가 최순석을 한번 쏘아보고 나서 앞으로 나갔다.

"저희는 사건을 역추적했지만, 알아듣기 쉽게 순서대로 말씀드리겠습니다. 어젯밤 꼭대기집 소팔희 씨는 키우던 소를 장에 내다 팔고 받은 돈을 가지고 집으로 돌아왔는데 읍내에서부터 누군가가 줄곧 뒤를 따라왔습니다. 나중에 밝혀진 바에 의하면 그 사람은 대전 사람으로, 구멍바위에서 자살하기 위해 이 동네에 왔습니다. 하여튼 그런 이유로 소팔희 씨는 밤에 집에 숨어든 사람을 보자 도둑으로 오인했고, 철대문 문짝을 발로 걷어차 도둑의 머리에 중상을 입혔고 또 심한 매질을 해서 사망에 이르게 했습니다. 그 뒤 소팔희 씨는 데리고 있는 황은조를 고아원에 보내는 것에 부담을 느끼고 사건을 은폐하기로 작정합니다. 그래서 손수레에 시체를 실어놓았는데 황은조를 재우려고 잠깐 방에 들어간 사이 누군가가 그 시체를 가져다가 양식연 씨네 양식장 물속에 빠트렸던 겁니다."

"뭐, 뭐유?"

"아니, 뭐라구유?"

사람들이 모두 한마디씩 수군거렸다. 양식연과 전수지가 자리에서 뻘떡 일어나며 소팔희를 죽일 듯이 쏘아보았다. 소팔희가 시선을 피하며 고개를 푹 숙였다.

"아아, 이야기 아직 안 끝났으니 조용히들 하세요. 뭘 잘했다고 큰소리들입니까?"

최순석이 큰소리를 쳐서 사람들을 진정시켰다.

"다음으로, 전기를 끌어다 양식장 물을 소독하던 양식연 씨의 아들 양동남이 양식장으로 나왔다가 물에 빠져 죽어 있는 신한국 씨를 보고 자신이 사람을 죽인 것으로 착각합니다. 아버지에게 혼날 것이 걱정도 되고 범죄 없는 마을 현판식을 앞두고 있던 터라 이런저런 압박감에 시체를 지천에 빠트려 익사한 것처럼 꾸미려 합니다. 하지만 시체를 지천으로 가져가던 중 떨어트려 시체가 왕주영 씨의 자가용에 치이게 됩니다. 신한국 씨의 시체를 차로 친 왕주영 씨는 음주 운전 상태에서 사고를 낸 데다, 자신이 범죄 없는 마을 현판식을 망치고, 기록을 깨게 되었다는 압박감에 사로잡힙니다. 또 자신은 잘못한 것이 하나도 없는, 어쩔 수 없는 일이었다는 생각이 들자 자기변명으로 일관하며 그 시체를 우태우 이장에게 떠넘깁니다. 신한국을 치어 죽인 차가 확실해야 사람을 친 흔적이 있는 자신의 자가용이 용의 선상에서 벗어날 수 있었기 때문이죠."

"뭐, 뭐야? 왕주영 이 새끼, 나한테 어찌 이럴 수가 있는 겨?"

"아니, 사람 그렇게 안 봤는디 어떻게 우리에게 누명을…."

"그러고 나서, 증거 없애려고 바위를 일부러 들이받고 급발진 사고라고 뻔뻔하게 쇼를 한 겨?"

얼굴이 벌겋게 달아오른 우태우 이장과 한돈숙이 침까지 튀겨 가며 왕주영에게 소리쳤다.

"미, 미안혀유. 죽을죄를 졌슈."

"어허, 조용히들 하세요!"

다시 최순석이 소리를 질러 소음을 정리했다.

조은비가 말을 계속 이어갔다.

"그렇게 모두 제각각 자신이 신한국을 죽였다고 생각하고 있었으니, 우태우 이장님네 텃밭에서 벌어진 트럭 사고 현장을 봤을 때 모두 기겁을 하지 않을 수 없었을 겁니다. 자신이 죽인 시체가 어떻게 이곳으로 와서 트럭에 치였을까? 귀신이 아닌가 싶어, '귀신이다!' 하고 소리친 사람도 아마 있었을 겁니다. 하여튼 그래서, 모두 적극적으로 나서서, 자기 일처럼 나서서, 아니, 자기 일이니 당연히 발 벗고 나서서 시체를 불에 태워 없애고 사건을 은폐하기에 이릅니다. 하지만 사건 처리는 이번에도 뜻대로 되지 않습니다. 불에 태운 시체가 마치 불사신이라도 되는 것처럼 또다시 멀쩡히 청양장례식장에 가서 누워 있다니, 이 얼마나 기절초풍할 일이었겠습니까. 안 그래요?"

술기운에 과장되게 말을 하던 조은비가 말을 끊고 사람들을 둘러봤다. 사람들이 고개를 숙이며 조은비의 시선을 피했다.

"그런데, 여기서 이상한 것이 있습니다. 여기 있는 분들 중에 자신이 신한국을 죽였다고 생각할 이유가 없는 사람이 딱 두 명 있습니다."

서로를 쳐다보던 사람들의 시선이 박광규와 박달수 노인에게 고정되었다.

"두 분은 이 사건과 관련이 없는데 왜 사건 은폐에 적극적으로 가담했죠? 혹시 관련이 있나요? 우리가 모르고 있을 뿐?"

"어, 없슈. 그런 거 없슈!"

박광규가 소팔희를 힐끗 쳐다보고 나서 고개를 숙였다.

"그런데 왜요? 말이 안 되잖아요? 이해가 가요?"

"하, 하여튼 나하고 아버지는 상관 없슈."

"그런데 왜 그랬냐는 거죠?"

"말, 못 해유."

"해명 못 하면 살인범이 될 수도 있는데요?"

"사, 살인범이유?"

"아직 풀리지 않은 문제들이 남아 있습니다. 신한국 씨 사체의 입과 코, 귓속에서 쇠똥이 검출되었고, 둔탁한 둔기에 당한 것 같은 이마에 있는 멍 자국, 등에 있는 네 발 쇠스랑에 찍힌 자창, 이게 아직 풀리지 않고 있는 미스터리입니다."

얼굴이 파랗게 질려서 말을 못 하고 있던 박광규가 자리에서 일어나 조은비 옆으로 다가왔다.

"마, 말할게유. 다 말할 테니, 다만 조용한 데 가서 좀…."

최순석이 박광규와 조은비를 데리고 마을회관 구석으로 갔다.

"자, 말해보세요."

"사, 사실은, 어젯밤에 소팔희 씨가 집 앞에서 시체를 손수레에 싣는 것을 우연히 봤슈…."

"예에?"

조은비가 놀랍다는 듯이 큰 소리를 냈다.

"그럼 소팔희 씨가 죽인 신한국 씨를 양식연 씨네 양식장으로 옮긴 사람이 바로…?"

"그, 그래유. 제가 그랬구먼유. 팔희 씨가 어쩌다가 잘못해 죽인 것으로 보이는 한국이 형 시체를 손수레에 싣는 것을 보고…. 제가 대신 시체를 처리해줘야겠다 싶어 시체를 조용히 훔쳐내서 저쪽 산 쪽으로 묻으러 가려는데 비탈길에서 손수레에 가속도가 붙어 통제가 되지 않았슈. 비탈길을 빠르게 굴러가는 손수레에 질질 끌려가다 결국 속도를 이기지 못하고 놓쳤는디, 연못집 양식장 앞에서, 빠르게 굴러가던 손수레 바퀴가 길에 난 배수로에 걸리며 공중으로 튀어 오르더니 엎어졌고 그때 한국이 형이 양식장으로 날아가 풍덩 빠진 거유. 죽은 한국이 형을 다시 손수레에 싣기 위해 엎어진 손수레를 겨우 일으켜 세웠는디, 그때 연못집에서 누가 나오는 것을 보고 빈 손수레만 끌고 얼른 몸을 숨기게 된 거구먼유. 그 뒤 손수레는 곧장 다시 팔희 씨네 집 앞에 끌어다 놨구유."

"그런데 시체를 왜 대신…?"

최순석이 냉정한 표정으로 물었다.

"어허, 이 남자 참…."

조은비가 최순석의 말을 끊으며 고개를 옆으로 흔들었다.

"지금까지 누구 사랑해 본 적 없죠? 둔한 최순석 씨, 이분이 소팔희 씨를 좋아해서 대신…."

박광규가 소팔희 쪽을 다시 힐끔 쳐다봤다.

"마, 맞구먼유. 그래서…."

"소팔희 씨가 보고 싶어서, 그 밤중에 소팔희 씨네 집 근처로 가서 기웃거리다 우연히 보게 된 장면 때문에, 짝사랑하는 소팔희 씨가 어떤 이유나 실수로 사람을 죽인 것으로 판단하고 묻지도 따지지도 않고 살인죄를 덮어주기 위해 적극적으로 가담했던 거다, 이 말입니까?"

최순석이 박광규에게 물었다.

"그, 그렇게 된 규. 아버지는 아무것도 몰라유. 어쩌면 제가 피 묻은 옷을 입고 집으로 돌아와 옷을 갈아입는 것을 봤을지는 모르지만…."

"그래서, 소팔희 씨가 준 지포 라이터를 불길 속에서 꺼내려고, 목숨 걸고 꺼내려고 그 뜨거운 불길 속에 손을 집어넣어 그렇게 된 거고요?"

오른손과 팔에 붕대를 칭칭 감고 있는 박광규의 손을 보며 조은비가 그 심정 이해하겠다는 듯이 말하자 박광규가 다시 고개를 끄떡였다.

"이제 이해되셨죠, 최 형사님?"

최순석이 고개를 끄떡였다.

세 사람이 각자의 자리로 돌아갔다.

최순석이 마을 사람들을 향해 입을 열었다.

"박광규 씨와 박달수 씨의 살인죄에 대한 범죄 혐의만큼은 방금 해명이 되었습니다만, 아직 남은 미스터리는 풀리지 않고 그대로 남아 있습니다. 쇠똥과 둔기, 등의 쇠스랑 자국!"

말을 끊은 최순석이 신문이라도 하듯 사람들의 얼굴을 한 명씩 한 명씩 쳐다봤다.

"지금까지의 수사 결과로 볼 때 신한국 씨를 죽인 살인범은 소팔희 씨입니다. 그런데 여기서 문제는, 살인범 소팔희 씨네 외양간에는 어젯밤에 소도 없었고 네 발 쇠스랑도 없었고 쇠똥도 없었습니다. 어제 낮에 소를 팔고 와서 외양간을 깨끗이 물청소했기 때문이죠. 그렇다면 쇠똥과 네 발 쇠스랑, 둔기에 강하게 맞은 듯한 이마의 상처는 어떻게 된 것일까요?"

최순석의 말에 사람들이 시선이 이장 우태우에게 쏠렸다.

"아, 아녀! 나는 신한국을 죽이지 않았어. 즈, 증거 있어?"

"증거라?"

최순석이 허공을 쳐다보며 생각하는 표정을 지었다.

"곧 신한국 씨 부검 결과가 나올 겁니다. 그럼 어느 소가 싼 똥인지 쇠똥 성분도 다 나오게 되어 있습니다. 쇠똥에는 미세하게나마 소의 혈액이 포함되어 있어 소의 혈액형과 유전자 검출이 가능합니다. 예전에 도둑놈들이 도둑질한 현장에 똥을 싸질러놓고 가면 안 잡힌다는 미신을 믿고 도둑질 후 안방 침대 위 같은 데 똥을 싸놓고 가는 경우가 꽤 있었죠. 물론 그때는 그 똥 때문에는 안 잡혔습니다만 요즘은 그런 짓을 하면 바로 수갑 차게 됩니다. 똥을 분석해 혈액형, 유전자 등을 모조리 알아낼 수 있기 때문이죠."

우태우 이장이 입술을 지그시 깨물었다.

"아, 그려. 중천리 장자울에서 지금 소를 키우고 있고 쇠똥이 있는 집은 우리 집뿐이여. 하지만 신한국의 몸에 우리 쇠똥이 묻어 있다고 해서 어떻게 내가 범인이여? 범인이 수사에 혼선을 주기 위해 우리 집 쇠똥을 가져다 일부러 묻혀놨을 수도 있고, 술에 취한 신한국이가 우리 집 축사에 와서 구르고 갔을 수도 있는 거잖여? 아, 맞어. 어제 신한국이가 복권 샀다며? 우리가 시체 가지고 불 지르러 갔을 때도 복권이 방바닥 여기저기 흩어져 있었잖여. 양식연이는 그 복권을 한 장 주워서 살펴보기까지 하지 않았남? 똥에서 구르는 꿈을 꾸면 복권에 맞는다고, 신한국이가 죽기 전에 우리 축사에 와서 일부러 쇠똥에서 구르고 간 것일 수도 있는 거 아녀? 사람 마음은 아무도 모르는 겨. 죽은 사람 마음을 우리가 어찌 알겄어?"

"암, 그렇구먼유! 우리는 그 뭐냐, 알리, 그 알리가 있슈. 우리는 신한국이가 죽던 시간에 구치리 상갓집에 있었슈."

한돈숙이 큰 소리로 끼어들었다.

"맞어, 맞어! 그렇네. 우린 알리바이가 있어!"

"상갓집이요?"

"우린 어제 구치리에 사는 팔촌 형님이 돌아가셔서 거길 갔다가 밤늦게 돌아왔구먼유."

"몇 시에 돌아왔는데요?"

"한 11시쯤 되었으려나? 우리가 돌아왔을 때는 이미 신한국이가 죽어서 동네 이 집 저 집을 떠돌고 있었을 거구먼유. 그리고 우리 집에는 네 발 달린 쇠스랑도 없슈! 못 믿겠으면 가서 찾아보슈. 당장 가서 찾아보라니께!"

"그류. 쇠스랑이야, 소를 키우지 않는 집도 다들 가지고 있을 거구먼유. 10여 년 전만 해도 집집마다 소를 키웠었으니…."

"아! 살인에 쓰인 흉기인 네 발 쇠스랑은 우리가 이미 확보해 놨습니다. 그렇죠, 조 기자님?"

"예, 맞습니다. 범인이 저쪽 산 밑에 묻어둔 걸 신한국 씨네 개 맹구가 파냈고 저희가 수거해서 잘 보관하고 있습니다. 이제 국과수로 보내 지문을 채취하기만 하면 범인은 금방 밝혀질 겁니다."

"저, 저 말이유."

우태우 이장의 눈치를 보던 왕주영이 조심스럽게 손을 들었다.

"전 그 쇠스랑이 누구네 건지 알 것 같아유."

"누구네 거죠?"

"지가 신한국이 시체를 이장님네 집에 가져다 놔서 무지 죄송스럽긴 헌디 말이유. 그런디 잘 생각해보니 죄송할 일이 절대 아니구먼유."

"뭐라구?"

"곰곰이 잘 생각해보니, 시체를 맨 처음에 돌린 사람은 소팔희 씨가 아니라 형님이 틀림없구먼유."

"뭐야?"

"지가 어제 형님네 트럭 문을 열기 위해 뭔가 도구를 찾으러 형님네 집에 숨어들어 갔었는디, 형님이 안방 문을 열고 나오는 바람에 마루 밑에 급히 숨었었거든유. 거기서 플라스틱 자를 찾아서 트럭 문을 열었쥬. 근디 거기 보니 물에 깨끗이 씻은, 물기가 아직 그대로 남아 있는 네 발 쇠스랑이 놓여 있던디유. 어둠 속에서 엉겁결에 그 쇠스랑 날을 짚었다가 손잡이가 벌떡 일어나서 코를 때리는 바람에 코피까지 났슈. 그 쇠스랑은 어떻게 설명할 거유? 형님도 농부니 알겠지만, 농부나 소 키우는 사람 누가 쇠스랑을 그렇게 정성스럽게 깨끗이, 쇠똥 냄새 하나 안 날 정도로 닦아서 마루 밑에 보관혀유? 피 묻은 범죄 도구나 그렇게 깨끗이 닦지, 농기구를 누가 그렇게 깨끗이…."

왕주영의 말을 들은 우태우 이장의 눈 밑이 경련이라도 난 것처럼 부르르 떨렸다.

왕주영이 우태우의 시선을 외면하며 다시 말했다.

"참 신기한 일이네. 살인자가 사람을 죽여서 다른 집에 떠넘긴 시체가 동네를 한 바퀴 돌아 다시 살인자의 집으로 되돌아갔으니 말여유."

"아녀, 아니래두! 내가 죽인 것이 아녀! 나가 상갓집에 갔다 돌아왔을 때는 이미 죽어 있었어!"

"여보!"

한돈숙이 그만 말하라는 듯이 소리를 질렀다. 하지만 이미 빼도 박도 못할 일이었다. 우태우 이장이 계속 말을 이어갔다.

"상갓집에 갔다 와서 온종일 굶은 젖소들에게 먹이를 주려고 축사로 갔는디 축사 입구에 신한국이 엎어져 있었어. 쇠똥을 뒤집어쓴 채 머리인지 이마에서 피를 흘리고 있었어. 등에 우리 축사에 있던 쇠스랑이 푹 꽂힌 채 말여…. 급히 등에 꽂혀 있던 쇠스랑을 빼내고 숨을 쉬는지 확인했는디, 숨이 이미 끊어져 있었다구."

"뭐여? 그럼 범인이 누구란 거여?"

"그럼 우리 동네에 신한국이를 쇠스랑으로 찍어 죽인 살인자가 정말 있단 말여?"

사람들이 서로를 쳐다보며 수군거렸다.

"정말이라니께, 제발 믿어줘유."

"그런데 왜 경찰에 신고를 안 했습니까?"

"아, 지금 입장하고 똑같은 거쥬. 지금 내가 사실대로 말해도 아무도 안 믿고 있잖유. 그때도 그런 생각이 들었슈. 내가 사실대로 말해도 나를 살인범으로 몰아갈 거 같았슈. 신한국이가 우리 축사에서, 우리 쇠스랑에 찍혀 죽었으니께. 그런 생각이 들면서 제일 먼저 떠오른 게 범죄 없는 마을 현판식이었슈. 내가 이 마을 이장인디, 이장이 범죄 없는 마을 현판식 직전에 사람을 죽이고, 그래서 범죄 없는 마을 기록을 깨봐유. 아주 개갈 안 나는, 형편없는 일이잖유. 감옥에 가는 것도 가는 거지만, 이 마을에서 어찌 얼굴을 들고 살겄슈. 설령 쫓겨나지 않는다고 해두 말유. 신한국이처럼 따돌림당하며 평생 살 수밖에 없을 거 아뉴. 그래도 처음에는 병원에 데려가려고 일단 트럭에 실었슈. 그런데 죽은 사람을 병원에 데려간다고 뭐가 달라져유? 그래서 어찌할까 고민하는디, 나중에 밖으로 나와서 뒤늦게 시체를 본 마누라가 소팔희 씨가 소를 키우니 거기 가져다 놓자구 강력히 주장했슈. 소팔희 씨는 중천리에 온 지 몇 년 안 된 타지인이니 이 마을에서 쫓겨나도 타지에 나가서 잘살 것이다 하며. 나는 혼자 어린 조카 키우며 사는 소팔희 씨가 안쓰럽기도 하구 해서, 그건 절대 안 된다고 했는디, 결국⋯."

우태우 이장이 미안하다는 듯이 소팔희를 쳐다보고 나서 고개를 폭 숙였다.

조은비는 우태우 이장네 집에서 점심을 먹을 때, 우태우 이장이 소팔희가 예쁘다고 한마디 하자 한돈숙이 심하게 질투하던 장면을 떠올렸다.

"계속 말씀하시죠."

최순석이 재촉했다.

"신한국이 시체를 등에 업고 꼭대기집으로 죽을 둥 살 둥 힘겹게 올라가서 마누라는 밖에서 망을 보고 나 혼자 집 안으로 조심스럽게 들어갔슈. 그런데 외양간에 가보니 미치고 환장하게끔 그저께까지 있었던 소가 없는 거유. 외양간은 물청소가 깨끗이 되어 있고 말이유. 그래서 이 방법은 아니다 싶어 다시 업고 나오는디 무거운 시체가 등에서 엉덩이로 줄줄 흘러내리기 시작했슈. 대문을 겨우 빠져나왔는디 급기야 신한국이 시체가 엉덩이 밑으로 굴러떨어졌슈. 다시 업으려는디 대문 안에서 도둑이라느니 뭐라느니 외치는 소리가 들려왔슈. 그래서 시체를 그대로 거기 놔두고 도망가지 않을 수 없었슈."

"그 뒤 소팔희 씨가 도둑이 대문 밑의 틈을 통해 집 안을 들여다보는 거로 오해하고 철문을 박차서 철문 모서리로 신한국 씨의 머리를 가격했고 또 몽둥이를 들고 나가 도둑 또는 강도라고 생각하고 마구 두들겨 팬 거로군요?"

"맞아요!"

살인 누명을 벗은 소팔희가 크게 대답했다.

우태우 이장이 한숨을 푹푹 쉬며 다시 변명했다.

"하지만 저는 절대 신한국을 죽이지 않았슈. 내가 신한국을 왜 죽여유? 죽일 이유가 전혀 없잖유? 원한이, 죽일 만큼 원한이 있는 것도 아니고, 금전적인 문제가 있는 것도 아니고, 신한국이가 우리 마누라와 붙어먹은 것도 아니구, 왜 죽여유? 죽일 이유가 전혀 없잖유? 설령 죽이고 싶은 일이 있어도 마을 이장이 범죄 없는 마을 현판식을 앞두고 죽였겠슈? 죽일 거면 그거라도 끝내고 죽였겠쥬."

그 말만큼은 그럴듯한 변명으로 여겨졌다. 범죄 없는 마을 기록과 현판식을 의식해 변사체를 경찰에 신고하지 않고 다른 사람 외양간에 떠넘겼다는 사람이 범죄 없는 마을 현판식을 앞두고 고의로 살인을 저질렀을 것 같지는 않았다. 우발적인 살인이라면 몰라도.

"신한국 씨를 사망에 이르게 한 흉기는 결국 쇠스랑인가요?"

조은비가 최순석을 보며 물었다.

하지만 최순석은 자신도 모르겠다는 듯이 어깨를 으쓱해 보였다. 이제 더는 어떤 증거도, 단서도 없었다. 현재로서는 우태우 이장이 가장 유력한 용의자였지만 죽이지 않았다고 완강히 뻗대고 있었다. 진실인 것 같기도 했고 거짓말인 것 같기도 했다.

"도대체 누가 신한국 씨의 이마를 둔기로 때리고 쇠스랑으로 등을 찍은 것일까요?"

최순석이 조은비를 향해 다시 두 손을 벌려 보였다.

"오늘은 나가서 술이나 마저 마십시다. 내일 낮에 추가로 수사해보면 뭔가 나오겠죠."

최순석은 별다른 단서가 없는 상황에서 사람들을 붙잡고 있어 봤자 시간 낭비라고 생각한 듯했다. 모여 있던 사람들을 모두 마을회관 밖으로 내보내고 나서 자신도 밖으로 나가 아까 조은비와 앉아 있었던 테이블에 가서 다시 앉았다.

마을회관에서 나간 장자울 사람들도 마당 구석의 빈 테이블에 따로 둘러앉아 술을 마시기 시작했다. 그들은 자신이 신한국을 죽인 줄 알았는데 그게 아니어서 천만다행이라고 생각하는 것 같았다.

"미안해. 그때 경찰에 바로 신고했어야 하는디, 나 때문에 일이 이 지경이 되어버렸구먼. 내가 어떻게든 책임져볼게."

우태우 이장이 맥주잔에 소주를 따라 마시며 같은 테이블에 앉아 있는 다른 사람들에게 사과했다.

"아, 형님이 뒤늦게 워치게 책임을 질 수 있는디유? 이미 엎질러진 물인디…."

"전 재산을 팔아서라도 변호사 한 명씩 쿨여줄게. 팔희 씨, 시체 떠넘겨서 정말 미안하구먼유."

우태우 이장이 다시 한번 소팔희에게 사과하고 나서 술주정하듯 당시의 심경을 토로했다.

"그때 심정을 생각하면 지금도 오금이 다 저리다니께. 피똥 싸며 힘겹게 업고 가서 남의 집에 버리고 온 시체가 더 끔찍한 몰골로 돌아와 트럭에 치여 있는디, 정말 환장하는 줄 알았어. 귀신이다 하고 저절로 외치지 않을 수 없더라구. 한편으로는 팔희 씨가 우리가 범인인 것을 알고 다시 시체를 우리 집으로 돌려보낸 것이 아닌가 의심이 들기도 했구. 하지만 물어볼 수가 있어야 말이지."

"그래서 아까 낮에 소팔희 씨가 운전을 하는지 못하는지 은근슬쩍 물어본 거군유? 트럭을 굴러가게 조작할 능력이 있는지 없는지 알아보려구?"

양식연이었다.

얼큰하게 취한 양동남이 끼어들었다.

"그건 저도 마찬가지유. 시체를 내다 버렸는디 어떻게 그 시체가 이장님네 집에 가서 또 한 번 트럭에 치여 죽어 있는지 참…. 누구에게 말도 못 하겠고…. 사실 뭐 저는 고의는 아니었지만 식당집 아저씨께 떠넘겼으니 식당집 왕씨 아저씨가 그랬으려니 추측을 하긴 했었쥬."

"그런디, 형님하고 왕주영이는 정말 나쁜 사람들 아뉴? 박광규하고 우리 양동남이는 실수로 신한국이를 남에게 떠넘긴 거지만 두 사람은 일부러 계획적으로 남의 집에 떠넘긴 거잖유?"

"미, 미안하다고 혔잖여. 죽을죄를 지었어."

"나야, 남에게 떠넘기긴 했어도, 최초로 시체를 돌리기 시작한 태우 형에게 다시 떠넘긴 것이니, 태우 형한테는 하나도 미안할 게 없구먼유. 내가 그 개고생한 게 다 누구 때문인디유. 아이구, 내 그랜저…. 할부 끝나려면 한참 남았는디…."

"아이고, 내 생돈 320만 원…."

소팔희도 생각할수록 억울해 죽겠다는 듯이 두 주먹을 꼭 움켜쥐었다.

"그나저나, 도대체 누가 신한국이를 죽인 것일까? 어휴, 생각만 해도 끔찍하네. 어떻게 쇠스랑으로 등쪽을 찍어서 죽여. 분명 우리 동네 사람일 텐디….”

"에이, 설마? 우리 동네 사람 중에 그런 잔인무도한 사람이 있으려구? 혹시 그 자살하려고 우리 동네에 왔던 대전 사람이 신한국이를 죽이고 자살한 것이 아닐까유?"

"그럴지도 모르지. 그 사람 신한국이와 어떤 조그마한 인연이라도 있는지 없는지, 그런 것 좀 저 형사님한테 수사하라고 해보쥬. 인연이 조금이라도 있는 사람이면 분명 범인일 겨."

최순석과 조은비는 왕따처럼 단둘이 마주 앉아서 동네 사람들이 낮게 수군대는 소리를 들으며 양식연의 아내 전수지가 가져다준 담금주를 홀짝댔다.

"누가 범인이라고 생각하세요?"

생각에 잠겨 있던 조은비가 입을 열었다.

"그걸 내가 어떻게 알겠습니까? 점쟁이도 아닌데."

"우리가 확보해놓은 쇠스랑도 결정적 증거는 못 되겠네요. 거기서 지문이 나온다고 해도 우태우 이장 것뿐이지 않을까요? 물로 그리 깨끗이 씻어댔으니. 아, 왕주영 씨가 우태우 이장네 마루 밑에 숨었을 때 그 쇠스랑을 만졌다니 왕주영 씨 지문도 나올지 모르겠군요. 코피를 흘렸다고 했으니 코피도 묻어 있을 것 같고…. 아, 뭐 다른 단서 없나? 뭐 다른 단서 없어요?"

"그렇게 자꾸 물어대니, 조 기자님이 형사 같고 꼭 내가 취조당하는 범인 같군요."

"호호, 형사가 어쩜 나보다도 범죄 해결에 대한 열정이 그리 없어요?"

"그렇게 보여요?"

"예."

"이 술, 맛은 있는데 꽤 독하네. 안 취해요?"

"안 취하면 어디 그게 술인가요? 취해야 술이지, 헤헤헤."

동네 사람들이 대부분 자리를 뜬 뒤 술에 취한 최순석과 조은비도 자리에서 일어났다. 이유 없이 실실 웃고 있는 조은비는 물론 최순석도 크게 비틀거렸다.

"이, 이상하네. 많이 안 마셨는데 왜 이렇게 취하지?"

"헤헤헤, 많이 안 마시기는 뭘 안 마셔요. 담금주 맛있다고 홀짜악 홀짜악 계속 들이켜던데. 헤헤헤."

"이 병을 봐요. 우리 둘이 겨우 3분의 1 정도 마셨다니깐. 아, 그렇지. 남은 술은 키핑해야지."

최순석이 다시 테이블로 가서 술병의 뚜껑을 꼭 닫아서 옆쪽 테이블에 앉아 있는 전수지에게 건넸다.

"이거 좀 잘 보관해주세요. 됐다 나중에 마시게요."

"예, 형사님."

전수지가 술병을 들고 마을회관 안으로 들어갔다.

"자, 내 차 타요. 올 때 안 태워줬다고 투덜거렸으니 갈 때는 인심 쓰겠습니다."

최순석이 몸을 비틀거리며 조은비에게 말했다.

"수, 술 취해서 운전해도 돼요, 경찰이?"

"많이 안 마셨다잖아요. 타기 싫으면 혼자 걸어가던가."

"헤헤, 그냥 타겠습니다. 하지만, 살인범이 무서워서 타는 건 절대 아닙니다, 헤헤헤."

최순석이 조은비의 카메라 가방을 받아 뒷자리에 싣고 나서 조수석 쪽 차 문을 열어주자 조은비가 비틀거리며 올라탔다.

운전석에 올라탄 최순석이 머리를 몇 번 좌우로 흔들었다. 주량의 반도 마시지 않았는데도 꽤 어지러웠다.

최순석이 눈을 꼭 감았다가 뜨고 나서 차의 시동을 걸었다.

낡은 지프가 덜덜거리며 출발했다.

"아, 기분 좋다! 헤헤헤."

졸린 듯 조은비가 눈을 게슴츠레 뜨고 실실 웃어댔다.

"우리, 은조네 도착하면 술 한잔 더 할까요? 헤헤헤. 아까 그 술, 마약이라도 탔는지 기분이 너무 좋아요. 키핑하지 말고 가져올 걸 그랬네. 헤헤헤."

차가 어둠 속을 향해 조금씩 속력을 내기 시작했다. 곧 냇가 도로로 접어들었다.

"아, 덥다. 창문 좀 열어봐요, 앗!"

어느 순간 조은비가 갑자기 자리에서 벌떡 일어나며 최순석을 향해 달려들었다.

"배, 뱀이다!"

"뭐요, 뱀이요? 이, 이러지 말아요!"

최순석이 달려드는 조은비를 오른손으로 뿌리치며 급히 브레이크를 밟으려고 했다. 그런데 발에 뭔가 뭉클한 것이 밟혔다. 재빨리 발밑을 내려다보았다. 붉은색과 검은색이 선명한 커다란 독사가 최순석의 발에 목을 밟힌 채 몸을 꿈틀대고 있었다. 브레이크를 밟기 위해 발을 떼면 머리가 자유로워진 독사가 곧장 사타구니를 향해 달려들 것만 같았다.

"어어어…!"

앞에 도로가 기역 자로 구부러진 급커브가 나타났다. 브레이크를 밟아 속도를 줄여야 했다. 하지만 브레이크를 밟으려면 밟고 있는 독사의 목에서 발을 떼야 했다.

차가 갓길로 벗어났다. 반사적으로 발을 이동해 브레이크를 밟았지만 이미 늦었다.

"아아악!"

조은비의 비명과 함께 차가 넘어질 듯이 회전하다 오른쪽 뒷부분이 축대에 쿵 부딪쳤다. 운전대 속의 에어백이 팡 터져 최순석의 얼굴을 때렸다. 지프의 우측 뒷부분이 축대에 부딪힌 반동으로 차의 앞부분이 오른쪽으로 돌며 차의 오른쪽 부분 전체가 다시 축대에 부딪치고 나서 축대의 벽을 따라 몇 미터 밀려가다 멈춰 섰다.

최순석은 헤비급 권투선수의 강한 주먹에 얼굴을 한 대 얻어맞기라도 한 것처럼 정신이 하나도 없었다. 코에서 화약 냄새와 함께 피 냄새 같은 것이 났다. 사고 직전 자신의 목을 끌어안았던 조은비가 걱정되어 옆을 돌아보니 차가 회전하며 충돌할 때 조수석 쪽으로 튕겨 나가 옆으로 쓰러져 있었다. 깨진 창문에 머리를 부딪친 것 같았다.

"괜찮아요?"

최순석의 외침에 정신을 차린 조은비가 다시 갑자기 발을 허공으로 번쩍 들어 올렸다.

"뱀! 뱀!"

바로 그때 운전석 바닥에 있던 뱀이 혀를 날름거리며 몸뻬를 입고 있는 최순석의 다리를 타고 위로 기어 올라왔다.

"으ㅎㅎ훗!"

최순석이 다리를 세게 흔들어 뱀을 털어내며 운전석 문을 열고 밖으로 튀어 나갔다.

"아아악! 사, 살려줘요!"

최순석이 혼자 도망가는 것을 보고 조은비가 쳐들고 있던 다리를 급히 의자 위로 끌어 올려 의자에 올라서며 비명을 질렀다.

뱀은 한 마리가 아니었다. 조은비가 있는 조수석 쪽 바닥에도 한 마리가 기어 다니고 있었고 뒷자리에도 한 마리가 똬리를 틀고 있었다. 또 조은비의 카메라 가방이 떨어져 있는 뒷자리 바닥에도 뱀 두 마리가 기어 다니고 있었다. 눈에 보이는 것이 이 정도면 의자 밑 등, 눈에 보이지 않는 곳에 훨씬 많은 독사가 꿈틀대고 있을 것 같았다.

최순석이 마른 나뭇가지를 주워 들고 운전석으로 다가가자 언제 의자 위로 기어 올라왔는지 커다란 까치살모사 한 마리가 운전석에 똬리를 틀고 있었다.

최순석이 까치살모사의 머리를 나뭇가지로 후려친 뒤 재빨리 뒤로 물러났다. 정통으로 맞은 까치살모사가 몸을 뒤틀어댔다. 하지만 까치살모사는 하얗게 드러냈던 배를 다시 원래대로 내리며 머리를 쳐들어 공격 자세를 취했다. 다시 한번 나뭇가지로 후려치려고 다가가는데 까치살모사가 최순석의 얼굴을 향해 튀어 올랐다.

"아학!"

최순석이 반사적으로 나뭇가지를 휘둘러 얼굴 바로 앞에서 까치살모사를 옆으로 쳐냈다. 도롯가에 떨어진 뱀이 슬금슬금 풀숲으로 사라졌다. 뱀의 신체 어느 부분이 얼굴을 스친 듯했지만 물린 것 같지는 않았다.

"빨리 차에서 내려욧!"

최순석이 외쳤지만 조은비는 신속히 내릴 수가 없었다. 차의 오른쪽이 축대 벽에 붙어 있어 조수석 문을 열 수가 없었다. 조은비가 차에서 내리려면 변속기 레버를 넘어와 운전석 쪽으로 내려야 했다.

조은비가 변속기 레버를 넘어가려고 발을 내뻗는데 뒤쪽 바닥에 있던 독사 한 마리가 변속기 레버 쪽으로 이동해 갔다. 그것을 본 조은비가 급히 발을 거두며 비명을 질렀다.

"아앗!"

최순석이 들고 있는 나뭇가지로 그 뱀을 후려치려고 했지만 변속기 레버가 걸려 여의찮았다.

"어, 어떻게 좀 해봐요!"

그때 연기가 조금씩 피어나던 차의 보닛 쪽에서 불길이 치솟았다.

조은비는 마음이 더욱 급해졌지만 뱀 때문에 차에서 탈출할 수가 없었다.

최순석이 뒷문을 열고 변속기 레버 옆의 틈으로 파고들고 있는 뱀을 나뭇가지로 후려치려다 여의치 않자 손을 뻗어 뱀의 꼬리를 잡아당겼다. 뱀이 힘겹게 끌려 나왔다. 최순석은 뱀이 머리를 뒤로 돌려 물지 못하도록 자신의 머리 위에서 뱀을 크게 한 바퀴 돌려 멀리 내던졌다.

"빨리 나와요, 나와! 불붙었잖아요! 폭발할지도 몰라요!"

뱀 한 마리가 다시 운전석 바닥에 나타났지만 조은비는 이제 뱀에게 물려도 어쩔 수 없다는 듯이 변속기 레버를 뛰어넘어 운전석을 발로 밟은 뒤 그대로 몸을 앞으로 날렸다. 조은비의 몸이 마치 뱀이 나무에서 떨어지듯 운전석에서 지프 밖으로 떨어져 내렸다. 그 순간 최순석이 달려들어 조은비를 끌어안으며 같이 넘어졌다.

조은비의 밑에 깔렸던 최순석이 재빨리 조은비를 밀치며 일어선 뒤 그녀를 일으켜 세웠다. 불길이 급속히 번지고 있었다. 차가 금방 폭발할 것 같았다.

다급한 상황임에도 최순석은 다시 급히 뒷문으로 다가가서 공격할 것처럼 머리를 쳐들고 있는 뱀 한 마리를 나뭇가지로 후려친 뒤 뒷자리 바닥에 떨어져 있는 조은비의 카메라 가방을 집어 들고 비틀거리며 차에서 물러났다.

"어어어어!"

차에서 몇 발짝 물러나던 최순석이 갑자기 카메라 가방을 손에서 떨어트리며 비명을 질렀다. 카메라 가방 안에서 알록달록한 뱀 한 마리가 머리를 내밀었기 때문이었다.

최순석은 도로에 떨어진 카메라 가방을 그대로 두고, 주저앉을 것처럼 힘겹게 서 있는 조은비를 부축해 차에서 멀리 떨어졌다.

차가 폭발해도 파편이 튀지 않을 만큼 멀리 떨어진 최순석과 조은비는 길가에 주저앉아 불에 타고 있는 자동차를 지켜봤다.

"캠프파이어 하는 거 같아요, 헤헤헤."

조은비가 미친 여자처럼 실실 웃으며 금방이라도 잠들 것처럼 눈을 느리게 끔뻑였다.

"이게 지금 현실인가요, 꿈인가요?"

조은비는 말투까지 매우 느렸다.

"아, 왜 이렇게 어지러운 거야?"

조은비는 머리에 붙어 있는 뱀이라도 떨쳐내려는 것처럼 계속 머리를 흔들어댔다.

"혹시 머리 안 다쳤어요?"

조은비의 행동이 이상하다는 생각에 최순석이 물었다.

"나 어디 뱀에 안 물렸어요? 왜 이리 의식이 희미해지는 거지? 졸린 건가?"

"절대 안 물렸어요. 뱀에게 물렸으면 지금 갖은 난리를 치고 있겠죠."

"어떻게 된 거죠? 왜 차에 그 많은 뱀이…?"

"…."

"혹시 누군가가 우리를 죽이려고…? 그렇다면 신한국 씨 살인범의 짓이겠죠? 헤헤헤, 재밌다!"

"자, 빨리 돌아가죠."

최순석이 조은비를 일으켜 세웠다. 하지만 최순석 역시 몸의 균형을 잡지 못하고 크게 비틀거렸다.

"그 술도, 뭔가 이상해요. 뭔가…."

조은비가 다시 머리를 흔들어대며 중얼거렸다.

"자, 빨리…. 빨리…."

"피곤한데 좀 쉬었다 가요…. 피곤해, 피곤해."

조은비가 다시 그대로 주저앉으며 중얼거리듯 말했다.

"여기서 자면…, 자면…, 안 돼요…."

하지만 조은비를 일으켜 세우려던 최순석도 다시 털썩 주저앉았다. 머리가 핑 돌았다. 갑자기 심한 현기증이 몰려왔다. 토할 것처럼 속이 메슥거렸다.

악덕 사채업자

"제발, 정신 차려요!"

아주 멀리서 외치는 듯한 아련한 목소리가 들려왔다. 소팔희의 목소리였다.

"어이, 최 형사, 정신 차려!"

싸가지 황은조의 목소리였다.

눈을 뜨고 싶지 않은데 누군가가 몸을 흔들어댔다.

"여기서 주무시면 어떻게 해요?"

힘겹게 눈을 뜨니 소팔희와 황은조의 실루엣이 보였다.

최순석이 눈을 뜨는 것을 보고 소팔희가 최순석의 얼굴을 비추던 손전등을 옆으로 치웠다.

여기가 도대체 어딘가?

옆으로 고개를 돌려보니 축대 밑에서 불타고 있는 지프가 보였고 바로 옆의 도로 위에 조은비가 쓰러져 있었다. 조은비는 낮에 물에 빠진 뒤 소팔희에게 빌려 신은 슬리퍼를 머리맡에 가지런히 벗어놓은 채 누워 있었다.

"조 기자님, 정신 차려요!"

소팔희가 조은비의 볼을 손으로 가볍게 때려댔다. 조은비는 눈을 감은 채 귀찮다는 듯이 고개를 좌우로 천천히 흔들어대며 낮은 신음을 흘렸다.

"어쩌다 사고가 난 거예요? 어디 다친 거 아니죠?"

최순석이 소팔희의 질문에 대답하지 않고 시커먼 연기를 내뿜고 있는 지프를 쳐다봤다. 차는 시커먼 고철로 변해 불길이 사그라져가고 있었다.

"지금 몇 시죠?"

"새벽 3시쯤 되었을걸요? 한숨 자고 일어났는데 너무 늦은 시간까지 돌아오지 않아서 걱정되어 밖을 내다보는데 이쪽 하늘이 환해서 한번 와봤어요."

"여기 가방!"

황은조가 불이 사그라지고 있는 자동차 옆에서 조은비의 카메라 가방을 주워 들고 달려왔다. 가방은 불에 탄 흔적이 없었다.

"야, 뱀 조심해!"

최순석의 외침에 황은조가 걸음을 멈추고 주변을 둘러봤다.

"아니, 가방! 가방 안에 뱀이 있었어."

황은조가 가방을 도로에 털썩 떨어트렸다.

최순석이 힘겹게 일어나서 조은비의 카메라 가방으로 다가가 조심스럽게 가방을 열었다. 다행히 안에 뱀은 없었다.

최순석은 자신과 황은조가 한 번씩 세게 떨어트린 조은비의 가방 속에서 카메라와 캠코더를 꺼내 망가지지 않았는지 살피고 나서 다음으로 휴대전화를 꺼내 이런저런 버튼을 눌러보았다. 그러다 우연히 문자 메시지 창을 연 그는 얼어붙은 듯 동작을 멈췄다.

> 누나 왜 전화 안 받는 거야? 최순석 뒷조사한 결과 알려줄게. 전화해.

"아무래도 최 형사님이 업어야겠는데요."

소팔희의 목소리에 정신이 든 최순석은 조은비의 휴대전화를 도로 카메라 가방 안에 집어넣었다.

최순석이 조은비를 업는 것을 소팔희가 도왔다.

"사고가 나서 이런 거예요? 술을 많이 마셔서 이런 거예요?"

"글쎄요? 조은비 씨 주량을 모르니…."

조은비를 업은 최순석이 소팔희네 집 쪽을 향해 걸어가기 시작했다.

"어쩌다 사고가 난 거예요?"

소팔희가 조은비의 카메라 가방을 들고 뒤따라오며 물었다.

"이 동네 뱀이 많습니까?"

"뱀이요? 산골이니 뱀이야 흔하죠."

"검은 줄무늬, 빨간 줄무늬, 노란 줄무늬가 번갈아 있는 뱀이 무슨 뱀입니까? 흔한 뱀은 아닌 것 같았는데?"

어젯밤에 본 뱀들 중 가장 기억이 또렷하고 설명하기 쉬운 뱀이었다.

"꽃뱀 아닌가요?"

"아뇨. 꽃뱀은 나도 아는데 그건 꽃뱀이 아니고 진한 검은색 무늬와 빨간색 무늬, 노란색 무늬가 번갈아 있는 선명한 뱀이었어요. 반들반들 윤기 나는…."

"모르겠는데요. 그런 뱀이 있어요?"

"아 그거, 텔레비전에서 봤다."

황은조가 끼어들었다.

"그거 무지 센 독을 가진 독사여. 물리면 죽는다. 미국에 사는 산호뱀이다."

"아냐, 은조야. 여기 어디서 뱀을 보신 것 같은데, 그런 외국 뱀이 왜 여기 있겠니?"

"차 안에 여러 종류의 독사가 있었습니다. 살모사, 칠점사, 은조가 말한 산호뱀…."

"예에?"

"브레이크를 잡으려고 하는데 물컹해서 보니 산호뱀 한 마리를 밟고 있었습니다."

"그, 그럴 리가요? 살모사나 칠점사라면 몰라도 외국 뱀이 어떻게…?"

갑자기 무슨 생각이 난 듯 소팔희가 종종걸음을 쳐서 최순석의 앞으로 나왔다.

"혹시 어제저녁이나 밤에 무슨 버섯 먹은 적 있어요?"

"버섯이요? 안 먹었는데요. 왜요?"

"아, 아뇨. 혹시나 싶어서. 작년에 범죄 없는 마을 행사 때 동네 사람들이 환각 증상을 일으키는 독버섯을 잘못 먹은 적이 있거든요."

소팔희의 말에, 낮에 점심을 먹을 때 한돈숙과 우태우가 했던 말이 떠올랐다.

―호호호, 작년, 범죄 없는 마을 현판식 뒤풀이 잔치 때, 이 사람이 미치광이버섯을 먹는 버섯인 줄 알고 따 왔지 뭐유. 그걸 국에 넣었다가 동네 사람들 전부 다 큰일 날 뻔했쥬. 많이 안 넣어서 그 정도였지…. 호호호.

―아, 그게 워치게 내 탓인가? 연못집 양식연이가 남자 몸에 좋은 무슨 버섯이라고 잘못 알려줘서 동네 남자들에게 인기 좀 얻으려다 그랬던 거지.

어젯밤 양식연의 아내 전수지가 조은비와 함께 마시라며 그에게 가져다준 버섯이 든 담금주가 수상했다. 전수지는 그 담금주가 남편 양식연이 1년 전에 칠갑산에서 직접 채취한 갖은 약초와 버섯을 넣고 담근 술이라고 말했었다.

몇 시간 전 뱀과 사투를 벌인 것이 현실이었는지 환각이었는지 확신이 서지 않았다. 꿈이라도 꾸었던 것처럼 몽롱했다. 하지만 자동차가 불탄 것을 보면 꿈은 아니었다.

"왜요? 뭔가 짚이는 게 있어요?"

"아, 아닙니다."

최순석이 흘러내려 가는 조은비의 몸을 추썩이며 다시 발걸음을 옮기기 시작했다.

낮에 물에 빠졌던 탓에 브래지어를 하지 않은 조은비의 뭉클거리는 가슴이 등에서 느껴졌다. 이 여자는 몸무게가 얼마나 나갈까? 최소한 쌀 한 가마니, 40킬로그램 이상은 나갈 터였다. 매달리지 않고 축 늘어져 있어 더 무겁게 느껴졌다.

정신을 차리지 못하고 있지만 조은비는 걱정하지 않아도 될 것 같았다. 최순석의 귓가에 닿을 듯 말 듯한 조은비의 입에서 신이 나서 흥얼거리는 노랫소리가 계속 흘러나오고 있었다. 무슨 즐거운 꿈이라도 꾸고 있는 것 같았다.

'누군 축 늘어진 여자를 업고 경사진 비탈길을 올라가느라 피똥 싸고 있는데….'

"에이, 더럽게 무겁네!"

조은비가 온전히 정신을 차린 것은 오전 11시쯤이었다.

"아이고, 머리야!"

머리가 지끈거렸다. 밤새, 아니 새벽과 아침 내내 꿈인지 생시인지 거의 분간이 안 가는 환몽에 시달렸다.

낯선 이 방이 어딘가 싶어 주위를 둘러봤다. 방 한쪽에 그림을 그리는 화구와 그림 몇 점이 놓여 있었다. 소팔희네 집 화실이었다.

"내 카메라 가방?"

어젯밤의 기억 일부가 뇌리를 스치는 순간 조은비는 카메라 가방이 걱정되어 다시 주변을 살폈다. 카메라 가방은 출입문 옆에 단정히 놓여 있었다.

카메라 가방을 끌어다 휴대전화를 열었다.

동생한테 메시지가 와 있었다. 전화를 걸려다 나중으로 미뤘다. 최순석에 대한 통화인데 옆방에 그가 있을까 봐 신경이 쓰이기도 했고 목도 잠겨 있었다. 누가 밤새 목이라도 조른 것처럼 목구멍이 꽉 막힌 느낌이었다.

밖으로 나가니 안채 마루 위에 밥상이 차려져 있을 뿐 아무도 없었다.

밥상보를 떠들어 보니 밥 한 그릇과 된장국, 나물 반찬, 채소, 김칫국 등이 차려져 있었다. 조은비는 수저를 들어 돌나물이 들어간 김칫국만 몇 번 떠먹었다. 시원하고 맛있었다.

정신이 좀 들자 동생에게 전화를 걸었다.

—여보십니까?

동생이 장난기 가득한 목소리로 전화를 받았다.

"보고해봐."

―근데, 최순석이라는 사람은 왜 조사하라고 한 거야? 설마 누나 주변 사람은 아니지?

"왜?"

―별로 좋은 사람 아냐. 작년에 사고 치고 대전 서부경찰서에서 1계급 강등된 뒤 홍성경찰서로 좌천되었고….

"그건 나도 알아."

최순석을 1계급 강등시켜 좌천시킨 사람이 바로 그녀였다.

―홍성경찰서에 가서 채 3개월도 되지 않아 또 비리에 엮여 파직당했어.

"그, 그래? 지금은 형사가 아니란 말이지. 그럼 지금은 뭐 하는데?"

조은비의 목소리가 미세하게 떨렸다.

―대전과 충남을 무대로 활동하는 조폭이자 악덕 사채업자인 사병채 밑에서 일하고 있는 모양이야.

"악덕 사채업자?"

―응.

"출생에 관해서도 알아봤어?"

―여기저기 알아봤는데, 한겨울에 길가의 눈밭에 버려져 있는 것을 시골 사람들이 주워다가 살려내서 고아원에 맡겼던 모양이야. 시골에서 누군가가 임신하고 아이를 낳았다면 동네 사람들이 모두 알았을 텐데 부모가 미상인 것을 보면 그 시골 동네 여자가 낳아서 버린 아이는 아니었던 것 같아.

"그렇다면 누가 왜 그 한겨울에 시골까지 굳이 가서 어린아이를 버렸을까?"

―어쩌면 그 동네가 그 아이 아버지가 사는 동네였는지도 모르지. 아버지가 아이를 받아주지 않으니 엄마가 버린 것일 수도 있고, 아니면 아버지가 현재의 가정을 지키기 위해 불륜녀가 낳은 아이를 내다 버린 것일 수도 있고. 그건 뭐 기록이 전혀 없으니 알 수가 없지. 하여튼 그 이후 고아원에서 자라다 네 살 무렵 어느 집으로 입양되었는데 그 집에 애가 생기자 여섯 살 때 파양되었던 것 같아. 최순석의 성질이 못돼먹어서 두 아이를 같이 키울 수 없다는 이유로 말이야. 아주 어려서부터 그런 삶을 살았으니 인간성이 좋을 리는 없지. 다시 고아원에서 자라다 싸움질에 소질이 있었는지 권투를 시작했고, 특기생으로 체대에 입학해 전국체전 은메달까지 땄어. 하지만 어깨 부상으로 권투를 그만둔 뒤 대학도 그만뒀고 무도 특기자로 경찰에 특채되었어. 하지만 경찰 생활을 하는 동안 갖은 크고 작은 징계란 징계는 다 먹고 결국 비리로 파면된 거지.

"그, 그래."

조은비의 목소리에 당혹감이 가득했다.

"어머니나 아버지, 가족관계도 조사했어?"

―30여 년 전, 한겨울에 얼어 죽으라고 눈밭에 내다 버린 아이의 부모를 무슨 재주로 알아내겠어. 당시 경찰이 지금처럼 아동학대나 살인미수 혐의로 수사라도 했으면 모르겠지만 1960년대

중반인 그때는 그런 시절이 아니어서….

"그럼, 그 아이가 버려졌던 동네가 어딘데?"

―어디 보자. 충남, 청양군, 장평면, 중천리.

"뭐, 뭐야, 중천리?"

―왜 놀라고 그래?

"내가 지금 중천리에 있거든."

―그래? 잘됐네. 그 아이를 길에서 주워 한동안 데리고 있다가 고아원에 맡긴 사람 주소가 중천리로 되어 있어. 아주 오래된 일이고 당시 시스템이 미흡해서 그랬는지 다른 기록은 남은 게 없고 데려온 사람 이름과 주소만 적혀 있더라고. 그런데 아쉽게도 이미 사망했어. 내 생각엔 아마 최순석, 그 사람 성씨도 최 씨가 아닐 거야. 누가 그냥 임의로 붙여준 거겠지.

"아이를 고아원에 맡긴, 그 돌아가신 분 이름이 뭔데?"

―박해수.

"박해수?"

―응. 중천리 박해수. 그런데 최순석이라는 사람 뒷조사는 왜 하는 거야?

"별일 아냐. 기사 쓰는 데 필요해서. 아무튼 고맙다."

―그래. 이제 누나가 내 소원 들어줄 차례지? 언제 시집갈 거야?

"내가 언제 그런 소원 들어준댔냐? 잡소리 말고, 최순석 과거나 더 조사해서 새로운 거 알아내면 연락 줘."

―어휴, 성질머리하고는. 하긴, 누나 같은 여잘 도대체 누가 데려가겠어. 내가 누나가 예뻐서 시집가라고 하는 줄 아나. 성질머리 더러운 누나를 모셔야 하는 나의 고통을 다른 누군가에게 좀 떠넘겨 보자 이거지.

"너 죽는다! 끊어!"

조은비가 퉁명스럽게 전화를 끊었다. 그녀는 동생의 농담을 받아줄 만한 기분이 아니었다.

"형사가 아니고 악덕 사채업자라고?"

"야, 조심해서 운전해!"

사병채의 지휘 아래 그의 부하 '감자'가 낡은 포클레인을 서툴게 운전해 시골집 바깥마당에 세워져 있는 5톤 트럭을 향해 몰아갔다. 트럭 짐칸에는 포클레인을 실을 때 쓰는 철제 사다리가 놓여 있었다.

"8백만 원 빌려주고 가만히 있다가 1년 반 만에 3천만 원 갚으라니, 그런 법이 세상에 어딨슈?"

40대 중반의 남자가 사병채에게 애원하듯이 말했다.

"복리 이자에, 고정금리가 아니고 변동금리잖아. 그리고 아이엠에프가 뭔지 몰라? 작년 말에 이자제한법이 폐지된 데다 국가 부도 사태로 이자가 무지 많이 올랐다고 말했잖아. 지금 웬만한 은행 금리도 30퍼센트가 넘어!"

"아, 안 돼유! 이 시골에서 땅 한 평 없이, 이 포클레인으로 남들 땅 파주고 어쩌다 사람 죽으면 묘 써주고 해서 다섯 식구가 겨우겨우 먹고사는디, 이걸 빼앗아 가면 우리 식구는 워치게 먹고살라고…."

남자가 포클레인을 트럭에 못 싣게 가로막으려 하자 옆에 서 있던 덩치 좋은 '해머'가 손으로 남자를 확 떠밀었다. 남자가 대문 쪽으로 밀려나며 나동그라졌다. 옆에서 울상을 지은 채 구경하고 있던 예닐곱 살 정도 되어 보이는 두 남매가 급기야 아앙 울음을 터트렸고 쓰러진 남자의 아내와 노모가 남자에게 달려들었다.

"이 새끼들아! 그 포클레인 가져가려면 날 죽이고 가져가라!"

악이 받치는지 남자가 아내와 노모의 손을 뿌리치고 헛간으로 달려가서 낫을 꺼내 들고 달려왔다.

"아, 안 돼, 여보!"

아내가 말리려고 달려갔지만 남자가 아내를 옆으로 밀치며 사병채를 향해 달려왔다.

그 모습을 본 사병채가 가소롭다는 듯이 웃으며 아이들 쪽으로 걸어갔다.

"지금 뭐 하자는 거냐? 남의 피 같은 돈 빌려 갈 때는 언제고 지금 와서 못 갚겠다고 개지랄을 떠는 거야!"

사병채가 두 아이 중 더 어린 여자아이의 목을 오른손으로 움켜잡고 공중으로 번쩍 들어 올렸다. 여자아이는 숨쉬기조차 불편한지 껵껵거리며 얼굴이 파래져서 손과 발을 바동거렸다.
"자, 덤벼봐 새꺄! 누가 먼저 죽나, 덤벼보라고!"
남자가 더는 다가가지 못하고 분을 이기지 못해 낫을 쥔 손을 부들부들 떨고 있는데 곰 같은 덩치의 해머가 달려가서 옆차기로 남자의 옆구리를 걷어찼다. 남자가 몇 미터나 날아가서 쓰러졌고 다시 몇 미터를 데굴데굴 굴러갔다. 그 일격에 남자는 일어나지도 못했다.
사병채가 번쩍 들고 있던 여자아이를 쓰러져 있는 남자 쪽으로 집어 던졌다. 땅에 쿵 떨어진 여자아이는 한동안 울지도 못하고 있다가 엄마가 달려가서 끌어안자 그제야 큰 소리로 울어댔다.
"난 시끄러운 게 젤 질색인데, 애들 좀 조용히 시키쇼. 이래서 내가 현장에 안 나오려고 하는 거야. 모처럼 공기 좋은 곳으로 바람 쐬러 나왔는데 승질만 버리고 가네. 얘들아 서둘러라!"
감자가 포클레인을 트럭에 싣고 나자 해머가 트럭 운전석에 올라탔다. 사병채와 감자가 그 옆에 올라탔다.
해머가 시동을 걸고 출발하려고 기어를 바꿨다.
"아, 잠깐! 최순석이 그 새끼, 아직도 전화 안 받냐?"
"예, 형님. 어제 오후부터 핸드폰이 꺼져 있습니다."
"수금하러 출장 간 새끼가 남의 마누라 데리고 러브호텔 들어간 새끼처럼 왜 전화를 꺼놓고 지랄이야? 또 무슨 수작 부리려는 거 아니냐?"

"빚쟁이가 갑자기 죽어버려서 건질 게 그의 없을 텐데, 수금한 돈이 얼마나 된다고 그걸 가지고 튀겠습니까. 원래 싸가지가 없는 놈이니 꼴리는 대로 그러는 거겠죠."

"그 새끼 간 데가 이 근처 어디라고 하지 않았나?"

"저쪽, 장평면 중천리입니다. 여기서 한 5킬로미터쯤 떨어져 있습니다."

"그럼 잠깐 들렀다 가자."

"예, 형님!"

포클레인을 실은 트럭이 중천리를 향해 출발했다.

시커먼 연기를 내뿜으며 구불구불한 산길을 20분쯤 달리던 트럭이 멈춰 섰다. 냇물이 나오자 길이 끊겨 있었다. 앞에 다리가 있긴 했지만 다리 위로 시뻘건 흙탕물이 넘쳐흐르고 있었다.

"저 건너 동네입니다, 형님. 그런데 못 건너가겠는데요."

"이 트럭으로도 못 건너나?"

"무거운 포클레인을 싣고 있어 쉽게 떠내려가지는 않을 것 같습니다만, 배기통이나 어디로 물이라도 들어가 중간에 시동이 꺼지면 다리 위에서 오도 가도 못하게 됩니다, 형님."

"할 수 없지, 그냥 돌아가는 수밖에."

"저… 물을 건널 방법이 있긴 있습니다, 형님."

옆에서 듣고 있던 감자가 끼어들었다.

"어떤 방법?"

"뒤에 싣고 있는 포클레인을 타고 건너면 됩니다, 형님. 포클레인은 사람 가슴 깊이 정도 물속에서도 작업할 수 있게 엔진과 배기통이 모두 위쪽에 있습니다. 게다가 다 쇳덩어리라 무거워서 떠내려갈 염려도 없습니다."

"이왕 여기까지 왔는데 그럼 한번 들렀다 갈까."

"그러시죠, 형님."

 우태우 이장네 집에 가지 않고 소팔희네 집에서 아침 겸 이른 점심을 얻어먹고 나온 최순석은 냇가의 축대를 들이받고 불타버린 자신의 흉물스러운 지프를 꼼꼼히 살폈다. 차는 완전히 불타서 쇠로 된 부분만 남아 있었다. 아직도 매캐한 냄새가 진동했다.

 뱀이 차 안에 있었던 흔적은 어디서도 찾아볼 수 없었다. 차 문이 열려 있었으니 불길이 차를 삼키기 전에 모두 도망갔을 수도 있었고, 도망을 가지 못했다고 해도 크기가 작고 몸이 가늘고 긴 동물이니 뼈까지 모두 불에 타버렸을 것 같았다.

 황은조의 말대로 검은색과 붉은색, 노란색의 띠가 있는 뱀의 이름이 '산호뱀'인지는 몰라도 분명한 것은 한국의 산과 들에서 볼 수 있는 뱀이 아니라는 것이었다. 아무리 산골이라고 해도 한국의 야생에서 자생하지 않는 뱀이 우연히 차 안에 들어왔을 확률은 거의 없었다. 분명 누군가가 차 안에 집어넣은 것이 틀림없었다.

지프를 한적한 곳에 오래 세워두기는 했지만 차 문이 잠겨 있었는데 어떻게 여러 마리의 뱀을 집어넣은 것일까? 작은 구멍만 있어도 기어들어 가는 뱀이라지만 차 문을 열지 않고는 쉬운 일이 아닐 것 같았다.

아니면, 정말 모든 것이 소팔희의 말대로 현실처럼 생생한 환각이었을까?

머리가 아직도 지끈거렸다.

최순석은 소팔희네 집으로 돌아가 좀 쉴까 하다 우태우 이장네 집으로 향했다. 신한국의 시체가 처음 발견되었다는 축사에 가보려는 것이었다.

축사는 이장네 집 뒤에 있었고 입구는 바깥마당 쪽으로 나 있었다. 축사 앞 한쪽에 쇠똥과 볏짚, 왕겨 등이 섞여서 썩고 있는 두엄이 수북이 쌓여 있어 냄새가 심했다.

축사로 들어서니 입구 쪽에 사료 포대와 짚단, 산에서 갓 베어 온 듯싶은 풀들이 쌓여 있었고 그 옆에 스테인리스 우유 통이 몇 개 세워져 있었다. 축사 끝 쪽에 돼지우리도 있었다.

"여긴 웬일이슈?"

누군가의 목소리에 뒤를 돌아보니 우태우가 떨떠름한 표정을 지은 채 축사 입구에 서 있었다.

"현장을 한번 살펴보러 왔습니다. 신한국 씨가 여기 어디서 어떻게 죽어 있었습니까?"

"아, 예. 여기 입구 쪽에서 이렇게 앞으로 오른손을 뻗은 채 옆드려 죽어 있었슈. 등에 쇠스랑이 꽂혀 있었구유. 밖으로 나가려고 기어가다 죽은 것 같은 폼이었쥬."

"핏자국은요?"

"핏자국은…, 시체 주변에 꽤 흥건했었쥬. 저쪽에서 쇠스랑에 등을 찍힌 뒤 이리로 기어 왔는지, 바닥에 쇠똥이 끌린 자국과 핏자국이 있었슈. 소 우리 안에서 범인과 치고받은 뒤 울타리를 기어 넘어 나왔는지, 울타리에도 쇠똥이 꽤 묻어 있었구유. 울타리와 구유에 쇠똥이 묻은 손자국도 찍혀 있었슈. 범인의 것일 수도 있는디, 깨끗이 지워버려서 죄송허구먼유…."

"신한국 씨를 살해한 도구인 그 네 발 쇠스랑은 그때 어디에 두셨었죠?"

"정확히 기억나지는 않지만, 여기 울타리에 걸어뒀던 것 같기도 하고… 평소에는 입구 밖에 세워두는디 그제는 이쪽 어디에다 뒀던 것 같아유…."

우태우가 누군가가 소 우리 안에서 밖으로 기어 넘어온 것 같다고 말했던 울타리와 그 주변을 손가락으로 가리켰다.

"신한국 씨가 쇠똥이 잔뜩 묻은 몸으로 피를 흘리며 기어간 듯한 자국이 여기서부터 저 입구까지 이어져 있었고요?"

"예."

이미 우태우와 그의 아내 한돈숙이 현장을 깨끗이 청소한 뒤라서 별다른 단서를 찾을 수는 없었다.

신한국은 이 축사 안에 얼마나 머물러 있었을까? 저기서 이곳까지 10미터 정도를 기어 오는 데 시간이 얼마나 걸렸을까? 단번에 기어 왔을까, 아니면 정신을 잃었다 깨어나서 기어 왔을까? 범인이 이 안에 있을 때 기어 왔을까, 아니던 범인이 자리를 떠난 뒤 기어 왔을까?

바닥에 흔적이 그대로 남아 있다면 흔적을 살펴보고 어떤 추측이라도 해보겠지만 모든 흔적이 사라져버려 그 무엇도 알아낼 수 있는 것이 없었다.

최순석이 성과 없이 축사를 나오는데 출입구 옆에 1.5리터들이 빈 콜라병 하나가 떨어져 있었다. 콜라병에 피처럼 보이는 검은 얼룩이 묻어 있는 것을 본 그가 콜라병을 엄지와 검지로 조심스럽게 집어 들었다. 표면에 굴러다니며 긁힌 미세한 흠집이 거의 없는 것으로 보아 최근에 누군가가 버린 것 같았다.

우태우가 다가와서 뚜껑 없는 빈 콜라병을 들여다봤다.

"피인가유?"

"글쎄요? 이게 쇠똥인가 핀가?"

"피와 쇠똥이 섞여서 묻은 것 같기도 하니유. 아, 어쩌면 신한국이 피일지도 몰라유. 그저께 밤, 죽어 있건 신한국의 손 앞에 이런 콜라병 하나가 떨어져 있었거든유. 혹시 범인 지문 같은 게 나올지도 모르니, 가져가셔서 국과수에 검사를 의뢰해보시쥬?"

"그래야겠군요."

"그런디, 요즘 서울 강남 아파트 34평은 월매나 하나유?"

"예?"

"그냥 궁금해서 그래유. 거기 병 옆에 경품 1등에 당첨되면 서울 강남 아파트 한 채를 준다고 쓰여 있잖유."

최순석이 콜라병 옆에 쓰여 있는 경품 안내문을 슬쩍 쳐다봤다.

"글쎄요? 요즘 아이엠에프 영향으로 집값이 많이 떨어졌다고 해도 서울 강남 새 아파트면 못해도 한 3, 4억은 하지 않을까요?"

"어휴, 진짜 비싸네유. 우린 전 재산을 팔아도 그런 아파트 화장실도 못 사겠네. 그런 큰돈 있으면 땅 사서 농사짓거나 소 사서 키우면 한 달에 한 50만 원은 벌 텐디 왜 그 비싼 집 사서 깔고 앉아 뭉개고 있는지, 난 서울 사람들을 도저히 이해 못 하겠더라구유. 요즘 이자 무지 비싸다던디 농협에 저금을 하든가…. 안 그류?"

"예, 맞습니다."

고개를 한 번 끄떡이고 난 최순석은 콜라병을 들고 축사를 빠져나왔다.

"차 사고가 났다던디 그건 어떻게 된 거유? 혹시 급발진 아니셨슈?"

우태우 이장이 뒤따라 나오며 물었다.

"아니, 저는 급발진, 그런 거 절대 아니고요. 그냥 단순 엔진 과열이었습니다."

"아휴! 어제오늘 이틀 만에 이 동네서 멀쩡한 차가 세 대나 작살나버렸네. 동병상련이라구, 사고 나보니 지 마음이 월매나 아픈지 이해하시겠쥬? 보험 처리하실 거쥬? 근디, 자차는 들으셨슈? 난 자차도 안 들었는디…. 이런 작은 시골 동네서 차 여러 대를 한꺼번에 보험 신청하면 보험회사서 뭐라 하려나 모르겠네."

시끄럽게 떠들어대는 우태우 이장네 집을 나와서 꼭대기집 소팔희네로 올라가던 최순석은 들고 있던 뚜껑 없는 콜라병을 잠시 쳐다보다가 길옆으로 툭 던져버렸다. 범인의 지문이 찍혀 있든 말든, 오늘 당장 범인을 찾아낼 수 있는 증거가 아니면 그에게는 관심 밖의 물건일 뿐이었다.

꼭대기집에 거의 다다랐을 때 연못집 양식연이 길을 따라 내려오다 최순석을 발견하고 걸음을 빨리했다.

"최 형사님! 괜찮아유?"

"뭘 말입니까?"

"어제 우리 마누라가 가져다드린 담근 술 말유. 저도 어젯밤 그 술 몇 잔 마시고 고생깨나 했구먼유. 아, 거기, 말린 미치광이 버섯이 몇 송이 들어가 있었던 모양이유. 작년에 내가 이장님하고 버섯 따러 갔을 때 이장님한테 잘못 알려줘서, 작년 범죄 없는 마을 현판식 뒤풀이 때 온 동네 사람들이 이장님이 따온 그 버섯 먹고 죄다 미쳐서 난리 부르스를 췄잖아유. 근디 그 버섯이 작년에 담근 우리 집 술에도 들어가 있었던 모양이유. 그 술 몇 잔에 마누라가 우리 마누라가 아닌 다른 여자로 보이는디, 허허, 진짜 밤새 고생했슈. 아, 머리 아파라. 두 분 별일 없나 걱정되어 꼭대기집에 갔다 오는 길이구먼유. 얘기 들어보니 조 기자님도 어젯밤 밤새 현실인지 환각인지 모를 이런저런 환영에 시달렸다더구먼유. 아직까지도 머리가 아프고 속이 울렁거려서 죽겠다고 하던디….”

양식연은 어젯밤 최순석과 조은비가 겪은 일이 누군가가 그들을 죽이려고 차에 뱀을 풀어놓은 것이 아니라 환각이었을 뿐이라고 말하고 있었다.

“형사님은 괜찮으슈?”

“괜찮습니다. 흉악한 살인범 때문에 긴장이 되어 술을 별로 안 마셔서.”

“그럼 다행인디…. 아까 보니 자동차도 작살났던디…?”

자동찻값을 물어내라고 할까 봐 걱정되는지 양식연이 슬슬 눈치를 보며 물었다.

“폐차 직전의 찬데요, 뭐.”

“하여튼 죄송허구먼유. 마누라도 죄송스럽다고 말씀 전해드리라며 다른 술 한 병 꺼내주기에 꼭대기집 마루에 갖다 놨슈. 비암그라주유, 비암그라주.”

“예? 뱀, 뱀술이요?”

“예. 정력에 따봉이쥬.”

양식연이 팔뚝을 앞으로 내밀고 흔들어 보이며 웃었다.

소팔희네 집으로 들어서니 정말 마루의 밥상 옆에 유리병 하나가 놓여 있었다. 안에는 영지버섯 등 몇 가지 버섯과 여러 가지 약초, 커다란 뱀 한 마리가 들어 있었다. 까치살모사였다. 그 뱀을 보는 순간 어젯밤에 얼굴을 향해 튀어 오르던 까치살모사가 떠올랐다.

조은비는 화실 문을 활짝 열어놓은 채 문턱에 걸터앉아 있었다. 무슨 안 좋은 일이라도 있었는지 심란해 보이는 표정이었다. 최순석을 보고도 본체만체했다.

"만취했다가 술에서 깨면 술을 끊어야겠다는 생각이 강하게 들지 않습니까? 어제 내가 왜 그랬을까, 후회하며…. 어젯밤 일 기억나세요?"

최순석이 마루 위에 놓여 있는 뱀술을 살피며 뒤를 돌아보지 않고 조은비에게 물었다.

하지만 조은비는 대답하지 않았다.

"조금 전에 양식연 씨 만났죠? 양식연 씨는 그 모든 게 미치광이버섯주가 일으킨 환각이었다고 주장하던데 어떻게 생각하세요?"

"아무 생각도 안 나요."

관심 없다는 듯 조은비가 냉랭한 목소리로 낮게 말했다.

"예? 아무것도…? 전혀요? 내가 피똥 싸며 업고 온 것도요?"

"…."

그때 빼꼼히 열려 있던 대문이 활짝 열리며 식당집 왕주영이 급히 뛰어 들어왔다. 마치 집에 화재가 발생한 것을 소방서에 신고하려고 달려온 것 같은 표정이었다. 빠르게 걸어왔는지 이마에 땀이 맺혀 있었고 얼굴이 붉게 상기되어 있었다.

"왔슈! 왔슈! 형사님들이 와서 최 형사님을 찾는구먼유."

"예에?"

평소 표정의 변화가 거의 없던 최순석이 놀라는 표정을 지었다.

"덩치가 조폭같이 생긴 분들 세 분이 와서 최순석 형사님을 찾는구먼유. 신분은 안 밝히던디 동료 형사님들이시쥬? 포클레인을 타고 물을 건너왔다는구먼유. 사건이 사건인 만큼 당연히 비행기라도 타고 와야쥬. 지금 안뜸 마을회관 앞에 있슈. 헤헤, 제가 아쉬운 소리는 못 하는 성격인디, 그래도 한 말씀 부탁드려야겠구먼유. 잘 좀 말씀드려 주세유. 제가 어쩌다 음주 운전에 뺑소니에 사체 유기를 하긴 했지만 그게 사람이 나빠서 그런 것이 절대 아니고…. 아시다시피 그럴 수밖에 없는 사정이 있어서…. 정상 참작을 부탁드린다고…. 앞으로는 술 끊고 절대 길거리에 오줌도 안 싸고 모범 시민으로 살겠다고 잘 말씀을 좀…. 제발 부탁드려유, 예?"

사정하는 왕주영의 표정은 곧장 무릎이라도 꿇을 것 같았다.

최순석은 잠깐 인상을 찡그렸다가 자신을 노려보고 있는 조은비를 한번 힐끔 쳐다보고 나서 아무 말도 없이 대문을 빠져나갔다.

증거가 너무 많다

중천리 마을회관 앞에 물에 젖은 낡은 포클레인 한 대가 서 있었고 사병채와 그의 부하인 감자, 해머가 그 옆에 굴비처럼 줄줄이 엮여 있는 범죄 없는 마을 현관들을 살피며 고개를 갸웃거리고 있었다. 마을회관 옆에 세 개씩 짝을 이룬 열여섯 개의 범죄 없는 마을 현판이 걸려 있었다.

"이 동네는 느낌이, 우리와 궁합이 참 안 맞는 동네 같습니다, 형님. 범죄 없는 마을이 무슨 자랑거리라고 이렇게 떡하니…. 이런 걸 이렇게 떡하니 달아두면 하찮은 도둑놈들조차도 지나가다 무지 우스운 동네라고 업신여기고 안 할 도둑질도 하러 들어오지 않겠습니까? 별 많이 다는 것이 훈장인 우리 같은 사람들은 이런 간판을 보면 배가 아파서라도 이 마을에서 범죄를 저지르고 싶은 충동을 물씬 느끼지 않겠습니까?"

"감자야, 너도 그런 충동을 느꼈냐? 나도 이것들을 보는 순간 비슷한 충동을 느꼈는디…."

"시끄럽다. 저기 최순석이 온다. 그런데 저 꼬라지는 뭐냐?"

알록달록한 여자 몸뻬를 칠부바지처럼 입은 채 다가오는 최순석을 본 감자와 해머가 형식적으로 고개를 꾸뻑해 보였다.

"사 사장, 여긴 웬일이야?"

최순석의 물음에 사병채 대신 감자가 포클레인을 턱으로 가리키며 대꾸했다.

"웬일이긴요. 저거 압류하러 이 근처 왔다가 매니저님 핸드폰이 꺼져 있어 걱정되어 와봤죠."

최순석의 휴대전화는 물에 빠진 조은비를 구할 때 바지 뒷주머니 속에 들어 있었다.

"괜한 헛걸음 하셨네. 핸드폰이 냇물에 빠져 먹통이 돼서…. 내일쯤 다리 통행이 가능하다니, 내일 돌아가 브리핑할 예정이었는데…."

"그래, 뭐 좀 건졌나?"

사병채가 최순석을 쳐다보지 않고 범죄 없는 마을 현판들을 살피며 물었다.

"내가 전화로 이야기했잖아. 아무것도 건질 게 없어. 집과 땅은 이미 다 은행에 잡혀 있고, 그마저도 집과 살림살이는 죄다 불탔고…. 남은 건 굴러도 잘 안 가는 경운기 한 대뿐이야. 한 마리 있던 개새끼도 도망쳐버렸다니까."

"어떻게 죽었는데 살림살이까지 불타…?"

"그걸 내가 어찌 알겠어. 하지만 농촌 현실이 뭐 뻔하지 않겠어. 그렇지 않아도 먹고살기 힘든데 아이엠에프까지 오고 우리 같은 빚쟁이들이 돈 내놓으라고 윽박지르고…."

"방화 자살이라는 거여?"

그때 뒤늦게 최순석을 쫓아온 왕주영이 비굴한 웃음을 흘리며 다가와 고개를 꾸벅 숙였다.

"수사회의 중이신가 봐유? 하여튼 지발 잘 부탁드려유. 지는 정말 악의가 있거나 나쁜 사람이어서 신한국이를 그렇게 차로 치고 집에 불을 지른 게 절대 아녀유, 정말이유."

그 순간 사병채의 눈빛이 빛났다.

"신한국 씨를 당신이 죽이고 불을 질렀소?"

"예? 아, 아뉴! 최 형사님이 아직 말씀을 안 드리셨나 보네유…."

왕주영이 사병채와 최순석을 번갈아 쳐다봤다. 최순석은 난처해하는 표정이었고 사병채는 복권이라도 맞은 듯한 표정이었다.

"저 그게…."

최순석이 왕주영의 앞으로 나오며 사병채에게 무슨 말을 하려고 했지만 사병채가 손을 들어 제지했다.

"아, 잠깐! 이분에게 직접 듣는 게 낫겠어. 이분이 변명을 하시겠다니 좀 들어보자고. 정상 참작해줄 테니 양심에 따라 가감 없이 말해보쇼."

"그러니까, 그게 다 우태우 이장님 때문에 시작된 일이쥬. 축사에서 신한국이 시체를 발견했을 때 그냥 경찰에 신고했더라면 여러 사람이 시체를 훼손하고 불까지 지르는 그런 일은 안 벌어졌을 텐디…."

왕주영이 두서없이 이야기하는 동안 사병채는 먼 산을 바라보며 연신 고개를 끄떡여댔다.

"…그렇게 된 거유. 지는 정말 어쩔 수 없었다니께유."

"아, 알았습니다. 억울한 면이 좀 있겠군요."

"그렇쥬? 형사님도 그렇게 생각 되시쥬?"

사병채가 그들과 조금 떨어져서 감자에게서 얻은 담배를 피우고 있는 최순석을 돌아봤다.

"이걸 모두 저 최 형사가 수사해서 알아냈단 말이죠?"

"예."

"어이, 최 형사! 모처럼 밥값 했네. 그래 잘했어. 돈 빌려 간 놈이 죽어서 돈을 못 갚게 되었으면 죽인 놈들이 갚는 게 당연하지."

사병채가 최순석을 향해 빙그레 웃어 보이고 나서 다시 왕주영에게 입을 열었다.

"자, 그럼 가셔서 이번 사건과 조금이라도 관련이 있는 사람 모두, 한 명도 빠짐없이 이리로 데려오세요. 시끄러운 거 딱 질색이니 조용히 데려오세요. 자, 가서 데려와요. 아, 증거물인 그 쇠스랑도 찾아서 좀 가져오고."

뭔가 이상하다 싶은지 왕주영이 뒤를 힐끔거리며 장자울 쪽으로 발걸음을 옮겼다.

"야, 해머! 같이 갔다 와. 허튼짓하지 못하게 잘 감시해."

"예, 형님!"

해머가 왕주영을 뒤따라 한 마리 살찐 곰처럼 뛰어가는 것을 잠깐 쳐다보던 사병채가 최순석에게 다가갔다.

"진범은 아직 못 찾아냈나?"

최순석이 고개를 끄떡였다.

"나한테 뭐 숨기는 거 없지? 내가 뭐 알아야 할 일 없나?"

"없어. 저 사람이 다 말했잖아."

최순석이 담배꽁초를 땅바닥에 던지고 발로 비벼 끄며 짧게 대답했다.

"그래. 우리가 형사도 아닌데 뭐 진범이 중요한가. 우리야 받을 돈만 받아내면 되지. 아무튼 고생했어!"

30분쯤 지나서 목장갑을 낀 채 네 발 쇠스랑을 조심스럽게 든 왕주영, 우태우, 한돈숙, 양식연, 전수지, 양동남, 박광규, 박달수가 마을회관으로 몰려왔다. 그 뒤를 카메라 가방을 든 조은비가 약간의 거리를 두고 따라왔다.

"빠짐없이 다 왔소?"

"저… 소팔희 씨는 집에 없어서 못 데려왔슈. 어디 갔나 본디,

이따가 다시 가서 데려올게유."

"조용히 얘기할 장소가 필요한데, 어디가 좋겠습니까?"

사병채가 초조함이 역력한 사람들을 둘러보며 물었다.

"마을회관 어뗘유? 안으로 들어가시쥬."

사람들이 우태우 이장을 따라 마을회관 안으로 몰려 들어갔다.

출입문 옆에 서서 안으로 들어가는 사람들을 지켜보던 사병채가 사람들 무리를 뒤따라 들어가려고 다가오는 조은비를 보고 출입문 밖에 서 있는 최순석에게 물었다.

"시골 여자 같지 않은데, 이 동네 여자 맞아?"

"청양신문 기자."

"이 사건하고 상관있어?"

최순석이 고개를 옆으로 흔들었다.

사병채가 조은비의 앞을 가로막았다.

"어이, 아가씨! 여긴 왜 들어가려고?"

"살인 사건인데 취재해야죠."

조은비가 최순석은 쳐다보지도 않고 말했다.

"이번 사건하고 상관없는 사적인 업무를 보는 자리니까, 업무 방해하지 말고 취재할 게 있으면 나중에 하쇼."

"사적인지 공적인지는 취재해봐야 알죠."

"어허, 이 아가씨가 참 말귀가 어둡네."

사병채가 조은비를 때릴 것처럼 손을 쳐들었다.

"사 사장, 진정해. 기자 때려 좋을 거 없어. 이 아가씨는 내가 처리하지."

최순석이 조은비의 팔을 잡고 출입문 밖으로 이끌었다.

"이거 놔욧!"

"일단 나갑시다. 나가서 얘기합시다."

최순석은 조은비를 마을회관 옆으로 데려갔다.

"형사가 아니라 사채업자라고요? 지금까지 모두 연기였던 거예요?"

조은비가 날카로운 목소리로 쏘아붙였다.

"그게…. 조은비 씨가 스스로, 아직도 내가 형사인 것으로 오해했지 내가 언제 형사라고 한 적 있습니까."

"그런데 왜 이 사건을 조사하고 다녔는데요? 저 사람들 불러다 어쩌려고요? 사채업자들이 순진한 시골 사람들 데려다 놓고 도대체 뭘 어쩌려는 건데요?"

"순진이요? 그리 순진하지는 않죠."

"도대체 뭘 하려는 거냐고요?"

"아마도, 신한국 씨가 죽어서 못 받게 된 빚을 저 사람들에게 대신 받으려 할 겁니다."

"예에? 그게 말이 돼요?"

"…."

"그럼, 죽은 사람 빚을 누군가에게 대신 받아내려고 형사 노릇하며 이 사건을 조사하고 다녔던 거예요?"

"…."

"아휴! 내가 이런 쓰레기를 생명의 은인이라고 믿고…. 나도 목숨값 받아내려고 구해줬던 거예요?"

쓰레기라는 말에 최순석이 인상을 찡그렸다.

"내가 말하지 않았던가요? 나는 어머니란 년이 한겨울에 얼어 죽으라고 눈 속에 버렸던 갓난아이였다고…. 그런 나한테 뭘 기대했던 겁니까?"

"…."

"저 사람들 악질 중의 악질, 무서운 사람들입니다. 남녀노소 안 가립니다. 괜히 끼어들었다 다치지 말고 어디 가서 조용히 있다가 다리 통행이 가능해지면 집으로 돌아가세요."

조은비가 눈을 치켜뜨고 최순석을 쳐다봤다. 예쁜 눈이었지만 정말 인간쓰레기를 쳐다보는 듯한 눈빛이었다. 경멸이 가득했다.

최순석은 조은비의 시선을 피하며 뒤돌아섰다. 그리고 말없이 마을회관 안으로 들어갔다.

마을회관 큰방 안에 마을 사람들이 모여앉아 있었고 그들 앞에 차용증서와 볼펜이 한 자루씩 놓여 있었다.

감자와 해머가 출입문을 지키고 있었고 신발을 그대로 신고 방 안으로 들어온 사병채가 네 발 쇠스랑을 손에 든 채 마을 사람들 앞을 왔다 갔다 하고 있었다.

"자, 빈칸에 또박또박 적기만 하면 됩니다. 한글 모르는 사람 없죠?"

사병채가 마을 사람들을 차례로 둘러보고 나서 다시 말을 이어갔다.

"자신의 주소 적고, 주민등록번호 정확히 적고, 차용금액에는 5천만 원 적고…."

하지만 사람들은 글씨를 쓰지 않고 서로의 얼굴을 쳐다보며 머뭇거렸다.

"도대체 이게 뭐유? 왜 우리가 돈을 빌려유?"

"어허, 이 사람들…. 시골에서 농사만 짓다 보니 이해력이 무지 떨어지는구만. 도시 사람들 같았으면 벌써 알아먹을 텐데 말이야. 당신들은 지금 우리에게 돈을 빌리는 것이 아니고 돈을 갚겠다고 차용증서를 쓰고 있는 거야. 당신들이 우리 채무자인 신한국을 죽였잖아! 우리가 아무리 날고 기는 사람들이라고 해도 어떻게 죽은 사람한테 돈을 받겠어? 그러니 우리가 신한국이한테 돈을 못 받게 만든 당신들이 대신 빚을 갚아야지. 당신들이 우리 고객을 죽여 우리에게 큰 손해를 끼쳤으니 우리에게 배상해야 하는 게 당연하잖아. 안 그래?"

"저, 신한국이는 우리가 죽인 것이 아닌디유."

"그래. 이 중에 이걸로 신한국이의 등을 찍어 죽인 살인범이 없다고 쳐. 하지만 이거나 그거나 마찬가지지. 우리는 채무자가 돈 안 갚고 죽으면 시체라도 가져다 팔아먹는 사람들이야. 그런데 그런 것마저도 당신들이 못하게 해놨잖아. 당신들이 이 쇠스랑으로 찍고 트럭으로 치고 몽둥이로 때리고 물에 빠트리고 감전시키고 자가용으로 치고…. 또 몇 푼 안 나가는 살림살이조차 압류하지 못하게 신한국이네 집에 불까지 질렀잖아. 이래놓고도 무슨 할 말이 있어?"

"신한국이가 도대체 얼마를 빌렸기에…? 3억이나 빌렸슈?"

"아이구, 답답한 사람들. 우리가 얼마 빌렸다고 하면 죽은 신한국이한테 가서 물어볼 거야? 우리도 바쁜 사람들이야. 시간 끌지 말고 빨리 적으라는 대로 그냥 적어. 그럼 대신 당신들이 신한국이한테 한 짓은 없었던 거로 눈감아주지. 어이, 최 형사, 그렇지?"

마을회관 출입문 앞에 서서 인상을 쓰고 있는 최순석을 향해 사병채가 큰 소리로 물었다. 최순석이 사람들의 시선을 피하며 고개를 끄떡였다.

"머리가 있으면 생각해봐. 당신들이 신한국의 빚을 대신 갚는 게 아니더라도, 살인죄로 교도소 가서 한 10년씩 썩는 거보다는 우리가 살인을 눈감아 주는 대가로 우리에게 그냥 5천만 원씩 상납하는 게 낫지 않나? 우리 입장에서도, 고객들이 교도소 들어가 시간 낭비하는 것보다는 자유 대한민국에서 자유롭게 막노동이라도 해서 돈 벌어 이자라도 꼬박꼬박 갚는 것이 이익이니 고객들을 교도소에 안 보내려고 가급적 노력할 테고 말이야. 안 그러냐, 애들아?"

"그렇습니다, 형님!"

감자와 해머가 허리를 꾸벅 숙이며 크게 대답했다.

"자, 설명은 충분히 한 것 같으니, 알아들으셨으면 이제 쓰쇼.

혹시 교도소 가는 것이 낫겠다 싶은 분이 있으면 손들고."

그때 박광규가 손을 번쩍 들었다.

"저, 사건 가담 정도에 따라 채무액을 좀 깎아주시면 안 돼유? 그리고 우리는 전 재산을 팔아도 5천만 원이 안 될 텐디…."

그 순간 해머가 달려들어 신발 신은 발로 박광규의 옆구리를 세게 걷어찼다. 옆으로 나동그라진 박광규는 숨쉬기가 어려운지 옆구리를 부여잡고 헉헉거렸다.

"이 새꺄! 그건 네 사정이지. 범죄자가 돈 없다고 법원에서 징역 깎아주는 거 봤어? 돈이 없을수록 형량은 더 무거워지는 거야. 무전유죄 몰라?"

"아 참! 하나 빠트린 말씀이 있군요. 이 중에 한 분이라도 빚 갚는 대신 교도소에 가겠다고 하면 나머지 분들도 모두 교도소에 보낼 수밖에 없습니다. 우리가 봐준다고 해도 한 명이 경찰에 가서 다 불면 나머지 분들은 자동으로 교도소에 갈 수밖에 없지 않겠습니까?"

사병채가 손목시계를 들여다봤다.

"3분 줄 테니 상의하셔서 모두 교도소에 갈지, 아니, 모두 교도소에 갔다 와서 신한국의 빚을 갚을지, 교도소에 가지 않고 빚만 갚을지 결정하세요. 몇 번 드나들어 보니 교도소 콩밥도 뭐 그런대로 먹을 만합디다. 한여름에 그 좁은 방에서 그 많은 인간들이 구더기 떼처럼 얽히고설켜 득실대고 있으려니 잠자리가 좀 불편해서 그렇지…."

양식연이 손을 들려다가 해머 쪽을 돌아보고 나서 얼른 손을 내리며 질문했다.

"저, 설령 혀, 형사님들이…, 아니, 채, 채권자님들이 눈감아 준다고 해두, 밖에 있는 조은비 기자님두 이 사건 내막을 모두 알고 있는디…."

"뭐요? 우리 보고 이 사건과 상관없는 여기자까지 처리해 달라는 겁니까? 아니, 우리는 정당하게 돈을 빌려주고 빌려준 돈을 받으러 다니는 사업가들이지 그런 골치 아픈 일까지 대신 처리해주는 똥파리들이 아닙니다. 그건 당신들 일이니 당신들이 알아서 하쇼. 무릎 꿇고 봐달라고 사정을 하든지, 조용히 죽여서 산에 갖다 묻든지…. 아니면, 이 쇠스랑으로 신한국을 찍어 죽인 놈을 찾아내서, 하는 김에 저 여기자도 좀 처리해달라고 부탁해보든지…. 자, 3분입니다."

사병채와 그의 부하들이 출입구 쪽으로 물러났다.

출입문 밖으로 나가려던 사병채가 발길을 멈추고 호기심 어린 눈길로 출입구 옆의 선반 위에 놓여 있는 유리병을 살폈다. 어젯밤 최순석과 조은비가 3분의 1쯤 마시고 나서 키핑해달라며 양식연의 아내 전수지에게 맡겼던 술이었다. 술병 안에 여러 가지 약초와 다양한 버섯이 들어 있었다.

"어떻게 하지?"

사채업자들이 밖으로 나가는 것을 지켜보던 우태우 이장이 사람들을 둘러보며 낮은 목소리로 물었다.

"어떻게 하긴. 다른 방법이 있슈? 일단 쓰라는 대로 써주는 수밖에…."

"그려. 저 사람들이 입을 다물어줘서 우리가 교도소에 안 갈 수 있으면 그나마 다행이지. 만약 차용증을 썼는데도 교도소에 가게 되면 조사받을 때 강압 때문에 어쩔 수 없이 쓴 거라고 하자구."

왕주영이 더욱 작은 소리로 속삭였다.

"설령 교도소에 안 간다고 해도, 차용증서 써주면 빚을 갚아야 하는디 5천만 원을 언제 다 갚아유? 전 재산 팔면 5천만 원이나 될 거 같아유? 이장님하고 왕씨 아저씨는 될지 몰라두, 우리는 안 될 거구먼유. 또 이자는유? 저 사람들 살인적인 이자를 받는 고리대금업자라면서유."

양동남이 반대 의견을 냈다.

"너희는 세 사람이 5천만 원이니 한 사람당 2천만 원도 안 되네. 우리는 둘이니 한 사람당 2천5백씩인 셈이여. 소팔희 씨는 혼자서 5천만 원을 갚아야 하는 거고."

우태우가 누군들 불만이 없겠냐는 듯이 말했다.

소팔희 이야기가 나오자 박광규가 재빨리 끼어들었다.

"그러니 더욱 문제쥬. 여자 혼자 어떻게 5천만 원을 갚아유?"

"그럼 차용증서 못 쓰겠다고 하고 교도소 가자고? 갔다 와서도 신한국이 빚을 우리가 갚아야 한다잖여? 그리고 차용증서 안 쓰면 저놈들이 우릴 가만히 두겠어? 이유 없이 사람 패는 거 못 봤어?"

"아이구, 동남이 아버지. 우린 망했슈, 쫄딱 망했어. 어쩌다가 개갈 안 나는 이런 일에 휘말려 가지고, 아이구, 아이구…."

"아, 조용히 좀 혀! 운다고 바뀌는 건 아무것도 없어."

회의 결과, 일단 차용증서를 쓰고 나서 상황에 따라 대처하자는 쪽으로 결론이 났다.

"현명하신 결정입니다. 빈칸 모두 채운 뒤 '채무자 인'에 지장을 꾹 눌러 찍으시면 끝입니다."

차용증서를 쓰고 지장을 찍고 난 사람들이 하나둘 자리에서 일어나 마을회관을 나갔다.

"어디 갔다 오는 거유?"

마을회관 앞에 나가 다른 사람들이 나오길 기다리고 있던 한돈숙이 황은조와 함께 마을회관 쪽으로 걸어오는 소팔희를 보고 인사를 건넸다.

"가리정에 볼일이 있어서…. 모두 여기 모여 계셨네요. 무슨 일 있어요?"

소팔희가 마을회관 안쪽을 살피며 물었다.

"큰일 났슈. 외지에서 사채업자들이 와서…."

바로 그때 마을회관 안에 있던 누군가를 본 소팔희가 황은조의 손목을 잡아끌며 재빨리 몸을 마을회관 옆으로 피했다.

"팔희, 왜 그래?"

하지만 너무 늦었다. 마을회관 안에서 곰 같이 생긴 해머가 도망가는 소팔희를 보고 뛰어나와 황은조 대문에 빨리 달아나지 못한 소팔희의 목덜미를 움켜잡았다.

"이년 봐라! 여기 숨어 있었네! 개 같은 년!"

"으, 은조 좀 부탁해요!"

소팔희가 황은조의 손을 놓으며 한돈숙에게 재빨리 외쳤다.

해머가 소팔희를 강제로 끌고 마을회관 안으로 들어가려는데 안에서 나오던 박광규가 앞을 가로막았다.

"왜 이러는 거유?"

"이 새끼가!"

해머가 박광규의 복부를 발로 걷어찼다. 박광규가 멀리 나가 떨어졌다.

"광규 씨! 광규 씨가 끼어들 일이 아니에요! 걱정 마세요!"

"팔희! 팔희!"

박광규가 맞는 것을 본 황은조가 한돈숙의 손을 뿌리치고 소팔희를 따라 마을회관 안으로 뛰어 들어갔다.

해머에게 끌려 들어오는 소팔희를 본 사병채가 눈을 크게 떴다.

"어라? 이게 누구야! 소다희! 진짜 오랜만이네. 그 화가 놈이랑 도망가서 그동안 여기 숨어 있었던 거야?"

"팔희! 팔희!"

황은조가 소팔희의 이름을 부르며 뛰어 들어왔다.

"뭐야? 이름 바꾸고 그새 애까지 낳은 거야?"

"조카야. 걔는 건드리지 마."

해머가 소팔희의 팔을 잡아끌어 바닥에 내동댕이치고 나서 달려오는 황은조를 번쩍 안아 들었다.

"놔, 놔! 이 곰 같은 놈아, 놓으란 말여!"

해머가 소리를 질러대는 황은조의 입을 손으로 틀어막았다.

사병채가 소팔희 앞으로 다가갔다.

"야, 너 언제까지 이렇게 숨어 살 수 있을 줄 알았냐? 너 때문에 내 신용도가 아주 길거리 양아치가 됐다. 다른 년들도 네가 뭐 신창원이라도 되는 줄 알고 따라 하려고 지랄들을 해서 내가 두들겨 패느라 보통 피곤한 게 아니다. 그동안 몸값 이자가 겁나게 많이 붙었는데, 돈은 많이 벌어놨냐?"

"저 애 밖으로 내보내고 이야기해."

소팔희가 황은조를 턱으로 가리켰다. 하지만 사병채는 들은 척도 하지 않았다.

"이번에는 섬 중에서도 제일 빡센 섬이라는 거 알지? 전기도 안 들어오고 돈이 생겨도 구멍가게 하나 없어 쓸 데도 없는 섬 말이야. 그런 빡센 섬 티켓다방으로 팔려 가지 않으려면 돈 좀 벌어놨어야 할 텐데?"

"저, 전 재산 다 줄게."

"아 참! 여기서는 네 이름이 소다희가 아니라 소팔희였지. 너도 이번 사건의 관련자라며? 그렇다면, 전 재산이 얼마인지는 몰라도 그것 외에 5천만 원이 더 있어야 할 텐데?"

"그게 무슨 소리야?"

"이 차용증서에 일단 지장 찍고 자세한 것은 마을 사람들에게 가서 물어봐. 아니지, 이년은 틈나면 바로 토낄 년인데…. 그래, 너는 지금 당장 우리 빚을 갚든지 다시 섬으로 팔려 가든지 둘 중 하나를 선택할 수밖에 없겠다."

"이제 도망 안 가. 도망갈 이유도 없어. 남편 이미 암으로 죽었어. 돈 갚을게, 제발 이러지 마."

"아이구. 눈물이 앞을 가리네. 서울에서 온 가난뱅이 삼류 화가와 눈이 맞아 목숨 걸고 야반도주까지 했는데, 이 낯선 동네에 와서 몇 년 알콩달콩 살지도 못하고 남편 혼자 암에 걸려 홀라당 죽어버렸으니 이를 어쩌나. 팔자도 기구하셔라. 남편이 암보험 같은 거 안 들어놨어? 그런 거라도 하나 들어놨으면 마누라가 섬 티켓다방으로 팔려 가는 걸 막을 수 있었을지도 모르는데 말야. 해머야, 이년 도망 못 가게 저쪽 구석에 잘 묶어놔라."

"예, 형님! 이 애는 어떻게 할까요?"

"글쎄, 어떻게 하는 게 좋을까? 너무 어려서 어디 팔아먹기도 그렇고…."

"제발 애는 그냥 보내줘. 애 딸린 여자 인기 없다고, 같이 있게 해줄 것도 아니잖아. 나 없으면 고아 될 애야. 이 동네 사람들 착한 사람들이니, 어쩌면 고아원에 안 보내고 보살펴줄지도 몰라."

"아휴! 퍽도 착하겠다. 착한 사람들이 시체를 남의 집에 그렇게 떠넘기기 릴레이를 해서 몇 번씩 다시 죽이냐? 야, 일단 그 애도 옆에 묶어놔 봐. 신창원처럼 신출귀몰한 년이니, 아예 도망갈 생각을 못 하게 말이야."

"예, 형님!"

볼일을 모두 끝낸 사병채가 들고 있던 네 발 쇠스랑을 출입문 쪽으로 내던지고 나서 두 손을 탁탁 털어댔다.

"일도 잘 풀렸는데, 어디 가서 삼겹살에 소주나 한잔했으면 좋겠다."

마을회관 안에서 나온 사람들이 누가 불러 모은 것도 아닌데 마을회관에서 좀 떨어진 공터로 모여들었다. 같은 처지에 놓인 사람들끼리 의견을 주고받으며 대책을 논의하기 위해서였다.

"소팔희 씨는 안 내보내 주는 모양이네유. 섬으로 팔아버리느니 어쩌니 하는 게, 소팔희 씨가 놈들에게 빚을 많이 진 모양이쥬?"

"그런 모양이여. 어쩌지?"

"우리 코가 석 자인데 뭘 어쩌긴 어쩌유? 다른 여자 걱정 말고 마누라 걱정들부터 하슈. 우리도 저놈들에게 빚 못 갚으면 섬으로 팔려 가지 말란 법 없슈. 여자들은 티켓다방인가 뭔가 하는 데로, 남자들은 새우잡이 배로⋯."

"아, 티켓다방도 아무나 받아주나. 얼굴이 반반해야지."

"뭐유? 시방 그게 내가 해준 따슨 밥 먹고 내 앞에서 할 소리유? 그런 개갈 안 나는 소리랑은 칠갑산 꼭대기로 칡뿌리 캐러 가서 곡괭이 자루 부러졌을 때 밤나무 잡고 하슈!"

"아, 농담이여, 농담. 별것도 아닌 말 가지고 뭘 그리 발끈하고 그랴?"

"그럼 시방 내가 안 민감하게 됐슈? 아이구, 우리는 이제 망했슈, 쫄딱 망했어! 5천만 원, 그 큰돈을 어떻게 만들어내유. 앞으로 우리 온 가족이 칠갑산 칡뿌리 캐 먹고 연명하게 생겼슈…."

남편에게 쏘아대던 한돈숙이 조은비가 다가오는 것을 보고 말을 끊었다.

"안에서 무슨 이야기들을 하셨어요?"

우태우가 마침 잘 왔다는 듯이 조은비 앞으로 나섰다.

"신한국이가 저 사람들에게 진 빚을 우리가 대신 갚으면 우리가 신한국이에게 한 짓을 눈감아 주겠다고 하더라구유. 최 형사라던 사람도 알고 보니 형사가 아니라 사채업자였더구먼유. 저 사람들은 다들 그렇게 하겠다고 했으니 돈만 갚으면 될 것 같고…. 조 기자님 생각은 어떠세유?"

"어떤 생각이요?"

"이제 남은 것은 조 기자님뿐이거든유. 우리 잘못을 좀 눈감아 주실 수 없으실는지…?"

"제가 여기 있는 분들이 잘못하신 건, 어느 정도 이해가 가는 면이 있으니 인정상 눈감아드릴 수 있다고 쳐요. 하지만 신한국 씨를 죽인 살인범은 어쩌실 건데요? 살인범이 누군지는 모르겠지만, 외부인일 수도 있고 마을 사람일 수도 있는데, 하여튼 붙잡았다고 가정해봐요. 여러분은 쇠스랑으로 신한국 씨를 찍어 죽인 살인범을 앞에 두고 그냥 모르는 체하며 지내실 수 있겠어요? 살인까지 눈감아 줄 수는 없는 거잖아요?"

"그, 그렇기는 하쥬."

최순석은 마을회관 앞에서 담배를 피우며 30미터쯤 떨어진 곳에서 마을 사람들과 조은비가 대화하는 것을 힐끔거리고 있었다. 말소리는 들리지 않았지만 사람들의 표정과 몸짓만으로도 무슨 내용의 대화를 하고 있는지 짐작할 수 있었다. 눈감아 달라는 마을 사람들의 부탁을 조은비가 거절한 것 같았다.

마을 사람들이 이제 어떻게 나올까? 사병채가 말했던 대로 정말 조은비를 죽여서 산에 묻으려 할까?

물론 이번 사건과 관련된 마을 사람들 전체가 그렇게 하자고 동의할 확률은 거의 없었다. 하지만 저 무리 중에 한두 명만 그런 생각을 해도 조은비는 목숨이 위험할 수밖에 없었다. 또 저 사람들 중에 신한국을 쇠스랑으로 찍어 죽인 두 얼굴의 살인범이 없으리란 법도 없었다.

'좋은 인연으로 만난 것도 아니고 첫 만남부터가 내 인생을 크게 망가트린 여잔데…. 한겨울에 나를 얼어 죽으라고 눈밭에 버렸던 어머니 다음으로 증오해야 마땅할 것 같은 여잔데…. 또 나를 벌레 보듯 하는 여자인데 왜 이리 걱정될까? 도대체 왜…?'

하지만 도와주고 싶어도 도와줄 방법이 있을 것 같지 않았다. 쳐다보려 하지도 않고 말도 섞으려 하지 않는 여자를 어떻게 도울 수 있단 말인가?

 '사병채에게 무슨 거짓말이라도 해서 조은비를 붙잡아다가 소팔희 옆에 감금시켜 놓는 것이 그나마 안전할까?'

 휴대전화 벨이 울리자 조은비가 카메라 가방에서 휴대전화를 꺼내 들고 사람들 무리에서 벗어나며 전화를 받았다.
 "응, 삼촌?"
 ─신한국, 부검 결과 나왔다.
 "그래. 결정적 사인이 뭐래? 쇠스랑? 아니면 이마의 타박상?"
 ─결과가 의외야. 농약 중독사래.
 "뭐어? 사인이 농약 중독사라고?"
 조은비가 놀라서 외치는 소리가 조금 떨어져 있는 마을 사람들에게까지 또렷이 들렸다. 사람들이 모든 동작을 멈추고 조은비를 쳐다봤다.
 ─제초제를 먹었대. 그게 사망 원인이래.
 "그럼 등의 쇠스랑 자국은?"
 ─그것도 치명적이긴 하지만 심장이나 간 같은 급소를 피해서, 사망에 이르게 된 원인은 아니래.
 마을 사람들이 통화하는 조은비의 근처로 모여들었다. 멀리 있던 최순석도 심상치 않은 분위기를 감지하고 그녀에게 다가갔다. 조은비는 마을 사람들도 부검 결과를 알아야 한다고 생각했는지, 모두가 들을 수 있도록 큰 목소리로 통화했다.

"차 사고, 익사, 감전사, 압사, 폭행치사, 쇠스랑, 방화…. 그것도 모자라서 이제 농약 중독사…. 어떻게 시체 하나에서 그렇게 많은 사인이 나올 수 있어? 혹시 독사에 물린 자국은 없었어? 미국산 산호뱀 같은 거에?"

—그런 이야기는 못 들었는데.

"그럼 농약은 쇠스랑에 찍히기 전에 먹은 거야, 찍힌 후에 먹은 거야?"

—글쎄? 시체에 손상이 너무 많고 뒤죽박죽이라 어떤 게 먼저 생기고 어떤 게 나중에 생겼는지, 살아 있을 때 생겼는지 죽은 뒤에 생겼는지 구분이 쉽지 않다는데, 쇠스랑 상처에서만큼은 생활반응을 찾아냈다고 하더라고. 그거로 봐서 살아 있을 때 쇠스랑에 찍힌 건 확실한데, 농약을 먹기 전에 찍힌 것인지 먹은 직후, 숨이 끊어지기 직전에 찍힌 것인지는….

"어휴, 도대체 뭐가 어떻게 된 거야? 누가 신한국 씨에게 농약을 먹고 죽으라고 쇠스랑으로 찍어가며 협박이라도 했다는 거야 뭐야?"

—낸들 알겠냐. 이렇게 복잡한 사건은 난생처음이다.

"아니, 그렇게 생각하기에는 뭔가 좀 이상해. 삼촌은 현장을 안 봐서 잘 모르겠지만 신한국 씨가 쇠스랑에 찍힌 축사는 누군가에게 농약을 먹으라고 협박할 만한 장소가 아니야. 그리고 하필이면 왜 축사에서 그런 협박을 해? 또, 농약이라는 것은 마신 양에 따라 다르겠지만 먹는 즉시 죽는 것도 아니잖아. 죽기까지 얼마의 시간이 필요한 거잖아. 신한국 씨가 제초제를 어느 정도 먹었는데?"

―위에서 음식물이 거의 발견되지 않았고, 주방세제 성분이 검출된 거로 봐서 상당량의 농약을 먹은 뒤 위세척을 한 것 같다던데.

"뭐, 위세척?"

―그래. 진짜 미스터리야, 미스터리!

그 말을 듣는 순간 조은비의 머리에 화재 현장이 빠르게 스쳐 지나갔다. 화재 현장 안방 터에 소주병이 녹은 유리 덩이 몇 개와 함께 갈색 유리병이 녹은 유리 덩이가 두 개 있었다. 맥주병이 녹은 것인 줄 알았는데 갈색의 농약병이었을 가능성이 컸다. 시골 농부가 소주를 마시며 맥주를 같이 마셨다는 것부터가 좀 이상해 보이지 않았던가.

"새로운 소식 들어오면 즉시 알려줘. 고마워, 삼촌!"

조은비가 서둘러 전화를 끊었다.

"뭐, 뭐라는 거유? 신한국이가 쇠스랑에 찍혀 죽은 것이 아니라 농약을 먹고 죽었다고 하는 것 같던디…?"

우태우 이장이 물었다.

"예, 맞아요. 박광규 씨, 물어볼 게 있어요."

"뭘유?"

박광규는 넋이 나간 사람처럼 건성으로 대답했다. 짝사랑하는 소팔희의 과거에 대해 새로운 사실을 알게 된 데다 그녀가 사채업자들에게 잡혀 있어 마음이 몹시 복잡한 상태인 것 같았다.

"여러분이 구멍바위에서 자살한 남자의 시체가 신한국 씨의 시체인 줄 알고 경운기에 싣고 신한국 씨 집으로 가서 불을 질렀을 때, 불길 속에서 라이터를 꺼내려던 박광규 씨의 손에 불이 붙어 박광규 씨가 그 불을 끄려고 수돗가로 달려갔다고 했었죠?"

"예, 그랬었쥬."

"그때 신한국 씨네 수돗가 상황을, 기억을 잘 더듬어서 다시 자세히 말씀해주실래요?"

"비가 오고 있었구, 수돗가 거름망에 누군가가 오바이트를 한 건더기들이 뭉쳐 있어 배수가 잘 안 되고 있었쥬. 옆에는 퐁퐁통이 뚜껑이 열린 채 넘어져 내용물이 다 흘러나와 있었구유. 고무통에 물이 반쯤 고여 있었는디 비눗물이었슈."

"맞아요. 그랬을 거예요. 이제 뭔가 그림이 나오네요. 당시 상황을 재구성해보면, 신한국 씨는 안방에서 농약을 마셨어요. 그런데 오바이트를 안방이나 마루, 마당에 하지 않고 수돗가까지 가서 했어요. 농약을 먹고 죽어가는 사람이 귀찮게, 왜 먼 수돗가까지 갔을까요?"

"혹시 물에 퐁퐁을 풀어 마시고 토하려 했었던 건가유? 살기 위해 비눗물로 위를 깨끗이 세척하려구?"

박광규의 추리였다.

"맞아요. 그랬던 거예요. 그렇다면 가능성은 두 가지일 거예요. 하나는, 누군가가 신한국 씨에게 강제로 농약을 먹였거나 협박으로 먹게 했다. 어쩌면 친한 사람이 음식에 농약을 탄다든지 해서 속여서 농약을 먹게 했을 수도 있고요. 하여튼 그 이후 농약을 먹인 사람이 자리를 떴거나 속아서 먹게 되었다는 것을 안 신한국 씨가 수돗가로 달려가서 위를 세척한 뒤 우태우 이장네 축사로 도망쳤고, 신한국 씨를 뒤쫓아 온 살인범이 휘두른 쇠스랑에 등을 찍혔고 결국 그곳에서 정신을 잃은 뒤 농약 중독사로 사망했다….”

조은비가 첫 번째 가설을 말해놓고 사람들을 둘러봤다. 사람들은 두 번째 가설이 궁금한 듯 조은비를 쳐다봤다.

"두 번째 가능성은 신한국 씨가 스스로 농약을 먹었을 수도 있어요. 신한국 씨가 처지를 비관하거나 충동적으로 스스로 농약을 먹었는데 무슨 이유로 죽으려던 마음이 살려는 의지로 바뀌어 수돗가로 달려가서 농약을 토하고 위세척을 한 뒤 도움을 청하려고 우태우 이장님네 축사로 갔다가 누군가가 휘두른 쇠스랑에…. 아, 이건 좀 말이 안 되는 것 같네요. 죽으려던 사람이 갑자기 살려고 했다는 것도 그렇고 누군가가 자살하려는 사람의 등을 쇠스랑으로 찍은 것도 말이 안 되고….”

"내 생각엔 첫 번째, 두 번째 가설 모두 말이 되는 것 같은데요. 신한국 씨가 죽던 날 밤이 월드컵복권 추첨일이지 않습니까. 신한국 씨가 농약을 먹은 뒤 뒤늦게 자신의 복권이 당첨된 것을 알았다면…?”

불쑥 끼어든 사람은 최순석이었다.

"불을 지르기 전 신한국 씨네 안방에 복권이 널려 있었다고 하지 않았습니까?"

하지만 마을 사람들은 최순석의 말에 대꾸는커녕 꼴도 보기 싫다는 듯이 고개를 돌려 외면했다.

"신한국 씨가 복권에 당첨되었다면 그 복권은 그럼 지금 어디에 있죠?"

조은비가 말도 안 된다는 듯이 되물었다.

"어쩌면 범인의 손에 있을지도 모르죠. 누군가가 신한국 씨가 복권에 당첨된 것을 알고 몰래, 또는 강제로 농약을 먹였다. 신한국 씨는 자기가 농약을 먹은 것을 깨닫고 위세척을 한 뒤 도망쳤다. 범인이 그 복권을 빼앗으려고 신한국 씨를 뒤쫓아 가서 쇠스랑으로 등을 찍었다…. 이것이 첫 번째 가설입니다. 그리고 두 번째 가설…. 신한국 씨 스스로 농약을 먹었는데 뒤늦게 복권에 당첨된 것을 알고 살기 위해 누군가에게 전화 등으로 도움을 요청했다. 그때 신한국 씨로부터 복권에 당첨되었다는 이야기를 들은 그 사람이 도움을 주기는커녕 오히려 쇠스랑으로 신한국 씨의 등을 찍고 복권을 빼앗아 갔을 수도 있는 거죠. 또, 복권에 당첨되었다는 것을 스스로 말하지 않았어도 신한국 씨가 복권에 당첨된 사실을 안 사람이 있었을지도…."

"신한국 씨가 스스로 말해주지도 않았는데 복권에 당첨된 사실을 누가 어떻게 알아요?"

"예를 들면, 복권 판매점 주인도 알 수 있을 테고, 또 신한국 씨와 같이 복권을 산 사람도 알 수 있죠. 자기가 산 복권이 한두 자리 빗나가 아슬아슬하게 당첨되지 않았다면 그 복권의 앞 숫자 복권이나 뒤 숫자 복권을 산 사람이 당첨된 것일 테니, 자기보다 먼저 복권을 산 사람이나 늦게 산 사람이 당첨되었다는 생각을 왜 못 하겠어요? 그런데 그 복권을 산 사람이 아는 사람이라면…?"

"만약 그랬다면, 이 동네에서 복권 당첨자가 나오면 그 사람이 바로 범인이겠네요?"

그렇게 말하며 조은비가 누군가를 찾기 위해 사람들을 둘러봤다.

최순석의 가설과 맞아떨어지는 사람이 있긴 있었다. 소팔희와 황은조였다. 황은조의 말에 의하면 신한국은 읍내에서 복권을 살 때 한 장을 더 사서 황은조에게 줬다.

조은비는 소팔희와 황은조에게 복권에 관해 물어보고 싶었지만 두 사람은 마을회관 안에 잡혀 있었다.

"아, 머리 복잡하다. 나는 가서 바지 갈아입고 짐이나 챙겨 와야겠다."

칠부 몸빼를 입은 최순석이 마을 사람들을 뒤로하고 장자울 쪽으로 걸음을 옮겼다.

조은비가 소팔희네 집을 향해 가는 최순석을 의심의 눈길로 쏘아보았다.

'혹시 소팔희 씨 집 어딘가에 당첨된 복권이 숨겨져 있을지도

모른다는 생각에 소팔희 씨 집을 뒤지러 가는 것이 아닐까?'

하지만 조은비는 그 생각을 물리치려고 머리를 옆으로 흔들었다. 마치 머릿속의 벌레라도 털어내려는 것처럼.

"상황이 바뀌었으니 저놈들에게 가서 빚을 좀 깎아달라고 해볼까유?"

양식연의 아내 전수지가 동네 사람들을 둘러보며 의사를 물었다.

"소용없어. 신한국을 죽인 범인이라도 알아냈으면 또 몰라. 상황이 바뀐 게 뭐가 있는디? 바뀐 것은 이제 쇠스랑이 살인의 보조 도구가 되고 농약이 주된 살인 도구가 되었다는 것뿐이잖여?"

양식연이 아내에게 말했다.

"그래도 말해서 손해 볼 건 없을 것 같은디…?"

"아휴! 나는 저놈들 상판대기를 다시 봐야 한다는 생각만 해도 살이 떨려서…."

그때 조은비의 휴대전화 벨이 울렸다. 동생에게 걸려온 전화였다.

"그래, 너 마침 전화 잘했다. 여기, 잡아넣을 악질 깡패 새끼들이 몇 명 있는데…."

—깡패? 혹시 또 깡패들 턱주가리 날렸어?

"야! 때리긴 내가 누굴 때려! 악질 깡패 사채업자 새끼들이 여기 동네 사람들을 괴롭히고 있다는 얘기야."

—아—. 그런 양아치들은 거기 경찰서에 신고해야지 책상에

앉아 정관계 범털 뒷조사나 하고 있는 나보고 뭘 어쩌라고? 거기 아는 형사들 많을 거 아냐? 경찰서를 제집 화장실 드나들듯 하는 기자분께서….

"에이씨! 왜 전화했는데?"

― 최순석 뒷조사, 더 꼼꼼히 해달라고 부탁할 때는 언제고….

"아! 그래, 뭐 새로운 거 알아냈어?"

― 별건 아닌데….

"이야기해봐, 자세히."

이번에는 은밀히 통화하기 위해 조은비가 동네 사람들의 무리에서 벗어나며 귀에 전화기를 더욱 바짝 가져다 댔다.

아이엠에프 나이트

 혼자 장자울로 향하는 최순석의 발걸음이 점점 빨라졌다.
 아까 조은비의 이야기를 듣는 순간 뭔가가 머릿속에 불쑥 떠오르는 것이 있었다. 그것은 희비가 엇갈리는 두 가지 생각이었다. 빨리 가서 확인해봐야 했다.
 그는 우태우 이장네 집에서 소팔희네 집으로 올라가는 길가에 있는 작은 도랑을 살피며 걸었다.
 뚜껑이 없는 찌그러진 콜라병은 그가 버렸던 곳에 그대로 있었다.
 최순석이 도랑 안으로 들어가 콜라병을 집어 들고 콜라병 라벨에 프린트된 깨알 같은 글씨들을 빠르게 살폈다.

본 콜라를 구매하신 뒤 뚜껑을 개봉하여 살펴보세요. 뚜껑 안에 그림이 있으면 그림에 해당하는 경품을 드립니다. 1등: 34평 신축 아파트. 주소: 서울 강남구….

1등 경품은 서울 강남구 삼성동에 있는 34평 새 아파트였다. 월드컵복권 1등 당첨금 못지않은 가격의 아파트였다.

콜라병 입구를 코에 대고 냄새를 맡아보았다. 미세한 악취가 풍겼다. 농약 종류의 냄새였다.

"크으—."

예상했던 농약 냄새를 확인한 최순석은 농약에 중독된 사람처럼 손을 미세하게 떨었다.

이 콜라병은 신한국이 죽어가는 상황에서도 자기 집에서부터 목숨이 끊어진 우태우 이장네 축사까지 손에서 놓지 않고 움켜쥐고 간 물건이었다. 죽어가면서까지 손에서 놓지 못했던 물건, 거기에는 다 그럴 만한 이유가 있었을 것이다.

최순석은 자신의 추리를 되짚어봤다. 틀림없이 그랬을 것이라는 확신이 섰다.

'그렇다면, 집 그림이 있는 병뚜껑은 지금 어디 있을까? 범인이 우태우 이장네 축사에서 신한국을 쇠스랑으로 찍은 뒤 빼앗아갔을까? 아니면 신한국이 살아 있었을 때 어딘가에 숨겨뒀거나 죽어서 마을을 떠돌 때 어딘가에 떨어트렸을까?'

최순석이 이제 할 수 있는 일은 우태우 이장네 축사에서부터 시작해 시체가 돈 순서대로 마을 집들을 한 바퀴 도는 것뿐이었다. 다행히, 이 사건과 관련이 있는 사람들은 아직도 안뜸의 마을회관에서 돌아오지 않고 있었다.

우태우 이장네 축사로 들어선 최순석은 누군가가 울타리를 넘어 기어 나온 흔적이 있었다는 소 우리 안에서부터 쇠스랑에 찍힌 시체가 엎어져 있었다고 했던 곳, 뚜껑 없는 플라스틱 콜라병을 발견했던 장소 등을 꼼꼼히 살폈다. 하지만 그가 찾는 콜라 뚜껑은 그 어디에도 없었다.

축사 안에서 콜라 뚜껑을 찾지 못한 최순석은 축사 앞에 쌓여 있는 커다란 쇠똥 무더기를 살폈다. 하지만 이 쇠똥 무더기 속에 콜라병 뚜껑이 들어 있다고 해도 지금 당장 손으로 일일이 헤집어볼 수는 없는 노릇이었다.

우태우 이장네 축사는 나중에 시간을 내서 다시 찾아보기로 하고 다음 단계로 넘어가, 시체가 움직인 경로를 따라 이동하려는데 우태우 이장네 바깥마당에서 뭔가 빨간 것이 눈에 들어왔다. 달려가 보니 역시 빨간색 콜라병 뚜껑이었다. 떨리는 손으로 급히 병뚜껑을 집어서 뒤집어보았다.

"하!"

병뚜껑 안에 집 그림이 선명하게 프린트되어 있었다. 심장이 감당하기 어려울 정도로 쿵쿵 뛰었다.

최순석은 보고 있는 사람이 없는지 급히 주변을 두리번거리며 남들의 눈에 띄지 않게 콜라병 뚜껑을 손으로 꼭 감싸 쥐었다.

주변에 아무도 없다는 것을 몇 번이나 확인했지만 누군가가 갑자기 등 뒤에서 쇠스랑을 들고 달려와 내리찍을 것만 같았다.

'그렇다면 살인범은…?'

콜라 뚜껑을 손에 꼭 쥐고 있는 그의 손이 부르르 떨렸다. 동시에 그의 머릿속에 여러 가지 장면들이 빠르게 스쳐 지나갔다.

"하아! 살인범은 바로…."

소팔희 이모가 닭 뼈는 개를 주는 것이 아니라고 말렸지만 은조는 통닭 뼈를 비닐봉지에 모아들고 신한국의 집으로 향했다. 자신을 잘 따르는 맹구에게 모처럼 맛있는 것을 먹여주고 싶었다.

대문을 밀고 안으로 들어섰다. 라디오 음악 소리 사이로 격앙된 신한국의 목소리가 들렸다.

"아이참! 찾아와봤자 소용없어. 먹고 죽으려고 해도 농약 살 돈조차 없다니까!"

신한국이 방문을 활짝 열어놓은 채 안방에 앉아 소주를 마시며 누군가와 통화하고 있었다. 열린 방문을 통해 소리도 없이 집 안으로 들어선 은조를 보고도 신한국은 옆집 고양이를 본 것처럼 본체만체했다. 그만큼 심각한 통화를 하는 것 같았다.

부엌 앞에 묶여 있는 맹구가 은조의 방문에 꼬리를 흔들며 이리저리 날뛰었다.

"맹구! 맛있는 프라이드치킨 먹어봐. 팔희가 오늘 돈 많이 생겼다고 사준 거야. 내가 너 주려고 팔희 눈치 보며 살점 많이 남겼어. 나 무지 고맙지?"

고맙다는 듯이 맹구가 꼬리를 더욱 흔들어댔다.

은조가 비닐에 든 닭 뼈를 개밥 그릇에 털어놓자 맹구가 달려들어 으드득으드득 씹어대기 시작했다.

"아이씨, 맘대로 해! 배 쨰고 신장을 꺼내 가든, 눈깔을 뽑아 가든⋯."

거칠게 말을 하고 나서 씩씩거리며 말없이 한동안 상대의 말을 듣기만 하던 신한국이 수화기를 탁 소리가 나게 내려놓았다.

"기생충 같은 새끼들!"

전화벨이 다시 요란하게 울렸지만 신한국은 소주잔만 기울일 뿐 전화를 받지 않았다.

황은조가 돌아가고 나서도 신한국은 별 안주도 없이 강소주를 마셔댔다.

내일 놈들이 와서 돈을 내놓으라고 난리를 칠 것이다.

몇 년 전에 급전이 필요해 사채 1천만 원을 빌렸고 처음에는 열심히 고리대금 이자를 갚았지만 밑 빠진 독에 물 붓기였다. 1년쯤 지나자 이자조차 제때 내지 못하는 상황이 되었다. 그렇게 몇 년 지나자 놈들은 이제 원금이 5천만 원이 되었다며 갚으라고 들볶고 있었다. 놈들은 IMF로 이자제한법이 폐지되어 이자가 크게 오른 데다 복리에 복리가 더해진 결과라고 말했다. 집과 논

밭이 모두 은행에 잡혀 있어 사채 원금 1천만 원도 갚을 방법이 없었는데 5천만 원을 갚을 방법이 있을 리 없었다.

신한국은 마시던 소주병을 흔들어보았다. 이제 술까지 떨어졌다.

"에이, 더러운 인생! 그래, 미련 두지 말고 끝내버리자…."

지쳐도 너무 지쳤다. 헉헉거리며 겨우겨우 숨 쉬는 것조차도 지겹고 귀찮게 느껴졌다.

이왕 죽는 거 조금 전 자신을 협박한, 내일 찾아올 사채업자 놈들에게 싸늘한 시체를 발견하게 하여 엿을 먹이는 것도 괜찮을 것 같았다.

그때 불쑥 머릿속에 떠오르는 것이 있었다. 마지막 희망이 남아 있었다. 벽시계를 올려다봤다. 곧 월드컵복권 추첨 시간이었다.

월드컵복권 추첨은 모 방송에서 텔레비전과 라디오로 생중계했다. 하지만 텔레비전 중계는 전파가 잡히지 않아 볼 수 없었다. 라디오로만 들을 수 있었다.

'가망 없는 '혹시나'에 또 삶의 미련을 갖다니….'

그렇게 생각하면서도 라디오를 켜고 다이얼을 돌려 방송 주파수를 맞췄다.

— 안녕하세요, 월드컵복권 추첨을 시작하겠습니다. 추첨은 6등부터 합니다.

재빨리 일어나서 벽에 걸려 있는 바지 주머니에서 월드컵복권 열 장을 꺼내 방바닥에 늘어놓고 종이와 볼펜을 가져왔다.

―드디어 6등 번호 세 개가 결정되었습니다. 6등은 각 번호 5번과 2번, 8번입니다.

신한국이 6등 번호를 종이에 받아 적었다. 이어서 연속으로 추첨하는 5등 번호, 4등 번호, 3등 번호, 2등 번호, 1등 번호, 보너스 경품 번호를 모두 받아 적었다.

월드컵복권 추첨이 모두 끝나자 신한국은 곧장 복권 열 장을 펼쳐놓고 1등 번호부터 맞춰봤다.

역시나, 모두 꽝이었다. 혹시나 해서, 재차 맞춰봤지만 모든 복권에 가위표가 쳐졌다. 6등 천 원짜리 한 장 당첨되지 않았다. 5등이나 4등에 당첨되는 것도 쉬운 확률은 아니지만 복권 열 장 가운데 단 한 장도 6등에 당첨되지 않을 확률 역시 결코 쉽지 않은 확률이었다. 인생 만사가 아주 재수 없는 놈이나 가능한 확률이었다.

'인생은 늘 이렇게, 혹시나 해봤자 '역시나'가 아니었던가. 그래, 모든 미련을 버리자. 40년을 그렇게 희망이라는 사기꾼에게 속아서 개처럼 살아왔으면서 아직도 무슨 미련이 남았단 말인가….'

마지막 희망이었던 월드컵복권까지 휴짓조각이 되자 신한국은 비틀거리며 자리에서 일어났다.

마루에서 마당으로 힘겹게 내려선 그는 몰려오고 있는 시커먼 구름 사이로 서너 개 보이는 밤하늘의 별들을 올려다봤다.

"신이시여, 어찌 저 같은 인간을 만들었습니까?"

하지만 돌아온 것은 침묵뿐이었다. 거칠게 숨을 쉬고 있는 자신의 가쁜 숨소리만이 귓전에 맴돌았다.

신한국은 맹구가 꼬리를 흔들며 쳐다보고 있는 마당을 가로질러 화장실 옆의 창고 문을 열고 비틀거리며 안으로 들어섰다. 창고 안은 비가 오려고 후텁지근한 바깥보다 서늘했다.

벽을 더듬어 전등 스위치를 올리자 백열전구의 불빛이 순식간에 실내를 환히 밝혔지만 그 밝음이 결코 따뜻함은 아니었다.

서늘한 냉기 속의 소나무 판자 선반 위에 농약병이 열 개 정도 가지런히 놓여 있었다. 살충제, 살균제, 제초제….

신한국은 까치발을 하고 서서 휘청거리는 다리에 힘을 주며 가장 가까운 곳에 놓여 있는 병을 하나 집어 들고 살펴보았다. 살균제인 도열병 약이었다. 균을 죽이는 살균제가 인체에도 치명적일까 하는 의문이 생기자 그는 그 병을 있던 자리에 다시 올려놓았다. 그리고 대신 그 옆에 있던 살충제를 집어 들었다. 하지만 그는 그것도 제자리에 내려놓았다. 살충제를 먹는다는 것이 꼭 자신을 한 마리 버러지라고 스스로 인정하는 것 같은 여운 때문이었다.

그는 손을 조금 더 뻗어 안쪽에 있던 제초제를 집어 들었다. 차가운 감촉의 제초제 병을 들고 있노라니 언젠가 우태우 이장에게 들은, 사고든 자살이든 많은 사람들이 제초제에 희생되고 있다던 얘기가 떠올랐다. 자의든, 타의든, 실수든 많은 사람들이 제초제를 먹고 죽는 것을 보면 풀을 고사시키는 약임에도 인체에도 치명적인 것만은 분명했다.

그러나 역시 제초제를 먹고 죽으려니 그는 자신의 인생이 이름조차 모를 한 떨기 잡초와 다르지 않았다는 생각이 들었다. 그래도 기생충이나 벌레의 이미지보다는 잡초의 이미지가 훨씬 나을 것 같긴 했다. '잡초는 꽃보다 가뭄에 강하다', '잡초는 밟을수록 강해진다' 같은 긍정적인 이미지도 조금은 있으니….

'그래, 나는 태어날 때부터 잡초 중의 잡초였어. 밟아도 악착같이 뿌리 뻗는 그런 잡초가 오죽했으면 자살을 선택하겠는가!'

그는 제초제를 가지고 밖으로 나오려다 선반 밑에서 전착제를 발견했다.

전착제는 농약을 살포할 때 혼합해 쓰는 보조제로, 농약을 살포한 뒤 비가 와도 농약 성분이 빗물에 씻겨 내려가지 않게 하는 약품이었다. 혹이라도 농약을 마신 직후 사람들에게 발견되어 위와 장을 세척당해도 소용없게 하려면 전착제를 같이 마시는 게 좋을 것 같다는 생각이 들었다.

그는 한 손에는 제초제를, 한 손에는 전착제를 집어 들고 창고 밖으로 나와 맹구가 꼬리를 흔들고 있는 마당을 다시 가로질렀다.

비틀거리며 안방으로 들어선 그는 이미 내용물을 모두 토해낸 뒤 굴러다니고 있는 소주병들 옆에 쓰러지다시피 앉아서 제초제의 뚜껑을 열고 병을 입으로 가져갔다. 그러나 병을 입에 대자 맛도 보기 전에 먼저 풍겨 나온 농약 냄새가 헛구역질을 하게 만들었다. 어려서부터 땡볕 아래서 중노동을 하며 코끝에 달고 살아왔던 이 농약 냄새는 그가 가장 역겨워하는 냄새였다.

지겨운 인생의 냄새!

고통스러웠던 자신의 인생처럼 극복하기 어려운 악취를 풍기는 농약보다는 차라리 똥물이나 오줌을 마시는 것이 비위가 덜 상할 것 같았다.

소주가 좀 남았더라면 산 사람은 그 누구도 먹어본 적 없는 맛있는 농약 칵테일을 만들어 마셨을 텐데, 소주병은 모두 비어 있었다.

그는 비틀거리며 일어나 벽장문을 열었다. 벽장에는 낮에 장에 가서 사 온 1.5리터들이 콜라병 여섯 개 세트가 놓여 있었다. 그는 그중 하나를 꺼내서 뚜껑을 쥐고 비틀었다. 손의 땀 때문인지 쉽게 열리지 않았다.

콜라병을 옆구리에 끼고 입고 있는 셔츠 자락을 뚜껑에 감아쥐고 힘껏 비틀었다. 콜라 뚜껑이 갑자기 확 열리며 콜라병이 그의 손에서 떨어져 내렸다. 콜라병은 쓰러진 볼링공처럼 방구석으로 굴러가며 거품과 내용물을 콸콸 쏟아냈다.

그가 방구석에 있는 콜라병을 잡아 일으켜 세웠을 때는 내용물이 이미 반 정도밖에 남아 있지 않았다. 오히려 잘된 일이었다. 콜라가 병에 가득 들어 있었더라면 콜라와 농약을 섞을 그릇이 필요했을 텐데 그 문제가 해결되었다.

반 정도 남아 있는 콜라병에 제초제와 전착제를 반병씩 들이붓자 콜라병이 다시 가득 찼다.

맥주 거품처럼 콜라병 입구로 솟아오르는 하얀 거품을 잠시 보고 있던 그는 농약 칵테일이 든 콜라병을 두 손으로 집어 들고 숨을 크게 한 번 들이쉬고 나서 숨을 멈추며 천천히 입으로 가져갔다. 단번에 마셔버릴 작정이었다.

하지만 그는 다시 동작을 멈췄다. 콜라병 입구에 대롱대롱 매달려 있는 거추장스러운 뚜껑에서 뭔가를 봤기 때문이었다.

'꽝!'

콜라 뚜껑의 안쪽에 '꽝!'이라는 글자가 쓰여 있었다.

마지막 중요한 의식을 앞둔 그였지만 그는 마땅히 그래야 하는 것처럼 콜라병 옆의 라벨에 쓰여 있는 깨알 같은 글씨들을 살폈다. 경품 이벤트에 관한 안내문이었다.

병뚜껑 안쪽에 특정 그림이 나올 경우 그 그림과 같은 물건을 경품으로 주는데 최고가 경품은 서울 강남에 있는 34평짜리 아파트 한 채였다. 거기에는 아파트의 이름과 주소까지 적혀 있었다.

서울 강남에 있는 아파트 한 채면 얼마쯤 할까? 아무리 싸게 잡아도 2억 원, 아니 3억 원…, 어쩌면 4억 원 이상 나갈 수도 있었다. 최소한 월드컵복권 당첨 상금 정도는 될 것 같았다.

그는 들고 있던 농약 칵테일을 조심스럽게 내려놓고 비틀거리며 일어나 벽장 안에 있는 콜라 상자 묶음을 통째로 꺼내 방바닥에 내려놓고 콜라병 뚜껑을 하나씩 차례로 열었다.

그러나 늘 그랬듯 모두 '꽝!'이었고 오직 하나에만 콜라병 그림이 그려져 있었다. 그 뚜껑을 들고 가게에 가면 콜라 한 병과 맞바꿀 수 있었다.

'이 뚜껑으로 바꿀 수 있는 그 콜라병의 뚜껑 안쪽에 집 그림이 있을지도 모르는데….'

하찮은 콜라병 뚜껑 하나 때문에 삶에 약간의 미련이 생기기는 했지만 그는 그런 가망 없는 희망에 속을 만큼 순진하지도 않았다. 그동안 얼마나 많은 세월을 그 '혹시나'에 속아 개처럼 살아왔던가! 그랬음에도 어느 것 하나라도 '역시나'가 아니었던 것이 있었느냔 말이다.

그는 엄지와 중지를 써서 콜라병 그림이 그려진 병뚜껑을 방구석으로 튕긴 뒤 농약 칵테일이 든 병을 다시 양손으로 집어 들고 크게 심호흡했다. 이어서 숨을 멈춘 그는 단숨에 목구멍 깊숙이 그 내용물을 쏟아갔다. 비위를 건드리는 농약의 맛을 조금이라도 덜 보고 싶었다.

신한국은 순식간에 페트병의 반가량을 들이켰다. 하지만 그 이상은 먹지 못하고 콜라병을 입에서 떼었다. 콜라와 섞자 농약의 메스꺼운 냄새와 맛은 그런대로 참을 만했지만, 입속과 콧속, 목구멍 속, 뱃속에서 느껴지는 콜라 속 탄산의 쏘는 맛과 거품은 도저히 극복할 수가 없었다. 억지로 더 마시다가는 이미 마신 것까지 모두 토해버리고 말 것 같았다.

이미 마신 양만으로도 충분했다.

"끄윽! 끄윽!"

신한국은 농약 냄새가 진동하는 트림을 몇 번 하고 나서 방 아랫목에 누워 이불을 끌어다 몸에 덮었다. 사약을 받을 때와 같이, 몸을 따뜻하게 하면 약 기운이 빨리 퍼져 고통을 덜 맛보고 빨리 죽을 수 있을 것 같았다.

하지만 몸이 더워지자 한여름에 미지근한 막걸리라도 마신 것처럼 금방 구토가 나오려고 했다. 그는 어금니를 꽉 물고 목에 힘을 주며 꾹 참았다. 농약이 위에서 흡수되기 전에 구토해버리면 빨리 죽지 못하고 오래도록 고통에 시달려야 할 것이다.

가만히 누워서 죽음을 기다리는 동안 그는 살아온 날들을 생각하자 마음이 괴로웠고 죽음을 생각하자 두려움이 밀려왔다. 무엇이든 생각한다는 것 자체가 지금의 그에게는 괴로운 일이 아닐 수 없었다.

생각을 하지 않기 위해 천장의 벽지 무늬 하나를 뚫어져라 쳐다봤다. 5년쯤 전에 그가 혼자서 바른 벽지는 무늬가 서로 맞지 않고 그의 인생처럼 삐뚤빼뚤했다. 그의 인생은 벽지 무늬 하나에서부터 어긋나지 않은 게 없었다.

'그래 잘 죽는 거야! 진즉에 죽어버렸어야 했어.'

그는 쓰라려 오는 배를 손으로 움켜쥔 채 눈에 거슬리는 벽지를 보지 않기 위해 옆으로 돌아누웠다.

그런데 이번에는 월드컵복권 추첨 방송을 듣느라 켜놓은 라디오에서 흘러나오는 시끄러운 헤비메탈 음악이 귀에 거슬렸다.

몸을 힘겹게 일으켜 엉덩이를 질질 끌고 방구석으로 가서 라디오의 채널을 돌려댔다. 라디오에서 여자 가수가 부르는 감미로운 노래가 흘러나오자 채널을 고정하고 다시 아랫목으로 돌아가 몸에 이불을 끌어다 덮었다. 하지만 여자 가수의 노래는 채 1분도 안 되어 끝나고 진행자와 초대가수의 시끄러운 멘트가 이어졌다.

―약사 가수인 주현미 씨와 하던 이야기를 계속하겠습니다. 우유와 약을 같이 먹으면 안 된다? 왜 약과 우유를 같이 먹으면 안 되는 거죠?

―외국 의료기관의 연구에 의하면 약과 우유를 같이 먹으면 우유가 약의 흡수를 방해해서 약의 효과가 현저히 떨어진다고 합니다. 감기약이나 어떤 약을 먹을 때, 약의 효과가 떨어지지 않게 하려면 최소한 약 복용 전후로 30분 정도는 우유를 마시지 않는 게 좋을 듯합니다.

―아, 그렇군요. 저는 그런 줄도 모르고 약을 먹어 속이 쓰리면 우유를 마시곤 했거든요. 어떤 때는 손이 쓰릴까 봐 미리 우유를 마시거나, 약을 먹으며 물 대신 우유를 마신 적도 있고요. 그래서 그동안 약 효과가 별로였던 모양입니다….

라디오에서 잡스러운 의학 정보가 나오자 다시 조용한 음악이 흘러나오는 방송으로 채널을 놀리고 싶었지만 귀찮았다. 그는 그냥 가만히 누워 있었다.

곧 식도와 위에서 일어나는 고통 사이로 심한 갈증이 생겼다.

참을 수가 없었다. 이상한 행동을 하는 사람을 보면 '쥐약을 먹고 물을 안 마셨나, 왜 저래?' 하는 말이 이래서 생긴 것이 아닌가 싶었다.

'설마 농약 먹고 물을 마신다고 해서 약을 먹고 우유를 마셨을 때처럼 약효가 현저히 떨어지는 것은 아니겠지?'

그는 자리에서 비틀거리며 일어나 방 윗목에 있는 냉장고로 가서 문을 열고 보리차가 든 1리터들이 소주병을 꺼내 뚜껑을 열었다. 소주병을 입에 대고 병째 물을 마시려던 그가 갑자기 동작을 멈추고 오른손의 붉은색 뚜껑으로 시선을 옮겼다. 보리차를 담아둔 병은 소주병이었지만 소주병 입구를 막고 있던 것은 소주병의 파란색 뚜껑이 아닌 붉은색의 콜라병 뚜껑이었다.

손을 돌려 병뚜껑 안쪽을 들여다봤다.

다음 순간 그의 손에 들린 보리차 병이 방바닥으로 떨어졌다. 오래도록 물병 뚜껑으로 사용해 온 콜라 뚜껑 속에 집 그림이 선명하게 인쇄되어 있었다.

"다, 당첨이다!"

농약에 중독되어 환각이 보이는 것이 절대 아니었다. 틀림없는 집 그림이었다.

"으아하하하하…."

그는 콜라 뚜껑을 손에 꼭 쥔 채 비명을 지르듯 크게 웃어댔다. 그러다 그는 왈칵 토악질을 했다. 입안에서 희멀건 토사물이 쏟아져 나오며 농약 냄새와 알코올 냄새가 진동했다. 창자가 끊어지기라도 한 것처럼 배가 아파왔다.

새 인생을 살 수 있는 34평 강남 아파트가 손안에 있는데 이미

치사량의 농약을 마셔버린 것이다.

그는 콜라와 섞어놓은 농약 칵테일이 반쯤 남아 있는, 이벤트 안내문이 인쇄된 콜라병을 집어 들고 비틀거리며 급히 마루로 뛰어나갔다.

그동안의 인생이 억울해서라도 이대로 죽을 수는 없었다. 아니, 이제 죽을 이유가 없었다. 강남 34평 새 아파트 한 채가 얼만지는 몰라도 그 돈이면 비닐하우스를 하기 위해 빌린 모든 빚을 갚고도 남부럽지 않게 살 수 있을 터였다. 그 정도 돈이면 이 시골이 아니라 도시에 나가서도 웬만한 슈퍼 하나쯤은 낼 수 있었고 장가도 갈 수 있는 돈이었다. 아파트값이 3억 원만 나가도 그 아파트를 팔면 하루에 백만 원씩 써도 1년 가까이 쓸 수 있는 돈이었고 은행에 저금하면 이자로 평생 다달이 3백만 원 이상씩 받을 수 있는 돈이었다. 대기업 과장이나 부장급이 받는 월급을 매달 놀면서도 평생 받을 수 있었다.

그는 비틀거리며 수돗가로 달려가 왼손에 들고 있던 농약 칵테일 병을 수돗가에 던져놓고 동시에 오른손에 들고 있던 콜라 뚜껑을 바지 주머니 속 깊이 잘 집어넣은 뒤 지하수를 받는 시간조차 아끼려고, 수돗가에 놓여 있던 주방세제를 집어서 물이 반쯤 고여 있는 고무통에 그대로 꾹 눌러 짰다. 노란 통에서 흘러나온 꿀 같은 액체가 고무통 밑에 질펀하게 고이자 물속에 손을 집어넣고 빠르게 휘저었다. 물에서 거품이 일기 시작하자 고무통 속에 얼굴을 처박고 비눗물을 벌컥벌컥 들이켰다.

배가 부를 정도로 비눗물을 마시고 난 그는 손가락으로 목구멍을 찔러 구토를 해댔다. 구토가 더는 나오지 않자 다시 고무통에 얼굴을 처박고 비눗물을 들이켜 댔다.

몇 번 구토를 반복해 위세척하고 난 그는 다시 이벤트 안내문이 쓰여 있는 뚜껑 없는 콜라병을 집어 들고 119로 전화를 걸기 위해 방으로 뛰어 들어가려다 멈췄다.

119에 연락이 되어 구급차가 출동해 이 낯선 시골구석을 찾아와 자신을 실어 가는 데는, 그냥 이곳에서 차로 출발해 병원으로 가는 것보다 시간이 두 배쯤 걸릴 것 같았다. 청양 읍내에서 이곳까지는 도시에서처럼 신호등에 걸리고 차가 막혀서 시간이 더 걸리는 것이 아니다. 단순히 달리는 속도의 차이였다. 따라서 구급차라고 해도 청양 읍내에서 이곳까지의 구불구불한 산길은 제아무리 빨리 달려도 30분쯤 걸린다. 그럼 왕복 한 시간. 게다가 청양 읍내에는 큰 병원이 없었다. 공주나 대전, 천안으로 가야 할 것이다. 그럼 최소 한 시간 반. 그때쯤이면 그 어떤 명의도 손쓸 수 없는 상태가 되어 있으리라. 병원에 도착하는 시간을 얼마나 줄이느냐가 죽느냐 사느냐의 갈림길이 될 것 같았다.

그는 경품 안내문이 쓰여 있는, 농약 칵테일이 든 콜라병을 움켜쥔 채 몸을 비틀거리며 어둠 속으로 나가 백 미터쯤 떨어진 우태우 이장네 집을 향해 뛰기 시작했다. 이장의 트럭을 타고 곧장 병원으로 향하면 병원에 도착하는 시간을 반으로 줄일 수 있었다. 이동 중에 이장의 휴대전화로 119에 전화해서 길 중간에서 구급차로 옮겨 타는 방법도 있었다.

우태우 이장네 집은 평소에는 눈을 감고도 갈 수 있었다. 그러나 오늘만큼은 그 거리가 절대 만만치 않게 느껴졌다.

술에 만취한 채 농약에 중독된 그는 서두르다 밭둑에서 굴러떨어지기도 하고 전봇대에 머리를 부딪치기도 했다. 하지만 그는 몇 번 넘어지는 동안에도 이벤트 안내문이 적혀 있는 콜라병만큼은 꼭 움켜쥐고 손에서 놓지 않았다. 또 중간중간 바지 주머니 속의 병뚜껑이 무사한지 확인했다.

그는 가까스로 우태우 이장네 집 앞에 도착했지만 바깥마당에 트럭도 세워져 있지 않았고 집 안에서 불빛도 전혀 새어 나오지 않았다.

"이장님?"

신한국은 대문을 부술 듯이 박차며 안마당으로 들어섰다.

"이, 이장님? 저 좀 살려줘유!"

그러나 역시 인기척은 어디서도 들려오지 않았다. 아무래도 두 내외가 트럭을 타고 외출한 모양이었다.

희망의 빛이 점점 꺼져가고 있었다.

허둥지둥 뒤돌아 대문을 나오는데 집 뒤에 있는 축사에 불이 켜져 있는 것이 눈에 들어왔다. 축사에 사람이 있을 수도 있었다.

비틀거리며 축사로 달려갔다.

"이, 이장님?"

하지만 그곳에도 사람은 없었다. 멍청히 서서 두 눈만을 껌뻑이고 있는 미국산 젖소들 이외에는 아무도 없었다.

그는 쓰라린 배를 움켜쥐고 축사를 나오려다 터질 듯이 탱탱한 미국산 젖소의 젖을 보는 순간 조금 전에 라디오에서 들었던 이야기가 떠올랐다.

'약과 우유를 같이 먹으면 약 효과가 현저히 떨어집니다!'

농약도 약이니만큼 우유와 같이 먹으면 약효가 현저히 떨어질 것 같았다. 다른 응급 처치 방법이 없는 지금 상황에서는 밑져야 본전이었다.

그는 비틀거리며 축사 입구에 놓여 있는 스테인리스 우유 통들을 흔들어보고 뚜껑을 열어보았지만 모두 빈 통이었다.

젖소를 키우고 젖을 짜서 내다 파는 집이니만큼 우태우 이장네 어딘가에는 분명 우유가 있을 테지만 이 상황에서 무작정 집 안이나 뒤지고 있을 시간이 없었다. 목숨이 걸린 문제이니만큼 한시도 허비해서는 안 되었다. 눈에 보이는 확실한 것에만 베팅해야 한다.

복통이 더는 심해지지 않았지만 정신은 급격히 혼미해지고 있었다. 서둘러야 했다.

그는 젖이 가장 많이 불어 있는 듯 보이는 미국산 젖소 한 마리를 찍은 뒤 우리의 문을 열고 들어가려 했지만 문에 자물쇠가 채워져 있었다. 가슴 높이의 울타리를 넘어가는 수밖에 없었다. 구유 앞의 건초 투입구는 사람이 드나들기에 공간이 너무 좁았다.

그는 손에 들고 있던 콜라병을 울타리 앞에 내려놓고 울타리를 넘기 위해 달려들었다.

 안간힘을 다해 울타리를 넘어오는 불청객을 보고 소들이 놀라서 뒷걸음질을 쳤다. 그는 조금이라도 빨리 소 우리 안으로 들어가려고 발을 크게 버둥거리다 울타리에 걸려 있던 네 발 쇠스랑을 발로 차서 우리 안으로 떨어트렸다.

 힘겹게 울타리를 넘어서 소 우리 안으로 들어간 그는 휘청거리는 다리의 균형을 겨우 유지하며 점찍어 놓은 소의 엉덩이 쪽으로 다가갔다. 그리고 송아지처럼 엎드려 축 늘어진 소젖 하나를 손으로 잡아 간신히 입에 물었다. 그러나 그가 꾸부정한 자세로 소의 젖을 빨려는 순간 소가 갑자기 움직이는 바람에 그는 그만 바닥의 질퍽한 쇠똥에 얼굴을 처박고 말았다.

 손으로 눈 주위의 쇠똥만을 급히 닦아내며 다시 일어선 신한국은 불청객의 행동에 놀란 젖소가 제자리걸음을 하며 엉덩이를 다른 방향으로 돌리려고 하자 급한 마음에 빠르게 기어가 소가 움직이지 못하도록 꼬리를 꽉 움켜잡고 엉덩이 사이로 얼굴을 들이밀었다. 하지만 그 행동은 치명적인 실수였다. 깜짝 놀란 커다란 미국산 젖소가 불청객을 향해 있는 힘껏 뒷발질했다.

 퍽!

 육중한 젖소의 뒷발굽에 정통으로 이마를 걷어차인 신한국은 머리와 허리가 뒤로 확 꺾이며 비명도 지르지 못한 채 뒤로 나자빠졌다. 그런데 재수 없게도 그곳에 그가 좀 전에 울타리에서 떨어트린 네 발 쇠스랑이 날을 세우고 있었다.

"윽!"

혼미한 의식 속에서도 등을 파고드는 네 개의 날카로운 통증이 느껴졌다.

얼마 만에 다시 정신이 들었을까?

온몸이 쇠똥으로 범벅이 된 그는 등에 꽂혀 있는 쇠스랑을 그대로 매단 채 온 힘을 다해 울타리를 다시 기어 넘었다. 하지만 그것이 한계였다. 울타리 위에서 바깥쪽으로 떨어져 내린 그는 더는 몸을 일으킬 수가 없었다. 그래도 코앞에 놓여 있는 콜라병을 다시 움켜쥐고 출입문을 향해 기기 시작했다. 하지만 기어가는 속도는 점점 느려졌다.

출입문 바로 직전에서 그는 급기야 모든 동작을 멈췄다. 하지만 손에 쥐고 있던 콜라병만은 끝까지 놓지 않았다.

'하아! 신한국을 죽인 범인은 바로….'

최순석은 머리에서 현기증을 느꼈다.

"신한국을 죽인 흉기는 바로 내 세 치 혀였어."

최순석은 신한국을 죽인 범인이 바로 자신이었다는 것을 깨달았다. 신한국은 그에게 돈을 갚으라는 협박 전화를 받은 직후 자살하려고 농약을 먹은 것이었다.

'결국은 내가 신한국을⋯.'

아이러니였다. 자신의 삶과 꼭 닮은 신한국이라는 채무자를 협박해 자살하게 만들고 나서 신한국이 남긴, 그의 인생에서 유일한 행운이었던 콜라병 뚜껑을 가로채게 된 것이다.

하지만 최순석은 신한국에게 양심의 가책을 느낄 필요는 없다고 생각했다. 상황이 어쩌다 보니 그렇게 되었지 일부러 그런 것도 아니고⋯.

최순석은 '중천리'라는 이름을 그의 인생에서 처음 들었을 때부터 중천리가 그 어느 곳보다 싫었다.

최순석은 10년 전 어느 날, 자신의 뿌리가 궁금해 출생 기록을 뒤지다가 자신이 한겨울에 충청남도 청양군 장평면 중천리 어딘가의 눈구덩이 속에서 발견되었다는 한 줄의 기록을 읽은 이후부터 중천리라는 말만 들어도 화가 치밀어 올랐고 치가 떨렸다. 어쩌면 그래서, 신한국이 중천리에 산다는 이유만으로 그를 더 가혹하게 대했는지도 몰랐다. 그 동네에 사는 모든 사람들, 어쩌면 얼어 죽어가는 자신을 눈 속에서 구해낸 사람일 수도 있었고 어쩌면 자신을 얼어 죽으라고 버린 부모의 사돈의 팔촌쯤 되는 사람일 수도 있는 중천리 사람들, 그 어느 쪽에 속하든 그는 그들 모두가 똑같이 다 싫었다. 그를 버린 개 같은 부모의 뜻대로 그때 그냥 얼어 죽었더라면 더러운 세상 구경 안 하고 얼마나 좋았을까, 늘 그런 생각을 하며 살아왔다.

하지만 이제는 상황이 180도 달라졌다. 3억 원짜리 콜라병 뚜껑을 손에 쥐고 있는 이상 곧 세상에 태어난 것을 축복으로 여기는 날이 올지도 몰랐다. 대한민국에서 아파트값이 가장 비싼 서울 강남의 한복판에 34평 새 아파트 한 채를 갖는 것은 대한민국 서민 모두의 꿈이었다. 그는 남들이 부러워하는 그 꿈을 지금 손에 쥐고 있었다.

최순석이 모처럼 싱글벙글 웃으며 중천리 장자울에서 내려오는데 마을회관에서 돌아오던 사람들이 갖은 인상을 쓰며 아는 체도 하지 않고 마치 똥을 피하듯 길 반대편 길가로 줄줄이 피해 지나갔다. 최순석 역시 그들이 그렇게 행동하는 것이 마음 편했다. 그가 이 마을을 떠나고 나면 앞으로는 두 번 다시 볼 일 없는 사람들이었다.

최순석은 마을회관으로 곧장 돌아가지 않고 냇가에 앉아서 주머니에 든 3억 원짜리 병뚜껑을 만지작거리며 거칠게 흘러가는 시뻘건 냇물을 오래도록 지켜봤다. 이제 모든 과거, 과거의 나쁜 기억들까지 모조리 지우고 새출발할 생각이었다.

3억 원이면 확실히 새로운 인생을 꿈꿀 수 있었다. 경찰에서 잘리기 직전, 검거한 아동 성폭행범을 반병신이 되도록 흠씬 두들겨 패고 나서 교도소에 가지 않기 위해 급히 합의를 보느라 사병채에게 빌린 돈의 잔금 2천만 원을 갚고 나서도 할 수 있는 일이 꽤 많았다. 이제 더는 사병채 밑에서 일하며 비굴하게 굴지 않아도 되었다. 대전 변두리 한적한 곳에 카페 같은 것을 차려서 얼마라도 벌며 사장님이란 소리 들으며 여유롭게 생활할 수 있을 것이다. 보육원에서 자라 강력계 형사 생활을 하다 잘리고 사채업자가 된 지금까지와는 달리 마음 편하면서도 풍요로운 삶을 살 수 있을 것이다.

최악이 아닌 최고의 날

 최순석이 마을회관에 도착했을 때 안에서 심상치 않은 말소리가 흘러나왔다.
 "지금 뭐 하자는 거야?"
 "빨리 팔희 씨하고 은조를 밖으로 내보내!"
 최순석이 출입문 안으로 들어서니 코를 찌르는 듯한 휘발유 냄새가 먼저 그를 맞이했다.
 마을회관 안에서 박광규가 사병채, 해머, 감자와 대치하고 있었다. 박광규의 한 손에는 라이터가 들려 있었고 다른 손에는 휘발유 통이 들려 있었다. 마을회관 바닥에는 이미 휘발유가 흥건했고 박광규는 자신의 몸에도 휘발유를 잔뜩 뿌린 상태였다.

다른 마을 사람들은 이미 집으로 돌아갔고 조은비만이 출입문 쪽에 혼자 서서 안절부절못하고 있었다.

소팔희는 마을회관 구석에서 황은조를 꼭 끌어안은 채 겁에 질려 있었다.

"병신 육갑하고 있네. 소다희 저년을 데려갈 생각이었으면 기름통이 아니라 돈다발을 들고 왔어야지."

사병채가 마을회관 가운데에 버티고 서 있는 해머 뒤에서 가소롭다는 듯이 웃으며 말했다.

"모두 같이 죽고 싶지 않으면 빨리 저 두 사람 밖으로 내보내라니까!"

"광규 씨, 그러지 마요. 이 사람들 무지 흉악한 사람들이에요. 그래서 해결될 일이 아니에요."

소팔희가 외쳤다.

"그래요. 이런다고 해결되는 거 아무것도 없어요. 나중에 법으로 해결하면 돼요."

조은비도 박광규의 등에 대고 소리를 질러댔다.

"아, 더럽게 시끄럽네!"

사병채가 곧 무슨 짓을 할 것처럼 인상을 찡그리며 외쳤다.

"어이, 라이터 내려놔요!"

최순석이 마을회관 안으로 들어서서 박광규의 등 뒤로 다가가자 박광규가 최순석까지 상대하기 위해 옆으로 자리를 옮겼다. 바로 그 순간을 놓치지 않고 앞에 있던 해머가 박광규를 향해 발을 뻗었다. 큰 덩치에 비해 꽤 날렵한 발동작이었다.

퍽!

"으읏!"

해머의 발에 차인 박광규가 출입문 쪽으로 날아가 나뒹굴었다. 쓰러졌던 박광규가 자리에서 벌떡 일어나며 손에 들고 있는 라이터를 쳐들어 보였으나 마을회관 안에 소팔희와 황은조가 그대로 있는 이상 불을 붙일 수는 없었다.

박광규는 불을 붙이는 대신 출입문 안쪽에 세워져 있는 네 발 쇠스랑을 재빨리 집어 들었다. 그때 해머가 다시 발을 날렸고 박광규는 들고 있던 쇠스랑으로 해머의 허벅지를 찍었다.

"아악!"

"으헉!"

박광규가 휘두른 쇠스랑에 허벅지를 찍힌 해머와 해머의 발에 차인 박광규가 동시에 비명을 질렀다.

쓰러졌던 박광규는 다시 재빨리 일어나 쇠스랑을 고쳐 잡았다. 반면 쇠스랑에 허벅지를 찍힌 해머는 허벅지를 두 손으로 움켜쥔 채 뒤로 주춤주춤 물러났다.

"저 좆같은 새끼가 보자 보자 하니…."

부하가 피 흘리며 물러나는 것을 보고 사병채가 재빨리 달려들었다. 박광규가 사병채를 향해 다시 쇠스랑을 휘둘렀으나 크게 빗나갔다. 공중으로 뛰어오른 사병채가 몸을 크게 뒤틀며 발바닥으로 박광규의 얼굴을 후려 찼다.

"아악!"

소팔희의 비명과 함께 박광규가 벽에 등을 부딪치며 다시 쓰러졌다.

"이런 좆같은 새끼, 이런 개새끼…."

사병채와 해머, 감자가 동시에 달려들어 박광규를 사정없이 밟아댔다. 몸을 동그랗게 만 채 손으로 머리를 감싸고 매를 맞던 박광규는 어느 순간 정신을 잃었는지 사지를 축 늘어뜨렸다. 사병채가 네 발 쇠스랑을 주워와 박광규를 향해 쳐들었다.

"그만해!"

최순석이 사병채를 말리려고 달려들었지만 사병채가 조금 더 빨랐다. 최순석이 사병채의 팔을 움켜쥐는 순간 쇠스랑이 박광규의 허벅지에 내리꽂혔다. 퍽!

"아악!"

소팔희와 조은비가 동시에 비명을 질렀다. 반면, 정신을 잃은 박광규는 신음조차 내지 않았다.

"그만하라고!"

최순석이 다시 쇠스랑을 쳐들려는 사병채의 팔을 잡아챘다.

"씨발, 너 때문에 빗나갔잖아. 그런데 너, 지금 나한테 명령하는 거냐?"

"명령이 아니라, 도가 너무 지나치잖아."

"도가 지나쳐? 너, 범죄 없는 마을에 와서 잠깐 있더니 새사람 된 거 같다? 이 새끼가 아직도 지가 형사인 줄 아나…?"

"그만해. 이 인간, 세상 물정 모르고 절뚝거리며 경찰서라도 찾아가 들쑤시고 다니면 귀찮아져."

사실이 그랬다. 3억 원을 손에 쥐고 새출발하기 직전인데 골치 아픈 일에 연루되면 안 된다. 박광규가 사병채에게 잘못되기라도 하면 최순석 역시 공동 정범이 되는 것이다. 그럼 그의 계획에 차질이 생길 수밖에 없었다.

"씨발! 그럼 귀찮게 하지 못하게 아예 죽여서 땅속 깊이 파묻지 뭐. 포클레인도 있겠다…."

사병채가 다시 쇠스랑을 쳐들었다.

최순석은 사병채의 말에 대꾸하지 않고 사병채에게 등을 보인 채 쪼그려 앉아 박광규가 입고 있는 티셔츠를 찢어서 피가 흘러나오고 있는 박광규의 허벅지에 대고 묶었다.

"조 기자님, 차 어딨습니까?"

응급 처치를 끝낸 최순석이 박광규를 등에 업으며 조은비에게 물었다.

"왜? 집에 모셔다라도 드리게?"

사병채가 최순석의 등에 대고 이죽거렸다.

"파상풍 같은 거라도 걸려서 죽으면 괜히 피곤해진다니까. 야, 해머! 너도 상처에 옥도정기 같은 거라도 찾아서 발라."

최순석이 박광규를 업고 마을회관을 나서자 조은비가 경차를 끌고 왔다.

"야, 빨리 돌아와. 우리 곧 이 마을 뜰 거야."

사병채가 최순석의 등에 대고 외쳤다.

최순석이 조수석 등받이를 완전히 뒤로 젖히고 박광규를 조수석에 실은 뒤 뒷자리에 올라탔다.

"집 알죠? 갑시다."

티코가 장자울로 가는 동안 조은비는 운전만 할 뿐, 최순석에게 아무 말도 하지 않았다. 그녀의 표정은 시종일관 차갑게 굳어 있었다.

정신이 드는지 박광규가 눈을 뜨고 잦은 인상을 쓰며 끙끙 신음소리를 냈다. 허벅지의 통증이 심한지, 셔츠를 찢어 묶어놓은 허벅지를 손으로 더듬었다.

"쇠스랑에 찍혔어요."

조은비가 보조석에 누워 있는 박광규를 힐끔 돌아보며 상황을 설명했다.

"팔희 씨하고 은조는…?"

"….'

"차 돌려유!"

박광규가 상체를 일으키려고 꿈틀대며 외쳤다.

"….'

"당장 차 돌리라니까유!"

"그런다고 해결 안 돼요."

조은비가 소리쳤다.

"내가 오늘 소팔희 씨와 은조를 구해낸 뒤 그 새끼들을 끌어안고 내 몸에 불을 질러 같이 죽어버릴 거구먼유. 그럼 깨끗이 끝나는 거 아뉴. 그 기생충 같은 새끼들만 사라지면 팔희 씨는 자유를 되찾는 거잖아유."

박광규는 차 문을 열고 뛰어내리기라도 할 것처럼 팔을 버둥거려가며 최대로 눕혀놓은 등받이에서 힘겹게 상체를 일으키려 했다. 그러자 최순석이 뒤에서 그의 상체를 잡아 다시 뒤로 쓰러트렸다.

"뭐, 뭐여? 너 이 새끼! 너는 왜 여기 있는 겨?"

최순석을 본 박광규가 더욱 발악했다.

"가만히 좀 있어요. 흥분하면 지혈 안 됩니다."

"이 더러운 손 안 치워! 놔, 놓으라고!"

최순석이 휘둘러대는 박광규의 두 손을 붙잡아 가슴 위에 포개놓고 움직이지 못하게 제압했다.

조은비가 경적을 한번 울리며 박광규의 집 앞에 차를 세웠다.

"놔, 놓으라니까! 난 마을회관으로 돌아가야 혀! 놔!"

"좀 얌전히 있어요. 연로하신 아버지 생각도 하셔야죠! 박광규 씨가 죽으면 아버지는 누가 모실 건데요?"

조은비가 빠르게 쏘아붙였다.

"아, 아버지이…."

최순석이 재빨리 차에서 내려 조수석으로 돌아가 박광규를 부축했다.

자동차 경적을 듣고 집 안에서 밖을 살피던 박달수 노인이 허벅지에서 피를 흘리고 있는 아들을 보고 크게 놀라 지팡이도 짚지 않고 뛰어나왔다.

"아니, 이게 어떻게 된 겨?"

"아, 아버지…. 으흐흐흑…."

"마을회관에 붙잡혀 있는 소팔희 씨를 구하겠다고 휘발유 통과 쇠스랑을 들고 놈들에게 대들었다가 쇠스랑에 찍혔어요."

"아이구, 이놈아! 아이구! 이, 이쪽으로…."

박 노인이 마루를 가리켰다.

"집에 붕대하고 소독약 같은 거 있습니까?"

"붕대하고 소독약? 우리 집엔 없는디…. 가서 빌려올게유."

박 노인이 마루에 걸쳐놓은 지팡이를 짚고 허둥지둥 대문 밖으로 달려 나갔다.

"아, 내가 갔다 오는 게 빠르겠네. 어르신, 누구네 집에 가서 얻어오면 되죠?"

조은비가 박 노인을 뒤따라 대문 밖으로 뛰어나갔다. 곧 자동차가 출발하는 소리가 났다.

박광규와 최순석 단둘이 남게 되자 박광규는 더는 소란을 피우지 않았다.

집 안을 둘러보던 최순석이 마당의 빨랫줄에 걸려 있는 반바지 하나를 걷어다 박광규 옆에 내려놓고 부엌으로 들어가 음식 조리용 가위를 가져왔다. 천으로 묶어놓은 상처 주변의 바지를 잘라내서 피로 얼룩진 바지를 벗겨내고 반바지로 갈아입히려는 것이었다.

"됐어. 내가 할 수 있어!"

박광규가 최순석을 향해 여전히 적의를 드러냈다.

"나도 이런 일 하기 싫소만, 신속히 해치웁시다. 조 기자 돌아온 뒤에 바지 갈아입으려면 창피하지 않겠습니까?"

"…조 기자님 때문에 날 돕는 거유?"

"…."

최순석은 부정도 긍정도 하지 않았다. 하지만 박광규는 최순석에게서 일말의 동병상련이라도 느꼈는지 더는 거부하지 않았다.

"제발 부탁 좀 합시다유."

날이 무딘 가위로 바지를 자르고 있는 최순석에게 박광규가 애원하듯이 말했다.

"팔희 씨 좀 어떻게 안 되겠슈?"

"…."

"아는 사람 아무도 없는 섬에 잡혀가 고생하다 도망쳐 나와 남편 잃고 어린 조카 어렵게 키우고 있는 착하고 불쌍한 여잔디, 그런 여자를 왜 다시 그 끔찍한 섬으로 팔아넘기려는 거유? 이모가 섬으로 팔려 가면 어린 은조는 또 어떻게 되겠슈? 내가 한두 달 안에 신장이라도 팔아서 돈을 마련해볼 테니 제발 시간을 좀 주슈, 예?"

"내 소관이 아닙니다."

"제발 부탁드려유."

박광규가 연방 머리를 조아려댔다.

"마을회관에 있던 아까 그 사람이 사장인데, 휘발유 통을 들고 가 그렇게 설칠 게 아니라 무릎이라도 꿇고 부탁을 해보지 그랬습니까?"

"제가 안 그랬겠슈? 씨도 안 먹히니 그런 것이쥬. 당장 1억을 가져오라는디…."

"예? 1억이요?"

"신한국이가 갚아야 할 빚 5천만 원과 팔희 씨 몸값 5천만 원…."

말도 안 되는 돈이었다. 신한국의 빚은 원금이 천만 원이고 그들의 주장대로 억지 고리 이자까지 합친다고 해도 총 5천만 원이 넘지 않는데 마을 사람들이 신한국의 사체를 훼손하고 집에 불을 질렀다는 이유로 협박해서 그 사건과 관련된 집마다 5천만 원씩을 받아내려고 따로따로 차용증서를 쓰게 했다. 그리고 소팔희의 빚 역시도 섬에서 도망쳐 나올 때 잔금이 천만 원 남짓이었는데 그사이 복리의 고리 이자가 붙었다며 5천만 원을 내놓으라고 하고 있었다.

최순석이 박광규에게 반바지를 입히고 조금 지나서 차를 타고 갔던 조은비와 박 노인이 돌아왔다. 조은비의 손에 커다란 구급상자가 들려 있었다.

"약 구했습니까?"

"예. 저쪽 고무래봉의 어느 집 큰딸이 서울 어느 병원의 간호조무사라는데 약국 차려도 되겠더라고요. 소독약과 지혈제는 물론 수술용 바늘하고 봉합사까지 가져다 놨던데요."

조은비는 아까와 달리 기분이 좀 나아진 것 같았다. 최순석이 박광규를 돕고 있는 것을 본 데다 필요한 약을 구해 왔기 때문인 것 같았다.

조은비가 마루에 구급상자를 내려놓고 안에 든 약품과 붕대 등을 꺼내 마루에 죽 늘어놓았다.

"상처 부위를 소독할 알코올 솜 좀 준비해줘요."

최순석의 말에 조은비가 핀셋으로 약솜 봉지에서 솜을 뜯어내 돌돌 뭉쳐 알코올 병에 든 알코올을 묻혔다.

"어디서 좀 본 모양이군요?"

"병원에서…. 아버지가 동네 병원 의사시거든요."

"상처를 꿰매야 할까요?"

"아버지가 의사지 난 의사가 아니에요."

"내가 언제 조 기자님에게 꿰매라고 하던가요? 아버지가 하는 거 많이 봤다면서요. 이 정도 상처면 아버지가 꿰매시던가요, 아니면…. 그걸 물어본 겁니다."

"의사들은 당연히 꿰매죠. 할 줄 아세요?"

조은비가 걱정스러운 눈초리로 물었다.

"나도 보기는 많이 봤습니다. 칼 맞은 형사들 응급실 가서 꿰매는 거…."

그렇게 말하고 나서 최순석이 낚싯바늘처럼 생긴 수술용 바늘과 봉합사를 꺼내 상처를 꿰맬 준비를 했다.

"가위요."

조은비가 가위를 집어 건네주자 최순석이 가위로 상처 위에 남아 있는 청바지 조각과 그 위에 묶여 있는 천을 재빨리 잘라냈다. 허벅지에 일직선으로 나 있는 네 개의 상처에서 피가 줄줄 흘러나오기 시작했다.

조은비에게 알코올 솜을 건네받은 최순석이 알코올 솜으로 상처 부위를 거칠게 문지르고 나서 봉합사가 꿰여 있는 수술용 바늘을 집어 들었다.

"지혈 차원에서 대충 꿰매보겠습니다. 다리 통행이 가능해지면 즉시 병원에 가서 다시 꿰매야 할 겁니다. 마취하지 않아 꽤 아플 것 같은데, 아파도 좀 참아요. 아! 마음의 고통에 집중해보세요. 소팔희 씨를 생각하면 육체의 고통쯤은 아무것도 아닐 겁니다."

말이 끝나기 무섭게 최순석이 박광규의 허벅지 피부에 바늘을 푹 찔러 넣었다.

"으흑!"

"마음의 고통에 비해서는 별거 아니죠?"

"예, 그래유. 꿰매유!"

피부를 뚫고 들어간 바늘이 상처를 지나 반대쪽으로 나오자 핀셋으로 바늘을 잡아당겨 쑥 뽑아내서 실끼리 단단히 묶고 남은 실을 자른 뒤 다시 바늘을 푹 찔러 넣고 뽑아내서 묶기를 반복했다.

어금니를 악문 채 힘껏 주먹을 쥐고 있는 박광규의 이마에 땀이 송골송골 맺혔다. 최순석의 이마에도 그에 못지않은 땀방울들이 맺혔다.

조은비가 빨랫줄에 걸려 있는 수건을 두 개 걷어다 하나로 박광규의 땀을 닦아주고 나서 다른 수건으로 최순석의 이마에 있는 땀을 닦았다.

"땀이 상처에 떨어질까 봐 그런 거예요."

"누가 뭐랬습니까?"

각 상처는 크기가 2센티미터 정도였고 상처마다 세 바늘씩 꿰매야 했다. 하지만 쇠스랑 날이 네 개여서 서툰 솜씨로 열두 바늘을 꿰매는 데 시간이 꽤 걸렸다.

최순석이 마지막 상처를 꿰매고 있을 때, 땀이 송골송골 맺힌 최순석의 얼굴과 그의 손놀림을 번갈아 쳐다보던 조은비가 고개도 돌리지 않은 채 박달수 노인을 향해 민감한 질문을 던졌다.

"어르신, 혹시 박해수 씨라고 아세요?"

그 순간 최순석의 손끝이 움찔하며 바늘 끝이 박광규의 허벅지 엉뚱한 곳을 찔렀다.

"아야!"

"아, 미안합니다."

최순석이 바늘을 뽑아내 다시 다른 곳에 찔러 넣었다.

"박해수 씨 모르세요? 돌아가셨다던데?"

"아, 뭐라구? 박해수? 박해수는 우리 사촌 형님인데 어떻게 아슈?"

"사촌 형님이세요?"

"그런디…. 10년쯤 전에 돌아가신…."

"한 30여 년쯤 전에 그분이 이 동네 어딘가에서 눈구덩이 속에 버려진 아기를 데려다 고아원인지 경찰서인지에 맡겼다던데 아세요?"

"아, 당연히 알지! 그 일을 어떻게 잊겠어? 그런디 그 오래전 일을 기자님이 어떻게 아슈?"

"취재하다 보니 알게 됐어요."

"참 오래전 일인디…."

"당시 상황이 어땠어요?"

"내가 요즘 머리가 깜빡깜빡해. 사람들 이름이 생각 안 나고 머릿속에서 막 날아다닌당께. 기억이 가물가물한디…. 그래도 그 기억은 선명하지. 너무 충격적인 일이라…. 그게 몇 년도더라? 1960년대 중반 어느 해 겨울이었쥬. 그해는 눈이 참 많이 왔던 것 같어. 그 당시 여기는 신작로는 나 있었는디 버스는 안 다녔쥬. 버스는 그 뒤에 몇 년 있다가 하루에 두 대씩 다니기 시작했지. 지금도 하루에 몇 대 안 다니지만 말이여. 눈이 많이 오거나 비가 많이 오면 그것도 건너뛰기 일쑤고."

상처를 꿰매고 있는 최순석의 손길이 꽤 느려졌다.

"하여튼, 그날 할아버지 제사가 있는 날인디 하필이면 그날 가리정에 사는 해수 형님네 형수님이 맹장염에 걸렸쥬. 아이구, 큰일 난 거지. 그 엄동설한에, 또 눈이 그렇게 많이 왔는디, 눈길을 뚫고 청양 읍내까지 가야 하니…. 아, 그때는 청양이 읍도 아니고 면이었지. 그리고 당시 맹장염은 죽을 수도 있는 병이었슈. 6·25전쟁 끝나고 한 10여 년 정도밖에 지나지 않은 때였으니께. 워치게 햐. 당시 황한 씨네 집에 소와 구르마가 있었는디 그걸 빌려다 구르마 위에 짚을 두껍게 깔고 그 위에 솜이불을 겹겹이 깔고 형수님을 싣고 소를 몰아서 청양 읍내를 향해 출발했지. 구르마 주인 황한 씨하고 해수 형님이 구르마를 끌고 길을 나선 거쥬. 상황이 급박해서 그랬는지 당시 나는 연락도 못 받았어."

박 노인의 얘기는 사촌 형에게 들은 이야기 같았다.

"그때 나는 평소처럼 마당의 눈을 치우고 할아버지 제사를 지내러 아내와 함께 어린 광규 데리고 일찌감치 가리정 큰아버지네 집으로 향했쥬. 당시 제사는 큰 행사였으니께. 그런데 지금 마을회관 근처를 지나는데 멀리서 누군가가 눈길을 급히 뛰어오는 거여. 뭘 안고."

"아기였어요?"

조은비가 물었다.

"그려, 맞아유. 해수 형님이 뭔가를 안고 죽어라 달려오더라고. 자세히 보니 입고 있는 잠바 앞이 불룩했슈. 잠바 속에 갓난아이를 안고 있었던 거지. 나중에 보니 사촌 형이 잠바 속에 껴 입은 옷을 모두 벗고 아이를 알몸으로 안은 채 잠바만을 걸치고 장곡리에서부터 뛰어온 것이었슈. 얼어 죽어가는 아이를 체온으로 살리려고 그랬던 거지. 하지만 아이는 죽었는지 살았는지 울지도 못하고 있더라고."

"장곡리면 저 위쪽인데 왜 가까운 인가로 가지 않고요?"

"가까운 인가에 들러 몸을 녹이긴 했는디 상황을 보니 아이가 동사도 동사지만 아사하게 생겼더라는 거유. 젖을 못 먹어서 굶어 죽을 지경이었던 거지."

박 노인이 그 일을 회상이라도 하는지 잠시 말을 끊었다.

"그래서요?"

"맹장염에 걸린 다급한 형수님을 소몰이꾼 황한 씨에게 병원으로 데려가라 맡기고…. 아, 황한 씨에게 형수님을 맡길 수밖에 없었던 이유는, 그놈의 늙은 소가 주인 말 아니면 영 듣지를 않더라는 거유. 누군가 하나는 걷지도 못하는 중환자인 형수님을 맡구 다른 사람은 죽어가는 아이를 맡아야 하는디, 남편인 사촌형님이 형수님을 맡는 것이 당연허지만 자기가 말도 안 듣는 소를 길이 어딘지도 잘 안 보이는 눈밭으로 몰고 가다가는 마누라가 죽겠다 싶어서 어쩔 수 없이 아이를 택했다는 거였쥬. 하여튼 죽느냐 사느냐 목숨이 위급한 마누라를 소몰이꾼에게 병원으로 데려가라고 무작정 맡기구 장곡리를 거쳐 먼몸으로 아이를 안고 중천리까지 뛰어온 이유는, 그때 여기 장자울에 아이를 낳은 산모가 한 명 있었거든유. 저기 저쪽 집에 살다 20년쯤 전에 경기도 광명 어디로 이사 간 영숙이 엄마 말이여. 그때 영숙이 엄마가 낳은 애가 삼대독자인 붙들인디, 세 살 때쯤 이질인가 뭐로 죽었지. 오래 살라고 이름까지 '붙들'이로 지었는디 참 안됐어. 하여튼 사촌 형님이 그 붙들이 엄마 젖을 물리면 아이를 살릴 수 있지 않을까 싶어 그렇게 알몸으로 아이를 끌어안고 눈길을 헤치며 뛰어왔다는 거유."

박광규의 상처를 꿰매고 있는 최순석이 실을 서로 묶으려 했지만 계속 헛손질을 했다.

"그래서 살렸나요?"

"그럼 살렸지. 아휴, 엄청 힘들었슈. 동네 사람들이 다 나서서 동상에 좋다는 가짓대를 구해다 끓여 바치고 열이 펄펄 끓으니 그 엄동설한에 해열을 시킨다고 산수유 열매를 구해 오느라, 도꼬마리 열매를 구해 오느라 난리도 아니었슈. 붙들이 엄마가 그러잖아도 젖이 부족하다며 삼대독자에게 젖을 물려야 한다고 타박하자 붙들이 엄마에게 먹인다며 한겨울에 얼음 뚫고 가물치를 잡는다, 언 논바닥을 파헤쳐 미꾸라지를 잡는다 어쩐다…. 하여튼 온 동네 사람들이 다 달려들어 무지 시끄럽게 살려냈쥬."

"고생 많으셨겠네요?"

"나야 뭐 별로 한 게 없지유. 젖이 부족하니 업둥이 미음 끓여 먹이도록 여기 장자울 집들을 모두 돌아다니며 제사 지내려고 아껴둔 쌀, 씨 나락으로 남겨둔 벼를 한두 되씩 얻어다가 사촌 형수님에게 가져다준 것밖에는. 사촌 형님이 젤 힘들었지. 육체적인 것보다도, 애하고 정들어서 나중에 고아원에 맡길 때 그게 더 힘들었을 거유. 하지만 키울 형편이 안 되니 어쩌겠어. 석 달쯤 데리고 있다가 따뜻한 봄이 되자 고아원에 맡겼지. 마누라도 아닌 붙들이 엄마에게 계속 젖을 물려달라고 할 수도 없는 노릇이고…."

"그랬군요. 그런데 그 아기 엄마는 왜 아기를 얼어 죽으라고 엄동설한에 눈구덩이 속에 버렸대요?"

"그게 무슨 말이여? 누가 그려유? 누군지 모르지만 그런 천벌 받을 소리 말라구 해유!"

"예에? 아, 기록이 그래서…."

"아녀! 아녀! 그게 절대 아녀!"

"그럼요?"

"사촌 형님이 그 애를 살리려고 왜 그렇게 노력한 줄 알아유?"

박 노인이 말을 멈추고 사람들을 둘러봤다. 바늘을 쥐고 있는 최순석의 손이 공중에 그대로 멈춰 떨리고 있었다.

"걔 엄마가 걔를 살리려다 얼어 죽었슈!"

"예에?"

"어디를 가려다 폭설에 길을 잘못 든 건지, 아니면 이 근처 동네 어디를 오려다 그랬는지는 모르겠지만 입고 있던 옷을 봐서는 행려병자 같았는디, 눈길에서 탈진해서 아이와 같이 얼어 죽을 상황이 되자 자기 옷을 모두 벗어서 옷으로 아이를 똘똘 감싸안고 알몸으로 죽어 있었다는 거유. 사촌 형이 눈 속에서 처음 발견했을 때 말이유. 자신은 얼어 죽더라도 아이만큼은 살리려고 그랬던 거지. 안 봐도 척 아니겠슈? 어머니 마음이야 다 그런 것이니께. 그 모정을 생각만 해도 눈물이 또 나오네. 엄동설한에 그 눈 속에서 얼마나 추웠을까…. 사촌 형이 그런 모정을 직접 봤는디 어떻게 그 아이를 안 살려낼 수가 있겄슈? 사촌 형수님도 같은 엄마로서 그 아이를 자기 자식만큼이나 살리고 싶었으니께 맹장이 터지기 직전의 그 극심한 고통과 공포, 추위, 죽느냐 사느냐의 갈림길에서 남편이 자신이 아닌 아이를 선택하도록 배려했던 걸 테구유. 가만, 그때 찍은 사진이 어디 있을 텐디…."

안방으로 들어간 박 노인이 한참 만에 명함 두 장 정도 크기의 낡은 흑백 사진 한 장을 들고나와 조은비에게 내밀었다.

"그 아이를 떠나보내기 전에 동네 사람들하고 찍은 유일한 사진이유. 월남전에 참전했다가 부상을 입고 돌아온 조정열 씨가, 월남에서 가져온 미제 카메라로 찍어준 거쥬."

사진을 받아들고 잠시 물끄러미 들여다보던 조은비가 그 사진을 최순석의 시선이 미치는 마루 위에 조심스럽게 내려놨다.

작은 흑백 사진에는 침통한 표정의 한 남자가 해맑게 웃고 있는 어린아이를 자기 자식처럼 꼭 끌어안고 있었고 그 옆에 그의 아내로 보이는 여자, 그 옆에 다른 젖먹이를 안고 있는 여자, 젊은 박 노인, 어린 박광규, 누군지 알 수 없는 아이들 세 명과 어른 두 명이 같이 서 있었다.

박광규의 상처 부위를 꿰매다 한두 바늘을 남겨두고 동작을 멈춘 최순석의 몸이 미세하게 들썩이며 이마에서 땀방울이 뚝뚝 떨어져 내리기 시작했다. 아니, 그것은 땀방울이 아니고 눈물방울이었다.

"아마 그 아이는 커서 무지 훌륭한 사람이 되었을 겨. 어머니가 그렇게 눈 속에서 알몸으로 얼어 죽어가며 살려냈는디 그럼, 당연히 훌륭한 사람이 되었겠쥬. 암! 그랬어야 하구말구…. 그 애가 지금 서른이 좀 넘었을 텐디, 어디서 살고 있는지 한번 만나보고 싶네그려."

"으ㅎㅎㅎㅎ…."

고개를 숙이고 있는 최순석의 몸이 떨리며 꼭 다물고 있는 입에서 들릴 듯 말 듯한 울음소리가 새어 나왔다.

"아니, 왜 그류? 어머니 생각이 나시나? 나도 그려. 그 일을 생각할 때마다 돌아가신 어머니 생각이 간절해유. 살아계실 때 잘해드릴 걸…. 하지만 이미 세상을 뜨셨는디, 돌아가신 뒤 후회하면 무슨 소용이 있겠슈…."

박 노인이 고개를 옆으로 돌리며 손으로 눈가의 눈물을 훔쳤다.

"내가, 남은 두 바늘은 내가 꿰맬게요."

조은비가 들고 있던 수건을 최순석에게 건네주며 그로부터 수술 바늘을 건네받았다.

"으ㅎㅎㅎ흑…."

결자해지

조은비의 경차가 마을회관 앞에 멈춰 섰다.

죄를 짓고 형사에게 체포된 범죄자 같은 표정의 최순석이 경차에서 내렸다.

감자가 마을회관 앞의 포클레인에 올라타 시동을 걸어놓고 대기 중이었다.

"최 매니저님 오셨습니다!"

최순석을 본 감자가 마을회관 출입문을 향해 소리 질렀다.

잠시 뒤 사병채와 다리에 천을 감은 채 절룩거리고 있는 해머가 소팔희를 이끌고 마을회관에서 나왔다.

"팔희! 팔희!"

황은조가 소팔희의 뒤를 따라 나왔다.

"야, 너는 나오지 마!"

해머가 황은조를 뒤로 떠밀며 마을회관 문을 닫았다. 황은조가 출입문에 매달려 유리를 주먹으로 쾅쾅 두드리며 울어댔다.

"팔희! 팔희 이모!"

해머가 밖으로 나가며 잡고 있던 출입문을 놓자 황은조가 다시 출입문을 열고 밖으로 달려 나왔다.

"아 참! 더럽게 귀찮게 구네."

해머가 다시 황은조의 팔을 잡아 마을회관 안으로 거칠게 던져 넣고 출입문을 닫았다.

"은조야! 어린애한테 왜 그래요?"

"야 이 새꺄, 나오지 말라니까!"

그때 황은조가 문을 열려고 하며 손으로 유리창을 쳤다. 유리가 와장창 깨졌다. 황은조의 손에서 피가 뚝뚝 떨어졌다. 아이의 울음소리가 더욱 커졌다.

"은조야!"

소팔희가 사병채의 손을 뿌리치며 황은조에게 달려가려고 하자 사병채가 주먹으로 소팔희의 명치를 후려쳤다. 소팔희가 명치를 부여잡고 그대로 주저앉았다. 끅끅거리는 것이 숨쉬기조차 힘든 것 같았다.

"아 참, 더럽게 시끄럽네. 입 좀 다물게 해라."

"죄송합니다, 형님!"

해머가 주먹을 쥐고 황은조에게 다가갔다. 순간 최순석이 해머에게 다가가 손을 움켜쥐었다.

"뭡니까, 형님?"

"어린애한테 너무하는 거 아니냐?"

해머가 사병채를 쳐다봤다. 사병채가 앞으로 나섰다.

"아, 이 새끼 또 버릇 나오네. 도대체 왜 그러는데? 같은 고아라고 편드는 거냐? 불쌍해서 돈 빌려주고 거둬줬더니 분수도 모르고 아주 머리 꼭대기까지 기어오르네. 너는 이제 내 밑에서 일하는 사채업자지 형사가 아냐!"

사병채가 손을 들어 최순석의 뺨을 한 대 때렸다. 그것을 본 해머가 사병채의 의중을 이해했다는 듯이 최순석의 손을 뿌리치며 앙앙 울고 있는 황은조를 때리려고 손을 쳐들었다. 순간 최순석이 주먹으로 해머의 얼굴을 후려쳤다. 주먹 한 방에 덩치 큰 해머가 코를 잡고 나동그라졌다.

"어라, 이 새끼 봐라!"

부하가 쓰러지는 것을 본 사병채가 다시 최순석에게 달려들며 주먹을 날렸다. 하지만 최순석은 얼굴을 향해 날아오는 주먹을 머리를 살짝 숙여 피하며 사병채의 얼굴에 어퍼컷을 먹였다.

퍽!

사병채 역시 얼굴을 움켜쥐며 땅바닥을 데굴데굴 굴렀다.

"혀, 형님!"

해머가 사병채가 얻어맞는 것을 보고 재빨리 자세를 가다듬고 최순석에게 주먹을 날렸다. 최순석이 그 주먹을 다시 가볍게 피하며 해머의 얼굴에 또 한 방 주먹을 먹였다. 해머의 코에서 코피가 터졌다.

포클레인에서 뛰어내린 감자가 마을회관 앞에 떨어져 있던 각목을 집어 들고 달려들었다. 각목이 최순석의 뒤통수를 후려쳤다. 최순석이 땅바닥에 쓰러지자 감자가 다시 최순석의 머리를 노리고 각목을 날렸다. 하지만 최순석이 날아오는 각목을 몸을 굴려 피하며 발로 감자의 사타구니를 걷어차고 나서 자리에서 벌떡 일어나 감자의 얼굴에 연속으로 주먹을 날렸다. 감자가 그대로 고꾸라지며 손으로 입을 틀어막았다. 잠시 뒤 감자가 피와 부러진 이를 퉤퉤 뱉어냈다.

땅바닥에서 일어난 사병채가 감자가 떨어트린 각목을 주워 들고 휘두르며 공격해 왔다. 최순석이 사병채에게 재빨리 달려들어 클린치하듯 끌어안으며 주먹으로 옆구리 다래쪽을 후려쳤다.

"으흑!"

급소를 맞는 사병채가 그대로 푹 고꾸라졌다.

최순석이 사병채에게 천천히 다가가서 발로 배를 몇 번 걷어찼다.

잠시 뒤로 물러나 사병채를 노려보던 최순석이 다시 사병채에게 다가가 그의 머리채를 움켜잡고 질질 끌고 가 마을회관 앞에 있는 벤치에 앉혔다.

최순석이 쓰러져 있는 해머와 감자에게도 와서 벤치에 앉으라고 손짓을 했다.

해머와 감자가 인상을 쓰며 땅바닥에서 일어나 스스로 걸어와 사병채 옆에 앉았다.

"야 이 새꺄, 최순석! 너 우리가 어떤 놈들인지 잘 알잖아? 이러고도 무사할 줄 알아!"

사병채가 입속의 피를 퉤퉤 뱉어내며 최순석을 향해 말했다.

"알지. 쓰레기 같은 놈들이라는 거…."

"그렇게 말하니 너는 쓰레기가 아닌 것 같다? 태어날 때부터 쓰레기였던 개새끼가…."

그 말에 최순석의 표정이 차갑게 굳었다. 주먹이 날아올 것에 대비해 해머와 감자가 몸을 움츠렸다. 하지만 최순석은 곧장 표정을 풀며 빙그레 웃었다. 의외가 아닐 수 없었다. 다른 때 같았으면 곧바로 인정사정없는 주먹이 날아왔을 것이다. 그의 출생에 관해 비아냥거린 사람치고 지금껏 무사한 사람은 단 한 명도 없었다.

"그래, 내가 쓰레기였던 것은 사실이지…. 인정한다. 그건 그렇고, 너희들 이제 그만 돌아가서 다시는 이 마을에 나타나지 마라."

"뭔 그런 개 같은 소릴…?"

"신한국을 누가 죽였는지 알아?"

"너는 그럼 누가 죽였는지 알아냈다는 거냐?"

최순석이 고개를 끄떡였다.

"누가?"

"내가 죽였다."

"뭐?"

"협박에 의한 자살이야. 네놈이 내게 빚 받아오라고 하도 들볶기에 내가 돈 내놓으라고 협박을 좀 했더니 농약 먹고 자살한 거였더라고."

"정말이야? 후후. 협박 같은 거 없었어도 죽을 놈은 죽어."

"알코올 중독자가 술을 줄일 의지로 읍내에서 꽤 무거운 콜라병 세트까지 사 들고 왔는데, 과연 아무 일 없었어도 몇 시간 뒤 그 콜라에 농약을 타서 마시고 자살했을까?"

"신한국인지 구한말인지가 술 대신 콜라 마시며 새 삶을 살아보려 했는데 빚쟁이가 시도 때도 없이 전화 걸어 비참한 현실을 깨닫게 해줘서, 새 삶을 살려고 사다 놓은 콜라에 농약을 타서 마시고 죽었다고…? 하하하, 진짜 웃지 않을 수 없는 이야기군."

"이제 어쩔 거야?"

"뭘 어째?"

"우리의 협박에 의한 자살인데도 마을 사람들에게 신한국의 빚을 다 받아낼 거냐?"

"그야 당연하지. 차용계약서도 있고…. 우리가 입만 뻥긋하면 마을 사람들 모두 교도소 들어가 몇 년씩 썩어야 하는데, 마을 사람들 입장에서도 그보다는 돈을 좀 내는 게 낫지 않겠어?"

"신한국을 죽인 우리 죄는?"

"그건 죄가 아니지. 꿔준 돈 달라고 권리 행사 몇 번 한 게 어떻게 죄야. 하지만 이 마을 놈들은 사체 유기에 훼손에 방화에…. 교도소에서 최소 몇 년씩은 썩어야 할 중죄야."

"그건 그렇다 치고, 소팔희 씨는 어떻게 할 거야?"

"당연히 몸값 가장 많이 쳐주는 섬 티켓다방에 팔아넘겨야지. 그게 우리 회사 규칙인 것은 너도 잘 알잖아. 왜? 얼굴 반반해서 탐나? 네가 사 갈래?"

"그래 좋아, 내가 사지. 이 동네 사람들이 갚아야 할 빚하고 소팔희 씨 몸값 해서 다 얼마면 돼?"

"헐, 진짜야? 이 동네 어디서 금광이라도 발견했냐?"

"내가 돈을 내는 게 아니고 죽은 신한국이 동네 사람들에게 빚을 물려주고 죽어서 미안하다고 저승 가기 전에 마을 사람들 빚을 모두 갚아주고 가겠대. 소팔희 씨가 신한국 씨에게 물려받은 빚 5천만 원과 기존 몸값 5천, 이장님네 5천, 연못집 양식연 씨네 5천, 식당집 왕주영 씨네 5천, 박광규 씨네 5천, 그러면 합이 딱 3억이네. 옜다! 이걸로 퉁치고 끝내자. 아, 내 빚도 같이. 개평이라는 게 있잖아."

최순석이 주머니에서 콜라병 뚜껑을 꺼내 사병채 앞으로 내밀었다.

콜라 뚜껑을 본 사병채가 장난하냐는 듯이 피식 웃었다.

최순석이 콜라 뚜껑을 사병채 눈앞에 더욱 가까이 들이댔다.

"자, 병뚜껑 속에 무슨 그림이 있나 살펴봐."

콜라 뚜껑 안에서 집 그림을 본 사병채의 눈이 커졌다.
"이게 뭐냐?"
"집 그림이잖아. 서울 강남의 34평 아파트!"
"이거 진짜야?"
"야, 사람들이 다 너희들처럼 양아치에 사기꾼인 줄 아냐."
최순석이 조은비의 차 문을 열고 뒷자리에서 뚜껑 없는 콜라병을 가져다 사병채에게 건넸다.
"거기 보면 강남 아파트를 주겠다는 이벤트 안내문도 쓰여 있잖아. 콜라 회사처럼 큰 기업에서 설마 고객들에게 사기 치겠냐? 너희들처럼 양아치도 아니고! 자, 이제 마을 사람들 차용계약서 다 가져와."
"이거 가짜면 너하고 이 마을 사람들 내 손에 다 죽는 거야!"
"아 이 새끼, 진짜라니까 믿지를 못하네. 농약 먹고 자살하려던 신한국이 왜 다시 살려고 그렇게 발악한 줄 알아? 바로 이 병뚜껑 때문이었어."
그 말을 듣고 나서야 사병채가 고개를 끄떡이며 감자를 향해 고갯짓했다.
감자가 포클레인으로 올라가 서류가방 속에서 마을 사람들의 차용증서를 모두 꺼내왔다.
최순석이 마지막 담배를 입에 물고 나서 라이터로 불을 붙인 뒤 그 라이터로 다시 차용증서에 불을 붙였다.
불길에 휩싸인 차용증서들을 손에 들고 있던 최순석이 뜨거워서 더는 잡고 있을 수 없을 때 공중으로 높이 던지자 공중에서 차용증서의 나머지 부분이 모두 불에 타 재로 변해 땅바닥으로 떨어져 내렸다. 최순석이 검은 재를 발로 몇 번 탁탁 밟아 완전히 가루를 만들었다.

"이제 계약 완전히 종료된 거다. 다시는 이 마을에 발 들이지 마라."

"알았다. 나도 이런 범죄 없는 마을은 진짜 꼴도 보기 싫다."

사채업자 세 사람이 포클레인에 올라탔고 포클레인이 물이 넘치고 있는 다리 쪽으로 움직이기 시작했다.

"그 담금주 맛이 참 묘합니다."

감자가 구불구불한 길을 따라 트럭의 운전대를 바삐 돌려가며 입맛을 다셨다. 짐칸에 채무자에게 압수한 무거운 포클레인이 실려 있어 내리막길에서는 더욱 조심해야 했다.

"일도 잘 풀리고 낮술까지 마시니 기분 무지 좋지?"

조수석 창문 쪽에 앉아 있는 사병채가 손에 들고 있는 콜라병 뚜껑을 요리조리 들여다보며 싱글벙글 웃어댔다.

"예, 형님. 기분이 아주 좋습니다, 하하하. 마치 술에 마약이라도 들어 있는 게 아닌가 싶을 정돕니다, 하하하."

"술맛은 좋은데 좀 독한 것 같습니다, 형님. 이 술을 마시고 났더니 쇠스랑에 찍힌 다리 통증이 싹 사라졌습니다. 마취 효과가 상당한 것 같습니다. 도대체 무슨 약초로 담근 걸까요?"

조수석 가운데에 앉아 있는 해머가 졸음을 물리치려는 듯 머리를 흔들어대며 말했다. 그의 손에는 중천리 마을회관에서 가져온 담금주 술병이 들려 있었다. 마을회관을 나오기 전에 셋이서 대부분 마셔버리고 이제 조금밖에 남아 있지 않았다.

"그런데 최순석 그 자식은 왜 그렇게 갑자기 변한 걸까? 그 독종이 말이야?"

"그러게 말입니다. 정말 소팔희에게 눈이 멀었나? 그년 한번 벗겨 볼까 했더니…. 삼삼하게 생겼는데…."

"제가 보기엔 소팔희가 아니라 조 기자라는 년을 좋아하는 것 같던데요."

"그래? 그런데 왜 이 콜라병 뚜껑을 우리에게 넘겼을까?"

"그러게 말입니다?"

구불구불한 산길 아래쪽에 냇물을 가로지르는 다리 하나가 나타났다.

"저 앞에 저 다리 좀 봐라. 쓰는 김에 공사비 조금 더 써서 대각선으로 놓지 저게 뭐냐 저게. 길하고 완전히 기역 자네. 난간조차 없고."

"저 다리는 그나마 높이라도 높아 다행 아닙니까. 중천리 그 다리는 물이 넘쳐서 통행조차 불가능하지 않습니까."

"허허, 그렇긴 하다. 야야, 이런 데서는 속도 좀 줄여라. 아앗, 뱀이다!"

사병채가 갑자기 두 발을 공중으로 들어 올리며 외쳤다.

급커브의 다리로 접어들기 위해 브레이크를 밟으려던 감자가 사병채의 외침에 재빨리 발밑을 내려다봤다. 한눈에 보기에도 무시무시한 독을 가졌을 것 같은 검은 띠, 빨간 띠, 노란 띠 무늬가 선명한 커다란 뱀 한 마리가 브레이크 페달을 휘감은 채 감자의 사타구니를 노려보며 혀를 날름거리고 있었다.

청양경찰서 취조실에 중천리 이장 우태우와 한돈숙, 꼭대기집 소팔희와 황은조, 연못집 전수지와 양식연, 아들 양동남, 식당집 왕주영, 그리고 박광규와 그의 아버지 박달수가 초조한 표정으로 앉아 있었다.

막 출근한 형사 두 명이 취조실로 들어와 테이블 위에 청양신문 한 부를 펼쳐놓았다. 머리기사는 '[특집] 범죄 없는 마을 살인사건'이었다. 조은비 기자의 기사였다.

"일찍들 나오셨습니다?"

"아침에 읍내로 나오는 버스가 6시 50분 버스밖에 없구먼유."

"왜 여러분을 오시라고 했는지 잘 아시죠? 이번 사건 관련해서는 이 특집 기사를 통해 대충 파악하고 있습니다만, 이 기사가 정확한지 확인하려고 참고인으로 여러분을 부른 겁니다."

"예, 말씀하시쥬."

"중천리에서 대전으로 돌아가다 작천리 다리에서 교통사고로 죽은 사채업자 세 명이 신한국 씨에게 천만 원을 빌려주고 그동안 이자로 2천만 원을 뜯어갔는데, 아이엠에프로 이자제한법까지 사라지자 상상을 초월하는 살인금리를 적용해 5천만 원을 갚으라고 들볶다, 빚을 갚지 않는다는 이유로 신한국 씨를 쇠스랑으로 찍고 농약을 먹이고 몽둥이로 매질하고 물고문에 전기고문을 하고 차로 깔아뭉개는 등 잔인하게 죽인 뒤, 그 사실이 알려질까 봐 시체를 구멍바위 밑에 가져다 놓아 자살로 위장하려고 했고, 완전범죄를 위해 집에 휘발유를 뿌리고 불까지 질렀다는데, 맞습니까?"

사람들이 서로의 얼굴을 쳐다보다가 일제히 고개를 끄떡였다.

"누구 이런 사실을 직접 눈으로 목격한 사람 있습니까?"

황은조가 번쩍 손을 들었다.

"그래 꼬마야, 뭘 봤는데?"

"신한국이가 나쁜 놈들에게 협박당하는 것을 봤다. 신한국이네 맹구에게 치킨 뼈를 주러 갔는디, 신한국이가 전화에 대고, 그래 와서 신장을 떼어 가든 눈알을 뽑아 가든 맘대로 하라고 하드라…."

"그 장면을 본 사람이 너였구나. 그 통화기록 확인했다. 사병채 사무실 전화로 신한국에게 수시로 전호를 걸어댄 기록이 있었고 그날 저녁에 협박 전화를 한 통화 기톡도 있었다."

"그려, 수고혔다!"

"뭐?"

황은조의 말에 형사가 어이없다는 듯이 허허 웃었다.

"야, 그런데 너는 어린애가 왜 그리 혀가 짧은 거냐?"

"바보! 그걸 몰러? 어린이닉게 키도 작고 혀도 짧은 거지."

"아, 신경 쓰지 마슈. 얘 아버지가 미국 사람이라 그래유. 황은조, 얘 이름이 미국식으로는 엔조황이유. 동네 사람들은 엔조이황, 또는 양순이라고 부르기도 허쥬. 허허."

약간의 여유를 찾은 우태우 이장이 억지 농담을 했다.

"또 다른 목격자 있습니까?"

"제가 봤슈."

우태우 이장이 다시 나섰다.

"한밤중에 신한국이가 놈들을 피해 우리 축사로 도망을 와서 소 우리 안으로 들어가 숨었던 모양이유. 소란이 일어서 나가보니 놈들이 우리 쇠스랑을 손에 들고 온몸에 쇠똥이 묻은 신한국을 찍을 것처럼 협박하며 어딘가로 끌고 갔슈. 그 쇠스랑, 형사님들이 수거해 갔는디, 아마 거기 보면 놈들 지문이 찍혀 있을 거유."

"예, 맞습니다. 신한국 씨의 등을 찍었던 그 쇠스랑에서 사병채하고 해먼가 하는 놈 지문이 나왔습니다. 쇠와 손잡이 연결 부위 틈에서 신한국 씨와 같은 혈액형 혈흔도 나왔습니다. 그 피를 국과수로 보내 현재 유전자 검사를 하고 있는 중입니다."

"놈들이 그 쇠스랑으로 박광규도 찍었는디…."

"예, 알고 있습니다."

"저도 봤어요."

소팔희가 손을 들었다.

"신한국 씨가 놈들에게 쫓겨 우리 집 쪽으로 도망쳤던 모양인데, 제가 대문 밖을 내다봤을 때는 놈들이 우리 작대기를 가져다 정신을 잃은 신한국 씨를 마구 두들겨 패더니 우리 손수레를 끌어다 신한국 씨를 싣고 어딘가로 갔어요. 무서워서 죽을 뻔했어요. 저에게는 지금 본 것을 경찰에 신고하면 저와 여기 있는 우리 은조를 쥐도 새도 모르게 죽이겠다고 협박했어요. 신한국 씨 집이 불탄 직후 형사님들 봤을 때, 말하고 싶었는데 그래서 못 한 거예요. 세 놈 다 죽었다니 이제라도 말할 수 있어서 다행이에요."

"맞아유. 저도 협박을 당했슈."

"저도유."

"살벌했슈."

사람들이 한마디씩 거들었다.

"놈들이 신한국 씨를 마구 때려댄 그 작대기도 경찰이 수거해 갔는데 살펴보셨죠?"

소팔희가 다시 형사에게 말했다.

"작대기요? 아, 마을회관 앞에서 수거한 몽둥이 말씀하시는 거 아닙니까?"

"아, 맞다! 그거요."

"거기서도 감자라고 불리는 강진규 지문하고 사병채 지문이 나왔습니다."

다음은 연못집 양식연 차례였다.

"저도 봤슈. 놈들이 신한국이를 소팔희 아줌마네 손수레에 싣고 와서 우리 양식장에서 무슨 짓을 하는 것 같았는디 놈들이 집 밖으로 못 나오게 하는 데다 무섭기도 해서 자세한 것은 못 봤슈. 놈들이 떠난 뒤에 나가보니 양식장에 있는 물고기들이 죄다 죽어 둥둥 떠 있더라구유. 놈들이 우리 집 전기를 끌어다 양식장에서 무슨 짓을 한 것만큼은 틀림 없슈. 놈들 때문에 이번 달 전기세 무지 많이 나오겄네. 나쁜 새끼들!"

"왕주영 씨는 놈들에게 자가용을 빼앗겼었다고요?"

형사가 왕주영을 보며 물었다. 가끔 왕주영이 운영하는 식당에 와서 밥을 먹는 형사였다.

"예, 맞아유. 놈들이 뭐에 쓰려고 그랬는지 모르지만 산 지 얼마 되지도 않은 내 그랜저를 뺏어 갔슈. 다음 날 보니 동네 냇가의 바위를 들이받은 채로 버려져 있더라구유."

"그 차 조사해봤더니 신한국 씨를 친 흔적이 있었고 트렁크에서 신한국 씨의 피로 추정되는 혈액과 머리카락이 발견되었습니다. 신한국 씨의 시체를 추락사로 위장하려고 구멍바위로 실어 나를 때 이용했던 것 같습니다. 차로 바위를 들이받은 이유는, 놈들이 차로 사람을 친 흔적을 없애기 위해 그랬던 것이 아닌가 싶습니다. 내일쯤이면 차에서 검출한 혈액의 유전자 검사 결과도 나올 겁니다."

"아, 그랬군유. 아주아주 치밀한 놈들이네. 아휴, 끔찍해라. 그런 차를 앞으로 어떻게 타고 다니나…. 폐차시켜 버려야겠네유."

"두 분은 뭐 본 거 없습니까?"

형사가 박광규와 박달수 노인에게 물었다. 머뭇거리다가 박광규가 나섰다.

"자세히 보지는 못했는디, 지금 생각하니 그 사람들 같은디, 늦은 밤에 무슨 커다란 자루 같은 것을 들고 신한국 씨네 집으로 들어가는 것을 봤슈. 하여튼 세 명이었슈. 그 집 개가 엄청 짖어 댔었쥬. 그리고 얼마 있다가 그 집에 불이 났쥬."

"그 자루가 뭐였던 것 같습니까?"

"지금 생각하니 시체가 아니었나 싶어유. 자살하겠다고 하고 유서를 써놓고 나갔던 그 대전 사람, 불탄 그 집에서 뼛조각으로 발견되었다잖유."

"놈들은 왜 그 집에 그 자살 시체를 넣고 불을 질렀을까요?"

"그야 뻔하지 않겠슈."

박광규에 이어 그의 아버지 박 노인이 입을 열었다.

"신한국이를 어떻게 어떻게 죽여서 추락사한 것으로 위장하려고 시체를 구멍바위 밑으로 가져갔는디, 거기 이미 한 사람이 바위에서 떨어져 죽어 있으니 크게 당황했겠쥬. 같은 날 인연이 전혀 없는 두 사람이 이런 시골구석, 같은 장소에서 동시에 자살했다고 생각해보슈. 그게 말이 돼유? 그러니 신한국 시체를 추락사한 것으로 위장하려고 거기다 가져다 놓는 대신 먼저 투신자살한 대전 사람 시체를 없애기 위해 신한국이네 집으로 가져와 휘발유를 뿌리고 불을 지른 것이겼쥬. 신문 기사에는 그런 내용 없었슈?"

"아, 있습니다. 이미 읽었습니다. 하지만 일부는 기자의 추측으로, 확실한 것이 아니라서 미심쩍었는데, 목격자이자 피해자인 여러분의 진술을 들어보니 저 역시 이 복잡한 사건을 그렇게밖에는 설명할 방법이 없을 것 같군요. 신문 기사와 목격자 진술이 모두 일치하니 신문기사를 참고해서 조서를 써도 되겠군요, 하하."

질문하던 형사가 의혹이 모두 해결되었다는 듯이 물러나자 옆에 있던 다른 형사가 추가로 질문을 시작했다.

"그 세 명의 사채업자들은 어쩌다 교통사고가 났을까요?"

"작천리에서 포클레인을 빼앗아 트럭에 싣고, 음주 운전을 하고 가다 트럭이 다리 밑으로 떨어지는 바람에 그 포클레인에 깔려 죽은 거라면서유? 그 포클레인만 트럭에 안 싣고 있었어두 모두 무사했었을 거라면서유? 나쁜 짓하다 천벌을 받은 것이쥬."

"그건 저희도 알고 있습니다만, 구멍가게도 없는 동네에서 술을 어디서 어떻게 구해 먹은 걸까요? 도대체 누가 가져다준 걸까요?"

"주긴 누가 줬겠쥬. 그 날강도 놈들이 어디서 훔쳐 먹었겠쥬."

"그런데, 중천리 어떤 사람 말이, 범죄에 가담한 사채업자가 죽은 세 명 이외에 한 명이 더 있었다고 하던데 혹 모르십니까?"

다시 박 노인이 나섰다.

"아, 아뉴! 그 사람은 사채업자가 절대 가뉴. 그 사람은 냇물에 빠진 위급한 사람을 목숨 걸고 구했구, 또 동네 사람들을 위해 위험을 무릅쓰고 사채업자들하고 격투까지 벌였는디…. 그 사람은 오래전에 어떤 여자에게 크게 실망해 마음에 상처를 입었고, 우리 동네 구멍바위에서 자살하려고 왔던 대전 사람인디, 마음을 돌려먹고, 앞으로 열심히 잘살아 보겠다며 돌아갔슈. 알고 봤더니 자기가 그 여자를 크게 오해했던 거라나…. 하여튼 태생부터가 사람 등쳐먹는 사채업자를 할 사람이 절대 아녀유. 그렇잖여?"

"맞아유, 맞아!"

모두가 고개를 끄떡이며 박 노인의 말에 장단을 맞췄다.

"그 사람 누군지 아세요? 이름, 주소 등?"

"물어보지 않아서 잘 모르겠는디…. 최 씨라고 했던가, 강 씨라고 했던가? 우리는 그냥 '대전 사람'이라고만 불러서. 하지만 곧 다시 돌아올 거유."

"다시 죽으러요?"

"아니쥬! 이곳이 고향이고 이곳에 좋아라는 여자가 있으니께 하는 말유."

"좋아하는 여자요? 애인요?"

"아, 어머니 말유. 이곳에 어머니 묘가 있슈. 그러니 반드시 이곳으로 다시 돌아올 거유."

박 노인이 확신에 찬 목소리로 말했다.

🔥

    토요일, 오전수업을 마친 초등학교 2학년 아이 둘이 가방을 메고 집으로 돌아가고 있었다. 아이들은 앞서거니 뒤서거니 하며 길에 떨어져 있는 쇠로 된 음료수병 뚜껑은 물론 길옆이나 도랑에 처박혀 있는 쓰레기 더미 속에서 병이란 병은 모두 주워서 금속으로 된 뚜껑만을 벗겨내 각자 들고 있는 검은 비닐봉지 속에 집어넣기 바빴다. 담임선생님은 새로 신축하는 학교 시멘트 담장을 병뚜껑으로 장식하겠다며 아이 한 명당 병뚜껑을 서른 개씩 주워 오라고 숙제를 내주었다.

    빨간색 가방의 아이가 차바퀴에 깔려 납작해진 음료수 뚜껑을 발견하고 급히 집어 들어 톱니 수를 세었다.

    "하나, 둘, 셋, 넷, 다섯, 여섯…, 스물둘, 스물셋! 이야, 신기록이다! 톱니가 두 개나 더 많다. 자, 이마 대!"

    주황색 가방의 아이가 빨간색 가방의 아이로부터 병뚜껑을 건네받아 다시 세어보고 나서 인상을 쓰며 눈을 감자 빨간색 가방의 아이가 다가가 이마에 꿀밤을 두 대 먹였다.

    "아얏! 아얏! 난 아까 살살 때렸는디, 씨이―. 두고 보자."

    땅을 쳐다보며 걷던 두 아이가 작천리 시멘트 다리에 이르렀다.

    "여기서 다리 밑으로 트럭이 떨어져 세 명이나 죽었다더라."

    "사고 난 거 처음 발견한 사람이 우리 아버지여."

"귀신 나올라, 빨리 가자."

아이들이 무섭다는 듯이 뛰어서 다리 위를 지나갔다.

다리와 기역 자로 연결된 도로로 접어들던 주황색 가방이 도롯가에서 플라스틱으로 된 빨간 콜라병 뚜껑을 집어 들고 뚜껑 옆쪽의 촘촘한 줄무늬 수를 세기 시작했다.

"하나, 둘, 셋, 넷…."

"야, 안 돼! 그 뚜껑은 쇠가 아니잖여."

"언제 쇠뚜껑 톱니만 된다고 내기한 적 있냐?"

"하여튼 그건 안 돼! 그런데 그 그림은 뭐여?"

"뭐?"

주황색 가방이 손에 들고 있는 콜라 뚜껑 안을 들여다봤다. 집 그림이 인쇄되어 있었다.

"이거 뭐지?"

주황색 가방이 잠시 생각하는 표정을 지었다가 활짝 웃으며 말했다.

"아, 알았다! 이건 가정용 콜라라는 뜻이여. 읍내에서 치킨 먹을 때 보니 치킨집 콜라병에는 업소용이라 크게 쓰여 있더라. 이런 집 그림이 있으면 가정용 콜라 뚜껑, 업소용 콜라 뚜껑에는 아마 치킨집 그림이 그려져 있을걸."

"아, 그렇구나! 하여튼 그 뚜껑은 쇠가 아니라 안 되여!"

"그래, 알았다. 치사하게!"

주황색 가방의 아이가 손에 들고 있던 콜라 뚜껑을 흘러가는 냇물을 향해 힘껏 집어 던지고 나서 쇠로 된 병뚜껑을 찾기 위해 달려갔다.

🔥

 중천리 마을회관 지붕에 걸려 있는 '-경축- 범죄 없는 마을 현판식'이라고 쓰인 커다란 현수막이 살랑살랑 불어오는 초여름 바람에 펄럭여댔다.
 현수막 밑의 내빈석에는 열 명 정도의 사람들이 가슴에 꽃을 단 채 마을회관을 등지고 앉아 있었다. 도지사, 군수, 인근 검찰 지청의 지청장들, 경찰서장, 면장, 이장 우태우 등이었다. 그들 앞에서 이 행사의 주최기관인 대전지방검찰청의 청장이 마이크를 잡고 간이의자에 앉아 있는 마을 사람들을 대상으로 축사를 하고 있었다.
 "'범죄 없는 마을'은 출향 인사를 포함한 마을 주민이 매년 1월 1일부터 12월 31일까지 검사에 의하여 공소 제기되거나 기소 유예, 공소 보류, 기소 중지, 가정보호 송치, 소년보호 송치, 공소권 없음 등이 결정된 범죄가 단 한 건도 없는 마을을 검찰청이 선정해 시상하는 제도입니다. 이곳 청양군 장평면 중천리는 지난해에도 역시 주민들에 의한 범죄가 단 한 건도 일어나지 않았습니다. 게다가 올해도 지금까지 단 한 건의 범죄도 일어나지 않았습니다. 중천리는 법 없이도 살 수 있는 분들이 모여 사는 낙원과도 같은 동네인 것입니다….”

조은비를 비롯한 몇 명의 기자들이 카메라를 들이대고 쉼 없이 셔터를 눌러댔다.

경건한 표정으로 앉아 대전지방검찰청장의 축사를 듣고 있는 중천리 마을 사람들은 모두 깨끗한 외출복 차림이었으나 반바지 차림에 손과 허벅지에 붕대를 감고 있는 박광규를 비롯해 몇 사람은 손이나 얼굴에 붕대 또는 반창고를 붙이고 있었다. 이장의 아내 한돈숙은 불에 그슬린 파마머리를 오랜 시간 공들여 드라이하고 나왔지만 불어오는 바람에 흐트러져 볼썽사나웠다.

소팔희의 무릎 위에 앉아 있는 황은조는 지루하다는 듯이 연신 하품을 해댔다.

“대한민국 전체에서 재작년까지의 범죄 없는 마을 최다 기록은 강원도 비무장지대 인근에 있는 무소리가 가지고 있었는데 작년에 그 마을 사람 한 명이 경운기를 몰다 신호 위반 교통사고를 냈습니다. 그래서 중천리가 이번에 타이기록을 세우게 되었고, 올해 12월까지 중천리 여러분이 어떠한 범죄도 일으키지 않으면 내년에는 중천리가 범죄 없는 마을 최다 신기록입니다. 앞으로도 이 마을 분들 그 누구도 절대 범죄를 저지르지 말아, 범죄 없는 마을 최다 신기록을 세워주시길 간곡히 부탁드리면서, 다시 한번 축하의 말씀을 올리고 이만 마치겠습니다.”

“자, 잠깐만유!”

우태우 이장이 자리에서 벌떡 일어나 대전지방검찰청장에게 다가가 마이크를 건네받았다.

"이 자리를 빌려 드릴 말씀이 있구먼유. 마을 사람들은 이미 다 알고 있는 사실인디, 외부에서 오신 내빈들과 기자님들께 안내 말씀 올리겠습니다. 다름이 아니라, 어제저녁 마을 전체 회의에서 결정된 사항입니다. 내년부터 저희 중천리는 범죄 없는 마을 수상을 거부하기로, 아니, 사양하기로 결정했습니다."

마을 사람들은 차분한 반면 내빈과 기자들이 놀랍다는 반응을 보였다.

"예? 그럼 올해가 마지막이라고요? 올해가 타이기록이고 내년이 신기록을 달성하는 해인데, 신기록 달성 안 할 겁니까? 그 이유가 뭡니까?"

마치 기자회견장이라도 되는 것처럼 기자 한 명이 손을 들고 물었다.

"뭐 별 이유는 없고…, 그냥…, 하아—. 범죄 없는 마을에 사는 게 너무 스트레스고 피곤하다는 의견들이 많아서, 마을 사람들끼리 상의해서 내린 결론이구먼유. 일부러 범죄를 일으키겠다는 얘기는 아니고, 마을에 범죄가 없더라도 시상식만큼은 거부하기로 했구먼유. 그렇지유, 여러분?"

"맞아유, 맞아! 범죄 없는 마을에 산다는 건 너무너무 피곤햐! 범죄 안 저지르려고 매사에 조심해야지, 술도 마음대로 못 먹지, 누가 범죄라도 저지를까 봐 서로서로 감시햐랴, 잔소리햐랴, 잔소리 들으랴…. 얼마나 피곤한데유."

객석 맨 앞줄에 앉아 있는 왕주영이 큰 소리로 말했다.

"그뿐인가유. 범죄 없는 마을 현판을 주렁주렁 달고 있으니 지나가던 사채업자나 좀도둑 놈들까지도 우리 마을을 아주 우습게 보는 것 같기도 허구…."

왕주영 옆에 앉아 있는 양식연이었다.

"너무 깨끗한 물에서는 물고기가 살 수 없다잖유. 도로에 침도 좀 뱉고, 술을 마셨으면 주정도 좀 하고, 가벼운 범죄 정도는 슬슬 저질러가면서 속 편하게 사는 게 최고 아니유. 술 마시고 집에 가다 오줌 싸게 생겼는디도, 줄줄이 서 있는 전봇대를 그냥 지나쳐 집까지 참고 달려가려면 얼마나 힘들겠슈. 안 그류?"

"맞아! 맞아!"

마을 사람들이 너도나도 나서서 한마디씩 거들었다.

"아, 그만 조용히들 좀 혀유. 그럼 이제 중천리 범죄 없는 마을 마지막 현판식을 시작하겠습니다."

우태우 이장이 큰소리를 쳐서 시끄러운 행사장을 조용하게 만들었다.

진행요원들의 안내에 따라 내빈들과 마을 사람들이 자리에서 일어나 마을회관 앞에 굴비처럼 줄줄이 엮여 있는 범죄 없는 마을 현판 앞에 두 줄로 늘어섰다. 범죄 없는 마을 새 현판에 하얀 천이 씌워져 있었다. 진행요원들이 두 개의 긴 밧줄을 가져다 범죄 없는 마을 현판을 덮은 천에 연결했다. 사람들이 두 개의 밧줄을 손으로 잡았다.

"자! 하나, 둘, 셋 하면 잡아당기는 겁니다. 도지사님께서 구호를 외쳐주시죠."

"하나, 둘, 셋!"

사람들이 손에 쥐고 있던 밧줄을 일시에 잡아당기자 하얀 천이 벗겨지며 아이의 해맑은 얼굴 같은 범죄 없는 마을 새 현판이 모습을 드러냈다.

카메라 셔터 소리와 박수 소리가 요란하게 울려 퍼졌다.

"자, 다음은 기념 촬영이 있겠습니다."

전쟁터에서 막 돌아온 듯한 묘한 표정의 마을 사람들이 열여섯 번째 범죄 없는 현판 앞에 정렬했다.

새로 산 그랜저로 바위를 들이받은 왕주영, 아끼는 트럭을 냇물 흙탕물 속에 집어넣은 우태우, 3년 키운 소를 판 목돈을 불길 속에 던져 넣은 소팔희, 손과 팔에 화상을 입고 쇠스랑에 허벅지를 찍힌 박광규, 개에게 물린 양동남, 파마머리가 볼썽사납게 불탄 한돈숙, 경운기 트렁크에서 떨어져 허리디스크가 도진 양식연….

이틀 동안 범죄 없는 마을 전쟁터에서 중천리 장자울 사람 전원이 심각한 피해를 입었지만, 표정만큼은 모두 해피 엔딩이었다.

"자, 찍습니다!"

찰칵!

에필로그

1998년 범죄 없는 마을 마지막 현판식이 끝나고 눈앞에서 여러 대의 카메라가 찰칵대던 장면이 아직도 머릿속에 생생하다.

빛바랜 사진들을 들여다보던 여자 순경이 손을 가슴으로 올려 '황은조'라고 쓰여 있는 명찰을 버릇처럼 더듬는다.

언제부턴가 황은조는 외롭거나 우울한 일이 생길 때마다 중천리 마을회관에 들러 최순석 아저씨의 흑백 사진을 마치 자신의 출생 사진처럼 들여다보곤 했다.

한국 나이로 일곱 살, 미국 나이로 다섯 살, 매우 어린 나이에 겪은 일이지만 그 범죄 없는 마을 살인 사건은 황은조의 삶에 큰 영향을 끼쳤다. 그 사건이 없었다면 은조 역시 최순석 아저씨처럼 자신을 버린 아버지, 자신을 죽이려 한 어머니를 크게 원망하고 세상을 원망하며 자랐을지도 모른다. 하지만 은조는 그 사건을 통해 진실은 눈에 보이는 것 이상으로 복잡하다는 사실을 깨닫기 시작했다.

어머니가 어린 은조에게 다량의 수면제를 먹인 그날, 어머니는 마지막 재산인 아끼고 아끼던 금반지를 팔아 어린 은조에게 비싼 피자와 케이크를 사줬고 그녀가 영문도 모른 채 맛있게 먹고 있는 동안 애써 밝은 표정을 지으려고 노력했었다. 그리고 깊이 잠들기 전 어머니는 그녀를 포근하게, 꼭 끌어안고 하염없이 눈물을 흘렸다. 낳을 때보다 백배는 더 고통스러워서 흘리는 피눈물이었을 것이다.

알몸으로 얼어 죽어가면서 어린 아들만큼은 살리려고 노력했던 최순석 아저씨의 어머니. 돌봐줄 이 없는 어린 딸을 저승길에 같이 데려가려 했던 자신의 어머니. 두 어머니의 행동은 극과 극이었지만 칭찬이나 비난에 앞서 그런 행동을 하게 된 두 어머니의 마음만큼은 별반 다르지 않았으리라고 황은조는 믿고 있었다.

중천리 마을회관을 나서며 하늘을 올려다본 황은조가 활짝 웃는다. 따스한 햇볕에 눈이 부시다. 중천리 푸른 하늘의 하얀 뭉게구름은 언제 봐도 애정이 가득한 소팔희 이모의 눈빛처럼 포근하고 정겹다.

이제 소팔희 이모와 박광규 이모부를 만나러 가야 할 시간이다.

| 작품 해설 |

박광규(추리문학 평론가)

(스포일러가 포함되어 있으니 소설을 먼저 읽어주세요.)

'1998년 충청도의 작은 마을'을 무대로 '전대미문의 기괴한 살인사건'을 둘러싸고 이틀 동안 벌어지는 소동을 묘사한 《내가 죽인 남자가 돌아왔다》는 황세연의 다섯 번째 장편 추리소설이자 제6회 교보문고 스토리공모전 대상 수상작, 그리고 한국추리문학상 대상 수상작이다.

《내가 죽인 남자가 돌아왔다》는 어떤 사전 지식도 없이 읽어야 재미있다. 여기서는 스포일러를 최대한 피하면서, 소설을 이미 읽은 독자분들의 이해를 돕기 위해 몇 개의 키워드를 통해 작품을 살펴보겠다.

배경

해설 첫 문장에서 '1998년 충청도의 작은 마을'을 굵게 표기한 이유는, 작품의 시대적 상황과 공간적 배경이라는 특성을 강조하기 위함이다. 30년이 채 지나지 않은 IMF 시기는 6·25 전쟁 이후 한국 사회가 겪은 가장 큰 국가적 재난으로, 40대 이상 세대에게는 결코 잊을 수 없는 참혹한 기억으로 남아 있다. 1997년 외환 위기에서 비롯된 국가 부도 사태는 국가 신용도 추락, 기업과 자영업자의 줄도산, 대규모 실업 사태를 불러왔고, 그 상흔은 지금까지도 출산율 저하, 노숙인 증가, 황금만능주의의 심화 등의 부정적 영향을 끼치고 있다.

《내가 죽인 남자가 돌아왔다》는 이러한 시대적 분위기를 작품 초입부터 반영한다. 기자 조은비의 해고 장면에는 '금 모으기 운동'이, IMF로 인해 이자제한법이 폐지되자 이를 악용한 사채업자들이 살인적인 이율로 신한국을 협박하는 모습이 그려진다.

공간적 배경은 충남 청양군 장평면 중천리의 작은 마을, 장자울이다. 중천리는 10여 개의 '범죄 없는 마을' 현판 외에는 특별히 내세울 것이 없는 외진 곳으로, 한쪽은 높은 산에 막혀 있고 나머지 3면은 냇물에 둘러싸여 있어 비만 오면 완전히 고립되는 동네다. 이러한 특성은 추리소설에서 가장 재미있는 클리셰인 '클로즈드 서클'을 자연스럽게 형성한다. 작품 속에서는 '고립된 공간의 공포'가 직접적으로 드러나지는 않지만, 사건 직후 내린 비로 인해 마을이 고립되어 외부와 차단되면서 주인공인 조은비와 최순석은 공권력 등의 어떤 방해도 받지 않고 사건을 추적할 수 있는 조건이 마련된다.

소설의 무대인 청양은 작가의 고향으로, 데뷔작 〈염화나트륨〉을 비롯해 여러 작품에서 배경으로 등장한다. 다만 청양군 장평면 중천리는 존재하지 않는 지명이다. 작가에게 지명의 유래를 문의한 바, '냇물이 갈지之 자로 흐르는 마을'이라는 의미의 실제 지명 '지천리之川里'를 '냇물 가운데에 있는 마을'이라는 뜻의 '중천리中川里'로 변형했다고 밝혔다.

작가가 시대와 공간을 IMF 시기의 시골 마을로 설정한 데에는 '그런 일이 일어났을 법한 공간과 시대적 상황' 등 여러 의도가 있겠지만 소설의 재미에 있어서 그 시대는 분명한 장점이 있다. 2020년대를 배경으로 한 추리소설이라면 CCTV라는 '방해물'을 피하기 어려울 것이다. 하지만 1990년대 후반을 무대로 삼음으로써 이러한 제약에서 벗어날 수 있었다. 전국 곳곳에 설치된 감시 카메라가 탐정의 활약을 무력화할 수 있는 오늘날과 달리, 《내가 죽인 남자가 돌아왔다》에서는 CCTV가 존재하지 않기에 등장인물들은 어떤 제한도 없이 범죄를 저지르고 탐정은 온갖 재능을 발휘해 그들이 남긴 다양한 흔적을 추적하고 추리하는, 추리와 반전이 뛰어난 소설을 완성할 수 있었다.

시골 미스터리(Rural Mystery)

추리소설의 대부분은 도시가 무대이다. 에드거 앨런 포의 〈모르그 거리의 살인사건〉(1841)은 19세기 파리라는 도시가, 코난 도일의《주홍색 연구》는 빅토리아 시대의 대도시 런던이 배경이다. 도시는 시골에 비해 인구가 훨씬 많은 만큼 범죄 목표물도 많고, 범죄자가 몰려들 가능성도 높다.

잠깐, 여기서 대도시와 소설의 무대인 충남 청양의 인구밀도를 대조해 보자. 대한민국 서울에서 가장 인구가 적은 종로구는 인구 137,449명, 72,409세대, 면적은 23.9km^2로 인구밀도는 1km^2당 약 5천7백 명이며, 작품 배경인 충청남도 청양군은 인구 29,245명, 16,640세대, 면적은 479.2km^2에 인구밀도는 1km^2당 약 61명[1]이다. 즉 청양군의 면적은 서울 종로구보다 20배 크지만 인구는 약 1/4.7, 인구밀도는 약 1/90에 불과하다. 단순히 예를 든 것이니 학술적 의미는 없지만, 눈에 보이는 숫자만으로도 지방 소도시 규모를 실감하실 수 있을 것이다.

대형 도시가 구축되기 이전의 시골은 인구도 적고 속된 말로 '옆집 수저 개수도 안다'고 할 정도로 서로의 생활상을 훤히 알

---

[1] 행정안전부 홈페이지 주민등록 인구 현황에서 인용(2025년 10월 통계).

았기 때문에 서로 간에 범죄 욕망을 억누를 수 있었으며, 간혹 범죄가 발생하더라도 범인이 누구인지 금방 알아낼 수도 있었다.

반면 도시는 시골에 비해 인구가 크게 늘어났고, 남이 무엇을 하건 신경 쓰지 않고 익명성이 보장되었기에, 계획적이건 우발적이건 범죄의 가능성이 훨씬 커지게 되었다.

그러나 시골이 순진한 사람만 살아가는 평화로운 곳은 아니다. 코난 도일의 〈너도밤나무집〉에서 명탐정 셜록 홈스는 왓슨에게 다음과 같이 말한다.

"런던 내 어떤 동네가 아무리 누추하고 빈곤하다고 해도 시골에서만큼 끔찍한 범죄가 일어나지는 않지. […] 대도시에서 죄를 짓는다면 곧바로 철창행이야. 하지만 농장에 하나씩 자리한 저 외로운 집들을 보게. […] 저런 곳에서 상상하기도 힘든 악독한 짓거리들이 남모르게 몇 년이고 계속된다고 한번 생각해 보라고."

해당 지역 주민들 사이에서는 커다란 범죄가 벌어지기 어렵지만, 홈스의 말처럼 뭔가를 숨기고 살아가는 시골 마을도 있기 마련이다.

현대의 시골 미스터리는 도시에서 멀리 떨어진 곳이 배경이며, 문명의 이기를 사용하기 어렵고(스마트폰 통화권 이탈 등), 마을의 어두운 이면, 외부인에 대한 불신과 적대적 행동 등이 조건이다.

중천리 역시 외딴 시골이고, 도입부에서 '전대미문의 괴이한 살인사건'으로 분위기를 띄웠지만, 이야기가 본격적으로 진행되면서 전형적 시골 미스터리의 형식을 벗어난다.

몇 년 전 범죄 없는 마을로 이사 온 소팔희는 우발적으로 살인을 하지만, 죽은 신한국의 시신이 마을을 떠도는 과정에서 마을 사람들 모두가 살인자 혹은 공범으로 얽히게 된다. 이런 급박한 상황 속에서 마을 사람들은 공동체 의식을 발휘한다. 그들이 바라는 것은 '범죄 없는 마을'이라는 타이틀이다. 신한국의 죽음이 범죄에서 멀어지면 각자의 죄도 사라지고 명예와 함께 상금이라는 현실적 보상이 따른다. 그래서 사람들은 신한국의 죽음을 범죄와 무관한 사건으로 꾸미려 하지만, 범죄 경험이 전혀 없는 범죄 없는 마을 사람들의 수습책은 잇따른 돌발 상황 앞에서 번번이 무너진다.

또한 마을 사람들에게는 외지인에 대한 적대심이 없다. 사건을 조사하는 최순석과 조은비를 경계하지만 진실이 드러나자 모든 사실을 순순히 털어놓는다. 그로 인해 그들은 신한국의 빚을 받으러 온 악덕 사채업자들에게 휘둘리기까지 한다. 작가는 전형적인 시골 미스터리의 틀을 완전히 뒤집으며, 실패자, 죽음, 살인, 위선 같은 어두운 요소들을 유머러스하게 엮어낸다. 본문에서 인용된 채플린의 말, "인생은 멀리서 보면 희극이지만 가까이서 보면 비극이다"처럼, 작품은 심각함 속에서도 블랙 코미디의 색채를 잃지 않는다.

원형

황세연의 작품을 거의 빠짐없이 읽은 독자가 있다면 《내가 죽인 남자가 돌아왔다》에서 예전에 본 듯한 느낌을 받았을 것이다. 그도 그럴 것이 1990년대에 발표했던 단편 〈아엠에프(IMF) 나이트〉[2]와 〈범죄 없는 마을 살인사건〉[3]등이 새로운 장편의 밑바탕이 되었기 때문이다. 전자는 신한국이라는 인물과 그의 기구한 죽음, 그리고 시골 마을을 떠도는 시신이라는 아이디어, 후자는 '범죄 없는 마을'이라는 상징적 요소로, 두 작품의 화학적 결합을 통해 새로운 장편소설이 탄생했다고 해도 과언은 아닐 것이다. 물론 단순히 분량만을 늘인 것은 아님을 밝혀둔다.

여기서 한 가지 소개하고 싶은 부분이 있다. 2000년대 들어와 한창 일본 추리소설이 번역되던 시기에 출간된 시라누이 교스케[4]의 단편 〈온천 잠입〉[5]을 읽었을 때, 플롯에는 차이가 있지

---

[2] 연작 단편집 《염화나트륨》(신원문화사, 1998)에 수록되었으며, 2003년 〈떠도는 시체〉라는 제목으로 각색되어 〈EBS 문학산책〉 시리즈 중 한 편으로 제작, 방송되었다. (현재 유튜브와 EBS 홈페이지에서 시청할 수 있다.)
[3] 한국추리작가협회 단편집 《'99 올해의 추리소설-아웃사이더》(신원문화사, 1999)와 개인 단편집 《완전 부부 범죄》(북다, 2024) 등에 수록되었다.
[4] 시라누이 교스케(不知火京介, 1967~)는 일본 소설가로 2003년 《매치메이크》(국내 미출간)로 에도가와 란포상을 수상했다. 그의 데뷔 시점은 황세연이 〈아엠에프 나이트〉를 발표한 몇 년 뒤이며, 〈온천 잠입〉은 2004년에 발표했다.
[5] 《청색의 수수께끼-에도가와 란포상 수상 작가 18인의 특별 추리 단편선》(황금가지, 2008)에 수록되었다.

만 황세연의 〈아엠에프 나이트〉와 비슷한 소재가 사용되고 있어서 놀란 기억이 있다. 한국소설의 표절 문제가 불거질 때여서 혹시나 하여 각각의 발표 시기를 살펴보니 황세연의 작품 발표가 몇 년 앞섰음을 확인했다. 훗날 관련 논문[6]을 살펴보고 한국과 일본을 비롯한 각국에 이른바 '시체 이용한 살인 누명 씌우기' 형식의 설화가 있음을 뒤늦게 알게 되었다.[7] 이런 형식의 설화에서는 동기와 상관없이 시체를 이용한 무고 행위, 즉 자신의 범죄를 남의 책임으로 떠넘기려는 행위가 불가결한 요소인데, 놀랍게도 17세기 이후의 중국 일부 지역에서는 이미 죽은 사람으로 공갈 협박(이를테면 한밤중에 싸움을 걸고 주먹질이 벌어지면 자기 친구—사실은 자신이 가져온 시체—가 맞아 죽었으니 관가에 고발하겠다고 협박하며 금품을 요구한다)을 하는 '도뢰圖賴'라는 행각이 풍습으로 여겨질 정도로 빈번했다[8]고 하니 놀라울 따름이다.

물론 이런 간단한 소재는 단편에 어울리고, 장편에서 같은 에피소드가 반복된다면 독자는 금방 지겨움을 느낄 테지만, 《내가 죽인 남자가 돌아왔다》에서는 또 하나의 시신을 추가하고, 클로즈드 서클, 여러 명의 용의자 등을 매끄럽게 덧붙여 미스터리로

---

6 서은경, 〈'시체 떠넘겨 살인 누명 씌우기 담' 연구—한韓·일日 비교를 중심으로〉, 《어문연구語文硏究 72호》(2012)
7 그중에서도 앙투안 갈랑의 《천일야화 2》(열린책들, 2010)에 수록된 〈조그만 꼽추 이야기〉가 유명하다.
8 각주 6과 같은 글, 282쪽

서의 재미를 살리는 데 성공했다.

결자해지, 그리고…

마지막 장의 소제목이기도 한 '결자해지'('매듭을 묶은 자가 풀어야 한다', 즉 '일을 저지른 사람이 해결해야 한다'는 뜻)는 《내가 죽인 남자가 돌아왔다》를 관통하는 주제이다.

일반적인 추리소설이라면 범죄를 저지른 인물과 탐정 역할의 인물은 대개 동일인이 아니므로 '결자해지'라는 단어와는 어울리지 않는다. 그러나 이 작품에서는 신한국의 죽음으로 인해 모인 등장인물 모두가 고의였건, 실수였건 그들이 '저지른 일'을 어떻게든 해결해야 한다. 그의 죽음에 대한 진상을 밝혀내는 한편, 서로의 악연을 해소하는 길을 찾아간다. 특히 고아로 자라면서 어머니가 자신을 버렸다고 원망하며 살아왔던 최순석은 의외의 사실을 알게 되면서 죽은 어머니와의 갈등, 그리고 사채업자와의 문제까지 단숨에 풀어버린다.

한편 신한국의 죽음에 최순석이 결정적인 책임을 느끼는 장면은, 황세연의 데뷔작을 비롯해 여러 작품에서 자주 등장하는 '책임의 순환'(혹은 '인과응보') 플롯이기도 하다.[9] 보기에 따라서는

---

9 특히 2011년 황금펜상 수상작이기도 한 〈스탠리 밀그램의 법칙〉(《계간 미스터리 31호: 2011년 여름》에 발표, 《황금펜상 수상작품집 2007~2020 특별판》(나비클럽, 2020)에 수록)은 '우연에 의한 책임의 순환'을 극단에 가깝게 묘사한 작품이다.

'우연의 과잉'이라고 여길 수도 있겠지만, 황세연은 단순한 우연에만 의지하지 않고 치밀하게 깔아놓은 소소한 복선, 무심하게 읽으면 깨닫지 못하고 지나칠 수도 있는 복선으로 핍진성을 강화하여 독자를 납득시킨다.

그리고… 이름들

이 작품에는 적지 않은 인물이 등장하지만 각각의 개성을 짐작할 수 있는 독특한 이름 덕택에 혼란을 피할 수 있다. 또한 마을 사람들의 이름은 다분히 풍자적이어서, 유머러스한 분위기를 이끌어가게 하는 커다란 역할을 한다. (예를 들자면 '신한국'은 극 중 시대 배경인 IMF 외환위기로 커다란 타격을 받은 대한민국이라는 국가를 역설적으로 표현한 이름이다.) 한편 조금 평범하게 보이는 몇몇의 이름은 작가의 주변인물(가족이나 친구, 지인)에서 가져왔다.

이미 등장인물 중 하나와 작품 해설을 쓰는 사람의 이름이 똑같다는 사실을 눈치채고 갸우뚱하는 독자도 있을 것 같다. 다만 소팔희에게 순애보적 사랑을 바치는 박광규라는 인물과 작품 해설을 쓰는 박광규는, 공통점이라고는 전혀 없는 동명이인일 뿐이며, 작가의 완전한 상상에 의한 가상 인물임을 밝혀두겠다. (과거 그의 단편과 퀴즈에서도 등장한 경험(?)이 있었지만, 《내가 죽인 남자가 돌아왔다》는 책을 읽기 전까지 전혀 예상하지 못했음을 밝힌다.)

황세연이라는 소설가

개인적으로 알고 지내던 사람이 작가로 등단하고, 나름대로 성공적인 작품 활동을 하는 모습을 실시간으로 지켜보는 행운은 흔하게 오지 않는다. 이제는 사람들의 기억에서도 희미해졌을 PC통신 동호회에서 만난 황세연은, 어느덧 데뷔 30년을 맞이한 중견 추리소설가로 자리 잡았다. 당시의 기억을 되돌려 보면, 채팅방에서 만나 유쾌한 농담을 하고 추리소설에 대해 진지한 대화를 나누기도 했지만, 다른 동호회원들과 마찬가지로 '젊은 시절에 취미로 글을 써보려는 사람'이라고 생각했을 뿐이었다. 하지만 그 생각은 대단한 착각이었다.

> 내가 소설을 쓰기로 작정한 것은 광주교도소에서의 군복무 경험, 특히 사형수계호의 후유증이 계기였고, 실제로 소설을 쓰기 시작한 것은 대학 3학년 때였습니다. 나 역시도 놀랄 만큼 무척이나 갑작스러운 것이었죠. 중간고사를 보다 말고 그런 생각을 하며, 반쯤 써 나아가던 시험지를 구겨 들고 강의실을 빠져나와 버렸으니까요. 그리고 국문학과의 강의를 들으며 이런저런 소설을 쓰기 시작했습니다. 본격 추리, 공포, 콩트, SF 등….[10]

---

10 황세연, 〈작가의 말〉, 《미녀 사냥꾼》(해난터, 1997)

마치 계시라도 받은 것처럼 작가가 되겠다고 결심한 황세연은, 1993년 당시 국내 유일의 장르소설 공모전이었던 '스포츠서울 신춘문예' 추리소설 부문에 단편 〈수집가〉를 투고했다. 이 작품은 최종심 마지막까지 올라간 두 편 중 하나였으나 아쉽게 탈락했다. 이듬해 절치부심하여 투고한 〈염화나트륨〉이 1995년 '스포츠서울 신춘문예' 추리소설 부문 수상작으로 결정되면서 소설가로 등단하였다.

이후 첫 장편《나는 사랑을 믿지 않는다》(홍익출판사, 1996)[11]로 제2회 컴퓨터 통신문학상을 수상했다. 그리고 이듬해 발표한 두 번째 장편《미녀 사냥꾼》(해난터, 1997)[12]으로 한국추리문학상 신예상을 수상하며 추리작가로서 연착륙에 성공했다. 이후에도 단편 연작집《염화나트륨》(신원문화사, 1998), 미국의 한반도 전쟁 시나리오를 다룬 첩보 소설《조미전쟁》(동광출판사, 1999)[13], 공포추리소설《디디알》(태동출판사, 2000)을 발표했으며, 그와 함께 한국추리작가협회의 연례 단편집이나 잡지《계간 미스터리》등에 단편을 꾸준히 발표했다.

데뷔 이후 전업작가로 활동하던 그는 전자출판업체에 취직해 근무하면서 장편소설 집필에 매달릴 수 없어 그 기간에 제법 많은 수의 단편소설을 썼고(그중에는 한국추리문학상 단편 부문인 황금

---

11   컴퓨터 통신망 '천리안'에 연재 당시 제목은《붉은 비》였다.
12   《드라이 플라워》(삶과꿈, 1998)로 개작해 재출간되었다.
13   《디 데이》(랜덤하우스코리아, 2003)로 개작해 재출간되었다.

펜상 수상작도 포함되어 있다), 추리퀴즈를 만들어 국정원 홈페이지 등에 장기간 연재했기 때문에 직장을 다니면서도 작가로서의 정체성에서 완전히 벗어난 것은 아니었다. 또한 한국추리작가협회의 중견 회원으로서 잡다하고 어려운 일을 묵묵하게 수행하기도 했다.

황세연은 직장을 그만두고 난 뒤인 2018년, 《내가 죽인 남자가 돌아왔다》로 제6회 교보문고 스토리공모전 대상을 받으며 장편소설로 화려하게 돌아왔다. 초기에 발표한 장편소설은 사이코 스릴러 장르에 속하는 무거운 내용(웃음기라고는 찾아볼 수 없다)이 대부분이었으나, 시쳇말로 '어깨에 힘을 빼고' 쓴 이 작품은 황세연이라는 작가가 낯선 독자들도 부담 없이 읽을 만하며, 추리문학 평론가 백휴가 '이 작품에는 데뷔작인 〈염화나트륨〉에서부터 발휘된 그의 역량이 총동원돼 있다. 황세연 추리소설의 맛을 제대로 느껴보려면 반드시 읽어야 할 작품이다'[14]라고 찬사를 보냈다. 또 이듬해에는 해양 미스터리 소설인 여섯 번째 장편 《삼각파도 속으로》(들녘, 2020)를 발표했고, 2024년에는 '커플 지옥' 소재의 단편집 《완전 부부 범죄》(북다)를 출간하며 작품 활동을 이어가고 있다.

누구나 알다시피 세계 어느 나라의 작가이건 창작이라는 작업

---

14 〈작품 해설: 소극, 변증법을 통해 드러난 황세연의 정신세계〉, 《완전 부부 범죄》(북다, 2024)

은 무척 힘든 일이다. 머릿속에서 아이디어가 끊임없이 튀어나온 다는 스티븐 킹처럼 특출한 재능이 있다면 좋겠지만, 그런 능력을 가진 사람은 찾아보기 힘들다. 오히려 여러 가지 사정(작가로서의 한계, 경제적 문제 등)으로 인해 포기한 사람이 훨씬 많다. (황세연이 등단한 1995년 각 신문사의 신춘문예 소설 부문 당선 작가 13명 중 3명만이 2020년대에 작품을 발표했다.) 다행스럽게도 황세연은 30년이라는 세월 동안 추리소설에 대한 열정을 변함없이 간직해 왔으며, 뭔가 새로운 것을 접하면 어떻게 작품에 써먹을 수 있을지 머릿속에서 궁리하고 있을 것이다.

황세연의 다음 작품을 빨리 만날 수 있길 고대한다.

내가 죽인 남자가 돌아왔다

초판 1쇄 발행 2025년 12월 15일

지은이 황세연

펴낸이 허정도
책임편집 박윤희　**디자인** 서윤하
마케팅 신대섭 김수연 배태욱 김하은 이영조　**제작** 조화연
2차 저작권 문의 안희주 문주영

펴낸곳 주식회사 교보문고
등록 제406-2008-000090호(2008년 12월 5일)
주소 경기도 파주시 문발로 249 (10881)
전화 대표전화 1544-1900　주문 02)3156-3665　팩스 0502)987-5725

ISBN 979-11-7061-341-1 (03810)
책값은 표지에 있습니다.

- 이 책의 내용에 대한 재사용은 저작권자와 교보문고의 서면 동의를 받아야 가능합니다.
- 잘못된 책은 구입하신 곳에서 바꾸어 드립니다.
- '북다'는 문학을 기반으로 다양하게 변주된 책들을 선보이는 종합 출판 브랜드입니다.